HENRI VINCENOT

Rempart de la Miséricorde

Mémoires d'un enfant du rail

NOUVELLE ÉDITION
PRÉFACE DE CLAUDINE VINCENOT
DESSINS D'HENRI VINCENOT

ÉDITIONS ANNE CARRIÈRE

Avant-lire

Il y a toujours eu chez mon père une chose qui m'impressionna dès la petite enfance et me tint jusqu'à sa mort en affectueux respect : il abhorrait l'injustice et craignait constamment de faire de la peine. Or, dans *La Billebaude,* qui connut le succès que l'on sait, Henri Vincenot rend hommage par la voix de son héros à sa famille maternelle, artisane et paysanne. Ce héros, qui est et n'est pas l'auteur, comme dans tout roman, dit même être pupille de la Nation : son père fut tué dans l'enfer de Verdun. Alors, par souci d'équité et par amour filial pour son père réel, âgé de quatre-vingt-douze ans, Henri veut célébrer la lignée Vincenot au service du rail depuis trois générations. En 1980, les éditions Hachette lui demandent « une autre *Billebaude* ». L'auteur décide de livrer aux lecteurs ses souvenirs d'un enfant du rail, sous le titre choisi par lui : *Rempart de la Miséricorde.* Ce titre ne sera pas retenu par Hachette. Nous rendons aujourd'hui son nom originel au roman.

A Dijon, le Rempart de la Miséricorde et le quartier des Perrières abritaient le « ghetto » cheminot, où les agents du chemin de fer s'isolaient à plaisir et avec une condescendance amusée pour les « étrangers » (entendez par là tous ceux qui n'appartenaient pas à la grande famille cheminote). Ce fameux Rempart et le « petit mur » des Perrières constituent encore aujourd'hui les belvédères parfaits permettant aux gens de la coterie, aux amoureux du chemin de fer et aux simples badauds d'embrasser d'un seul coup d'œil les manœuvres ferroviaires en amont et en aval de la gare de Dijon.

C'est là, entre Miséricorde et Perrières, que se déroule le roman. C'est là aussi que naquit mon père ; que son père, dessinateur-projeteur au service de la voie, installa son foyer et, en remontant le fil des temps et des souvenirs, que son grand-père mécanicien de la locomotive débarqua un jour de sa forge villageoise avec sa petite épouse d'Auxois [1].

Celui-là, Alexandre dans la vie et « grand-père-grandes-roues » dans le roman, était maréchal-ferrant, « Compagnon-passant du devoir ». Après son tour de France, il revint s'installer à Châteauneuf-en-Auxois, son village natal. Gagné par la passion que suscitait à l'époque la construction de la voie ferrée Paris-Dijon-Lyon, il abandonna forge, parents, village, pour aller voir les choses de plus près et se faire embaucher sur ce prodigieux chantier que l'on disait plein d'avenir [2].

Si j'ai bien connu le Tremblot de *La Billebaude*, l'un de mes arrière-grands-pères, je n'ai pu

1. Ironie du sort, la rue de la Cité où il demeurait fut dernièrement détruite pour laisser passer la rue Henri-Vincenot, prolongeant ainsi le passage du même nom qui traverse la gare.

2. Il fut tour à tour forgeron-serrurier sur les chantiers de construction, puis dans les ateliers des dépôts, et monta enfin sur une locomotive comme mécanicien « Grandes Roues ». Ainsi appelait-on les agents qui conduisaient les locomotives des rapides. L'histoire de mon arrière-grand-père inspira à Henri Vincenot *La Pie saoule* et *Les Chevaliers du chaudron*, romans édités aux Éditions Denoël en 1956 et 1960.

connaître l'autre, Alexandre Vincenot, car l'emphysème des mécaniciens sur locomotive sans abri fermé l'emporta à soixante-neuf ans. Mais j'ai conservé de lui le fameux petit foulard en soie à carreaux qu'il portait, bagué, autour du cou, comme tous ses collègues pour préserver leur gorge des cruels coups de froid. Je l'arborais fièrement à quinze ans pour aller au lycée et je me sentais de la coterie ! Je tiens encore de lui une petite machine à vapeur : jouet magnifique qu'Alexandre avait fabriqué dans sa forge, sur le principe même de la locomotive coupe-vent qu'il conduira plus tard. Lors de nos vacances enfantines à Commarin, seul son fils, mon grand-père Charles, avait le privilège de mettre l'engin en chauffe pour faire siffler la vapeur devant ses petits-enfants éblouis.

C'est dire comme je retrouve dans ce roman toute une partie de mes souvenirs et comme cette saga cheminote est bien celle de ma famille paternelle. J'y rencontre Alexandre, le grand-père tractionnaire tel qu'on me l'a raconté ; Charles, son fils, dessinateur-projeteur à la voie, bureaucrate doux et timoré qui n'avait pas l'esprit aventurier de son père ; son petit-fils, Claude dans le roman, qui ressemble beaucoup à Henri et dont les aïeux voulaient qu'il fût ingénieur pour confirmer ainsi l'ascension sociale de la lignée dans la carrière cheminote. L'esprit de caste, je l'ai moins connu, car mes grands-parents recevaient peu, mais des cheminots. Mon père, lui, était un « original » qui aimait se démarquer de la majorité quelle qu'elle soit et qui prenait un malin plaisir à choquer le « bourgeois ». Par « bourgeois », il entendait « celui qui recherche un maximum d'approbation pour un minimum de risques » (Montherlant). Le langage du chemin de fer, en revanche, me fut toujours familier : même Maman, une « étrangère » pourtant, n'hésitait pas à nous annoncer, le soir, qu'elle

« en avait son taf » : nous comprenions bien qu'elle « en avait ras-le-bol » et qu'elle était fatiguée de sa journée de ménagère ! « Faire l'heure », « suivre à voie libre », « haut le pied » émaillaient nos conversations d'enfants, et nous étions assez fiers que nos petits camarades ne comprennent pas. La solidarité du rail aussi, je l'ai connue... et elle existe encore ! C'est elle qui a grandement facilité ma recherche des dessins de mon père illustrant ce livre et qui m'a aidée à indiquer le sens de termes techniques et argotiques propres aux « enfants du rail » : je remercie pour cela Gabriel Bachet, cheminot dans l'âme, Daniel Doublein, passionné conducteur de TGV, M. Sordet, un ancien de la vapeur âgé de quatre-vingt-dix ans !

La « coopé », cette épicerie mutualiste typiquement ferroviaire, installée dans le quartier des Tanneries à Dijon, ou quai de la Gare dans le 13e à Paris, ne m'est pas inconnue non plus. Ni les voyages où l'on allait saluer l'équipe de conduite avant le départ. A peine sortis de gare, les vrais cheminots saucissonnaient sans vergogne pendant que mon père nous expliquait le paysage, le relief, les rampes et les signaux, le rôle des employés « en gare » et le long des voies. Plus tard, lorsque je pris du service à l'Éducation nationale et que je devins une « étrangère » à mon tour, quel ne fut pas mon désappointement — que dis-je ? ce fut un véritable crève-cœur ! J'étais devenue une « civile » !

Alors, comme pour me consoler d'être exclue du clan, me revenaient en tête les longues discussions de mon père sur le compagnonnage, les enfants de Salomon et de Maître Jacques, Fourier et sa grande idée du phalanstère [1], Saint-Simon, philosophe du

1. Doctrine reprise par le Père Enfantin. Voir *La Vie quotidienne dans les chemins de fer au XIXe siècle* d'Henri Vincenot, Hachette.

socialisme et dieu de tous les pionniers du rail, et j'en éprouvais de la nostalgie... Je retrouve tout cela avec plaisir dans *Rempart de la Miséricorde*, au cœur des fumeuses volutes de mes souvenirs...

Les lecteurs se demandent bien souvent pourquoi mon père, attentif au lyrisme de la nature et attaché aux valeurs de la civilisation lente, s'est fait à son heure le chantre du chemin de fer. Si le désir de rétablir l'équilibre après *La Billebaude* et de rendre un bel hommage au père, un peu oublié dans le best-seller, déclencha l'écriture de *Rempart de la Miséricorde*, il y a d'autres explications à la naissance de cette œuvre : l'amour respectueux de Vincenot pour la main, le travail à la main, l'outil et, partant, pour ceux qui connaissent la science de l'art : l'artisan et l'ouvrier, aux yeux desquels il eût été infamant de détériorer l'outil de travail dans un but revendicatif. Plus que les économistes et que les philosophes — Thiers, Morny, Saint-Simon ou Prosper Enfantin, et même notre Lamartine [1] — qui ont lutté pour que triomphe l'idée du chemin de fer, plus que les banquiers Péreire et Rothschild qui ont financé l'affaire, ce qu'Henri veut faire revivre sous sa plume, c'est la vie quotidienne, la souffrance, l'enthousiasme, la foi en « l'ouvrage bien faite », l'esprit de corps indomptable du petit peuple du chemin de fer. C'est en nous faisant respirer la sueur de cette population courageuse, et dont le sens du devoir allait de soi, que l'auteur nous touche et nous entraîne. C'est en nous faisant comprendre la mutation du monde compagnonnique en ce monde cheminot — dont la préoccupation majeure, au-delà de l'amour du travail et de la solidarité ouvrière, était l'amélioration du sort de

1. Voir *La Vie quotidienne dans les chemins de fer au* XIX*e* *siècle*, p. 28 et suivantes.

l'humanité — qu'il nous fait sentir ce que fut la mystique du rail aux origines [1].

L'auteur rend hommage à cette mystique bien particulière, tout imprégnée de la doctrine humanitaire d'Henri de Saint-Simon, l'arrière-petit-neveu du mémorialiste, et nourrie par les *Paroles d'un croyant* de Lamennais, ouvrage largement répandu dans la masse des travailleurs du rail. L'abbé Lamennais, je le précise, prônait la nécessité, pour les toutes nouvelles classes industrielles, de s'unir afin de faire front aux puissances d'argent. Excommunié par le pape Grégoire XVI, il continua à animer les premières grandes tentatives syndicales.

Le syndicat ! Voilà bien l'un des personnages essentiels du roman, qui à la fois sépare et unit les « rouges » et les « jaunes » au sein de la même famille, du même immeuble, de la même rue du ghetto. Les « jaunes » étaient les bureaucrates. Les « rouges », partisans de la grève pour la revendication corporative, se recrutaient parmi les agents des ateliers, des dépôts et parmi les « roulants », mécaniciens et chauffeurs [2]. Ces derniers étaient tous d'anciens artisans du fer. Contrairement aux artisans qui travaillaient le bois, les forgerons — n'oublions pas qu'ils étaient sorciers dans les sociétés primitives — ont toujours possédé une aura particulière parce qu'ils savaient transformer la

1. Henri Vincenot racontait à ce sujet une anecdote célèbre : trois ouvriers travaillaient sur les chantiers de Paris à Lyon. On leur demanda : « Que faites-vous là ? » Le premier répondit : « Je gagne ma vie. » Le second : « Je construis un viaduc. » Et le troisième : « Je construis le rail qui doit rassembler les hommes. » Le troisième était « compagnon bouclé ». Il était possédé par la mystique du rail.

2. De nos jours encore, les « roulants », qui ne sont plus « gueules noires », ont conservé un esprit de caste très fort et mènent les grèves pour les trois quarts des effectifs.

matière par l'action conjuguée des quatre éléments : le feu de la forge, l'air du soufflet, l'eau de la trempe, puis, plus tardivement, le charbon, fruit ténébreux des entrailles de la terre. Ils bénéficiaient auprès du commun des mortels de la considération [1] dont jouirent les alchimistes.

Héritiers de Prométhée, le héros civilisateur par excellence puisqu'il vola le feu aux dieux de l'Olympe pour en faire profiter les hommes, ils incarnent véritablement le révolté et le militant à la mission sacrée : savoir plus que les pères, savoir autant que le Père tout-puissant afin de libérer l'homme et d'améliorer sa condition. C'est déjà, on le voit, la révolte contre la hiérarchie dominante, la foi dans le Progrès et l'attente fiévreuse du Grand Soir.

Pour rendre hommage à son père et à cette mystique du rail, l'auteur choisit ses personnages dans le milieu où il a passé son enfance citadine et qu'il a fréquenté lors de ses reportages pour *La Vie du Rail* : cette « piétaille ordinaire » pour un œil « étranger » est composée de prodigieux personnages, tous tenaillés par la religion compagnonnique, le spiritualisme social et la foi dans le progrès. C'est la voix quotidienne de ces gens que l'on entend tout au long du roman, leurs éclats, leurs confidences, leurs colères, leurs réflexions et leurs enthousiasmes. Ce sont leur chair, leur sueur, leur tempérament, avec leurs excès et leurs faiblesses, qui font la matière colorée, odorante et toute pleine d'émotion du *Rempart de la Miséricorde*.

Un bémol à cet enthousiasme, cependant, et qui corrobore l'idée que l'on se fait de la sagesse paysanne et du scepticisme de Vincenot. Son amour pour les hommes du rail le conduit à une mise en

1. Les mécaniciens de locomotive à vapeur furent longtemps appelés « Seigneurs » ou « Chevaliers du chaudron ».

garde : le roman débute par la mort affreuse de l'agent chargé de l'attelage des trains [1]. Il se termine par la mort de l'enfant du héros pendant que ce dernier est au service de la machine : l'obéissance — l'asservissement ? — du père au monstre d'acier entraîne indirectement la mort de l'enfant... Serait-ce une nouvelle manifestation du châtiment de Prométhée, enchaîné et condamné à la torture éternelle pour avoir voulu jouer avec le feu ? On peut bien imaginer que c'est — il nous en a donné l'habitude — une mise en garde de l'auteur contre l'outrecuidance présomptueuse des hommes et un acte de foi en une vie où l'être humain pourrait refuser de vendre son âme au diable. Ainsi, l'Homme resterait libre de ne pas être assujetti à la Grande Déesse Industrie et à son cortège de graves nuisances physiques et morales.

Claudine VINCENOT

1. De nos jours, seuls les T.G.V. et les T.E.R. sont équipés d'attelage automatique. Les trains Corail et les rapides sont encore attelés par l'homme. L'attelage se fait lorsque les wagons sont bloqués par les freins, ce qui ne fut pas le cas pendant très longtemps.

Je me souviens très bien de ce dernier jour d'école d'un certain deuxième trimestre, je m'en souviendrai toute ma vie, parce que c'est une de ces journées très singulières qui me donnaient la sensation d'appartenir vraiment à une caste à part, une espèce de communauté qui, à y bien regarder, vivait en marge, absolument et voluptueusement séparée et au sein de laquelle il ne pouvait se passer que des choses prodigieuses.

Nous sortions de l'école primaire, le cartable accroché en bandoulière à l'épaule gauche, cette épaule que nous avions tous, pour cette raison, un peu plus haute que l'autre. A vrai dire, aujourd'hui encore, lorsque je marche en tournant le dos au soleil et que je regarde mon ombre avancer devant moi, je m'aperçois que mon épaule gauche est toujours légèrement plus haute que la droite et j'ai une pensée émue pour l'énorme cartable où je transportais les dix kilos de livres, de cahiers et d'accessoires qu'il était alors nécessaire de se coltiner quatre fois par jour, pour avoir l'honneur de préparer le certificat d'études.

Ce jour-là, je rentrais donc à la maison en faisant, avec mes camarades, un petit crochet pour gagner le pont de l'Arquebuse, l'énorme pont métallique du chemin de fer où, d'en bas, nous regardions tous les jours, à travers les entretoises du tablier, les dessous mystérieux de la locomotive, cette « coupe-vent », une 130 C, qui, un peu avant 16 heures, venait se mettre en tête du 1009, le train d'Is-sur-Tille, qui quittait alors Dijon, nous le savions bien, à 16 h 08. Après avoir couru comme des dératés pour ne pas manquer le spectacle, nous nous arrêtions le nez en l'air et la bouche béante. Nous assistions en contre-plongée au refoulement du monstre, à son bruyant accouplement avec la rame immobile, ses halètements, ses harmonieux soupirs, ses lentes ardeurs. Ses geignements d'intense satisfaction nous plongeaient dans une troublante extase. En général nous commentions en maîtres les phases de cet accouplement et c'était à qui donnerait le plus de détails techniques, le plus de termes de métier, le plus de savantes précisions sur cette 130 C, cette locomotive « coupe-vent » dont mon grand-père avait tenu les commandes pendant plus de dix ans, ce qui me donnait voix au chapitre.

Nous ne quittions notre poste d'observation que lorsque le convoi, démarrant majestueusement, avait franchi le carré de sortie et se lançait sur les aiguilles de ce raccordement parabolique qui, contournant la ville par le sud-est, l'emmenait vers la vallée de la Tille et les lointaines bifurcations de Culmont Chalindrey, les marches de l'Est, les pays rhénans, l'Allemagne, Bâle, la Suisse.

Courant comme des fous, nous montions sur le Rempart de la Miséricorde pour voir, à travers la palissade de traverses, défiler le convoi. Alors, seulement lorsque nous avions vu s'effacer au loin la lanterne, nous regagnions le quartier des Perrières, avec ces vingt minutes de retard qui mettaient tous les jours nos mères en émoi.

Mais ce jour-là, comme j'arrivais chez moi, en montant l'escalier, je sentis qu'il se passait quelque chose de grave car les mères n'étaient pas sur les paliers, penchées par-dessus la rampe, à nous héler comme d'habitude. C'était le grand silence dans cette immense maison de la Compagnie, habituellement si bruyante. Chose curieuse, la porte de notre logement était entrouverte et je vis, par l'entrebâillement, deux messieurs fort graves, debout, le chapeau à la main; ils parlaient à voix basse avec ma mère. J'écoutai et je compris que c'étaient l'inspecteur des trains et son secrétaire. Dès lors je sentis que le malheur était entré dans la maison.

Sans un reproche pour mon retard, ma mère me pria d'entrer dans la cuisine, de m'y laver les mains, d'y prendre ma collation et de commencer à faire mes devoirs. Mais, tout en mangeant mon pain et mon cran de chocolat, de chocolat Menier, j'avais l'oreille tendue et le cœur battant.

— Mon Dieu, s'exclamait ma mère, mais c'est terrible!

— Nous sommes venus tout d'abord près de vous, disait l'inspecteur, pour vous demander de nous donner des renseignements sur Mme Dulot. Comment pouvons-nous lui annoncer la nouvelle?

— C'est une femme courageuse! répondait ma mère.

— Je crois que le mieux, ce serait que vous nous accompagniez, madame, reprenait le chef, car vous la connaissez bien, et cela nous faciliterait grandement les choses.

— Oui, nous sommes de bonnes amies, elle a confiance en moi!

Ils sortirent tous trois et je les entendis frapper à la porte de nos voisins. Je m'étais approché sur la pointe des pieds. Lorsqu'ils furent entrés, je sortis à mon tour sur le palier et collai mon oreille à la porte, mais je n'entendis rien, sinon peut-être un gémissement puis un ronronnement de voix tristes.

Un instant plus tard ma mère rentrait et, en toute hâte, se mettait à remplir une petite valise :

— Laisse tes cahiers, nous allons à Lyon, dit-elle. Si nous ne perdons pas de temps, nous pourrons prendre le train 51 qui part à 17 h 12. Nous avons tout juste le temps.

— A Lyon ?

— Oui, M. Dulot a eu un accident à La Part-Dieu, en entrant entre deux wagons de son train pour faire un attelage, juste au moment où la machine de manœuvre commençait à refouler. C'est affreux, il a été coincé entre les deux tampons.

— Il est mort ?

— Peut-être pas, espérons-le ! Nous partons avec Mme Dulot, Marcel et Marie, le petit Joseph est pris par Mme Grivot. Mets tes bottines neuves et ton chandail du dimanche.

L'attelage

En dix minutes nous fûmes prêts. Déjà le planton de la commande des trains nous apportait, à bicyclette, le permis de service pour Mme Dulot, maman et les trois enfants. Ma mère laissa sur la table de la cuisine un mot pour mon père. Cinq minutes plus tard nous étions à la gare et prenions le rapide de Marseille.

Prendre le train avec Marcel et Marie Dulot eût été en d'autres temps une aventure extraordinaire et bien agréable. Comme tous les enfants de chef de train, ils ne voyageaient jamais et je me proposais de voir leur étonnement et de leur expliquer tout ce qu'ils ne comprenaient pas. Je me devais de leur occuper l'esprit, je le sentais. Ma mère m'avait dit :

— Tu ne feras surtout pas allusion à l'accident. Vous parlerez de l'école, des jeux, enfin tu leur changeras les idées.

La grande halle de la gare de Dijon-Ville était remplie de bruits merveilleux. On entendait des coups de sifflets, des appels de l'aboyeur [1] de service. C'était M. Courtiat, lui aussi notre voisin, je reconnaissais sa voix, sa belle voix de baryton qui, sans l'aide du moindre porte-voix, remplissait toute la halle et s'entendait même dans tout le quartier, jusque dans notre cuisine.

— Les voyageurs pour Lyon, Valence, Avignon, Marseille, Toulon, Cannes, Nice, Menton et Vintimille, en voiture, s'il vous plaît...

1. Terme du réseau P.L.M. (Paris-Lyon-Méditerranée) signifiant « annonceur dans les gares de voyageurs ». Les notes explicatives de certains termes techniques ou argotiques du langage cheminot ont été établies en se fondant sur la remarquable thèse de linguistique soutenue par Jacques Dargaud en 1980 à l'université de Dijon. Un exemplaire de cette thèse est déposé à la Bibliothèque municipale de Dijon, 6 rue de l'École-de-Droit : « Le langage des cheminots », par Jacques Dargaud.

(Les notes appelées par des numéros sont celles de la présente édition. Celles appelées par un astérisque ont été établies par l'auteur.)

Nous n'eûmes pas le temps d'aller en tête, comme il se devait, pour saluer l'équipe de conduite, et c'était bien regrettable car c'était l'équipe Jacquin-Morel, deux amis que nous connaissions bien pour les apercevoir chaque fois qu'ils faisaient les trains de jour, car ils habitaient dans le haut de Perrières dans une maison cheminote, semblable à la nôtre. Ils passaient devant chez nous pour aller se mettre en tête et nous leur faisions toujours un signe.

Il y eut des coups de sifflet pour les essais de freins, que j'avais l'habitude de surveiller de très près, puis le claquement des portières. Mme Dulot, les yeux fixes, feignait d'écouter ma mère qui lui racontait je ne sais quoi. Je l'entendais papoter :

— Alors, ma petite, vous ne savez pas ce qu'il m'a répondu, il m'a dit : « C'est pas la peine, j'ai déjà fait dans ma culotte ! »

Et elle riait discrètement. Pauvre maman ! Elle se donnait, elle aussi, bien du mal pour « changer les idées » de Mme Dulot qui, elle, ne répondait que par des hochements de tête. Mon camarade Marcel Dulot avait bien, lui aussi, de temps en temps, le regard en dedans, mais nous avions pris les « coins portière » et, le nez collé à la vitre, nous notions tout ce qui en valait la peine. D'abord le poste 3, où M. Richard, le père d'un de nos camarades et aiguilleur [1] de première classe, accoudé à sa baie ouverte, tout en haut du pavillon, regardait défiler le convoi en comptant les wagons et vérifiant les feux arrière. Nous lui faisions signe, mais il était trop occupé à tout contrôler au passage et il ne nous vit pas. Puis ce fut le poste 4, le poste de sortie côté impair, et ce fut la danse sur les aiguilles de sortie, le « shimmy [2] », qui inquiéta nos voisins,

1. L'aiguilleur, depuis le poste d'aiguillage, change l'embranchement des voies en fonction de la destination des trains.

2. Ensemble de mouvements complexes des roues direc-

trois imbéciles de voyageurs payants, tellement ignorants des choses du rail qu'ils s'imaginèrent que l'aiguilleur regardait simplement passer les trains. Cette race de voyageurs payants est tellement stupide que Marie Dulot se mit à en rire.

Puis le convoi accéléra un peu en quittant le Rempart de la Miséricorde et au-delà du bastion de Tivoli s'élança sur le remblai. Encore les postes de Perrigny et le Chemin-Noir, ainsi nommé parce qu'il était empierré de fraisil, puis le faisceau de triage, et ce fut enfin la pleine voie où nous prîmes de la vitesse, tout de suite après avoir salué au passage le poste Sud de Perrigny.

Dès lors, nous ne nous occupâmes plus que de la vitesse et des signaux. Notre rêve aurait été de descendre la vitre de la fenêtre, de gauche bien entendu, et de nous pencher légèrement au-dehors à la façon du mécanicien, pour voir à l'avance les sémaphores s'abaisser et les disques ou les carrés s'effacer devant nous, ce qui était pour nous d'une très grande importance.

Hélas, la saison ne s'y prêtait pas, paraît-il, et nous dûmes nous contenter de calculer la vitesse à travers la vitre : il s'agissait tout simplement de compter les plaques hectométriques tout en regardant sur le cadran d'une montre le temps que l'on mettait à parcourir un kilomètre, exercice délicat car, à toute vitesse, il est difficile de voir arriver les bornes hectométriques, si l'on n'a pas le visage hors de la portière, comme un vrai mécanicien.

J'avais demandé à ma mère sa montre sautoir et je surveillais la marche de la trotteuse alors que Marcel Dulot, les yeux écarquillés, comptait à haute voix les hectomètres. Restait à faire le calcul bien connu : si pour faire 1 000 mètres je mets

trices se traduisant, à une certaine vitesse, par un flottement du véhicule.

48 secondes, en une seconde je ferai 48 fois moins et en 3 600 secondes je ferai 3 600 fois de plus.

Il n'y avait qu'à résoudre mentalement cette élémentaire règle de trois et le tour était joué. Au premier calcul, je m'en souviens très bien, nous trouvâmes 153 kilomètres/heure.

— C'est faux, cria Marie Dulot, puisque la vitesse de la ligne est limitée à 120 à l'heure!

Pas un seul enfant de cheminot de tout le réseau P.L.M. n'ignorait cette limitation, un peu vexante, sur la grande ligne impériale Paris-Lyon-Marseille. Aussi allions-nous recommencer nos calculs, lorsque je me souvins que mon grand-père mécanicien avait imaginé un barème très simple qui permettait en un rien de temps de trouver la vitesse du train lorsque l'on connaissait en secondes le temps qu'il mettait pour parcourir un hectomètre. C'était un abaque [1] plié en accordéon qui donnait de seconde en seconde la vitesse du convoi. Cet accordéon était bien crasseux car mon grand-père l'avait porté dans un gousset de son gilet lorsqu'il était encore aux commandes de sa locomotive, « la Marianne », et jamais nous ne montions dans un train sans nous munir de cette pièce vénérable. A vrai dire, elle ne quittait pas la poche intérieure de ce fameux costume des dimanches.

Nous recommençâmes nos exercices chronométriques plus de trente fois, et c'est grâce à ce subterfuge que j'arrivai à faire oublier, à Marcel et à la jolie Marie Dulot, que leur père était couché sur un lit à l'Hôtel-Dieu de Lyon, victime du pire accident qui pouvait arriver à un chef de train, mais qui, hélas, n'était pas rare.

Il y eut aussi le casse-croûte. Les gens de la profession, à cette époque, ne s'embarquaient jamais sans biscuits. Aussi court que fût le voyage, nous

1. Tableau jouant le rôle de machine à calculer.

trouvions toujours le temps d'ouvrir le cabas, de sortir le pain, le litre et le couteau, les œufs durs et le saucisson à l'ail, les verres et même les couverts, et de faire, devant les autres voyageurs, les payants, admiratifs, une dînette aussi copieuse que parfumée, comme chez nous. D'ailleurs, n'étions-nous pas chez nous ?

En dépit de la rapidité de notre départ et du tragique de la situation, ma mère avait pris les précautions élémentaires. Certes il manquait les assiettes, et le petit cornet de sel pourtant si indispensable, et les œufs durs, mais elle fut très fière néanmoins de sortir du papier un reste de rôti froid, un très beau saucisson cuit, un couteau et cinq serviettes, et une bouteille de vin que la chère femme avait eu le temps de couper d'eau. Ainsi, le mâchon traditionnel put avoir lieu avec l'habituel déploiement de linge de table d'une blancheur impeccable. Éblouie par tant de savoir-vivre et de savoir-voyager, Mme Dulot se confondait en remerciements :

— Oh ! merci, oh ! merci, ah ! sans vous, disait-elle à ma mère, sans vous, comment aurions-nous fait ?

A vrai dire, cette inévitable et ridicule dînette eut au moins pour effet de distraire les pauvres Dulot. Depuis le généreux déballage du panier-repas jusqu'au consciencieux nettoyage des lieux sous les yeux étonnés et hostiles des autres voyageurs, nous fûmes occupés ainsi de Chalon à Belleville-sur-Saône.

A Tournus, alors que nous jetions un coup d'œil rapide à la basilique, se produisit un événement fort mince en vérité mais qui est resté classé pour toujours dans l'immense bibliothèque de ma mémoire, dans le tiroir réservé aux petites rancœurs diverses qui donnent à notre caste l'exaltante certitude de ne pas être comme les autres. En ségrégation de fait.

Le contrôleur entra dans le compartiment, nous lui présentâmes nos permis de circulation de service, il nous regarda avec insistance et il me sembla qu'il remarquait le regard de détresse de Mme Dulot, de Marcel et de Marie. Certainement il avait compris. Les deux autres voyageurs lui présentèrent des billets normaux, c'étaient bien des payants, des « étrangers ».

Lorsque le contrôleur se retira, l'un d'eux dit à l'autre, mais à notre adresse :

— On ne se prive pas de se promener quand on voyage aux frais de la princesse !

J'avais bondi. Ainsi « on se promenait » ?

J'allais régler ces deux pignoufs de deux bonnes phrases bien senties, mais ma mère qui me voyait près d'éclater me prit les mains pour me calmer et me dit, dans un souffle :

— Laisse, laisse, tu sais bien ce que papa nous dit toujours : « Dans le train, n'acceptez jamais la discussion avec un étranger » (sous-entendu : « étranger à la profession »). Surtout en ce qui concerne les facilités de circulation !...

— Mais pourtant, dis-je, si on leur expliquait, ils comprendraient que M. Dulot est mort pour eux...

— Tais-toi, tais-toi ! soufflait-elle, comme pour effacer les quatre derniers mots de ma phrase.

Nous arrivions dans la banlieue lyonnaise. Dans la brume du soir, les lumières de l'île Barbe se reflétaient dans les lenteurs de la Saône. Ma mère ordonna le branle-bas de combat pour avoir le temps de se préparer à descendre et ne rien oublier dans le compartiment.

Le long passage du tunnel de Saint-Irénée nous serra tout à coup le cœur et lorsque le train déboucha sur le pont de la Saône, je vis bien que l'angoisse avait repris possession de mes deux petits camarades. Mme Dulot retrouvait rapidement son air perdu, car c'était la première fois qu'elle s'éloignait autant de son port d'attache. Les cheminots modestes ne voyageaient jamais, surtout les roulants, saturés de voyages. Avait-elle même jamais dépassé Beaune, vers le sud ? Elle s'accrochait à ma mère désespérément :

— Surtout ne me perdez pas, murmurait-elle. Qu'est-ce que je deviendrais toute seule, en dehors de la gare ?

La presqu'île et la gare de Perrache, dont la halle était deux fois plus grande que celle de Dijon, étaient en vérité impressionnantes de bruits et de mouvements. Sous la grande verrière, des vapeurs folles s'accrochaient aux poutrelles métalliques, embuaient les lueurs des innombrables becs de gaz et formaient comme un plafond houleux de ouate sale. Les aboyeurs nommaient des villes connues, mais aussi des noms nouveaux et mystérieux. Heureusement nous retrouvions ces longs coups sourds des tampons, ce tacatac des roues sur les joints des rails, cette odeur de lavabos de passage, ces chuintements, ces soupirs, ces geignements des accouplements laborieux, ces halètements du « petit cheval * », ces clameurs discordantes des essieux sur les cœurs d'aiguilles. Tout cela était notre milieu familier et nous redonnait courage. Nous étions chez nous.

Nous n'osâmes pas mettre le nez dehors. Hors de nos frontières, au-delà des emprises de la Compagnie, nous étions perdus. Ce monde extérieur au chemin de fer nous paraissait étrange et ridicule, avec ses fiacres, ses omnibus, et même ses auto-taxis et ses autobus. De plus, il faisait déjà nuit.

Heureusement, nous savions que, dans la gare Perrache même, nous avions des alliés. Les autres cheminots de tous les services, qu'ils fussent en

* Nom donné par les cheminots à la pompe à air qui alimente le frein Westinghouse.

uniforme, à la tenue ou en civil, étaient nos frères, et surtout il y avait la famille Benoit, d'anciens voisins. M. Benoit avait été facteur-chef à la gare de Dijon-Ville et, depuis deux ans, il avait été nommé en avancement « sous-chef-de-gare-logé » à Lyon-Perrache.

Ma mère savait donc bien qu'il occupait un logement d'emploi dans le bâtiment même de la gare ; ce fut un jeu de les retrouver. Ainsi, nous débarquâmes tous les cinq chez ces braves gens qui, pour lors, préparaient le dîner.

Ils mirent tout aussitôt cinq assiettes de plus sur la table et une poêle sur la cuisinière pour y faire sauter une omelette supplémentaire. Les enfants Benoit nous racontèrent sans conviction des histoires de la gare, des histoires que nous ne comprenions pas toutes car ils appartenaient au service des gares qui a son langage particulier, alors que les Dulot étaient du service des trains et, quant à moi, j'étais « de la Voie », une espèce de noblesse du chemin de fer, mon père me le répétait tous les jours. Pourtant ces papotages nous furent bien utiles pour meubler le lourd silence qui planait dans l'immense salle à manger.

Le repas fut très bref : un simple en-cas, avec un bon verre de vin pur, et M. Benoit qui était justement de campo nous entraîna tout de suite à l'Hôtel-Dieu.

Les quais du Rhône sous une brume verdie par les lueurs des becs de gaz laissaient deviner, derrière les parapets, un courant furieux que l'on entendait chuinter et gronder. Je tentai de regarder cette eau rapide, certes bien différente de celle de notre Saône, si douce et si tranquille, mais je ne vis, à la lueur d'un réverbère, qu'un remous sombre qui se nouait et se dénouait comme un serpent d'eau.

Enfin, ce fut l'Hôtel-Dieu, les longs couloirs, puis

une salle où Mme Dulot courut vers un lit où l'on ne voyait qu'une large moustache noire dans des linges blafards.

M. Dulot était-il mort ? J'aurais voulu poser la question.

Marcel et Marie, debout, raides comme des piquets, n'osaient faire un mouvement. Une infirmière vint nous prier de nous retirer, je ne sais trop ce qui se passa par la suite.

Lorsque nous sommes revenus chez les Benoit, Mme Dulot était absente, elle était restée à l'hôpital. Un lit de camp était dressé dans une chambre pour Marcel et moi, ma mère couchait avec la petite Marie dans une autre chambre qui donnait sur la verrière de la gare. Ces appartements de gare, ces « logements d'emploi » comme on les nommait, étaient immenses, et la plupart des pièces étaient vides car les déménagements successifs réduisaient au minimum le mobilier de ces familles volantes.

Le lendemain, à la façon dont les grandes personnes nous parlaient, nous comprîmes bien que « l'irréparable s'était produit », selon l'expression de M. Benoit, qui parlait toujours comme dans les rapports qu'il devait fournir à ses supérieurs : M. Dulot était mort dans la nuit, sans avoir repris connaissance.

L'angoisse avait fait place, dans la grande maison cheminote où nous vivions à Dijon, à une activité prodigieuse qui vous redonnait du cœur. Les trois enfants du chef de train Dulot étaient recueillis chez les voisins pendant que Mme Dulot faisait les démarches. Le petit Joseph était logé chez un voisin du troisième, chef de train comme son père, la jolie Marie était accueillie chez M. Renardot, un wagonnier, qui avait une fille unique et, à ma grande joie, il fut décidé que Marcel, mon conscrit, serait logé chez nous. Raconter ce qui se passa alors me semble capital car l'on peut y voir fonctionner les rouages d'un système social étonnant. C'est un ensemble de détails infimes en apparence qui, pourtant, s'imbriquant les uns dans les autres, peuvent donner une idée de notre condition.

Les démarches de Mme Dulot me semblèrent mystérieuses. C'était mon père et un autre voisin, comptable au service des Traverses, tous deux habitués aux écritures et aux démarches, qui s'en chargeaient. La petite Mme Dulot écoutait sagement leurs conseils. Elle acquiesçait en disant :

— Oui, monsieur !... Comme vous voudrez, monsieur !... Je me fie à vous, monsieur !...

Nous comprîmes qu'elle avait fait une demande pour être femme de ménage. Dans les bureaux de la Compagnie, bien entendu. Mais, un jour, très peu de temps après notre voyage à l'Hôtel-Dieu de Lyon, mon père arriva chez nous en disant presque joyeux :

— Ça y est, Mme Dulot est convoquée !

— Il va falloir qu'elle s'achète un chapeau ! s'écria ma mère.

— Comment ? elle n'a pas de chapeau ?

— Eh non ! Tu sais bien que, pour l'enterrement, j'ai dû lui prêter mon chapeau noir.

— Alors, pas de bêtise, s'écria gravement mon père. Se présenter sans chapeau, ça ferait tout rater !

— Passe encore, si c'était pour une place de femme de ménage, mais là ce serait très maladroit, dit ma mère. Je lui prêterai donc encore le mien.

— Mieux vaudrait qu'elle s'en achète un. Elle ne pourra pas aller au travail tous les jours avec ton chapeau.

Il y eut un silence d'intense réflexion.

— Elle n'a pas les moyens de s'en acheter un, tu le sais bien, murmura ma mère.

— Elle vient pourtant d'avoir un secours de la Compagnie. L'ingénieur m'a affirmé qu'elle le toucherait dès demain.

— Oui-da, elle a bien d'autres choses à faire avec son secours que de s'acheter un chapeau. Je vais lui en rabibocher un avec la forme de mon vieux taupé.

— Il est brun. Elle ne peut pas porter de couleur, voyons !

— Mais gros bête, je vais le teindre en noir cette nuit !

Il y eut, en effet, ce soir-là, une drôle de cuisine sur notre fourneau. Dans une marmite que l'on consacrait à cet emploi, on mit à chauffer un liquide noir et puant dans lequel mijotait une loque de feutre toute ramollie. On la retira du bouillon et on l'étendit, pour la sécher, au-dessus de la cuisinière qu'on n'éteignit pas ce soir-là. Une partie de la nuit, ma mère tailla et trancha dans le feutre encore mou, manipula du crêpe et du gros grain. Le lendemain, elle me montra un drôle de galurin, à peine sec, curieusement cabossé, drapé d'un discret bouillonné de crêpe, auquel elle ajouta deux ou trois cabochons et une sorte de chapelet de perles de jais, sans quoi, à l'époque, on ne pouvait décemment imaginer un chapeau de veuve.

Triomphante, elle se le mit sur la tête sans la moindre superstition, en me disant :

— Alors, il n'est pas joli « mon » petit chapeau ?

Moi, je n'avais là-dessus aucune vanité filiale préconçue, mais comme les amies de ma mère s'accordaient pour dire qu'elle avait des doigts de fée et qu'elle avait le secret pour se tortiller des chapeaux avec n'importe quoi, j'en déduisis que ce chapeau était un petit chef-d'œuvre du genre. En vérité, il n'était ni plus bizarre ni plus étonnant que ces choses que toutes les dames se mettent sur la tête et qu'elles nomment chapeau. Ça ne ressemblait à rien, ça ne pouvait servir à rien, ni à abriter du soleil ou de la pluie, ni à embellir cette parure naturelle de la femme : la chevelure — la chevelure féminine qui me mettait en émoi —, ni à protéger du froid ou de quoi que ce soit. Bref, c'était un chapeau de femme. Un chapeau « convenable ». Un chapeau qui convenait pour permettre à une femme de chef de train mort en service d'aller se présenter...

Mais se présenter à qui ? Où ?

Nous ne le sûmes pas tout de suite, Marcel Dulot et moi, car les vacances de Pâques étaient là et l'on nous expédia fort heureusement tous deux chez mes grands-parents maternels qui tenaient un passage à niveau perdu en pleine montagne bourguignonne, le passage à niveau n° 15, sur la ligne impériale Paris-Lyon-Marseille, au point kilométrique 275, entre les gares de Darcey et de Thenissey.

Nous y arrivâmes par le train 1002 qui partait alors de Dijon-Ville à 7 h 33 et montait courageusement la rampe qui conduit jusqu'au tunnel de Blaisy, à 430 mètres d'altitude passait sous la crête de la montagne par un souterrain de 4,900 kilomètres, s'il vous plaît, et quittait le versant du Rhône pour culbuter ensuite par la vallée de l'Oze, dans le versant de la Seine.

Nous ne manquâmes pas d'observer au passage la façon adroite dont le mécanicien s'y prenait pour utiliser le palier de Plombières, afin de démarrer son convoi et s'élancer bravement dans cette redoutable rampe de 8, longue de 15 kilomètres, qui était le cauchemar des équipes de conduite.

Je me souviens même d'avoir constaté avec enthousiasme, avec Marcel, que nous étions parvenus à rouler à plus de 70 à l'heure tout juste avant le coup de frein, au moment de prendre l'aiguille de la gare d'entrée de Malain. Nous étions penchés à la portière gauche, comme de vrais mécaniciens, pour surveiller les signaux et respirer à pleins poumons cet air vif de notre Montagne que l'on désigne, dans nos livres de géographie, sous le nom de « seuil de Bourgogne ».

Une heure plus tard, nous arrivions à la barrière.

C'était une bonne vieille maisonnette de garde-barrière, toute seule dans une grande courbe, entre la ligne et la rivière. D'un côté, le versant ouest pentu qui montait jusqu'à la forêt et les roches ; de l'autre, les prés où l'Oze, grosse de la fonte des neiges du coucou et des pluies de printemps, grondait en charriant des arbres déracinés.

En face, le versant est de la vallée, pareillement couronné de forêts et de petites falaises blanches.

Lieu de rêve, perdu en pleine nature, à trois kilomètres de tout village et où la maisonnette paraissait encore plus petite, avec son jardin d'un côté, et son verger de l'autre, son puits, sa source, son petit lavoir et ses baraques que mon grand-père avait construites avec de vieilles traverses et des longrines assemblées par des coupons de rails et des tirefonds de rebut. Ces baraques, c'étaient le bûcher, le poulailler, le clapier, la grange, et l'étable où vivait le bétail. Modeste bétail : une vache, un porc et toute la basse-cour.

Elle nous apparut après une demi-heure de marche, au détour de la vallée, alors que, descendus à la gare de Darcey, nous longions à pied la voie impaire, en suivant le sentier de service. Je m'arrêtai et, la désignant d'un geste large à mon camarade, je m'écriai :

— La voilà !

Marcel était émerveillé. Une maison toute seule, sans voisins, sans rues, sans école, au milieu des prés et des bois, près d'une rivière sauvage qui court dans les vernes et les buissons, faisant cascade sur un barrage de troncs échoués. Jamais il n'avait vu cela, lui, l'enfant des casernes du chemin de fer!

Aussitôt qu'on la voyait, cette barrière, on comprenait que c'était certainement et exclusivement là qu'habitait le bonheur. Et plus on la regardait, plus on comprenait le courage et l'ingéniosité des gens qui l'habitaient et aussi leur opulence, l'opulence des pauvres.

Ma grand-mère nous attendait, toute rouge d'avoir pétri et roulé la pâte et chauffé la grosse cuisinière noire pour nous recevoir dignement.

Elle nous avait vus venir par la lucarne par où elle guettait l'arrivée des chariots qui demandaient l'ouverture des barrières. Elle riait, et la fossette de son menton se creusait alors un peu plus. Elle avait les mains sur les hanches et, d'aussi loin qu'elle nous vit, elle commença la conversation. Nous étions encore à plus de cent mètres de la maison que nous savions déjà tout : que le grand-père faisait sa tournée, qu'il allait rentrer vers midi avec un appétit de tous les tonnerres, que les tartes cuisaient, qu'on allait mettre les escargots au four « en pas tardant ».

On entra se chauffer alors que passait un train de messageries dont j'ai, hélas, oublié le numéro. Il remplissait la maisonnette de son bruit de tonnerre. On l'écouta passer sans mot dire.

La grand-mère avait pris son drapeau rouge enroulé et elle était sortie sur le seuil pour regarder, au garde-à-vous, défiler le convoi. Quand il fut passé et que l'on n'entendit plus que son grondement se répercuter dans la vallée, elle revint, et Marcel constata :

— Il a son taf pour monter à Blaisy! 450 tonnes!

— Tu as vu ça toi? A la bonne heure!

— Madame, j'ai compté les essieux, dit Marcel, qui continua, un peu cabotin : Même qu'il avait une roue carrée vers le douzième wagon.

— Tu as entendu ça aussi, sans même mettre ton nez dehors?

— Oui, mais, heureusement, c'était un couvert vide...

Dois-je traduire ? « Avoir son taf » : en jargon ferroviaire, veut dire « avoir sa charge complète », « une roue carrée » : certains bandages de roue présentent des méplats provoqués souvent par des freinages intempestifs et excessifs. On les entend parfaitement au passage d'un train par le martelage qu'ils font sur le rail. C'est un bruit qui n'échappe pas aux gens de la confrérie. « Un couvert » est un wagon fermé, un « couvert vide » : un wagon couvert sans chargement.

Ma grand-mère allait dire : « Toi, on voit bien que ton père est chef de train. » Mais elle coupa à temps en disant :

— Oui, c'était probablement un couvert qui rentrait haut le pied aux ateliers de Perrigny, pour la réparation !

Puis, ayant jeté un coup d'œil sur l'amont de la ligne, elle s'écria :

— Tiens ! le voilà !

En effet, un homme arrivait, tête baissée, marchant à grands pas lents sur le rail extérieur de la voie impaire, comme un funambule. Tous les deux pas, il appuyait sa grosse canne ferrée sur une traverse, pour assurer son équilibre.

Son regard allait d'un rail à l'autre, méthodiquement. Nous le hélâmes. Du bras droit il fit un signe, sans pour autant quitter les rails du regard. Lorsqu'il fut arrivé au passage à niveau, il releva la tête, avant même de m'embrasser, il dit à sa femme :

— Tu l'as entendu, celui-là ? (Il voulait parler de la roue carrée.) Heureusement qu'il était vide, il nous aurait cassé un rail comme rien ! C'est ben de l'oreille de pied de veau, cette engeance-là !

Après quoi, il m'empoigna par les deux épaules et frotta sa couenne raide contre la mienne. Pour ne pas faire de jaloux, il en fit autant à Marcel en disant :

— Alors le voilà, ce Marcel ? J'espère qu'il va en prendre des couleurs !

Puis l'ayant affectueusement rudoyé d'une bourrade :

— Pleure pas, Marcel, la Marie va te faire de sacrés petits plats, que, dans huit jours, en partant d'ici, t'auras le ventre comme le dôme de vapeur d'une Crampton !

— Oh, je ne suis pas maigre, protesta Marcel.

— Non, mais y a rien de trop, dit le vieux en se débarrassant de ses agrès [1], sa canne, son drapeau

Un employé de la Voie au graissage des aiguilles

1. Mot d'ancien français désignant l'équipement.

et sa sacoche à pétards dont il sortit deux kilos de mousserons.

Il les mit dans un panier qu'il passa sous le nez de ma grand-mère en disant :

— Tiens, Marie, respire ! Hein, ça sent bon ça, hein ?

Il la poursuivit jusque derrière le rideau du lit où elle s'était allée blottir, en poussant de grands rires francs.

— Tiens, tiens, Marie, renifle-moi ça, tu la sens ton omelette pour ce soir, hein, tu la sens !

Il sortit pour tirer un seau d'eau au puits, s'y lava les mains et rentra en disant, l'œil allumé :

— On va d'abord casser la croûte, les gars. Après, on verra pour le programme des travaux !

Et il se mit à couper du pain comme pour un banquet de vingt couverts.

— Assez, assez, cria la Marie, tu vas trop en couper, qu'on va en perdre !

— Tu le donneras aux poules, aux canes, aux lapins, au cochon, à la vache ! Pas vrai les gars ? C'est pas les gésiers qui manquent ici, pas vrai, Marcel ?

Il interpellait rondement Marcel à toutes les bouchées, pensant lui faciliter l'acclimatement et lui redonner ainsi sourire et joie de vivre.

Quand la petite batterie des rapides de midi commença à défiler à 100 à l'heure, il cria :

— Tiens, voilà la rafale qui commence. Feu à volonté ! Voilà l'Europe qui défile sous nos yeux !

Puis regardant sa montre oignon :

— Sont à l'heure ! Tout va bien !... Mais mange donc, Marcel, t'aimes pas les escargots, peut-être ?

— Si, monsieur, mais j'en ai déjà mangé une douzaine.

— Bof, une douzaine, la belle affaire ! Moi, à ton âge, j'en mangeais cinq, six ou sept douzaines avant dîner.

Puis, très à l'aise :

— Aie pas peur de me mettre sur la paille, les escargots, le beurre et le persil, les œufs, les mousserons, la crème, tout ça ne nous coûte pas un sou à nous, les gens des barrières, tout ça c'est gratis pro Deo ! Y a qu'à se servir sous le soleil !

— Dis donc pas de bêtise, vieux fou, disait la grand-mère. Tu vas leur faire attraper un embarras !

Et là-dessus, elle apportait une vieille poule bien grasse, longuement mijotée dans sa sauce, toute blanche et toute épaisse de crème !

C'était ainsi dans cette maison solitaire, piquée le nez sur le rail au plus sauvage de la montée de Blaisy, et c'était ainsi dans toutes les barrières, chez ces gens très pauvres assurément mais si ingénieux, et si favorisés par leur situation loin des villages, en pleine nature, à deux pas de la rivière où mon grand-père en permanence surveillait une dizaine de lignes dormantes pour la truite.

Leurs poules couraient librement dans les prés, dressées, ou prévenues par leur instinct, à ne pas picorer sur le chemin de fer et les œufs des barrières étaient si réputés que les coquetiers les payaient plus cher que les œufs de ferme.

Les femmes, rivées à leur barrière pour en assurer la surveillance en permanence, passaient leur journée entre la huche et le fourneau. Ma grand-mère faisait, sans le savoir, de l'élevage biologique. Toutes cordons-bleus par la force des choses, toutes maîtresses tricoteuses, mitonneuses, mijoteuses, toutes volaillères émérites, ne se déprenant du ménage, de la basse-cour et du jardin que pour ouvrir les barrières aux rares charretiers qui passaient sur le petit chemin vicinal, et les refermer bien vite.

Leurs hommes étaient tous employés sur la voie comme poseurs. Mon grand-père, en fin de carrière, était brigadier, ou « cantonnier », c'est-à-dire qu'il avait la surveillance d'un canton de la ligne et commandait une équipe de dix poseurs pour assurer la surveillance, l'entretien et le renouvellement des rails et des traverses de son canton. Cinq kilomètres de lignes à double voie, c'est-à-dire dix kilomètres de voies, soit vingt kilomètres de rails, et donc vingt-cinq mille traverses noyées dans le ballast sur lesquelles les trains passaient à 100 à l'heure, par tous les temps. Et aussi les signaux de pleine voie, et les fils d'acier qui les commandent : une fière responsabilité, allez !

Aux heures de loisirs, ces paysans du rail donnaient la main aux cultivateurs de la vallée : une journée de fauchaison par-ci, une journée de moisson par-là, le bûcheronnage l'hiver et le braconnage en toutes saisons : le bonheur vous dis-je, et de la meilleure qualité !

C'était dans ce monde curieusement libre, et précisément dans la barrière voisine, à huit cents mètres en amont, que ma mère était née, sans trop connaître son bonheur. C'était le long de ces rails, quatre fois par jour, qu'elle avait, avec ses frères, fait ses trois kilomètres pour aller et revenir de l'école, du catéchisme et de la messe le dimanche et les fêtes mobiles. Douze kilomètres chaque jour, par tous les temps, entre les roches de la rivière et le versant de la montagne : le bon régime pour vous faire des jambes de chèvre, un souffle de lièvre, une santé de jument poulinière et une gaieté de loriot. Sans doute aussi une vue claire et une juste appréciation des choses essentielles de la vie.

Le Louis, ainsi que ma grand-mère appelait son homme, était à sa trente-sixième « annuité », comme on disait, c'est-à-dire que depuis trente-six ans il cotisait à cette unique et fameuse Caisse autonome des retraites des employés de chemins de fer qui, depuis 1850, fonctionnait comme une horloge jurassienne, et depuis tantôt un siècle rendait jaloux à crever tous les autres salariés de France et de Navarre.

Dans quatre ans, à cinquante-cinq ans pile, il allait pouvoir partir en retraite, sorte de merveilleuse récompense honnêtement attendue mais qui allait, toutefois, l'obliger à quitter cette maisonnette où, par un beau jour d'octobre 1887, il avait amené sa Marie, toute jeune mariée, et où leurs trois enfants étaient nés, mes deux oncles et ma mère.

Le Louis appréciait tout cela à sa juste valeur et même il concevait une grande vanité familiale, lui, paysan bourguignon, né au village d'amont, d'avoir eu l'honneur d'appartenir depuis trois générations à ce chemin de fer qui avait bouleversé le monde. Car il tenait dur comme fer que l'invention de la poudre ou de l'imprimerie, la découverte de l'Amérique et même la Révolution française, un peu surfaite à son avis, n'étaient que de la merde de coucou à côté de l'invention de la locomotive. Et cette invention, pour lui, n'était dépassée que par celle du rail. Qu'était-ce, en réalité, qu'une locomotive ? Une grosse chaudière lourdaude, condamnée à l'immobilité, capable d'écraser sous elle tous les chemins qu'on voudrait lui faire prendre, alors qu'avec le rail, ce petit bourrelet d'acier de rien du tout, judicieusement placé sur un simple platelage [1] de chêne, elle filait légère comme le vent et rapide comme l'éclair, pour employer les expressions de M. Victor Hugo.

Il démontrait ainsi, avec aisance, la supériorité évidente du rail sur la locomotive et la suprématie du service auquel il avait l'honneur d'appartenir, celui de la Voie, sur le service de la Traction. D'ailleurs n'appelait-on pas le réseau ferroviaire tout entier « le Chemin de Fer », prouvant par là que le rail était tout, la locomotive rien, ou si peu ?

1. Plancher de charpente bien dressé.

C'était à partir de ce petit boudin d'acier, gros comme un baliveau, que le monde moderne s'était construit, que le progrès s'était édifié. Un monde et un progrès dont le grand-père se souciait à vrai dire comme d'une guigne, il en était un des artisans mais n'y participait pas. Il vivait encore effectivement comme un paysan du XIIe siècle. Promoteur et artisan du rail sur lequel passe le monde entier, comme il disait, mais ne voyageant jamais lui-même, accroché au sol natal presque comme un arbre, menant sereinement une vie de lenteur, de simplicité et de silence, alors qu'il était frôlé à toutes les minutes par le fracas et le vent des lourds convois de messageries, piochant ses pommes de terre, pelletant, à la fourche à huit dents, le ballast sur lequel passaient les grands rapides européens.

Il les regardait passer mais uniquement comme le Règlement général d'exploitation lui en faisait obligation, pour surveiller au passage l'état du matériel et du chargement.

La Marie, elle aussi, les regardait défiler, son drapeau rouge roulé à la main, selon une vieille habitude du temps où sa mère et sa grand-mère, elles aussi gardes-barrière, participaient d'une façon effective à l'espacement des trains.

Ils considéraient tous deux que l'essentiel de leur travail était de contribuer à assurer le passage de ces trains. Faire passer les voitures routières était pour eux très secondaire. Ils condescendaient à ouvrir les barrières pour permettre aux charretiers de traverser les voies, impatients de les refermer derrière eux, effrayés qu'une charrette pût rester en difficulté en travers des rails, non tellement par souci pour la charrette, son chargement ou son conducteur, mais à la pensée d'être obligés de courir poser les pétards à la distance réglementaire sur le rail, pour arrêter à temps Sa Majesté le Train.

Arrêter le train ! Surtout un rapide ! Quel cas de

conscience ! Quelle responsabilité ! Ma grand-mère en avait arrêté deux en trente-six ans, et la sueur perlait encore à son front en racontant vingt ans plus tard ces terribles événements. Pour elle, la route était une misérable petite chose réservée à la circulation locale, les chariots de foin, de paille et des tombereaux de fumier.

Le soir même de notre arrivée à la barrière, grand-père Louis nous glissa dans l'oreille quelques conseils pour être sûrs de prendre des truites. L'eau était trop haute et trop boueuse pour tenter sa chance à la cuillère ou au vairon. Le mieux était de pêcher avec un gros ver et de le laisser tourner lentement dans un remous, à l'écart du grand courant. Après avoir ramassé quelques gros lombrics et monté deux lignes, nous nous installâmes sous le pont, sur la rive haute, dans une petite anse sombre dans laquelle les eaux profondes tournoyaient lentement, à l'abri d'une pile et creusées en leur centre par un inquiétant tourbillon, où venaient s'engloutir, comme attirées par un enchantement, les fleurs grenat qui tombaient des peupliers.

De là où nous étions, on découvrait la ligne de chemin de fer sur 400 mètres et nous assistâmes ainsi au défilé de toutes les catégories de trains imaginables. Un vrai régal. On les entendait débouler à la sortie du tunnel, dans la haute vallée. Leur grondement sourd était longuement répercuté par les versants et, tout à coup, ils débouchaient devant nous. Nous vîmes ainsi passer, comme une trombe, le train Bleu, encadré par le rapide de Marseille et celui de Modane, mais aussi les Messagers, aussi rapides que les grands Express, et puis les Marchandises, lourds et interminables.

Un fils du Rail ne peut pas voir rouler un convoi sans citer à voix basse son numéro. J'avais pris cette manie à mon père et, avant même de voir déboucher la locomotive, je ne manquai pas de murmurer dans le plus pur charabia professionnel :

— Ça, c'est le 408 qui part de Dijon à 16 h 17 et qui doit arriver à Paris vers les 20 heures et mèche...

Marcel, quelquefois, se hâtait de me devancer, parfois aussi il contestait d'un air supérieur :

— Ça ? Le 408 ? Avec un coupe-vent ? Il y a belle lurette que le 408 n'a pas été remorqué par un coupe-vent !

Et j'étais vexé. Ou bien il ajoutait, d'un air détaché, le nom de l'équipe de traction lorsqu'elle était dijonnaise, et je dois dire qu'il se trompait rarement, lui, fils de chef de train.

Tout cela était l'effet, en somme, d'une espèce de long et sévère dressage, à l'abri de tout contact extérieur, d'une vie familiale centrée exclusivement sur le service des trains, qui débordait ainsi des préoccupations paternelles et envahissait tout, chassant quasiment toute autre pensée de nos cervelles. Il m'arrivait de trouver cela ridicule et débile, et je faisais un gros effort pour y échapper, pour me donner l'air détaché de ces étrangers qui ont des idées sur tout et vous parlent tout aussi bien de littérature, de finances, de politique, de rugby ou du temps qu'il fera. Il ne m'échappait pas que notre univers du rail, quoique prodigieux, était fermé comme une cloche à melon sous laquelle nous mûrissions dans notre jus. Nous étions dans un ghetto indécrottable. Des Mohicans dans la réserve indienne. Et puis, peu à peu, je n'y pensais plus, et je me reprenais tout bêtement à compter les essieux du train qui passait, à supputer sa marche, à calculer le « poids-frein », et finalement à tirer, de ces exercices hautement intellectuels, une fierté démesurée d'être cheminot, qui déterminait un véritable orgueil de caste.

Je me souviens ainsi que longeant lentement la rivière, sans dire un mot, cherchant à tremper notre esche [1] dans les remous les plus pêchables et contemplant les convois, nous nous arrêtâmes sous le déversoir du moulin et, alors que passait le 4807, un train de Messageries de composition très complexe, Marcel s'arrêta, l'air grave. La vue de ces wagons de marchandises, attelés les uns derrière les autres, lui rappelait certainement la mort de son pauvre père, mais il n'en parla pas. Il se contenta de dire, au bout d'un moment :

— L'attelage, ça en aura fait des morts !

Oui, il pensait bien à son père. Il pensait à ces problèmes de l'attelage qui, pour nous tous, étaient beaucoup plus importants que les cours du dollar ou que la récolte du blé, car, il faut le dire, la mort du père Dulot était la troisième de son espèce en trois ans survenue dans la petite population cheminote de notre rue, la rue des Perrières.

Un par an, pour une centaine de familles seulement ! C'était énorme. Marcel, qui était un garçon grave et réfléchi, se fâcha un peu :

— Je ne comprends pas, non, je ne comprends pas que les ingénieurs n'aient pas encore pensé à inventer un truc.

— Un truc ? Quel truc ?

— Je ne sais pas, moi, un truc pour que les hommes n'aient pas besoin d'entrer entre les tampons pour faire les attelages...

— C'est compliqué ! dis-je.

— C'est compliqué ? s'échauffa Marcel Dulot. Mais on a inventé plus compliqué que ça : par exemple, la « bande Flamand » ! Il me semble que c'est très compliqué l'appareil Flamand, qui mouchardé les fautes des mécaniciens !... M. Flamand l'a bien inventé, et on l'a mis sur toutes les locomo-

1. Appât pour le poisson.

tives de ligne!... Et bien d'autres choses encore moins utiles et plus compliquées!...

On resta muets un moment, chacun pensant aux dangers que couraient, à ce moment même, dans toutes les gares, dans tous les triages de France et de Navarre, les atteleurs, qu'ils soient wagonniers, chefs de train, chauffeurs, chefs de gare, car tout le monde entre dans les attelages au moment du coup de chien.

Et tout à coup, Marcel se mit à parler de telle façon que je crus qu'il allait pleurer :

— Je ne sais pas, moi! disait-il, mais supposition qu'on trouverait un système de crochets, comme des mousquetons, à la place de chaque crochet de traction... Supposition : la machine de manœuvre refoule sur la rame à l'arrêt, les crochets se rentrent dedans et crac! c'est verrouillé! Pas besoin qu'un homme aille risquer se faire écraser par les tampons, ou assommer par le balancement de la chape..., ou par le coup d'accordéon en retour!... Supposition!...

Et en parlant, il faisait le geste avec ses deux mains disposées en forme de crochets opposés. Elles se rencontraient, se pénétraient, se mariaient et restaient solidement refermées l'une sur l'autre.

Je regardai Marcel comme on dut regarder Christophe Colomb le jour de l'œuf, et je restai là, coi comme une truite, alors que ma ligne se prenait dans une rauche [1] sans même que j'y prisse garde. A dix ans, Marcel Dulot venait tout simplement d'imaginer ce fameux attelage automatique. J'étais tellement saisi que je ne pus que lui dire, employant pour la première fois ce mot tout nouvellement venu dans le vocabulaire français, et qui était parfaitement adéquat à mon admiration :

1. Roseau qui pousse en bordure des rivières. Par extension, lieu où pousse ce roseau.

— Tu es formidable !

Nous pliâmes les lignes lorsque le disque avancé claqua, annonçant l'arrivée du « patachon » de 19 h 32.

Quand on l'entendit rouler dans la tranchée de Blaisy, nous rentrâmes à la barrière. C'était la coutume : il fallait être assis à table, serviette au menton, lorsque passait le « patachon » de 19 h 32. Je n'y aurais failli pour rien au monde.

Une des lois du ghetto : l'heure, c'est l'heure !

En me mettant à table, je pensais au terrible accident de M. Dulot : le thorax coincé jusqu'à éclater entre deux tampons qui se resserrent ! Et j'en frémissais encore, mais je ne pouvais m'empêcher de me remémorer cet article du Règlement général d'exploitation ou de je ne sais quelle circulaire fondamentale, interdisant absolument à l'agent qui doit faire un attelage de passer « entre les tampons » même s'ils sont éloignés l'un de l'autre ! « Pour entrer dans un attelage il faut obligatoirement et quoi qu'il arrive se baisser pour passer en dessous. »

J'avais lu cela et cela m'avait frappé à jamais. Voilà ce que M. Dulot aurait dû faire. Et il ne l'avait pas fait ! M. Dulot n'avait pas appliqué les instructions réglementaires.

On doit toujours appliquer le Règlement général. Il est bien fait !

Bien entendu, je gardais pour moi ces terribles réflexions et j'avais raison, car j'aurais dit des bêtises, parce que je ne savais pas dans quelles conditions ces gestes-là étaient accomplis habituellement, sur un triage, alors que le temps presse, que le train a déjà deux minutes de retard et que si l'on attend que toutes les conditions réglementaires soient réunies, on risque de prendre encore deux minutes supplémentaires, et qu'il fait froid, que l'on a hâte de regagner son fourgon sous la pluie glacée et surtout que l'on veut regagner une ou deux minutes, par élégance, par vanité, par conscience professionnelle. L'heure, c'est l'heure.

Mais quand même, oui, les ingénieurs auraient pu, au lieu d'imaginer toujours des dispositifs compliqués pour rechercher des améliorations purement techniques, penser un peu plus à la sécurité et au bien-être des agents !

Et je me remémorais cette phrase frondeuse, bien dans l'esprit cheminot, entendue dans la bouche de mon père : « Quand je pense que les ingénieurs ont mis trente ans pour construire, sur la locomotive, un abri pour cette équipe de conduite, qui a circulé, à découvert, nuit et jour, sans la moindre protection contre la pluie, la neige, le vent !... »

Après la soupe, le grand-père Louis ouvrit un vieux livre tout écorné. Il nous le montra : c'était l'*Itinéraire de Paris à Jérusalem* de Chateaubriand. Où l'avait-il déniché ? Sans doute dans les greniers de ses arrière-grands-parents, qui avaient vécu vers 1850 et qui, contrairement à ce que nous disent les cuistres d'aujourd'hui, lisaient. Et de la meilleure littérature.

— Un beau livre, bien intéressant, nous dit-il.

— Il doit le savoir par cœur ! lança ma grand-mère par-dessus le plat, ça fait au moins vingt ans qu'il le lit tous les soirs !

— Non Marie, pas tous les soirs ! répliqua-t-il, puisque deux soirs par semaine, je fais mes « états » !

Il voulait parler des états de son stock d'éclisses, de tire-fonds, de coussinets et d'accessoires de voie, dont il avait la responsabilité. Il se remit à feuilleter le livre, puis, hochant la tête :

— Un grand voyage qu'il a fait là, le René, pour raconter tout ça !... Et dire qu'il n'y avait pas de train dans ce temps-là!... De Paris à Jérusalem sans train, ce n'est pas rien!

Cela ouvrit un champ illimité à nos réflexions.

— Pour les croisades non plus ils n'avaient pas de train! dis-je, plutôt pour ramener ma science.

— Mais nom de Dieu, non! C'est vrai! Ils n'avaient pas de train, constata le vieux tout étonné, en éclatant de rire.

Et tout à coup mon ami Marcel Dulot, qui avait le nez dans son assiette et l'œil perdu dans le vide, s'écria, comme ça, sans prévenir et d'une voix sourde :

— Moi, je serai ingénieur!

Phrase lourde de sens et prophétique, qui tomba sur la table comme un curieux « *Tu es Petrus* ».

La mort en service de M. Dulot allait donner, certes, une ampleur extraordinaire à ces vacances de Pâques, mais aussi passionner à jamais la vie d'un orphelin.

Et, pour commencer, Marcel, qui avait son idée, se mit à dessiner des crochets de traction, sur un coin de la table, près de la cuisinière où la grand-mère officiait en silence pour ne pas déranger le jeune ingénieur.

A partir de ce moment, que nous fussions à la pêche dans l'Oze, occupés à nettoyer le clapier, à rouler dans les pâturages ou à scier et fendre le petit bois pour alimenter la cuisinière, je savais que Marcel Dulot, immobile et silencieux, était en train de combiner un système d'attelage automatique.

Ainsi s'écoulèrent les huit jours que comportaient, à cette époque, les vacances de Pâques, du samedi saint au lundi de Quasimodo.

Moi, je me contentai d'approvisionner la poêle en truites saumonées ou en escargots, ces gros, très gros escargots blancs, ce fameux escargot de Bourgogne que l'on trouve en très grande quantité dans les talus du chemin de fer, dès les premiers jours du printemps.

Lorsque nous rentrâmes à Dijon, pour reprendre l'école, l'atmosphère de la maison des Perrières était changée. Mme Dulot n'était plus chez elle. Elle trônait, avec un sourire triste, au milieu du petit éventaire de la bibliothèque de la gare, parmi les livres, les journaux et les belles cartes postales, sur le quai numéro 1 de la gare de Dijon-Ville.

C'est d'ailleurs elle que nous aperçûmes d'abord en descendant de l'omnibus de 19 h 18. Elle nous expliqua que mon père l'avait présentée à l'ingénieur et, tout de suite, l'ingénieur l'avait proposée à la maison Hachette qui avait l'entreprise générale de la vente de librairie dans les gares.

On l'avait acceptée sans hésitation.

— Grâce à ta maman !... ajouta-t-elle en souriant doucement.

— Ma mère ?

— Oui, sans son chapeau, jamais je n'aurais pu me présenter devant ces messieurs ! Tu penses ! la femme d'un chef de train !... et « en cheveux » ! Sans le chapeau, on m'aurait prise comme femme de ménage, tout au plus !

J'étais tout fier et tout heureux que ma mère, ses doigts de fée et son vieux taupé, eussent été à l'origine de cette magnifique promotion sociale, car la bibliothécaire du quai 1 était un personnage. C'était, pour tout dire, le centre intellectuel et mondain de la gare, au beau milieu de la grande halle où s'arrêtaient tous les trains, même la « Malle des Indes ». Une « gare d'arrêt général », et la première gare de voyageurs de France ! C'était mon père qui me l'avait dit : oui, la gare de France qui voyait passer le plus de voyageurs, c'était LA NÔTRE !

C'est vers la « Bibliothèque » que l'on voyait les voyageurs se précipiter à chaque rapide, des gens à pelisse et à macfarlane, des gens à *squarmouth* [1]

1. Vêtements d'origine anglaise que portaient les voyageurs élégants.

qui, avec une aisance étonnante, n'hésitaient pas à acheter cinq, six journaux chacun. C'est aussi près de la bibliothécaire qu'aux heures creuses se retrouvaient, par hasard, le chef de la Grande Vitesse, le caissier principal, les casquettes blanches de messieurs les sous-chefs de gare. Souvent même le chef de gare principal, en personne, venait faire une causette en frisant sa moustache, lorsqu'il sortait de son bureau pour aller au buffet prendre son apéritif et faire sa partie de tarot. Même les bourgeois de la ville prenaient un ticket de quai pour entrer « sous gare », afin de venir acheter, là plutôt qu'ailleurs, leur « quotidien », en regardant passer les sleepings.

Voir Mme Dulot à cette place où j'avais vu officier la très belle et très ancienne bibliothécaire, Mme Thérèse, me redonna chaud au cœur, avec un sentiment, très curieux, de fierté d'appartenir à cette famille. Monsieur l'Ingénieur avait raison lorsqu'il disait, tous les ans, à la présentation des vœux, que le chemin de fer était « une grande famille ».

Je le constatais : le chemin de fer ne laisse pas ses enfants dans le besoin. Vous pensez ! Cette entreprise est si vaste qu'il y a toujours un petit emploi quelque part. Et à cette pensée mon cœur palpitait dans ma poitrine.

Vingt-cinq ans plus tard, les syndicalistes et « les gens de la gauche » m'apprendront que tout cela fait partie de ce que l'on appelle « le paternalisme », dont il faut se méfier grandement. Mais en attendant de faire ces acquisitions dans le domaine subtil du vocabulaire politique, j'étais bien content, et soulagé, à la pensée que la jolie petite Mme Dulot était « tirée d'affaire ».

En arrivant à la maison, je manifestai cette satisfaction à trois voisines qui prenaient le café chez nous et qui, pour lors, commentaient la nomination, au grade de chef mécanicien, de notre voisin du troisième, M. Jacquin, ci-devant mécanicien de route et célèbre « grandes-roues », c'est-à-dire mécanicien de rapide.

Puis la conversation revint à Mme Dulot. Tout le monde dans la maison et dans tout le quartier de la gare était heureux de cette solution qui permettait à la jeune veuve d'élever ses enfants sans être obligée de se remarier. Pourtant, Mme Confuron, épouse d'un visiteur principal, eut cette réflexion : « Pauvre petite Mme Dulot ! Etre obligée de travailler avec trois enfants à la maison ! »

Et toutes ces dames développèrent magistralement cette idée, bien banale à cette époque, que la place de la femme était au foyer et pas ailleurs, et que le sort de Mme Dulot et celui de ses enfants étaient bien dignes de cette commisération. Après quoi, elles passèrent aux considérations plus générales, notamment qu'il était catastrophique que cette « guerre de 14 », toute récente, ait obligé les veuves à « prendre un emploi », ce qui allait provoquer, c'est aussi sûr que deux et deux font quatre, un très grave déséquilibre social.

— Pensez, disait Mme Confuron, avec une mère qui est absente toute la journée, comment voulez-vous que les enfants soient élevés ?... Les pauvres petits ! Bien du mérite qu'ils auront à ne pas tourner mal !

C'était ainsi que l'on voyait les choses : une femme qui « travaillait » ne pouvait être qu'une veuve, et ses enfants étaient forcément en grand péril.

Il faut dire qu'à cette époque la délinquance juvénile était quasiment nulle.

Lorsque nous étions arrivés à la maison de la rue des Perrières, les poumons encore remplis de l'air vif et roboratif de la vallée de l'Oze, la pluie s'était mise à tomber. Aussi les huit premières marches de l'escalier étaient-elles occupées par des camarades, une dizaine en tout, les plus âgés de la rue, et tous du chemin de fer, qui se turent sur notre passage. Comme chaque fois qu'il pleuvait, ils étaient là, groupés dans la demi-obscurité et les relents mêlés d'eau de javel et de soupe aux choux. Mais, cette fois, la discussion semblait sourde et secrète. Quand je passai, il y eut un moment de gêne que je ressentis parfaitement et qui me fit comprendre qu'il était question de grève. On ne pouvait s'y

Un « jaune » au bureau

tromper. Il faut dire que mon père, le seul bureaucrate de l'immeuble, n'avait pas fait les grèves précédentes. Mon père n'était pas un rouge, c'était un jaune. Et, bien entendu, par osmose familiale, ma mère était jaune, et j'étais jaune moi-même et, de ce fait, tenu à l'écart de certaines activités. On m'acceptait sans discussion et même avec enthousiasme dans les parties de billes ou de cache-cache, et surtout dans les grandes expéditions punitives organisées contre les étrangers du quartier du Vieux-Cimetière, mais aussitôt que l'on se mettait à parler de choses sérieuses, on me faisait comprendre par certains petits détails que je n'étais qu'un traître. Comme on dit maintenant, j'étais l'objet d'une ségrégation à l'intérieur de ma caste. En somme, ma famille faisait partie, dans le clan, de la minorité opprimée, et l'on sait qu'il n'y a pas de pire racisme que celui qui s'exerce à l'intérieur même des ghettos.

Se dérangeant à peine pour laisser passer le jaune minoritaire, les rouges majoritaires s'étaient donc tus. Mais j'avais eu le temps de saisir au passage deux noms : Monmousseau et Midol.

MM. Monmousseau et Midol étaient deux hommes célèbres dans la coterie. Je les avais entendus bien souvent citer au cours des grèves de 1919 et de février 1920. Ces deux hommes ont laissé un nom dans l'histoire du syndicalisme français et même mondial, le syndicalisme cheminot bien entendu. Mais, depuis longtemps, mon père en parlait à la maison, dans les longues discussions passionnées et secrètes qu'il avait avec mes oncles et mon grand-père mécanicien.

Pour lui, Monmousseau et Midol, comme Monate et Bidegaray, étaient des « meneurs », et ce mot « meneur » avait pour moi une résonance inquiétante, voire sinistre, alors que, pour mon camarade Marcel Dulot — nous en avions longuement parlé en pêchant la truite —, être meneur était glorieux, voire héroïque. Deux points de vue absolument différents, on le voit, mais qui n'empêchaient nullement une collaboration totale, aveugle, dans la recherche passionnée de notre fameux système d'attelage automatique. Au contraire, nous sentions tous deux que cela plongeait curieusement ses racines dans le même terrain.

Pour moi, Midol était l'homme qui avait donné l'ordre de grève générale sur tout le réseau du P.L.M., à la suite de la mise à pied de Campano, du dépôt de Villeneuve-Saint-Georges. C'est tout au moins ainsi que je le connaissais. Mais je me doutais bien que son rôle avait été beaucoup plus important car, chaque fois que son nom revenait dans les conversations, c'était à l'occasion d'une agitation au dépôt des locomotives.

Justement, comme j'entrais chez nous, je trouvai les mâles de la famille au complet, groupés sous la suspension, autour de la table de la salle, en pleine discussion. Et, comme je m'approchais pour faire ma tournée circulaire d'embrassades, une voix disait :

— C'est comme Midol l'a dit avant-hier à Villeneuve-Saint-Georges...

Mais celui qui parlait, mon oncle Jules, s'interrompit lorsqu'il me vit pour me demander distraitement si j'avais de bonnes notes à l'école, ce qui était, je le savais, le cadet de ses soucis.

Quelque chose de grave se passait donc, et mon père ne semblait pas apprécier que les rouges de la famille eussent précisément choisi sa salle à manger, du plus pur Henri II de série, pour y tenir cette fâcheuse assemblée.

Heureusement, pensai-je, les femmes, groupées dans la cuisine pour boire le café-pisse-d'âne de ma mère, ont, grâce à Dieu, des conversations plus sereines.

Il n'en était rien. Comme j'apparaissais au milieu d'elles pour recevoir la fricassée de museau traditionnelle, une tante, précisément la femme de l'oncle Jules, s'écriait :

— En attendant, la révocation de « mon Jules » est maintenue ! C'est toujours les mêmes qui paient. Les « meneurs », eux, ils ne sont pas révoqués. Regardez-les parader dans les congrès, les réunions : « Camarades, camarades, à l'attaque ! » Et ils tapent sur le ventre des patrons. C'est le lampiste, toujours le lampiste, qui paie : Mon-Jules !

Le plus fort, c'est que l'oncle « Mon-Jules », comme j'étais bien obligé de l'appeler, avait été effectivement lampiste à la grande lampisterie de la gare de Dijon-Ville et il avait fait la sottise (je laisse à mon père la responsabilité de cette expression) de faire très activement les grèves de 1919 et de février 1920, et il s'était retrouvé « comme un corniaud et sans savoir pourquoi » dans la première charrette des révoqués.

Cette grave catastrophe entraînée par les durs, les révolutionnaires de la C.G.T., avait été faite, c'était le secret de polichinelle, sans préparation, sans garanties suffisantes, par les « réformistes », comme on les appelait, qui voulaient montrer « la mesure de leurs forces » en frappant un grand coup. En réalité, cela s'était traduit par la révocation pure et simple de 15 000 obscurs, sans grade, dont mon oncle Mon-Jules, qui avait tenté de se suicider, paraît-il, ne pouvant supporter l'idée de ne plus être au chemin de fer, lui né dans le charbon, fils, petit-fils de mécanicien grandes-roues et gendre de l'aiguilleur principal de première classe Bardin.

Autant que j'en puisse juger, tous s'étaient rassemblés chez nous, ce soir-là, pour demander à mon père d'intervenir en haut lieu pour solliciter la réintégration de l'oncle Mon-Jules :

— Vous êtes bons, vous, disait mon père, en hochant la tête. Je suis un jaune, le déshonneur de la famille, mais c'est à moi que vous vous adressez quand il s'agit d'aller voir les patrons pour vous tirer d'affaire!

— C'est toi qui es le mieux placé, disait l'un.

— Toi qui n'es pas marqué, tu pourrais peut-être..., hasardait un autre.

— Peut-être quoi?

— Tu as bien tiré d'affaire la femme du pauvre Dulot!

— Ah, permettez, la femme de Dulot c'était tout simplement la veuve d'un agent tué en service, alors que toi, Jules...

— Quoi, moi?

— ... Alors que, toi, tu es le dernier des corniauds, oui, je dis bien : des corniauds, de t'être laissé embringuer dans cette sacrée politique! Il faut savoir ce qu'on veut dans la vie : on fait grève pour faire le mariole devant les copains, et après on va vers ces sales jaunes et on se traîne à genoux : « Toi qui n'es pas marqué, fais quelque chose pour moi. » Faut réfléchir d'abord avant d'agir inconsidérément!

— Oh, toi, faire le chien couchant, ça te connaît!

— Chien couchant si tu veux, mais j'ai toujours ma place et je ne pleurniche pas, moi.

— Tu es bien content de prendre les onze jours de congé que tu dois aux camarades qui se sont fait révoquer pour les obtenir!

— Je n'ai pas besoin de onze jours de congé. Il n'y a que les flemmards qui pensent à ça...

— Tu les prends quand même, tes onze jours! Tu ne les laisses pas au patron!

Mon père rompit cette joute sordide en disant, très calme :

— Et ce n'est pas pour les jours de congé que tu t'es fait révoquer, tu le sais bien!

— Non, j'ai été révoqué pour que les camarades aient la journée de huit heures et le relèvement des salaires!

Les répliques venaient, de plus en plus dures. Le

grand-père-grandes-roues leva ses deux mains osseuses, larges comme des pelles, et les abattit d'un seul coup sur la table, ce qui fit vibrer le méchant immeuble jusqu'aux combles :

— Vous n'allez pas recommencer, non ? dit-il en sourdine. On n'est pas là pour se secouer les puces, mais pour aviser tous ensemble, comme des compagnons qui se respectent...

— Qui ne se respectent pas tant que ça, répliqua mon père. Faire grève sur l'ordre de n'importe quel voyou arriviste, vous croyez que c'est respecter le travail, que c'est respecter les camarades et que c'est se respecter soi-même ?

L'oncle Mon-Jules se levait, les autres le retinrent, en disant à mon père :

— Alors vrai, tu ne vois pas ce qu'on pourrait essayer de faire pour Jules ?

— Je veux bien essayer, mais vous croyez que c'est choisi, juste au moment où l'on parle d'une nouvelle grève ?

— Une grève pour demander la réintégration justement !

Une voix dit, assez timide :

— Et d'abord, les camarades délégués ne sont pas des voyous arrivistes.

— Ça, nous en reparlerons ! dit mon père, qui déjà regrettait ce qu'il avait dit de blessant, car c'était un homme doux et pusillanime.

Là-dessus ils burent tous un bon verre d'eau-de-vie de prune que fabriquait en fraude le grand-père Louis, le grand-père garde-barrière, avec les prunes de la Compagnie P.L.M. Lorsque les langues eurent claqué d'autant plus sèchement que l'eau-de-vie était fraîchement tirée et avait moins d'un mois de bouteille, l'oncle Mon-Jules ajouta, en hochant lamentablement la tête, comme un condamné à mort après le petit verre de rhum :

— En attendant, je suis toujours là, moi, à compter les draps dans ma laverie, moi lampiste du chemin de fer !

La mort dans l'âme, il avait, en effet, trouvé une place de manœuvre dans une laverie du faubourg Raines, où il menait une existence de « bagnard », disait-il, en attendant la réintégration à laquelle il croyait dur comme fer. Sa rancœur était grande, car il était fier de sa profession de lampiste, une des plus spécialisées, une des plus importantes et des plus compliquées qui soient, contrairement à ce que croient les pauvres étrangers, c'est-à-dire les ignorants, qui s'imaginent qu'un lampiste est le dernier des imbéciles parce qu'ils le voient avec son tablier crasseux accrocher les lanternes au cul des wagons.

A y bien réfléchir, cette réunion familiale était vraiment exceptionnelle. C'était en tout cas la première à laquelle j'avais jamais assisté. Elle rassemblait, qu'on y pense, mon grand-père retraité descendu de machine depuis six ans, mon père le dessinateur-blouse-blanche aux Tracés de voies, mais aussi l'oncle François, mécanicien grandes-roues, Henri, le voisin de palier, ancien compagnon-chauffeur de l'oncle François, l'oncle Mon-Jules ci-devant lampiste, et l'oncle Georges, mari de la plus jolie de mes tantes, la tante Catherine, sœur de ma mère, et qui était lui-même ajusteur aux ateliers du petit entretien du matériel roulant, installé lui aussi sur le même Rempart de la Miséricorde, qui était ainsi le haut lieu du réseau P.L.M., le centre psychologique de notre bonne ville de Dijon et le lieu géométrique de la famille.

Réunir cinq cheminots de la même famille, dont deux roulants et trois sédentaires, constituait un événement familial qui ne pouvait se produire qu'une fois dans une carrière. J'assistais là, en vérité, à l'événement du siècle, car il supposait un concours miraculeux de circonstances, une coïncidence prodigieuse entre les repos, les campos, les descentes de nuit et les trois-huit des uns et des autres.

Au demeurant, ces gens étaient les tout premiers étonnés d'être réunis, gauches aussi, comme des militaires qui se retrouvent brusquement en civil, ou comme des marins à terre, et qui se demandent bien ce qu'ils font là. Deux d'entre eux venaient de sortir du lit, ça se voyait à leurs yeux encore bouffis, bordés de ce crassin noir qui leur donnait le regard bourbeux des anciens acteurs de cinéma. Même le grand-père qui, en sept ans de retraite, n'avait pas encore pu décrasser ses ongles, ses muqueuses, ses sclérotiques, et surtout ses poumons, de ce tragique tatouage professionnel.

Les deux conversations, celle des hommes dans la salle à manger et celle des femmes dans la cuisine, se poursuivirent longuement sur ce ton mi-figue mi-raisin, avec, chez les hommes, des éclats violents qui, toutes les cinq minutes, trahissaient une mésentente profonde et définitive, non seulement entre les rouges et le seul jaune, mais aussi parmi les rouges, car il y avait, dans cette même couleur, deux tendances : les « réformistes » et les « révolutionnaires », ou bien les « minoritaires » et les « majoritaires », ou encore les « fédéralistes » et les « Russes », sans parler des petites sectes secondaires et apparemment contradictoires qui divisaient dans tous les sens le bloc familial et même partageaient, je le crois bien, chaque individu entre plusieurs clans opposés.

Tout cela me désolait et me décourageait. Mais n'étions-nous pas de ces Gaulois dont on nous apprenait à l'école qu'ils n'allaient au combat qu'en ordre dispersé ?

Et puis, enfin, insensiblement tout s'apaisa, comme par enchantement, car l'oncle François s'était mis tout naturellement et par la force des choses à raconter le dernier caprice de sa « bécane ».

Du fait qu'il avait touché du charbon boudeur au

départ d'Ambérieu, il n'avait pu monter un feu convenable et ce qui devait arriver était arrivé : il avait « planté un chou », à 2 h 26, en pleine nuit et en pleine rampe de huit, tout juste avant le pont des soupirs...

Comme on voit, on plongeait en chute libre dans le pire des charabias de la spécialité, et la conversation qui suivit n'eut certes pu être entendue de tout le monde, sans le secours de deux ou trois interprètes particulièrement subtils. Cette histoire en rappelait une autre à Henri, qui s'était trouvé pareillement immobilisé au carré de sortie du garage de Beuchail, avec son « américaine * ». On se tapait mutuellement sur les cuisses, on s'esclaffait, on s'encourageait, on l'écoutait : oui, oui, raconte-la celle-là !

L'unanimité si longtemps compromise se refaisait autour des trains et des locomotives, et l'histoire n'était pas finie que déjà une autre voix éclatait :

— Ça me rappelle qu'un jour je faisais le 4807, c'était du temps où je marchais avec le Grand Frisé...

Et l'on repartait avec le 4807 et le Grand Frisé sur la ligne de la Bresse, « avec quatre cents tonnes au cul », et immanquablement l'histoire se terminait toujours à l'avantage des gueules noires et à la grande confusion des cuistres du service de l'Exploitation, vous savez ces gens en uniforme, à boutons dorés et à casquette blanche, que l'on voit s'agiter inutilement sur le quai des gares et dans le luxueux halo des becs de gaz, et qui ont la prétention, on ne sait trop pourquoi, d'arrêter ou de faire

* Locomotives américaines amenées en France en 1917 par les Américains entrant en guerre et qu'ils avaient laissées sur le continent, pour « nous aider », disaient-ils, mais plutôt pour éviter de rembarquer ce trop lourd matériel un peu périmé.

partir les trains ! Ces inutiles, ces mange-minutes, ces trouble-rails qui s'imaginent que les locomotives et ceux qui les conduisent sont à leur disposition pour tirer des wagons, transporter des marchandises ou, pis, des voyageurs !

C'est alors que le grand-père, qui venait de rejeter sa casquette à rabats sur l'occiput et fourrageait de la main l'unique touffe de cheveux ainsi libérée, crut le moment opportun et se mit à raconter la sienne.

Une nouvelle. Oui. Elle commençait, bien entendu, par l'inévitable : « Ça me rappelle qu'une nuit je faisais le 502. A l'arrêt de Mâcon, j'avais six de retard... »

Mais au fur et à mesure qu'elle se déroulait, on s'apercevait que c'était une histoire qu'on n'avait encore jamais entendue.

Pendant que le vieux parlait, j'observais mon père : il regardait le conteur, son propre père, ne le quittait pas du regard et buvait ses paroles. Non seulement on devinait qu'il l'admirait passionnément, mais on sentait combien il regrettait de n'avoir pas fait sa carrière, comme lui, sur les locomotives, comme il en avait manifesté le désir dès son enfance. C'était là le drame de sa vie. Son père, un jour, lui avait dit :

— Moi, vivant, jamais tu ne monteras sur la plate-forme !

— Mais pourtant, toi ?...

— Justement, c'est parce que je connais trop bien ce métier de loup maigre que je t'interdis de le faire. Il faut avoir tué père et mère pour monter là-dessus. Tu seras dans les bureaux, voilà ce que tu seras !

Et le vieux avait été inflexible, envoyant son fils à l'école des Frères, puis au cours du soir pour apprendre le dessin industriel et la trigonométrie.

— Les voies ? Tu les dessineras tant que tu voudras, mais rouler dessus, jamais !

C'était une idée de gueule noire et ce que les gueules noires ont dans la tête !...

Comme le grand-père terminait son histoire, on entendit quelques rumeurs significatives venant de la gare toute proche. Tous les hommes tendirent l'oreille machinalement. Une voix lointaine, celle de l'aboyeur de service, annonçait le départ du train Rome-Paris. Mes trois oncles, mon père et mon grand-père, du même geste, sortirent leur montre oignon pour y lire l'heure. Un certain étonnement se peignit sur leur visage, le grand-père émit un discret « tiens ? ». L'oncle François murmura :

— Oui... c'est le 608 !

L'oncle Georges constata :

— Douze minutes de retard !

— C'est comme ça tous les soirs, en ce moment... La douane italienne à Modane lui fait perdre une demi-heure, affirma mon père.

Les cinq montres oignons regagnèrent le fond des goussets alors que le grand-père ajoutait :

— Il les aura regagnées avant Paris ses douze minutes, marche !

— Sûr, c'est l'équipe Jarlot-Taillefer !

— Les dévorants ?

— Oui, les dévorants.

Tel était, en effet, le surnom de l'équipe Jarlot-Taillefer : « les dévorants », parce que c'étaient des chasseurs de primes qui n'étaient jamais aussi à leur aise que lorsqu'ils étaient mis en tête d'un train « désheuré [1] », pour avoir le plaisir de dévorer ces minutes que les autres avaient perdues. En l'honneur de la grande équipe des dévorants Jarlot-Taillefer, il y eut une minute de silence pendant laquelle on entendit le sifflet de l'essai des freins,

1. Un train « désheuré » est un train qui n'est pas à l'heure, qui « ne fait pas l'heure ».

puis le battement excité du compresseur, puis le coup de sifflet de départ, la trompette du chef de train, le crachement des purgeurs, et les premiers coups de pistons amples comme les halètements d'un monstre furieux.

Je m'aperçus alors que tous les hommes de la famille avaient à ce moment le regard fixe, les yeux mi-clos, la bouche crispée, le poing droit serré sur le manche d'un régulateur imaginaire, la tête légèrement penchée à gauche, dans la position où devait être aux commandes du Rome-Paris le mécanicien Jarlot. Tous tendus avec lui pour contrôler l'admission et assurer au grand rapide européen un démarrage classique et sans bavure, digne des cheminots français.

Même mon père, dessinateur à blouse blanche, spécialiste du tracé de voies, même Mon-Jules, ci-devant lampiste, et même moi, écolier, on eût dit que nous participions effectivement à l'arrachement du rapide.

On entendit bientôt le grondement croissant du train qui prenait de la vitesse, le grincement des bandages sur les aiguilles de sortie, puis tout fut assourdi lorsque le Rome-Paris se fût engagé dans la tranchée courbe des Chartreux. Alors seulement, nos hommes se détendirent, satisfaits du devoir accompli et du travail bien fait. On entendit à nouveau leurs voix, et toute peine méritant salaire, le reste de la bouteille de prune y passa allégrement.

C'est à ce moment que l'on entendit dans la cuisine la petite tante Louisette, l'épouse du proscrit malheureux, qui disait à ma mère :

— Quand tu iras à la coopé, tu me prendras 5 kilos de sucre en morceaux, 3 kilos de sucre en poudre, 10 boîtes de sardines, 3 kilos de riz, 2 morues, une dizaine de gendarmes !...

Alors que les hommes éclataient de rire... Mais ceci est une autre histoire qu'il me faut bien conter maintenant par le menu, car elle éclaire singulièrement l'extraordinaire univers dans lequel je suis né, et pour faire comprendre bien des traits de mon personnage. Voici l'affaire :

Trois jours après cette mémorable journée où tous les hommes s'étaient trouvés rassemblés, mon grand-père-grandes-roues vint très tôt à la maison avec ses paniers à provisions car c'était jeudi, notre jour de coopérative.

Nous partîmes très discrètement, en passant par la porte de derrière, car notre voisin le père Grillot, l'épicier, se tenait à son habitude sur le pas de sa porte. Au coin de la rue, c'était le boucher qui, les mains sur son gros ventre, surveillait les allées et venues de ses clients. On les entendait souvent ronchonner lorsqu'ils nous voyaient passer, avec nos paniers, et ma mère me disait :

— Ne montre pas tes paniers, surtout au retour quand ils sont pleins. Les commerçants du quartier n'ont pas besoin de voir ce qu'on rapporte de la coopérative !

Le grand-père ajoutait :

— Ils ne sont pas contents du tout les commerçants du quartier, tu penses, quand ils nous voient rapporter des charretées de marchandises, c'est autant qui leur passe sous le nez. Faut pas les exciter, les mercantis !

Mercantis, c'était ainsi que les cheminots nommaient les commerçants de tout poil.

Il ne m'échappait pas que si nous faisions ce détour et marchions longuement, chargés comme des baudets (la fameuse coopérative était à l'autre bout de la ville), c'était parce que les produits qu'on y achetait étaient « infiniment meilleur marché », comme disait ma mère, que partout ailleurs. Et, en outre, chaque année, la coopé nous versait une ristourne proportionnelle au volume d'achats que nous y avions fait. Ces détails peuvent paraître sordides et très secondaires, ils étaient pourtant déterminants et ma mère aurait usé une paire de souliers pour aller gagner deux sous sur un lacet. On était ainsi dans la profession.

Aujourd'hui, avec un recul appréciable, je vois ce que cette coopérative avait d'extraordinaire et aussi de révoltant pour les commerçants de la ville. De toutes les villes, car il en existait une dans tous les grands centres ferroviaires. L'idée en était bien un peu compagnonnique, et l'on ne comprend pas vraiment le chemin de fer lorsqu'on ignore que la plupart des premiers cheminots, notamment les constructeurs et les gueules noires, les gens du fer et du feu, étaient des « Compagnons-passants-du-devoir », des enfants de Maître Jacques ou du Père Soubise, passés en bloc à la construction du rail et qui y étaient restés, au fur et à mesure que le chemin de fer prospérait, en même temps que se désagrégeaient les coteries et qu'agonisait la philosophie compagnonnique.

Le grand-père-grandes-roues, par exemple, avait fait son Tour de France avant de « monter sur les machines », son père aussi, et son grand-père aussi, tous dans la famille du fer bien sûr, et ils en avaient gardé ce sens de la solidarité, cet esprit de corps, en vérité exclusif et même agressif, qui avait fait des gueules noires le fer de lance du syndicalisme.

C'est tout naturellement, par exemple, que, lorsqu'il était en déplacement de service sur sa Rossinante, avec son fidèle chauffeur, Don Quichotte et Sancho Pança de la vapeur, et qu'il avait un battement dans un pays vinicole, il faisait une expédition chez le vigneron et ramenait à bord de sa locomotive un ou deux quartauts de vin, au prix de la production. S'il avait son battement à Charolles ou à Pouilly-en-Auxois, il allait tout droit chez l'éleveur qu'il connaissait, achetait une génisse que l'on transportait, débitée comme il convient, dans les coins les plus inattendus de sa bécane, même dans la boîte à fumée ! De même lorsqu'il faisait la ligne de la Bresse, s'il avait un garage en gare de Louhans ou de Pierre-en-Bresse, vous pensez bien qu'il filait au plus court dans la petite ferme qu'il connaissait, derrière le passage à niveau, revenait avec deux ou trois épinettes de poulardes vivantes ou de mannequins de poulets morts, qu'il lui arrivait de coucher sous le charbon du tender, pour les ramener au dépôt. Et tous en faisaient autant !

Il m'avait souvent conté que, faisant la ligne des Dombes, il trouvait par-ci par-là à acheter un cent de carpes vives qu'il transportait tout simplement dans l'eau de son tender. Et mes oncles regrettaient bien de ne pouvoir plus en faire autant, rapport à ces drogues que l'on commençait à mettre dans l'eau, pour éviter les entartrages des chaudières.

S'il faisait la vallée du Rhône, il ramenait ainsi des cageots d'abricots et de pêches, produits par les récoltants en bordure des voies de garage.

Toutes ces victuailles, dont le transport donnait souvent lieu à des aventures rocambolesques, aboutissaient au dépôt et étaient partagées entre toutes les équipes : les gratte-tubes, les ajusteurs. Les chefs de train, et les wagonniers en faisaient autant de leur côté. La coopérative n'était en somme qu'une systématisation de ces coutumes de rouliers. L'idée nouvelle, c'était que ces achats directs à la production se faisaient en bloc, avec les capitaux communs recueillis auprès des participants, qui devenaient actionnaires de la société et entre lesquels on répartissait, en ristournes, les bénéfices réalisés par le système.

Mon grand-père avait l'action n° 117, et mon père l'action n° 2000. Ce numéro, que les enfants connaissaient tous par cœur comme leur date de naissance, était porté sur le carnet d'achat de l'actionnaire. Que vous achetiez deux cents grammes de boudin ou un demi-cochon, c'était porté à la fois sur votre carnet personnel et sur le grand registre de la coopérative et, au bout de l'année, tout cela était additionné, ventilé et vous touchiez, sous forme de dividendes, votre part de bénéfices, au prorata de vos achats.

Ce n'était pas plus difficile que ça. Et, bien sûr, les prix de vente étaient gentiment plus faibles que ceux des commerçants de quartier car les frais d'exploitation du système étaient très réduits : le transport des marchandises était gratuit, assuré par la Compagnie qui, tout au moins au début, prêtait le local et le terrain où s'installait la coopérative.

Et tout ça n'empêchait nullement que les équipes de roulants continuassent leur petit trafic personnel, quoique la Compagnie fît la chasse à ces transports clandestins, qui risquaient de gêner le service et, en tout cas, ne faisaient pas sérieux.

Ainsi donc, chaque semaine, c'était l'expédition familiale à la coopérative, « à la coopé » comme on disait. Mon grand-père emmenait ses paniers dans la petite remorque qu'il avait fabriquée avec les roues inutilisées de mon landau d'enfant, et nous partions tous trois par le Rempart de la Miséricorde, le long des voies, jusqu'au quartier nauséabond des tanneries et des abattoirs. Le grand-père aimait cette promenade, il fredonnait gaiement et mettait le pouce aux emmanchures de son gilet de tapisserie aussitôt qu'il apercevait les petites remorques semblables à la sienne qui débouchaient de toutes les rues et qui convergaient vers la grande maison de la coopé.

Il bombait le torse, frisottait sa moustache et disait, toujours au même endroit, en marquant un temps d'arrêt, en débouchant sur la rue de la Manutention :

— Regarde-moi ce populo, non, mais regarde-moi ce populo !

Puis, après avoir reconnu Pierre, Paul, Jacques, serré des mains et crié des « salutas compagnon » à droite et à gauche, il monologuait à mon intention :

— C'est le pape qui serait content s'il voyait ça !

— Le pape ? demandais-je, toujours surpris par cette phrase.

— Oui, le pape : le Père Enfantin, notre grand maître !

Il voulait parler de ce disciple de Saint-Simon, Barthélemy Prosper Enfantin, polytechnicien singulier, qui avait pris une part si importante dans les *Prolégomènes du Chemin de fer* et avait, en somme, posé dès 1830 le principe de la nationalisation du rail, que Lamartine avait proposé si vivement en 1848.

Enfantin était un technocrate avant l'heure mais aussi un humaniste visionnaire qui avait fait du socialisme saint-simonien une véritable religion dont il se disait le pape.

C'était le dieu de mon grand-père qui en parlait souvent avec respect et enthousiasme. Il ne l'avait pas connu personnellement, mais un de ses jeunes vicaires, et mon arrière-grand-père avait été, dans sa jeunesse, abonné au journal *Le Globe.*

— Le pape serait content, disait-il donc. C'était son rêve : la coopération ouvrière, le mutualisme, et « directement du producteur au consommateur », c'est ça le socialisme !

Il prenait sa grosse voix et un air terrible, regardait autour de lui si quelqu'un pouvait l'entendre et clamait :

— Ah ! tonnerre ! L'exploitation de l'homme par l'homme, voilà le chiendent dans la tisane !

Finalement, il nous laissait entrer seuls dans les magasins de la coopé et disait :

— Bon, je vais par là passer cinq minutes et je vous reprends.

« Par là », c'était le « Café des Abattoirs et du Chemin de Fer réunis » où il retrouvait quelques retraités et les agents de campo, qui étaient venus, comme lui, accompagner leur femme, leur fille ou leur bru à la coopé.

Et ce n'est pas lui qui nous reprenait, c'était moi qui devais aller le quérir :

— Va chercher ton grand-père, me disait ma mère, quand la choucarde [1] et les sacs étaient combles.

Je m'approchais timidement des hautes vitres du café ornées de beaux motifs décoratifs, et je l'apercevais, fumant sa pipe, au milieu d'autres fumeurs.

Je lui faisais signe. Il lui arrivait de me voir, alors il repliait sa blague à tabac, l'empochait, donnait une fricassée de poignées de main et sortait. D'autres fois, lorsqu'il ne me voyait pas, ou feignait de ne pas me voir, j'entrais : cette odeur de fumée de tabac et d'anisette me plaisait, c'était l'odeur de l'amitié. Je venais jusqu'à lui, il me faisait signe de m'asseoir près de lui sur la banquette de moleskine qui me collait aux cuisses, et continuait sa conversation.

Merveilleuse conversation, bien sûr, où l'on avait en plus devant soi le spectacle des trains ou des machines haut le pied qui passaient sur le pont de la rue des Tanneries. On apercevait même, se détachant sur le ciel, la potence à signaux où se trouvaient groupés, si je me souviens bien, le carré de voie 1, le disque avancé de voie 3 et deux sémaphores, que l'on me pardonne si j'en oublie. On pouvait aussi, de la salle, entendre les coups de sifflet d'appel aux sémaphores. Il y eut même, un beau jour, un peu plus loin derrière les sycomores des abattoirs, sur le remblai, un crocodile !

Oui, un de ces appareils plats ressemblant effec-

1. Petite voiture.

tivement à un saurien couché entre les rails. C'était une invention du service des Signaux qui avait trouvé ce système pour répéter les signaux de voie sur les locomotives. Il y avait trop d'accidents dus au brouillard car, trop souvent, les signaux n'étaient pas aperçus par l'équipe de conduite. Il s'agissait tout simplement d'un contact électrique, auquel je ne comprenais rien encore, mais qui déclenchait un avertisseur sonore sur la locomotive elle-même. Et alors les commentaires allaient bon train, car il y avait dans le café une douzaine d'anciens tractionnaires qui rendaient leurs oracles et commentaient les circulations, reconnaissaient au passage des jeunes confrères et nommaient à haute voix le nom de l'équipe, le numéro du convoi et celui de la locomotive.

Dans cette salle se réunissaient aussi des chefs de train, groupés à part, car les buses ne se mêlent pas aux aigles : les employés de train, eux, portaient la grande capote de drap-cuir et la casquette à broderies argentées avec les lettres P.L.M. entrelacées, et le port de l'uniforme amoindrit l'homme, chacun sait ça. C'est tout au moins ce qu'en pensait le clan des « gueules noires », « *mon* » clan, qui n'ont jamais accepté d'uniforme car, au début du chemin de fer, on avait voulu leur en imposer un. Ils l'avaient toujours refusé.

C'est dans ce café et dans ces circonstances que je fis, un jour, la connaissance d'un vieux monsieur qui m'intimida beaucoup. Non parce qu'il portait une redingote noire, d'ailleurs fort élimée, un haut col cassé serré dans une vieille cravate châle, et les cheveux tout blancs et fort longs, mais parce qu'il ressemblait à Marc Seguin, l'inventeur de la chaudière tubulaire, dont le portrait en chromolithographie trônait dans la chambre à coucher du grand-père-grandes-roues.

Il était là, un peu à l'écart, buvant un mazagran, lorsque la discussion s'éleva sur le bien-fondé du crocodile en question. Et comme les tractionnaires n'étaient pas d'accord avec les chefs de train, ce qui était absolument traditionnel et nécessaire, on prit M. Paulin à témoin.

Mon grand-père se leva, s'approcha du vieil homme et, se découvrant (c'était la première fois que je le voyais tête nue), demanda respectueusement au vieillard de vouloir bien arbitrer le débat. Non pas l'éternel conflit entre les « gueules noires » et les « écureuils de vigie [1] », qui eût certainement demandé plusieurs années de violentes et vaines palabres, mais le petit problème très particulier soulevé, on s'en doute, par certains aspects de ce genre de signalisation qui était, qu'on veuille bien le noter, une signalisation électrique.

Il se fit un silence étonnant car le personnage était imposant et parlait à voix basse.

— Messieurs, dit-il, le cas très particulier que vous soulevez là me paraît être bien futile. Cet appareil pose, sans doute, une foule de petites questions qui, me semble-t-il, vous cachent le vrai problème...

Il leva le doigt pour répéter : LE VRAI PROBLÈME.

Le vieux bonhomme prit un temps et, d'une voix altérée, avec une grande émotion que je mis sur le compte du gâtisme, il s'écria :

— Dans cet appareil, vous voyez une manifestation de l'électricité.

Il s'arrêta encore une fois et solennellement prononça :

— ... L'ÉLECTRICITÉ. Cette électricité, messieurs, nous réserve bien des surprises et je vois, dans un avenir de plus en plus proche, un grand change-

1. Agents qui se tiennent dans la « vigie » (guérite installée sur un wagon) pour surveiller le convoi en marche.

ment dans votre vie ; vous, mes amis du chemin de fer, vous les tractionnaires surtout dont l'existence va être douloureusement bouleversée de fond en comble, mais, vous aussi, les agents des trains !

— C'est le progrès ! dit une voix.

— Appelez ça le progrès si vous le voulez, répondit le vieillard, mais il y aura des pleurs et des grincements de dents. Les perfectionnements qu'apporte cette bougresse d'électricité vont séduire les hommes de ce temps, au début. Et vous verrez, messieurs, vous pleurerez des larmes de sang, vous les chevaliers du chaudron !...

On aurait cru entendre un acteur arrivé au sommet de la scène capitale d'une tragédie. On s'attendait à quelques tirades vengeresses et définitives, mais ce fut tout.

Puis l'orateur sembla retomber dans le demi-sommeil dont mon grand-père l'avait tiré.

Tous les hommes étaient un peu gênés et narquois. Cette fois, ils le prenaient pour un vieux radoteur, mais, respectueusement, ils reprenaient leur place en silence.

Mon grand-père, comme pour l'excuser, me dit :

— C'est M. Paulin, un ancien ingénieur du service de la construction.

Je baillais bleu. Il ajouta :

— Et c'est un saint-simonien !

Je restai coi. Ainsi, j'avais devant moi un saint-simonien ? J'en eus le vertige. On m'avait enseigné à la maison, mais à la maison seulement, car on ne m'en a jamais parlé à l'école et on ne devait jamais m'en parler par la suite, le rôle joué par ces philosophes dans l'essor du chemin de fer, dans la formation du socialisme positiviste et de l'esprit mutualiste.

Pour moi, c'était un peu comme si je m'étais trouvé tout à coup devant saint Paul, saint Jean ou l'un des apôtres en personne. Ce fut comme paralysé de stupeur que je quittai le « Café des Abattoirs et du Chemin de Fer réunis ». Ce n'est que sur le trajet du retour que, conduisant la remorque pleine de provisions, j'eus regret de n'avoir pas profité de l'occasion pour parler à Môssieu Paulin de notre grand projet d'attelage automatique. Lui, un saint-simonien, ami du genre humain, l'aurait certainement pris en considération.

— Je voudrais bien revoir M. Paulin, dis-je, lorsque nous fûmes sur le Rempart de la Miséricorde. J'ai quelque chose à lui demander.

— C'est facile. Il est le plus souvent dans son coin, là où tu l'as vu aujourd'hui, me dit le grand-père, ou bien aux « Amis des Chemins de Fer », rue de l'Arquebuse, où il va boire son petit mazagran presque tous les jours, pour se retrouver au milieu des gens des trains.

— Mais où est-ce qu'il habite ?

— Ah ça, personne ne le sait, je crois qu'il vit seul, et ça doit être un fameux taborgnau * chez lui ! A vrai dire, son domicile, ce sont surtout les cafés du quartier, celui du « Chemin de Fer », celui « des Abattoirs », celui des « Amis de l'Arquebuse » et les cafés de la Porte d'Ouche. Comme il a de bien piètres jambes, je suppose que son logement doit se situer à peu près au centre de ce triangle sacré !

— Quel âge peut-il bien avoir ? demandai-je encore.

— On ne sait pas, mais il paraît que le vieux caissier principal de la gare de Dijon-Ville, qui a vu son dossier de pension retraite, aurait dit qu'il est né en 1830. Il a donc vu naître le chemin de fer.

— Naître le chemin de fer ? Mais ce n'est pas possible !

— Oui, gamin, il a vu naître le chemin de fer !

* Taborgnau (bourguignonnisme) : petite pièce sordide et obscure (penser à « taverne »). Par extension, taudis.

répéta mon vieux, qui ajouta comme pour lui-même :

— ... La naissance du chemin de fer... un sacré accouchement, je te le dis, oui, un sacré accouchement... !

Un peu après, il ajouta :

— M. Paulin, c'est un homme précieux.

Et nous rentrâmes à la maison, très troublés.

Mon grand-père portait deux sacs pleins, ma mère aussi, moi je tirais la remorque comble, et à nous trois nous rapportions certes plus de soixante kilos de provisions, spécifiquement cheminotes, qui échappaient donc à toutes les louches combinaisons et spéculations diverses auxquelles se livraient certainement ceux que nous nommions les « mercantis » et que, jaunes ou rouges, sans distinction, nous considérions unanimement comme des profiteurs.

Selon notre habitude, nous fîmes, pour rentrer à la maison, de savants détours, pour éviter de passer, ainsi chargés à refus, devant le magasin du grainetier, devant celui du charcutier, devant la boucherie, devant l'épicerie et la mercerie du quartier. Nous n'ignorions pas qu'ils guettaient le retour de toutes les femmes de cheminots, pour évaluer d'un œil jaloux la quantité de marchandises qui, comme disait le grand-père, « leur passait sous le nez ». Il était préférable d'être très discret car, depuis bien longtemps, les commerçants avaient fait des démarches collectives auprès de la Compagnie des Chemins de Fer, puis auprès des autorités municipales, puis départementales, puis du gouvernement, pour faire cesser ce qu'ils nommaient ce scandale. Ils étaient arrivés, paraît-il, à plusieurs reprises dans le passé, à faire interdire ces sortes de coopératives. Mais, comme disaient mes hommes :

— Les cheminots, une sacrée race de pirates, va ! Pas facile de les soumettre !

Lorsqu'ils avaient été interdits, ces groupements d'achats, ces coopératives de consommateurs, les premières du genre en France, avaient fonctionné en cachette, les coins discrets ne manquant pas dans les dépôts, au fond des gares de triage, dans les bureaux, pour abattre du bétail et stocker les marchandises rapportées par les roulants. On avait pris, de cette façon, des habitudes de clandestinité qui nous étaient restées et dont nous ne pouvions même plus nous passer.

En jouant aux billes dans le caniveau avec la bande, il m'était arrivé de surprendre des conversations entre le père Grillot et son voisin le boucher, de porte à porte, alors qu'ils regardaient passer les paniers garnis. Je les entendais gronder :

— Ça voyage gratuitement, c'est soigné gratuitement, ça a une retraite et ça s'approvisionne ailleurs ! disait l'épicier. Un véritable État dans l'État !

— Une race pas ordinaire, allez ! Regardez-moi ces monceaux de marchandises !

— Des marchandises volées, si ça se trouve ! Volées dans les champs, le long des lignes de chemin de fer ou dans les wagons !

— Et dire que ça n'a même pas fait la guerre, grondait le boucher; pendant qu'on se faisait crever la paillasse à Verdun, ça regardait passer les trains de troupes qui montaient au front...

— ... Et maintenant ça vient nous narguer !...

— ... Je me souviens, en 1917...

Marcel Dulot, comme moi, était pâle de rage d'entendre cela. Il me regardait comme pour me dire : « Mais qu'est-ce qu'on attend pour aller leur crier leurs quatre vérités ? »

Les autres aussi avaient ramassé leurs billes et ne pensaient plus au jeu.

— Je vais te leur envoyer une poignée de biscayens dans leurs vitrines, moi, grondait le Titi Renard, un loustic dont le père, qui était gratte-tube au dépôt, n'était pas le dernier aux réunions politiques.

Le commando était tout prêt à passer à l'action. J'eus grand mal à les retenir, en les exhortant à la patience et à la modération.

Il y eut entre nous une discussion violente qui se termina, comme toujours, par cette phrase que je connaissais bien :

— Oh, bien sûr, toi, le jaune, t'es toujours du côté des riches et des patrons !

Les soirs de coopé, la petite tante Louisette venait à la maison chercher ses propres provisions. Pour rien au monde, elle n'eût voulu aller elle-même au pont des Tanneries : son homme était révoqué, elle ne voulait plus qu'on la vît chez les cheminots. Elle était pourtant toujours actionnaire, car le conseil d'administration de la coopé avait décrété que les révocations d'ordre administratif étaient nulles et sans effets sur le plan mutualiste. Elle avait donc le droit d'aller s'y approvisionner, cependant elle faisait faire ses achats par sa sœur pour « ne pas faire jaser ».

Mais en la voyant sortir de chez nous, avec son filet bien plein, le père Grillot, fumant sa pipe, continuait son monologue :

— ... Et ça en rapporte pour toute la famille, et même pour les amis ! Comment voulez-vous que vive le petit commerce ? Et ces gens-là voudraient que le socialisme s'installe en France ? Une belle foutaise leur socialisme, c'est la mort de l'initiative privée, oui, la fin de la liberté individuelle !

Lorsque je retrouvais Marcel Dulot, après ces altercations où les camarades m'avaient traité de jaune, il avait l'air gêné :

— Tu sais, me disait-il gentiment, il ne faudrait pas croire que je t'en veux parce que ton père est jaune. D'abord ça ne l'empêche pas d'être un brave homme...

Croyant ne pas en avoir assez dit ni assez fait pour manifester son amitié et sa reconnaissance, il ajoutait :

— Tout le monde ne peut pas faire la grève, faut bien que le chemin de fer marche encore un petit peu !

Et tout de suite, pour bien signifier que cela ne devait pas interrompre une si belle collaboration, il me montrait ses plans, les plans de l'attelage automatique qu'il avait imaginé et qu'il soumettait à ma critique. Nous en discutions longuement et dès, que j'eus fait la connaissance du vieil ingénieur saint-simonien, je lui en parlai. Cet homme représentait pour moi un grand espoir. Un disciple du grand Saint-Simon, dont j'avais commencé à lire les œuvres que possédait mon grand-père. Il comprendrait sûrement la grande importance, pour la caste cheminote, de cette invention. Nous étions même très étonnés que les saint-simoniens, si soucieux de la dignité de la personne humaine, n'eussent pas, dès le début du chemin de fer, cherché un système d'attelage automatique, pour délivrer les hommes de cette tâche avilissante et combien dangereuse, qui était celle des atteleurs.

Le fantôme de M. Dulot nous hantait, Marcel et moi, et bien d'autres encore, car, dans le même temps que nous ruminions cette idée, il y eut une vingtaine d'autres victimes semblables sur tout notre réseau du P.L.M. C'étaient des nouvelles qui couraient à la vitesse des express, colportées par les roulants, d'une gare à l'autre, et contées par les uns et par les autres, dans les réfectoires de triage où les équipes des gueules noires des différents dépôts faisaient chauffer ensemble leurs gamelles, et aussi dans les postes d'agents de trains, où les écureuils de vigie se faisaient une omelette au lard ou un hareng saur et un vin chaud, sur les braseros.

On disait même... mais les écureuils de vigie avaient le commérage facile (on parle beaucoup dans les postes de gare, la nuit...), que l'attelage tuait en France un agent par jour !

Et ces nouvelles se répandaient sur tout le territoire, car il ne faut pas oublier que les chemins de fer en étaient arrivés à ce point de développement que le rêve de M. de Freycinet [1] qu'il n'y eût plus en France un chef-lieu de canton sans gare était à peu près réalisé. C'est ainsi que ce qui se passait sur les voies de débord de la gare de Lille-la-Madeleine se savait moins de huit jours plus tard au disque d'entrée de Cantaous-Tuzaguet * ou au poste de block de Sergenaux-les-deux-Faysse **.

Pour que la mesure fût comble, nous assistâmes, Marcel et moi, à un spectacle, bien banal pour nous en vérité, mais qui, dans l'état d'excitation dans lequel nous étions, nous mit en révolution. Mais pour bien le conter, il faut d'abord que je parle de « nos jardins ».

Oui, on ne peut savourer le roman d'un fils du rail sans avoir une idée très précise des « jardins ». Les « jardins-cheminots », cela va sans dire. Ils étaient dans « les emprises du chemin de fer », ces terrains achetés sans lésiner par les Compagnies au moment de l'exécution du programme de 1842.

Ah ! on peut dire qu'ils voyaient large, ces grands pionniers fondateurs ! Bons dieux, quel appétit ! Pour poser deux rails côte à côte, ces gens-là vous expropriaient gentiment trente hectares au kilo-

1. Ingénieur des Mines. Ministre des Travaux publics de 1877 à 1879, il développa les voies de communication et l'aménagement des ports.

* Petite gare de la ligne de Toulouse à Pau par Lannemezan.

** Petite gare de la ligne de Dijon à Lons-le-Saunier.

mètre, et autour des futures gares et près des grands centres ferroviaires, ils se taillaient un domaine d'une telle importance que l'opinion publique s'en était même émue bien des fois.

C'est ainsi que le plus gros propriétaire terrien, dans toute l'Europe, était, de très loin et dès ses origines, le chemin de fer. Le domaine foncier du chemin de fer, surtout autour des villes et aux points prévus pour les bifurcations et les triages, semblait démesuré, monstrueux. C'est qu'il faut de la place pour développer un raccordement parabolique, ou le dispositif « courbe-contre-courbe » ! Il en faut aussi pour construire un faisceau de triage ou une bifurcation ! Ou même simplement un vulgaire « saut-de-mouton [1] » !

Et il faut bien dire que si les premiers constructeurs avaient vu grand, ils avaient vu juste. Petit à petit les voies, les gares, les halles, les dépôts, les triages étaient venus remplir ce canevas. Mais il restait de larges parcelles marginales, des bordures sauvages, des franges délaissées, de vastes secteurs vides, de part et d'autre des remblais ou à l'intérieur des courbes de raccordement. Alors, avec cette horreur du vide et cette rage de ne rien laisser perdre qui caractérisaient la race, les gens du chemin de fer avaient demandé l'autorisation de gratter ces terrains. Les Compagnies leur en avaient donné la permission provisoire, et chacun s'était taillé son petit carré de pommes de terre, sa planche de choux et ses rangs d'asperges.

L'ensemble se présentait comme un damier monotone de petits jardins de frères chartreux, cloisonnés par de petites allées noires, damées de fraisil, avec les cabanons d'infortune couverts

1. Ensemble de terrassements et ouvrages d'art permettant de faire passer une voie au-dessus ou au-dessous des deux principales.

d'une treille ou d'une vigne vierge, avec une tonne, à demi enterrée, qui recueillait l'eau du toit, pour les arrosages.

Cet ensemble constituait le spectacle si caractéristique que les abords des villes proposaient à la vue des voyageurs.

Nos jardins étaient situés entre les nouvelles rotondes, le canal de Bourgogne et le raccordement de la ligne qui, par Is-sur-Tille, rejoint les réseaux de l'Est, vers l'Allemagne et la Suisse, par Bâle. Pour nous y rendre, nous contournions une partie de la ville par le port du canal. Une vraie marche manœuvre de près de cinq kilomètres. C'était la promenade familiale du dimanche. Distraction laborieuse, mais utilitaire, car elle nous permettait de prendre l'air et de manger « nos » légumes qui, bien que largement parfumés de fumée et saupoudrés de poussier de charbon, nous paraissaient, peut-être pour cette raison professionnelle, infiniment plus savoureux que ceux du commerce.

Eh bien, tout carcéral que fût ce paysage coincé entre l'ancienne bosse de triage et le remblai courbe, hérissé de potences à signaux, il m'apparaissait comme une fraîche oasis, un Eden verdoyant, un Far West de liberté et d'aventures.

Le dimanche, mon père s'y rendait au petit matin et commençait à jardiner « à la fraîche ». Avec ma mère nous arrivions sur le coup de dix heures et demie, après avoir assisté à la cathédrale, notre paroisse, à la messe des catéchismes, qu'il ne fallait manquer pour rien au monde.

Nous amenions la choucarde, chargée de victuailles et de l'estagnon de vin rouge. Nous trouvions les hommes en bras de chemise en train de commencer la collation. Nous étions accueillis avec des cris de joie parce que nous amenions « le carburant », cet estagnon de vin, dûment secoué dans la carriole, qu'on tentait de rafraîchir en le laissant quelques instants dans un trou creusé en terre, recouvert d'une trappe en bois, que nous appelions « la cave ».

La collation avait lieu tantôt sous la treille de Pierre, tantôt sous celle de Jean ou de Paul, sauf dans les cabanons des gens des bureaux et particulièrement ceux de l'Exploitation, qui jardinaient en faux col et semblaient préférer manger seuls, comme le pape. Je ne sais trop pourquoi.

Notre cabanon avait été construit par le grand-père avec des planches de rebut récupérées aux ateliers de réparation des wagons. Certaines de ces cabanes étaient faites d'un demi-wagon, ces wagons presque cubiques que l'on appelait « les petits-couverts » et qu'on sciait en deux comme une boîte à chaussures.

A l'intérieur, il n'était pas rare de trouver d'anciennes banquettes de voitures de première ou de seconde classe qui servaient de canapé et même de lit pour ceux qui passaient là tous leurs campos, leurs « descentes de nuit » et leurs onze jours de congés annuels.

Dans ces cabanes, cela embaumait le coaltar et le charbon et cette prodigieuse odeur fumeuse des voyages, imprégnée à jamais dans le moindre objet comme dans la plus modeste des salades.

Pour ne rien cacher, lorsqu'on manquait de charbon, on attendait le passage d'une locomotive haut le pied. Les enfants se précipitaient au bas du remblai avec des seaux pour recueillir les morceaux de houille que le chauffeur balançait en riant du haut de son tender.

Telle était notre résidence secondaire où nous passions nos dimanches.

Outre les légumes, mon père y cultivait le rosier. C'était sa passion. Tous les hivers nous allions arracher des églantiers sauvages dans les haies et sur les friches du plateau de la Crâ. Il les plantait le long de ses allées et, en temps voulu, y greffait toutes les espèces imaginables de roses. Il avait ainsi ce qu'il appelait « une collection » de plus de cinquante espèces. Il en était très fier. Ses doigts très adroits et sa méticulosité de dessinateur réussissaient toutes ses greffes. Il avait la main verte, comme on dit. Mais pour les roses seulement ! Les autres fleurs ne l'intéressaient pas du tout. On l'avait invité ainsi à greffer des milliers d'églantiers dans tous les jardins voisins, si bien que cette espèce de cratère carcéral encerclé de remblais, de fils de transmission et de signaux, était devenu, par la grâce de ces hortillonnages du désespoir et des roses de mon père, une sorte de paradis.

Des roses, il y en avait partout : des crimsous grimpaient aux poteaux, des polyanthas longeaient le « chemin noir » et fleurissaient jusque dans le mâchefer, les lilas sauvages servaient de clôture. Mêlés à l'aubépine, il y avait des griottiers, ce genre de cerisier qui donne les griottes, ou aigriottes, que l'on confisait à l'eau-de-vie.

Les Dulot avaient le jardin à côté du nôtre et la tonne qui recueillait l'eau de pluie de nos deux toits de tôle ondulée était mitoyenne. Si bien que nous nous trouvions, là encore, rassemblés, ce qui était très utile car, même en cueillant les pois ou les fraises, nous travaillions à notre attelage automatique dont nous ne parlions à personne, à seule fin de réserver, pour le jour de la grande divulgation, l'effet de surprise.

Une nuit, notre ardeur reçut un véritable coup de fouet. C'était la nuit du samedi au dimanche de Pâques.

Nous avions décidé nos parents à nous autoriser à passer la nuit au jardin. C'était la première fois de ma vie que je découchais et, voyez comme vont les choses, cette première nuit de liberté sous les étoiles devait coïncider avec l'événement le plus mémorable de ma vie et provoquer les réflexions les plus profondes sur la peine des hommes et même sur la condition humaine.

Nous arrivâmes donc là dans la soirée du samedi, avec un panier de provisions rempli à ras bord, de quoi tenir un siège de trois semaines. Lorsque le crépuscule fut venu, la soupe avalée, nous nous installâmes pour passer une nuit délicieuse sur les deux banquettes de deuxième classe qui tenaient lieu de canapé, de chaise et de lit... « loin des bruits de la foule et du monde méchant »...

Loin des bruits de la foule ? Ah ouiche !

Il faut dire en effet que, de l'autre côté du remblai, s'étendait le triage. A peine étions-nous roulés dans nos couvertures que le concert commença. D'abord des appels, des cris, des voix d'hommes, amplifiés par des porte-voix. Puis un grondement sourd accompagné d'un tacatac-tacatac et, tout à coup, le bombardement !

— C'est le débranchement ! m'informa Marcel.

Je compris alors l'air narquois de mon grand-père lorsque je lui avais annoncé que nous allions passer la nuit au jardin ! Il savait, lui...

— Et deux couverts chargés pour la 22 ! criait le porte-voix.

— ... Deux couverts chargés pour la 22 ! attention les flics ! reprenait la voix qui nous paraissait la plus proche.

Puis il y avait un roulement qui allait en s'amplifiant et enfin un coup sourd comme un coup de canon. Mais déjà la première voix reprenait :

— Pour la 8... la 8... un plat chargé ! Pour la Marenne !...

... Et le roulement, et le tacatac, et le coup sourd : boum !

... Et la voix :

— Attention la 9 ! Attention pour l'omelette ! Un vide qui descend bien !...

Et tous ces commandements étranges étaient hurlés pour dominer ce grondement perpétuel et ces coups sourds qui, dans notre sorte d'amphithéâtre en cul-de-sac, formé par le remblai courbe, venaient résonner comme dans le ventre d'un violoncelle.

— C'est le débranchement! répétait Marcel, que j'entendais se tortiller sur sa banquette de seconde classe, ne pouvant trouver le sommeil.

On prit d'abord notre mal en patience et, pour essayer de nous endormir nous nous mîmes à compter les « tacatac », et c'était à celui qui distinguerait le mieux le tacatac d'un wagon à bogie [1] du tacatac d'un wagon à deux essieux. Marcel, en bon fils d'« écureuil de vigie », se montra beaucoup plus habile que moi à cet exercice.

La butte de débranchement

1. Chariot à plusieurs essieux destiné à faciliter la circulation en courbe du véhicule.

Au bout d'une demi-heure de ce jeu, nous n'y tenions plus : il nous fallut nous lever et grimper sur le remblai qui nous cachait le spectacle. De là-haut, tout le faisceau de triage nous apparut, dans une brume basse qui montait du canal et de la rivière : à droite, c'était la butte, comme une colline minuscule, coiffée de sa cabane, de son petit poste où l'on apercevait les silhouettes des aiguilleurs et du chef de débranchement vaguement éclairées par leurs lanternes.

La rame à trier montait régulièrement la rampe de la butte, poussée par la machine de manœuvre. On voyait la silhouette noire des wagons arriver lentement à son sommet, et là ils culbutaient sur la pente et se mettaient à descendre, un par un, deux par deux, et à prendre de la vitesse, alors que le porte-voix hurlait :

— Attention ! Un couvert pour la Marie-Thérèse !

— Attention... Deux plats chargés pour le Panier Fleuri !

Et les wagons fous s'enfonçaient à toute vitesse, tacatac, tacatac, dans les ténèbres, vers un immense troupeau de wagons noirs dont les os brillaient un peu, entassés au fond de la nuit, d'où venait la canonnade.

A tâtons, ce fut de ce côté que nous nous dirigeâmes, car nous sentions et nous savions qu'il s'y passait quelque chose de prodigieux. Et ce, de fait, fut le spectacle le plus hallucinant que j'aie jamais vu et qui s'est gravé dans ma mémoire et dans mon cœur : il y avait là des hommes, des fantômes plutôt. On les devinait, dans la nuit, faiblement éclairés par des lanternes à acétylène disposées au ras du sol. Ils bondissaient, couraient, revenaient, dans ce noir faisceau de rails parallèles.

C'étaient les « enrayeurs ». Ces sortes de forçats que nous appelions aussi les « saboteurs ». Ils étaient chargés de ralentir les wagons qui dévalaient la pente et arrivaient sur eux à vingt, à trente, quarante kilomètres à l'heure, suivant leur poids ou leur qualité de « bon rouleur ». Ces hommes ramassaient donc, en voltige, dans l'obscurité, un sabot, et allaient le placer sur le rail, souvent sous les roues mêmes du véhicule qui fonçait, de toute sa masse, vers l'aval.

C'était pour eux que l'« aboyeur de bosse [1] » criait, dans son porte-voix : « ... Et un couvert pour la Marie-Thérèse !... Et deux plats pour le "Panier Fleuri" !... Attention la 33, les deux-bossus, les deux plats chargés c'est pour toi !... »

La Marie-Thérèse, c'était la « voie 13 », pour ne pas la confondre avec la « voie 16 », car, dans la nuit, avec le bruit du roulement et le tacatac des bandages sur les joints des rails, on pouvait confondre.

« Les deux-bossus » pour désigner la « voie 33 », c'était pour éviter une confusion, qui pouvait être mortelle, avec la 43 ou la 23. « Les flics », c'était, bien sûr, la voie 22, et enfin « le Panier Fleuri », c'était la « voie 18 », car « le Panier Fleuri » était la maison de tolérance, au numéro 18 de la rue Louis-Blanc.

Ce charabia ésotérique avait un but bien précis : éviter les confusions phonétiques qui eussent pu tout simplement coûter la vie d'un homme, car ces saboteurs, dans le brouillard qui s'épaississait rapidement, avaient chacun trois ou quatre voies à surveiller, et souvent le wagon qu'ils devaient ralentir surgissait de la brume, à vingt mètres d'eux, comme un fantôme, et sur quelle voie ?

Nous en vîmes même un qui posa le sabot à moins de deux mètres des roues. Il dut se baisser pour éviter d'être heurté par les tampons, se rejeter

1. Employé cheminot qui crie les ordres aux aiguilleurs ou aux enrayeurs.

vivement en arrière et rouler sur le sol pour ne pas être écharpé par la caisse du wagon et les boîtes à graisse des essieux. Et tout cela dans la nuit et le brouillard.

Combien étaient-ils ainsi, toutes les nuits, aussi bien sous la neige ou dans la grande pluie que par le verglas ? Combien étaient-ils, les nuits de vent de nord-est, glacial et hurlant, qui, soufflant dans l'axe du faisceau, accentue la vitesse de ces wagons qui déferlent au rythme de cinq ou six à la minute ?

C'est lorsque leur sabot était mal posé sur le rail... ou à côté du champignon, que le wagon continuait sa course non amortie, que l'on entendait ces terribles coups de tampons, ces détonations énormes provoquées par l'arrivée d'un wagon lancé à toute vitesse sur la rame en formation, à l'arrêt, ces explosions que toute la ville entendait sans bien les comprendre. Elles éveillaient pourtant tous les cheminots qui, comme je l'entendais faire à mon père, grommelaient dans leur sommeil : « Ça touche ! », en se retournant, mal à l'aise, dans leur lit.

Nous étions là, Marcel et moi, le souffle coupé. Nous y restâmes deux heures peut-être, mais le froid nous prit et nous entendîmes une heure du matin sonner au loin, au carillon de Saint-Bénigne.

Rentrés à tâtons à la cahute, nous ne pûmes nous endormir avant la prime aube. Marcel ruminait. Je pourrais presque affirmer que j'entendais ses pensées, qui étaient aussi les miennes. Mais lui, si j'ose dire, les pensait plus profondément que moi, car, au bout d'un moment, il se mit à dire, comme dans un cauchemar :

— Ça ne peut pas durer comme ça, non, ce n'est pas possible !

— Quoi ?

— Tu as vu ce cirque ? Et l'on dit que les ingénieurs sont intruits, et capables, et tout, et il n'y en a pas encore un qui, en un siècle de chemin de fer, ait pu trouver...

— Trouver quoi ?

— Je ne sais pas, moi, mais un sabot perfectionné, un sabot automatique !

— Alors, tout automatique : le sabot, les attelages, tout ? Mais réfléchis, ce n'est pas possible !

— Tout est possible à la mécanique, cria-t-il, tout, tu entends. C'est les ingénieurs qui se foutent pas mal des bonshommes. Ils perfectionnent tout. Regarde, la compound, par exemple, ou le crocodile, hein ! Mais, pour les bonshommes, on y pensera quand on aura le temps, c'est pas pressé, un bonhomme de plus ou de moins... ! ... Et ce n'est pas tout, reprit-il crescendo. Tu as réfléchi que ces wagons vont s'aligner sur les voies de départ, ça fait vingt ou trente trains et que, pour que ça compose vingt ou trente trains, il faut que les atteleurs entrent dans toutes les rames et fassent les attelages ? Dans le noir ? Quelque chose comme trois mille attelages ! Et dans le noir !...

Il était revenu à son idée fixe : les attelages. Avec son style très particulier où les « et que » se télescopaient gentiment, il continuait :

— Et que pour passer les chapes sur les crochets de traction et serrer, il faut entrer dans les attelages avec le mouvement d'accordéon, les chocs en retour ?... Rien que si la machine qui vient se mettre en tête et appuie pour que tous les tampons se touchent et que les atteleurs n'entendent pas le coup de sifflet « à toucher », s'il n'y en avait qu'un à se laisser prendre le bras, tu crois pas que c'est le Moyen Age, ça ?

Pour lui, le Moyen Age était un temps obcur où la vie humaine n'avait aucune valeur, comme on nous l'apprenait à l'école. J'ajoutai :

— C'est pire que le Moyen Age. Je ne crois pas

qu'au Moyen Age une guerre, même celle de Cent Ans, ait tué un million et demi de Français, comme la dernière en cinq ans.

Il y eut un silence.

— C'est une honte, t'entends, reprit Marcel. Une honte ! Le progrès ?... Ah ! il est beau le progrès !

Je me tus, pour respecter sa colère qui avait de très nobles origines. Il continua :

— Si on se donnait le tiers du quart du mal qu'on se donne pour aller plus vite, pour assurer la sécurité des bonshommes...

Il monologua ainsi longtemps dans son charabia très elliptique, et j'étais avec lui de cœur et d'esprit. J'approuvais passionnément tout ce qu'il disait, tellement ça me paraissait juste et sensé. Ce genre de conversation à une voix dura peut-être trois heures. Elle se termina ainsi :

— Faudra qu'on étudie ça, hein, on étudiera ça, dis ?

J'eus à peine la force de répondre :

— C'est à voir, oui. Oui, ça doit être possible.

Et l'on s'endormit parce qu'il était 5 heures du matin et que, le débranchement étant terminé, le silence était revenu. Cette veille m'avait vieilli d'au moins quinze ans.

Le lendemain matin, c'était Pâques.

Depuis l'aube on entendit sonner les cloches de tout Dijon. Le vent venait justement du nord-est et l'on ne manqua pas un carillon, depuis celui du Jacquemart de Notre-Dame jusqu'à la babillarde du Carmel, même le drelin du couvent de la Providence nous arrivait par le travers de Talant.

Lorsque ce fut le tour du gros bourdon de la cathédrale, celui qui devait sonner ma première communion, il me revint à l'esprit la promesse que j'avais faite à ma mère : d'aller à la messe. Marcel aussi avait promis. Mais comme notre paroisse était à l'autre bout de la ville et que cette ville était elle-même à trois kilomètres, on avait admis que nous irions à la messe au village de Perrigny, très proche du triage. On en voyait le clocher dans les grands arbres, aussitôt qu'on avait gravi le remblai du raccordement.

Nous savions que la messe y était dite à 10 heures. Aussi fîmes-nous dès le matin nos ablutions dans la tonne d'eau de pluie, prenant bien soin de nous rincer dans une cuvette, non dans la tonne, car l'eau servait aux arrosages, et le savon, c'était logique, devait être fatal aux petits pois : le savon est un poison, à commencer pour la peau des garçons. Tout le monde sait ça !

Les équipes des locomotives qui passaient faisaient des grands signes en nous criant des choses que nous ne comprenions pas. On répondait néanmoins en riant. C'était merveilleux.

Comme nous étions fin prêts, les bruits du triage reprirent plus fort que jamais, un sacré carillon aussi celui-là qui nous attira inexorablement vers le sommet du fameux remblai. Nous avons grimpé comme des chèvres et, arrivés là-haut le débranchement, reprit avec l'équipe de jour. D'un côté, les jardins où les hommes s'activaient dans les pêchers, les griottiers en fleur, les lilas en bourgeons, autour des petites cabanes toutes noires. De l'autre, l'immense faisceau du triage avec ses rails droits, les uns à côté des autres, à l'infini, où les wagons dévalaient un à un de la butte. Comme un seul homme et sans trop penser à la messe, nous nous précipitâmes vers le fond du triage où les wagons allaient s'amortir. Là étaient certainement les saboteurs. Nous allions les voir en action, en plein jour.

Nous prîmes le chemin noir qui longe le faisceau par l'est et un bon kilomètre plus loin nous étions à la hauteur des enrayeurs. Le spectacle était peut-être encore plus saisissant car la brume et la nuit qui, certes, l'avaient dramatisé, nous en avaient caché la plus grande partie. Là, on avait une vue d'ensemble : au loin, la butte d'où coulaient les rails brillants qui se ramifiaient à l'infini pour constituer le grand faisceau, au moins trente voies côte à côte. On voyait chaque wagon dévaler la butte puis, selon les aiguilles, qu'on entendait claquer, ils suivaient leur chemin, tout seuls, comme des chiens savants, alors que le quadrille commençait, commenté par l'aboyeur : « Et un grand couvert chargé pour la 12 ! Et un tombereau chargé pour le "Panier Fleuri !" Et deux petits couverts pour la Marie-Thérèse ! »

On voyait les enrayeurs courir, ramasser un sabot au vol et se porter au trot au-devant du wagon qui arrivait sur sa voie 12, ou 13, ou 18, l'air têtu et méchant. L'on croyait, oui, vraiment, voir un torero s'avançant vers le taureau pour le provoquer. Tout en trottant l'homme appréciait la vitesse et le poids du wagon. Il devait calculer rapidement à quel endroit poser son sabot pour que le véhicule fût freiné suffisamment mais pas trop pour aller s'amortir en souplesse sur sa rame en formation. Le sabot posé trop en amont et le wagon s'arrêterait trop tôt et resterait planté là. Le sabot posé trop en aval et le wagon, encore insuffisamment freiné, irait heurter sa rame, et il pouvait même s'y fracasser.

Nous sommes restés là, haletants. Oui, nous avions le souffle coupé par le ballet de ces hommes qui semblaient danser, faire des passes de capes, des feintes, des volte-face, des faenas devant les wagons en mouvement. Placés où nous étions, nous avions l'impression que chacun des wagons fonçait sur son homme et s'efforçait de ne pas le manquer. L'homme courait à lui, posait sa banderille, esquivait et revenait bien vite chercher une autre banderille...

Et le gros bourdon de la cathédrale sonnait, accompagné du chœur de toutes ses cloches chantant la fête de Pâques !

Tout le monde chômait, priait ou s'amusait, pendant que ces hommes-là luttaient tout simplement avec la mort dans cette immense arène. Au fond du tableau, sur les voies principales, les rapides passaient à leur heure, en sifflant. Sur le raccordement, les trains de marchandises filaient, comme chaque jour, vers l'est. Non, nous n'étions pas des gens comme les autres. Pour nous, ni Pâques, ni dimanche, ni Noël !

A un moment, il y eut une accalmie. La rame à trier était terminée et la machine de manœuvre était allée en chercher une autre sur le faisceau de réception. Alors nous nous approchâmes des tas de sabots. C'était la première fois que j'en voyais d'aussi près car toutes ces choses se passent très loin de la ville, en plein désert, et nul ne les voit jamais. C'était un drôle d'outil, comme une varlope en acier, avec sa poignée ; le corps de la varlope était constitué par une sorte de barre d'acier profilée en U, et ce U se plaçait à cheval sur le rail, comme une glissière. Le tout devait peser environ 10 kilos. Il me parut que c'était un appareil vraiment très primitif, d'utilisation très difficile, qui contrastait avec l'ensemble de l'exploitation ferroviaire, qui me paraissait prodigieusement perfectionné.

Quelques-uns de ces hommes arrivèrent en sueur, ils tirèrent des bouteilles de vin d'une cabane construite sur les bas-côtés, et se mirent à boire à la régalade. Ils nous virent et nous firent des plaisanteries :

— Eh, les gars, quand on vient voir les acrobates, on ne vient jamais les mains vides, on paie sa tournée pour les artistes !

Aussitôt nous partîmes, coudes au corps, pour

chercher l'estagnon de vin qui rafraîchissait au fond de son trou, dans le jardin. Lorsque nous revînmes avec notre estagnon, le débranchement reprenait. On entendait déjà l'aboyeur :

— En place pour le quadrille!... Et voilà un couvert qui tombe sur voie 28!...

Le dernier des saboteurs était encore près de nous, il prit le temps de boire une bonne goulée de notre vin avant de repartir à toutes jambes en sautant par-dessus les voies, juste à temps pour empoigner un sabot et le mettre sous la roue du couvert qui « tombait » sur la voie 28.

Oui, ces gens-là étaient bien nommés « les acrobates »! Mais quelle existence de sauvage! Nous étions muets, Marcel et moi. Je commençais à comprendre pourquoi, lorsque je travaillais mal à l'école, mon père ou mon grand-père me disait :

— Si tu continues, tu sais où tu finiras? Au triage, au sabotage! Voilà où tu iras!

Et ils ajoutaient :

— A Nouméa, voilà où l'on te retrouvera!

C'est ainsi qu'on l'appelait ce sinistre fond de triage car, à cette époque, le bagne était installé en Nouvelle-Calédonie, précisément à Nouméa.

Tout à coup l'idée nous vint, ou plutôt nous revint, que nous devions aller à la messe. On l'avait promis, et surtout il nous fallait faire signer par le curé notre carnet de messe. En effet, si l'on ne pouvait assister à l'office dominical de sa propre paroisse, l'on devait alors faire signer ce carnet par le curé de la paroisse où l'on avait eu son office.

Il était tard. La messe de Perrigny était probablement terminée.

On se mit à courir à travers les voies pour gagner l'église. Elle était vide, mais encore tiède de prières et parfumée d'encens. On bondit à la sacristie où le curé replaçait sa chasuble en la pliant soigneusement dans un grand tiroir. On était encore essoufflés quand le prêtre nous dit :

— Qu'est-ce que c'est ?

— C'est pour notre carnet de messe, monsieur le curé.

— Votre carnet de messe ? Mais je ne vous ai pas vus dans l'église.

Nous hésitions.

— Et d'abord, de quelle paroisse êtes-vous ?

— De Saint-Bénigne, monsieur le curé.

— Et que faites-vous ici ?

— On est dans les jardins.

— Ah, des cheminots, hein ?... C'est bien ça !

On lui expliqua :

— On aurait dû être à l'heure, mais en venant on a regardé le débranchement.

— Le débranchement, s'écria le curé, en riboulant de gros yeux derrière ses lunettes à monture d'acier, le débranchement ?... Ah, le débranchement !...

Il prenait un air effrayé, comme s'il eût parlé de l'enfer.

— Mais qu'alliez-vous faire au débranchement, mes pauvres enfants ?

— Voir, monsieur le curé.

— Voir quoi ?

— Les saboteurs. On voudrait inventer un sabot automatique ! dit Marcel timidement.

L'abbé ne connaissait pas le sabotage, bien entendu, et ignorait ce qu'était un sabot. Il ignorait surtout les saboteurs, car ces gens-là ne fréquentaient ni messe ni vêpres et criaient « croa croa » lorsqu'ils voyaient la soutane apparaître au coin du chemin noir. Nous dûmes donc expliquer l'enrayage au curé qui parut tout à coup, et par une grâce spéciale du Seigneur, découvrir le fond de la misère humaine.

— Par tous les temps. Jour et nuit, fêtes et

dimanches ! insistait Marcel, comme pour dire au prêtre : ce n'est pas étonnant que vous ne les voyiez jamais à la messe.

Le brave homme avait l'air attendri et nous étions choqués que le curé du village de Perrigny ignorât presque complètement ce qui se passait sur cet énorme triage de Perrigny qui, tout compte fait, était situé sur sa paroisse.

Nous devions d'ailleurs longtemps en reparler, Marcel et moi, surtout, par exemple, au moment où, quelque quarante ans plus tard, l'Église, tentant un retour vers la classe ouvrière, admit que les prêtres se fissent ouvriers parmi les ouvriers, pour vraiment connaître leurs conditions de vie et pussent enfin vivre parmi eux pour les re-évangéliser. Comment, en effet, un curé pouvait-il prétendre annoncer le Christ et l'Évangile à ces gens, qui risquaient chaque jour leur vie pour une bouchée de pain, alors qu'il en connaissait tout juste l'existence et qu'il ignorait absolument la consistance de leur travail ?

C'est de cet étrange jour de Pâques que Marcel, je le sais, embrassa personnellement l'anticléricalisme forcené qui était celui de sa famille, traditionnellement, depuis trois générations de cheminots roulants.

Plus tard, il avait eu cette réflexion, en rentrant au jardin :

— Les curés, pas de danger que tu en voies un dans une vigie ou faire un attelage !

— Peuvent pas tout faire, avais-je hasardé, pour défendre quand même un clergé qu'on ne voyait pas beaucoup, en effet, dans les dépôts, dans le charbon, et sur les locomotives. Mais je n'avais jamais entendu de réflexion de ce genre dans ma famille car si l'on y critiquait probablement les prêtres, on ne le faisait certainement pas devant moi.

Devant le curé médusé, Marcel, enhardi et même stimulé par une colère que je sentais fort bien monter en lui, avait continué, non sans insolence, comme pour provoquer :

— Et comme ils avaient soif, les saboteurs, nous sommes retournés à la cahute pour leur chercher notre estagnon de vin. Voilà pourquoi nous sommes en retard, monsieur le curé, dit-il.

L'abbé s'arrêta de plier ses ornements, regarda Marcel, puis me regarda :

— C'est vrai ce qu'il dit ton camarade ? me demanda-t-il, comme par plaisanterie.

— Oui, c'est vrai, monsieur le curé. C'est bien vrai, on a mis plus longtemps qu'on ne pensait.

— Alors si vous avez manqué votre messe pour faire les bons Samaritains, je vais quand même vous signer votre carnet. Cette bonne action remplace bien une messe...

— Et même nous allions là-bas pour étudier un système d'attelage automatique et de sabot automatique ! ajouta Marcel, que je n'avais jamais vu si hardi et qui visiblement s'énervait.

Le curé s'étonnait :

— L'attelage automatique, le sabot automatique ? Vous ?

— Oui, nous deux.

— Mais, mes chers enfants, auriez-vous les connaissances nécessaires ?

— On veut être ingénieurs, monsieur le curé !

— Ingénieurs, mais c'est très bien ça ! C'est très bien de penser au bonheur matériel des autres. Mais il faut aussi penser à votre salut, mes enfants !

— On y pense, monsieur le curé. On veut être comme Marc Seguin ! Il est certainement au paradis, Marc Seguin, après avoir fait ce qu'il a fait !

L'abbé, hélas, ne connaissait pas non plus Marc Seguin. Que leur apprenait-on donc au séminaire ? Et Marcel s'apprêtait à lui expliquer la chaudière tubulaire, mais je réussis à l'entraîner hors de l'église.

Quand nous arrivâmes au jardin, les parents étaient arrivés. Ils sortaient les provisions des paniers, certains voisins aussi étaient là, les employés de bureaux et les « roulants » et les « services actifs » qui avaient leur campo ce jour-là. Un tiers des jardins environ était désert car il y a toujours au moins un tiers des cheminots qui est en service quelque part, quels que soient l'heure, le jour, la saison.

Les quatre amandiers étaient en fleur, les conversations sautaient par-dessus les haies et l'on entendait le claquement sec des sécateurs. Mon grand-père-grandes-roues et ma grand-mère arrivaient aussi, et tout de suite le vieux s'en fut à la cave

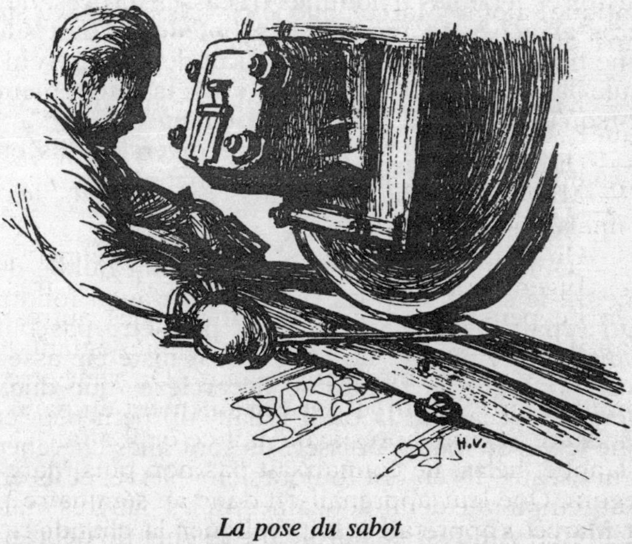

La pose du sabot

chercher l'estagnon, s'en versa un verre qu'il se proposait de siroter sous la tonnelle. Mais lorsqu'il y eut mis les lèvres, il s'ébroua :

— Mais qu'est-ce qui m'a foutu ce vin battu, c'est pisse d'âne ?

Il nous fallut lui raconter l'histoire des saboteurs, de l'estagnon transporté jusqu'au fond de Nouméa, et il se récria :

— Mais faut pas faire ça, les petiots ! Le vin est interdit pendant le service. Du vin aux acrobates ? Ah oui, vous avez fait là du beau travail ! Si ça se trouve, à l'heure qu'il est, il y en a un qui est en chair à pâté. Faut avoir les yeux en face des trous pour saboter, faut pas voir double pour poser le fer à repasser sur le champignon et surveiller le wagon qui vous dégringole dessus ! Ah malheur de malheur, un coup de vin de trop et le tampon des wagons est trop long de trois centimètres, et c'est la boucherie...

Et il nous raconta des histoires d'enrayage, des histoires terribles d'hommes fracassés, broyés, des bras arrachés, et même ses saboteurs butant sur une traverse et tombant sur le rail devant un véhicule lancé à 30 à l'heure. Il s'arrêta subitement lorsqu'il vit Marcel pâlir affreusement.

— Pourtant, dis-je, pour faire diversion, ils en avaient du vin, caché dans une cabane !

— Pardi, ils avaient du vin de Chine !

— Du vin de Chine ?

— Oui, oui. Il y a deux jours, ils ont oublié de mettre le sabot sous les roues d'un wagon foudre qui venait de Béziers. Ils n'ont peut-être pas fait sans le faire exprès. Le choc a tout juste été assez fort pour que le foudre se décercle et que deux douelles s'écartent là où il fallait, un petit peu, et que le vin se mette à pisser. Ils sont allés chercher leurs seaux, ils en ont toujours en réserve, et ils en ont rempli une demi-douzaine. Ah les pauvres malheureux ! Ah c'est pas drôle d'être chef de débranchement avec des enrayeurs qui ont du vin de Chine à gogo !

— Pourtant ils avaient l'air bien drus, dit Marcel, en connaisseur.

— Ne te fie pas à ça, gamin. On tient le vin comme ça, au début. Mais aussitôt que la fatigue te prend, c'est lui qui te tient : les bras mous, les jambes en flanelle et l'œil en goguette ! Et, alors, bonsoir sûreté ! Tout va paraître facile et c'est comme ça que le geste est trop court ou trop long d'un millimètre, et c'est la mort, ou la mort d'un compagnon. Voilà le tour qu'il vous joue, le vin !

— Et, en plus, c'est du vin volé, si je comprends bien ? dis-je, toujours très préoccupé de casuistique.

Le grand-père prend alors un air grave et choisit ses mots.

Il lève l'index :

— Volé ? Non ! Le transporteur doit vivre sur la cargaison, c'est un vieil usage de la navigation et du roulage. Le gabarier qui transporte du charbon dans sa péniche a toujours eu le droit de se chauffer sur le chargement, de toute éternité. Mais non d'en vendre. Le pénichien qui a un chargement de vin a le droit de boire sur sa cargaison, c'était ainsi dans le vieux droit de roulage : on appelait ça le « creux de route ». Et c'est admis par tous les juges de France et de Navarre. Aux Chemins de Fer, je crois bien que le contrat de transport n'autorise plus ces vieux usages, mais va donc enlever ça de la tête des enrayeurs, des chefs de train ou des wagonniers ! Il y en a même beaucoup qui, dans leur sacoche, ont un vilebrequin et des chevilles de chêne, toutes prêtes. Lorsqu'ils ont des foudres dans leur train et qu'ils sont garés dans un coin tranquille, ils font un trou dans la futaille, remplissent leur bidon à la pissoire et, lorsqu'il est plein, rebouchent le trou avec la cheville. Va donc leur dire qu'ils volent, tu verras s'ils te recevront, compagnon ! C'était leur droit dans le vieux roulage, mais attention : pour leur seule consommation de route, exclusivement ! S'ils en vendent ou en emportent chez eux, ils se déconsidèrent devant eux-mêmes.

— Et toi, grand-père, tu te servais aussi ?

Le vieux redresse le torse :

— Moi, jamais. Les corbeaux de vigie [1], oui ; jamais les seigneurs [2] ! Faut pas nous confondre...

Il rêve un instant puis, d'un air finaud :

— J'ai bien bu de temps en temps du vin de Chine, mais c'était ici ou là, dans un poste d'agents de train, par une nuit de neige, et c'étaient eux qui me l'offraient, au chaud, ce qui était bien rare, je dois le dire, car on n'a jamais fait très bon ménage, eux et nous !

Mon père qui se rase avec son grand rasoir sabre, en bras de chemise, sous la tonnelle, met son grain de sel :

— Faudrait pourtant que les cheminots d'aujourd'hui abandonnent ces méthodes du Moyen Age. Le chemin de fer est à la pointe du progrès, que diable ! C'est une autre civilisation.

— Civilisation ? fait le vieux. Ah ! la civilisation ! Qu'est-ce que c'est que ça, la civilisation ? Rien n'a changé depuis qu'il y a des hommes sur la terre !

— Papa, ne dis pas ça. Tu dis toi-même que le chemin de fer a transformé le monde. La vitesse, tout de même...

— La vitesse ? Oui, mais j'ai bien peur que la vitesse ne leur permette que de faire un peu plus vite leurs âneries.

Il se met alors à tousser affreusement et reste un moment sans le souffle. Puis sa respiration

1. Synonyme d'« écureuil de vigie ».
2. Les mécaniciens de locomotive.

reprend, rauque comme celle d'un soufflet de forge. Il dit en ricanant :

— La vitesse ? Elle va me mettre dans le trou un peu plus vite que les autres. Voilà ce qu'elle va faire, la vitesse !

Il s'appesantit sur cette pensée lugubre qui vient de lui venir et laisse tomber, faisant de longs silences :

— Je me demande... si la vitesse... vaut la peine qu'on se donne... pour elle !

Mon grand-père-grandes-roues est ainsi lorsque l'emphysème l'asphyxie.

Et ce fut la grève.

Un matin, mon père revint à la maison, sur le coup de 10 heures. Il avait été arrêté par un piquet de grève, alors qu'il entrait dans les emprises de la Compagnie pour prendre son service, comme tous les jours, à 8 heures du matin. Il avait parlementé deux heures avec eux et il rentrait furieux :

— Où est la liberté ? On ne peut même plus faire son travail comme on veut ! Et dans le piquet de grève qui m'a arrêté, il y avait des gens que je ne connais pas, des gueules noires qui venaient du dépôt, mais aussi des gens qui ne sont même pas du chemin de fer...

Ma mère, atterrée, l'écoutait, effondrée sur une chaise.

— Et tu sais qui j'ai vu, dans ce piquet de grève ? continuait-il. Massot ! ce gueulard !

— Le beau Massot ? s'exclamait ma mère ! Celui qui bat sa femme ?

Oui, c'était bien ce Massot qui battait sa femme. On voyait parfois la malheureuse, le matin, recroquevillée dans la petite cour de la maison voisine, elle avait passé la nuit là, mise à la porte par son triste époux qui, la veille au soir, était rentré excité, car il paraissait toujours sortir d'une de ces réunions politiques, que l'on nommait « métinge », où il prenait la parole et où il disait, paraît-il, les plus violentes horreurs sur les chefs, les patrons, qu'il appelait les gavés, les repus.

Il buvait, certes, mais il buvait surtout ses paroles qui avaient, c'est sûr, assez de degrés pour le saouler complètement. Il avait la réputation d'être très courageux et très adroit dans son travail, mais cela venait de ce qu'il se hâtait de le terminer pour ensuite prendre la parole devant ses collègues et les endoctriner dans l'Internationale ouvrière.

Pourquoi battait-il sa femme et pourquoi la mettait-il à la porte en pleine nuit ? Les autres femmes des maisons cheminotes prétendaient qu'elle le méritait bien. Mais je me méfie de ce jugement car j'avais remarqué que les femmes, même les femmes des cheminots, ne sont pas très indulgentes entre elles, et j'avais pitié de cette femme. Lui, Massot, me semblait être une sorte de monstre, les idées qu'il défendait m'apparaissaient donc comme diaboliques et, de ce fait, peut-être à tort, tous ses amis politiques m'étaient vivement antipathiques.

— Oui, continuait mon père qui en avait gros sur le cœur, oui, voilà par qui un honnête homme est arrêté à la porte de son travail ! Mais ça ne se passera pas comme ça, j'en appellerai à la force publique !

— Non, ne fais pas ça, suppliait ma mère.

— C'est son rôle, à la force publique, continuait mon père : défendre les honnêtes citoyens et leur permettre de se rendre à leur travail comme ils l'entendent, c'est ça la République !

Ce mot de République me faisait battre le cœur. Le maître d'école, mes grands-parents, mon père, tous les hommes que j'aimais et que j'admirais m'apprenaient ce qu'était la République et me disaient que c'était le plus parfait, le plus intelligent, le plus beau de tous les régimes. C'était aussi mon avis. Et, par comparaison, cette sorte de pétaudière qui permettait à un Massot qui mettait sa femme à la rue d'empêcher mon père de travailler à sa guise, c'était la chienlit. Et tous les trois, mon père, ma mère et moi, constations en conséquence que la République était en grand danger.

Là-dessus, mon grand-père-grandes-roues, qui habitait à deux pas, rue de la Cité, arriva aussi rapidement que le lui permettait son emphysème ferroviaire. On lui servit un petit café arrosé et il dit à son fils :

— Alors tu es là. Tu la fais donc cette grève ?

— Si je suis là, c'est que ces messieurs m'ont empêché d'entrer. Ils sont là tous les Massot, tous les poivrots, toutes les grandes gueules, ils plastronnent, font les importants à la porte du Rempart de la Miséricorde. Quand je suis arrivé, c'est le Pierre Grivot, tu m'entends ? le Pierre Grivot qui m'a arrêté ! Le Pierre Grivot qui était dans la même classe que moi, tout à la queue de la classe, le cancre crasse, qui, au certificat d'études, à treize ans, faisait encore au moins cinq fautes dans sa dictée ! Eh ben c'est lui qui m'a arrêté !

— Camarade, qu'il m'a dit, où allez-vous ?

Je lui ai dit :

— Tu ne me reconnais pas, que tu me vouvoies comme ça ?

— Camarade, où allez-vous ? qu'il m'a répété.

— Je vais à mon poste, comme tous les jours, faire mon travail, pour lequel je suis payé.

— Mais, camarade, c'est la grève. Vous ne le savez pas ?

— C'est peut-être la grève pour toi, mais pas pour moi, Grivot, et ça ne regarde personne.

— Les cheminots ont décrété la grève, camarade.

— Quels cheminots ? Moi, je suis cheminot comme toi, je n'ai pas décrété la grève.

— C'est le syndicat, camarade, qui l'a décidée.
— Je ne suis pas syndiqué, Grivot, et je pense qu'on est encore libre en France de se syndiquer ou non.
— Si vous ne vous syndiquez pas, c'est que vous vous estimez assez payé, camarade.
— Oui, je m'estime assez payé, Grivot, et ça, ça ne regarde encore que moi...
Et ainsi de suite. Les autres sont venus et m'ont empêché de passer. Il y avait là, avec moi, les collègues de bureau qui voulaient entrer aussi. On allait en venir aux mains. Et puis, zut, nous sommes rentrés chez nous.

Les bureaucrates en réunion syndicale

En silence, l'ancien mécanicien écoutait son fils :
— Faut bien admettre, dit-il enfin, que les bureaucrates, vous n'êtes pas bien chauds pour la grève, parce que vous êtes des privilégiés. Avoue-le !
— Privilégié, moi ? Mais les rouges les plus acharnés sont les tractionnaires, et un tractionnaire, avec ses primes, gagne deux fois plus que le

dessinateur que je suis ! Ce n'est pas une question d'argent, tu le sais bien !

Le grand-père se taisait, préparant une réponse qui devait être difficile à trouver car il avait l'air bien ennuyé. Il était gêné d'avoir à se prononcer entre son fils et ses compagnons de travail car il était tractionnaire dans l'âme.

— Très franchement, insistait mon père, l'aurais-tu faite, toi, cette grève qui est imposée par les Russes ?...

J'ai su, par la suite, que le succès de la Révolution russe avait augmenté l'opposition entre les deux tendances qui divisaient les cheminots. Le congrès de la C.G.T. de décembre 1920 avait consacré la scission entre partisans de l'Internationale communiste et partisans de l'Internationale d'Amsterdam. C'étaient les premiers que l'on appelait les Russes, ceux qui pratiquaient dans la C.G.T. le noyautage en comités syndicalistes révolutionnaires, en réunissant les durs, ceux de l'Internationale syndicale rouge et les anarchosyndicalistes, sous la direction d'un certain Pierre Besnard, un anarchiste dont l'oncle Mon-Jules parlait sans cesse comme du Messie. Sans doute parce qu'il avait été, comme lui, révoqué de la Compagnie P.L.M. en 1920.

D'ailleurs, on en était là de la discussion lorsque l'oncle Mon-Jules arriva. Il était tellement excité qu'il avait décidé, tout seul, dans sa blanchisserie du faubourg Raines, de s'associer à la grève des cheminots en ne se rendant pas à son travail.

— Tu vas encore te faire flanquer à la porte de ta blanchisserie, lui dit mon père. Et tu viendras pleurer pour qu'on te trouve du travail ! Mais à quoi penses-tu ?

— Je fais bloc avec ceux du chemin de fer, car j'appartiens au personnel du chemin de fer, que ça te plaise ou non !

— Ce chemin de fer qui t'a révoqué, il y a trois ans ?...

— Mais qui va me rembaucher en pas tardant !

— Que tu crois !

— Et c'est pas à toi que je le devrai. C'est à Monmousseau et à Semard que je devrai de rentrer dans ma lampisterie, la tête haute. Ceux-là mènent un combat qui est le mien !

Le grand-père, qui écoutait sans mot dire, leva la main et dit gravement :

— Tais-toi donc, Mon-Jules. Tu sais bien que Monmousseau, Semard et Midol vont se faire jeter à la porte de la C.G.T., pour peu que ça dure. Tu vois bien que le torchon brûle.

— Oui, le torchon brûle, mais les cheminots vont bien l'éteindre, n'aie pas peur ! Les cheminots sont les plus forts !

J'assiste là à une des innombrables discussions qui agitent le clan. Dès cette époque, je sens que chez nous, parmi les membres de ma famille, il y a des révolutionnaires orthodoxes, puis des révolutionnaires dissidents, on les appelle les Russes, et, enfin, un jaune, mon père. Cette fragmentation me plaît, je ne sais pourquoi. Le fond gaulois, sans doute, qui trouve là ses aises.

A la suite de cette discussion dont les éclats volent jusqu'à la place Darcy, et à laquelle manquent les deux oncles tractionnaires qui ont été pris par la grève alors qu'ils étaient l'un à Lyon-Mouche et l'autre à Nevers, tous deux à la tête de leur train, il est décidé que nous mettrons tout cela au clair au cours du repas du soir. Rendez-vous est pris pour 19 h 10, chez le grand-père, que j'accompagne à son domicile pour prévenir la grand-mère d'avoir à compter de sept à quatorze personnes à table pour le dîner.

La grand-mère acceptera cela avec une belle indifférence. Elle a l'habitude d'improviser n'importe quel repas, à n'importe quelle heure du jour ou de la nuit :

— Vous pensez, dit-elle, NOUS avons été huit ans chauffeur, cinq ans mécanicien de patachon [1], onze ans aux express et aux grandes-roues. Alors vous pouvez juger !

Lorsqu'elle parle au nom de son homme, elle dit NOUS. Elle s'incorpore à lui, à l'équipe, à la locomotive. Quand la machine était en réparation, elle disait : « Nous sommes en relevage. »

Lorsque nous sortons, nous trouvons un groupe d'hommes, cheminots et grévistes bien entendu, en train de discuter dans le couloir de l'immeuble, alors que les enfants, les garçons seulement, assis sur les marches de l'escalier comme des poires sur le rayon d'un étalage, tentent d'entendre ce que disent leurs pères. La conversation s'arrête aussitôt pour laisser passer mon père. Le grand-père et l'oncle s'approchent et, en silence, serrent les mains, comme à la fin d'un enterrement.

Lorsque nous débouchons dans la rue, on comprend qu'il se passe une grande chose. D'autres hommes, vêtus de leurs vêtements de repos, discutent aussi, par petits groupes. Le quartier de la gare est formé d'une population aux deux tiers cheminote et lorsqu'elle chôme, on s'en aperçoit tout de suite. D'ailleurs, de la gare toute proche ne vient aucun bruit. La grande halle qui, d'habitude, sert de caisse de résonance, est muette, presque vide, et rien n'y bouge. De ce fait, elle paraît deux fois plus grande et sa laideur industrielle éclate et déborde sur tout le quartier, lui-même construit entre 1850 et 1914, dans un style haussmannien de sous-préfecture.

La cour de la gare est sinistre. Il y a des piquets

1. Train omnibus de marchandises. Par extension, train qui a des arrêts fréquents.

de grève avec drapeaux rouges, à l'entrée de la cour de la Grande-Vitesse et à la porte des bureaux de l'Inspection principale.

La rue de la gare est méconnaissable. Les commerçants eux-mêmes ressemblent à des morts et les magasins sont vides. J'ai le cœur serré, angoissé, mais en même temps je suis gonflé de fierté. Comment ? Le chemin de fer s'arrête et tout meurt ? Il suffit que quelques gueules noires se croisent les bras pour que la ville, le pays tout entier soient paralysés ? Quelques heures sans entendre les locomotives, et voilà la France sans vie ? J'en éprouve de la volupté, je suis fier. Voilà bien la preuve que le chemin de fer est tout dans une nation et que le clan des cheminots mène le monde, car cette grève, refusée par la C.G.T., est, paraît-il, l'œuvre des seuls cheminots.

J'ai même un peu honte à la pensée que mon père ne participe pas à cette glorieuse démonstration par l'absurde de notre prodigieuse utilité, et à cette péremptoire affirmation de notre unité et de notre pouvoir.

Lorsque je rentre à la maison, les camarades du quartier, groupés dans notre couloir pour y guetter les filles revenant de faire les courses, ne s'écartent pas volontiers pour me laisser passer. Je dois jouer des coudes et des épaules et personne ne m'adresse la parole. Ils répondent à peine à mon salut que je veux pourtant jovial et joyeux.

Chez moi, je trouve Marcel Dulot, le visage transfiguré. Le courage et l'espoir me reviennent car au moins lui ne s'écarte pas de moi. Il est pourtant rouge, lui aussi. Son père a fait toutes les grèves. Mais il est sans doute plus intelligent que les autres.

Il est là à m'attendre depuis une heure pour me montrer son dernier attelage automatique. En réalité, il est comme tous ceux qui poursuivent une étoile : il ne voit plus les accidents du terrain ni les petits obstacles ridicules. Son étoile à lui, c'est l'attelage automatique et, accessoirement pour l'instant, le sabot automatique qui le hante depuis notre aventure du dimanche de Pâques, à Nouméa.

Il est venu me demander s'il ne serait pas opportun de montrer ses plans d'abord à mon grand-père-grandes-roues qui est tout de même un seigneur et peut-être ensuite d'arriver, par lui, à toucher M. Paulin, qui est saint-simonien.

Pas un mot de la grève, ni une allusion aux jaunes, aux faux frères. Marcel ne pense qu'à son invention. En réalité, il n'a encore rien inventé du tout, autant que j'en puisse juger d'après ses dessins qui sont très confus, et ses explications qui sont fumeuses. Il est simplement sur la voie qu'il s'est tracée lui-même et qui le conduira peut-être à une invention merveilleuse, mais, à coup sûr, à son bonheur individuel total. Ses projets me semblent tellement enfantins que je me demande si, d'un seul coup, en quelques heures, je n'arriverais pas à faire mieux. Je me propose de m'y mettre secrètement.

Pour son freinage automatique, au contraire, il a déjà imaginé un « rayon », à vrai dire mystérieux qui, lorsqu'il est coupé par un obstacle, n'est plus capté par un « œil », c'est son mot, qui commande le déclenchement du dispositif de freinage. A cette époque, ni lui ni moi ne pouvons imaginer ce que sont ce rayon et cet œil. Mais, par la suite, très longtemps après, je comprendrai que mon ami Marcel Dulot a pressenti la cellule photo-électrique.

Il me dit, illuminé intérieurement par sa trouvaille imaginaire :

— Lorsque le wagon passe devant l'œil, il coupe le rayon mystérieux et le frein agit sur la roue...

Et moi, un peu narquois :

— Mais cet œil, mais ce rayon mystérieux, tu les as trouvés ?

A voix très sourde, comme il a dit un jour : « Moi, je serai ingénieur », il prononce :

— Pas encore, mais je suis en bonne voie.

Au repas du soir, nous sommes treize. Ce sont treize cheminots sans doute, mais treize tout de même. Chiffre sinistre. Il ne faut pas jouer avec ça. Ma grand-mère tranquillise tout le monde en disant :

— N'ayez pas peur, moi je mangerai à part.

— Mais non, maman, moi, moi ! se récrient les brus, l'une après l'autre.

Et finalement, on décide comme toutes les fois de faire deux tables : une de femmes et une autre d'hommes. Les hommes seront plus à l'aise pour parler. A cette occasion, le grand-père émet un de ces aphorismes dictés par ce scepticisme prophétique qu'il a gagné à courir aux trousses de Sa Majesté la Vitesse :

— Tout le temps que les femmes passent à parler chiffons, c'est autant de gagné sur la politique. Dieu vous garde de perdre jamais votre temps à ça, mesdames !

L'idée que les femmes pourraient un jour s'occuper de politique déclenche de fins éclats de rire. Ma mère s'exclame même :

— Les femmes dans la politique ? Quelle horreur ! Elle sont bien toutes d'accord, toutes heureuses d'échapper à cette dangereuse folie.

Pour les faire changer d'avis, il faudra cinquante ans d'une habile propagande destinée à amener ces dames sur le marché du travail et ainsi faire baisser le prix de la main-d'œuvre. L'habileté consistera à leur présenter la chose comme une libération, et le tour sera joué.

Moi, je mangerai bien sûr avec les hommes, qui, tout de suite, reprennent leur discussion. L'oncle Mon-Jules cherchant à convaincre mon père de « la » faire. La grève, bien entendu.

Il lui explique ce qui s'est passé au congrès de la C.G.T. en 1920, puis au congrès de Paris en 1921, il cite par cœur des phrases de Semard et de Monmousseau. Mon père répond par des phrases de Bidegaray. Il semble que ces trois messieurs, pourtant tous meneurs et cheminots, ne soient pas d'accord entre eux. Comment s'étonner alors que mon père ne soit pas d'accord avec son beau-frère ? La situation me semble très compliquée et ce que j'en peux comprendre c'est que les cheminots font bande à part dans le syndicalisme français, et même dans le syndicalisme européen, ce qui n'est pas pour déplaire à notre clan, réuni là, autour de la lampe à pétrole — une lampe moderne, toute neuve, s'il vous plaît, que la grand-mère mouche et bichonne comme un nourrisson.

Mais quoi qu'il en soit, mon père reste inébranlable :

— Vos Semard, vos Monmousseau, vos Bidegaray peuvent se chipoter, ils valent pas mieux les uns que les autres.

Pour lui, ce sont des meneurs, un point c'est tout, donc des gens dangereux, excités par les bolcheviks. Ils font les bons apôtres en entreprenant des démarches pour obtenir la réintégration des révoqués, mais en priant le Bon Dieu de ne pas y parvenir.

— Ils exploitent les révoqués, comme toi, Mon-Jules ! Ils t'exploitent, dit mon père, tu leur es utile comme révoqué, ils se foutent de toi, voilà ce que je te dis. Les faux frères, ce sont eux, qui vivent de vos mécontentements et de vos cotisations, pauvres corniauds !

L'oncle Mon-Jules ne voit pas si loin. Lui, il se

bat pour obtenir une réintégration de tous les révoqués certes, mais encore la semaine de quarante-huit heures et le relèvement des salaires.

— Et moi, je te le dis, hurle-t-il pour conclure, les poulets vont changer de gueule !

— Pourquoi pas la semaine de quarante heures, pendant que tu y es ? ricane mon père. Quant à la réintégration, tu peux toujours courir. Si un jour tu es réintégré, ça ne sera pas grâce à Semard ni à Monmousseau, mais grâce à moi, le jaune.

— Je voudrais bien voir ça.

— Je ne te promets rien, parce que plaider en faveur d'un anarcho en pleine période de grève, c'est pas du gâteau, tu t'en doutes !

Il hésite un peu, puis avec un sourire narquois :

— ... J'ai quand même un peu d'espoir, parce que, finalement, tu es le pauvre type dans cette histoire, le bouc émissaire. Tu n'es pas un caïd, tu es l'homme de troupe, pas dangereux pour quatre sous, le mouton de Panurge qui suit le mouvement, et je me demande même pourquoi ils t'ont révoqué, tu n'en valais même pas la peine. Moi, je pense tout bonnement qu'ils se sont trompés en faisant de toi une victime. C'est d'ailleurs là-dessus que je vais bâtir ma plaidoirie pour les convaincre.

En haussant les épaules, Mon-Jules laisse tomber, alors que toutes les femmes se taisent :

— Ta plaidoirie ! Ah laisse-moi rire ! Chien couchant comme t'es, tu n'oseras même pas aller en parler à ton ingénieur. T'as bien trop peur d'être pris pour un rouge !

— Chante cocotte, murmure mon père d'un air entendu. Quand je t'annoncerai ta réintégration, on verra la tête que tu feras !

C'est à ce moment-là que ma grand-mère annonce qu'il n'y a plus d'eau pour faire la vaisselle. Un de mes cousins et moi savons ce que nous avons à faire : nous prenons les seaux et nous descendons à la fontaine qui se trouve à moins de cent mètres, au bas de la rue de la Cité.

Quand nous arrivons à cette fontaine qui approvisionne toute la rue, une dizaine d'autres garnements l'assiègent, tous avec le seau du ménage. L'un d'eux est à cheval sur la poignée et pérore pendant que l'eau coule en permanence et que les autres, les mains dans les poches, oublient de remplir leurs seaux. L'eau s'écoule dans le caniveau jusqu'au coin de la rue des Perrières, elle y forme une petite mare où les plus jeunes font nager des boîtes d'allumettes.

Et de quoi parlent-ils ? De la grève, bien entendu.

Cette grève qui a tellement perturbé le quartier de la gare que tout le monde se trouve à court d'eau, que l'on vient chercher en temps normal dans la matinée, et pour toute la journée, sauf les lundis de lessive.

Lorsque nous rentrons à la maison, la conversation est moins chaude. Elle est même fort discrète. On est en train de mettre au point un plan pour que mon père puisse entrer dans son bureau, avec ses collègues, en douce, en évitant le piquet de grève. Le grand-père a son plan, l'oncle Mon-Jules présente chaudement le sien ; c'est même lui le plus acharné. Tout compte fait, il est peut-être bon d'avoir un jaune dans la famille et d'être au mieux avec lui.

On en arrive à conclure que l'on peut tout simplement franchir la palissade du Rempart de la Miséricorde, à un endroit où les traverses qui la constituent comportent des tirefonds qui servent d'échelons. Une seule difficulté : c'est que cette sorte d'échalier est utilisé tous les jours par les agents de train, pour éviter de faire le grand tour par la porte. C'est aussi par là que les employés du « Petit Entretien » passent pour aller boire un canon, vite fait, au café de la Porte-d'Ouche.

On peut aussi entrer « en gare » par des échelons piqués dans la roche de la tranchée des Chartreux, ou encore par-dessus le mur d'enceinte de la Grande-Vitesse, à l'endroit où un poteau télégraphique sert en quelque sorte d'échelle, juste en face du café de la Grande-Vitesse, chez Piteau.

Du fait que ces passages sont utilisés en cachette, certes, mais quotidiennement, par le personnel, il est possible que les grévistes y aient placé des factionnaires. Il faut donc chercher autre chose. Il faut à toutes forces trouver un moyen pour contourner les interdits et tromper l'autorité, même si c'est celle des camarades. Aussitôt qu'une autorité s'installe, elle devient suspecte et mérite qu'on s'insurge contre elle, ou qu'au moins on la contourne discrètement pour le plaisir de frauder.

Tous ces détails se gravent à jamais dans ma mémoire et surtout la décision qui est prise de profiter tout simplement, pour entrer dans les bureaux de mon père, d'une porte condamnée à laquelle personne ne pense jamais, parce qu'elle est recouverte d'affiches, politiques pour la plupart.

Le grand-père jubile. On a trouvé un subterfuge pour narguer l'ordre établi, tout provisoire qu'il soit. On nage dans la joie. Là-dessus, Justin Roblot, qui fut le compagnon-chauffeur du grand-père et lui aussi mécanicien en retraite, arrive. On croit que, comme tous les soirs, il vient faire sa partie de tarot avec son ancien seigneur, mais il est fort ému et nous informe que l'immeuble de la Fédération des Cheminots, au 19 de la rue Baudin, à Paris, a été, dans la nuit du 10 au 11 juillet, le théâtre d'une échauffourée entre les « révolutionnaires » et les partisans de Bidegaray. La nouvelle tombe sur la tablée comme l'annonce d'un cataclysme mondial. A part mon père qui ricane imperceptiblement, les autres paraissent accablés :

— L'unité des cheminots est morte, dit le grand-père très calmement.

L'oncle Mon-Jules pleure presque, puis se ressaisit et, tapant du poing sur la table :

— Et d'abord, c'est-il bien vrai ? C'est les autres qui ont lancé cette nouvelle pour démoraliser les camarades. Mais moi je vous dis que c'est faux, tout ça c'est des bobards des jaunes pour briser le mouvement.

— C'est tellement vrai, insiste le voisin, que l'immeuble a été mis sous séquestre. C'est mon fils, qui y était, qui vient de me l'écrire ! (Son fils est contrôleur technique à la direction du P.L.M., à la gare de Lyon.)

Le silence s'établit. C'est le silence total car aucune rumeur ne vient de la gare. Pourtant, machinalement et d'un seul mouvement, les hommes sortent de leur gousset le régulateur : la grosse montre oignon, le chronomètre, à la fois outil de travail et mascotte. Ils contemplent le cadran un instant, l'air penaud. Il est 20 h 37. Normalement à cette heure-là, on devrait entendre à la fois les essais de freins du 5022, le départ du 422 et l'arrivée du patachon de la ligne de la Bresse. Leur mémoire viscérale a fonctionné, et parce que les essais du 5022 ne se font pas plus entendre que l'arrivée de la Bresse et le départ du 422, ces gens-là, hommes, femmes, vieillards et enfants sont désemparés, car pour eux « tout est dépeuplé ».

Avec l'arrivée de Justin Roblot, la conversation rebondit et s'échauffe, surtout qu'en l'honneur du compagnon le grand-père m'envoie chercher deux bouteilles de beaune qui, paraît-il, « ne doivent rien à personne ».

Le ton monte et bientôt c'est un grand brouhaha dans la petite salle à manger. C'est alors que la grand-mère interrompt tout le monde en montrant de son pouce, le plafond :

— Moins de bruit, s'il vous plaît ! dit-elle. Il dort !

« Il » c'est le voisin du dessus, Auguste Mairet, qui est wagonnier.

Elle continue :

— Il est du grand roulement. Il fait le 618 demain matin, à 2 h 42 !

— C'est vrai ! dit le grand-père, presque à voix basse, il fait le 618 !...

— Avec Lefranc ? demande l'oncle Georges.

— Oui, avec Lefranc. Un sacré roulement !... Ça me rappelle qu'une fois, je faisais justement le 618... C'était du temps de « la Saponite [1] »...

— Avec « Saponite » ? Le mécanicien qui faisait sa lessive sur la locomotive entre deux gares ?

— Oui...

Et le grand-père raconte une histoire de « la Saponite », et ainsi continue à se transmettre la geste de la traction à vapeur. Cinquante ans plus tard, moi aussi je raconterai à mes petits-enfants l'histoire de « la Saponite », ce mécanicien qui se mettait nu, faisait la lessive de son linge de corps et le faisait sécher sur la locomotive, entre deux gares, au grand scandale des gardes-barrière.

Le grand-père termine l'histoire d'une voix tonitruante en disant :

— ... Et après tout, pourquoi parler bas ? Fera pas le 618 de demain matin, le voisin du dessus, puisque c'est la grève !

Et les éclats de voix reprennent de plus belle.

Il est 20 h 45 (et non pas « neuf heures moins le quart » comme le dirait un étranger) et le repas n'est pas encore terminé. Sans doute parce qu'il est copieux. Trop copieux et trop riche au gré de ma mère qui se retient à quatre pour ne pas dire à haute voix ce qu'elle en pense tout bas. D'ailleurs elle ne quittera pas la maison de sa belle-mère sans le faire comprendre.

1. Nom d'une lessive de l'époque. Ici, surnom donné au mécanicien qui faisait sa lessive sur la locomotive.

Pour elle, fille de la Voie, épouse d'un technicien de la Voie, les « gueules noires » s'empiffrent. Elle le laissera entendre en disant, d'une façon plus correcte :

— Les gens de la Traction mangent bien ! Ça, pour sûr ! Un vrai repas de prince !

Ce qui pourrait passer pour un compliment pour toutes les femmes de tractionnaires en général et pour ses belles-sœurs et belle-mère en particulier. Mais il n'en est rien. Elle veut dire : « Toujours les mêmes, ces tractionnaires ! Tout pour la gueule ! »

Et tout cela nous ramène, sans en avoir l'air, à cette fameuse grève, car elle conclut, mentalement mais tout le monde l'entend comme si elle le clamait : « "On" mange comme des pachas, "on" s'habille comme des princesses et, bien entendu, au milieu du mois "les doublures se touchent" ! Et alors on fait la grève pour avoir de la rallonge ! C'est facile à comprendre ! »

C'est vrai : les « gueules noires » achètent sans compter et chez les commerçants ils choisissent les produits les plus chers, surtout s'il y a d'autres clients dans le magasin, en disant :

— Chez nous, vin et viande à tous les repas ! Et rien que du bon ! Pensez, « le mien* » est mécanicien !

Cela ne veut pas dire : « Il a un métier pénible qui demande une nourriture riche », mais : « Il gagne beaucoup d'argent. »

Ce genre de réflexion provoque immanquablement de la part du commerçant, une réplique vengeresse..., lorsque la dame est sortie, comme celle-ci :

— Ah, ils la font sonner haut, leur paye, les cheminots !

Ma mère a souvent entendu cela. Mais il faut lui

* On ne dit jamais « mon mari », mais « le mien ».

rendre cette justice : elle a aussitôt pris la défense de la coterie en disant :

— On voit bien que vous ne faites pas les nuits !

Ou encore :

— Allez donc faire les trois-huit sur un triage ! ou une nuit de plate-forme ! Vous verrez !

Condamnant ses belles-sœurs en famille, elle les défend farouchement en public, contre « les étrangers ». Et elle a l'oreille fine.

Mais c'est un fait, je dois l'avouer, chez mes tantes et chez ma grand-mère-grandes-roues, on mange mieux et beaucoup plus que chez nous. Et on fait davantage de bruit à table. Tout en critiquant ces dangereux excès qui vous conduisent au mécontentement, puis à la grève et finalement au communisme, je trouve que c'est quand même bien agréable et, profitant de l'occasion, quand je dîne chez les gueules noires, je reprends de tout — plutôt deux fois qu'une. Lorsqu'il m'arrive d'avoir un « embarras gastrique », ma mère me dit, sans hésiter :

— Tu es au moins passé chez ta grand-mère ? Ou chez tes tantes ?

C'est ainsi. Les tractionnaires sont considérés comme des gâcheurs et, du fait qu'ils sont toujours à l'origine des grèves, il est facile d'en tirer les déductions qui s'imposent. Et c'est peut-être une façon assez lucide d'expliquer l'existence des rouges et des jaunes.

Finalement, ces agapes commencées dans la fièvre politique s'achèvent, selon la coutume, par une frairie de bon aloi à laquelle ma mère, toute scandalisée qu'elle soit, se mêle bien volontiers. Et la discussion politique se mue en un large échange d'opinions gastronomiques, grâce, sans doute, au vin de la coopérative et à une bouteille de fuissé que l'oncle François, présentement en rade au dépôt de Nevers-Gimouilles, rapporte, en quartaut, de Mâcon chaque fois qu'il y relâche.

La grève était à peine terminée que mon père arriva à la maison, un soir, la moustache à la retroussette et l'œil en fleur. Ce n'était pas du tout son genre. Je l'avais vu une seule fois dans cet état, le jour où on lui avait signifié son avancement de l'échelle 5 à l'échelle 7.

Il prit le temps de poser sa canne dans le porte-parapluies et de quitter son canotier de paille, car ces deux accessoires étaient obligatoires, entre Pâques et la Toussaint, pour un employé de bureau, ne fût-il qu'à l'échelle 7.

Ma mère et moi étions haletants. Il nous laissa le presser de questions. Il enleva même, sans mot dire, sa veste d'alpaga noire et son gilet et je le vis ainsi « en bras de chemise », ce qui, je dois le dire, ne lui arrivait quasiment jamais, sauf dans les jardins... et encore bêchait-il le plus souvent en gilet, faux col et cravate. Il imitait en cela tous les hommes respectables, nos instituteurs les premiers qui, même au plus fort de la canicule, ne quittaient jamais leur veste, ni leur gilet, ni leur cravate. Comment voulez-vous que des dessinateurs puissent se montrer moins corrects que leur maître à penser? et un père peut-il imposer à son fils une discipline s'il se laisse aller à la négligence vestimentaire?

Lorsqu'il eut pris le temps de déplier sa serviette, à sa place à la table familiale, à sept heures précises, comme tous les jours, il ouvrit alors la bouche et annonça :

— Mon-Jules est réintégré!

Bien que son attitude fût modeste, le ton était quand même un peu celui du « *Veni, vidi, vici!* » que nous apprenions à l'école.

— Ça y est? Tu as réussi? s'écria ma mère, toute fière de son homme.

Il ne répondit pas à une question aussi directe, mais se contenta de dire :

— Sa convocation est partie ce matin. Il la recevra demain à la première distribution.

Lorsqu'il eut expédié sa soupe (la bienséance exigeait qu'on la mangeât promptement et sans parler), d'une voix glorieuse, mon père apporta un correctif à sa première information :

— ... Malheureusement, il n'est pas réintégré à la lampisterie, ni à son grade de lampiste de deuxième classe !... Mais il est réintégré au dépôt !

— ... Au dépôt ? sursauta ma mère. Mais il n'est pas tractionnaire !

— Aussi bien n'est-ce pas au titre ni au grade de tractionnaire qu'il est réintégré, mais comme gratte-tube !

Il y eut un silence glacé, comme au tribunal, après la lecture d'un verdict infamant.

— Gratte-tube ?... Eh bien !... soupira ma mère, prostrée.

— ... Que veux-tu, il a commis une faute ! C'est déjà beau qu'on le réintègre !

— Je ne sais pas comment il prendra la chose !

— Il la prendra comme il voudra !

— C'est dur ! affirma ma mère.

— C'est ça ou sa blanchisserie ! Et il n'a pas à hésiter !

— Non... bien sûr... Il n'a pas à hésiter.

C'était très net : il n'avait pas à hésiter. A la blanchisserie son salaire était près du double de celui de gratte-tube, et le travail sans doute trois fois moins pénible, mais à la blanchisserie il ne « se faisait pas de retraite », il n'avait pas « les voyages », il n'avait pas de congés et surtout, oui, surtout : il n'était pas « au chemin de fer » ! Songez qu'il était le seul de la famille à ne plus être de la coterie !

L'oncle Mon-Jules n'hésita pas non plus : le lendemain il était à la maison bien avant midi pour attendre son beau-frère qui ouvrit la porte très exactement à 12 h 08 (il lui fallait huit minutes pour venir de son bureau). L'oncle Mon-Jules sortit sa convocation de sa poche et la tendit à mon père en disant d'un ton menaçant :

— Lis ça !

Mon père ne regarda même pas le papier. Il se contenta de dire d'un ton presque négligent :

— Je sais !

— Tu sais ? fit l'autre, un peu décontenancé.

— Oui. Mercier m'avait prévenu, de la part de l'ingénieur, qu'il donnait l'ordre de réintégration.

L'oncle Mon-Jules se fâcha tout à coup, rouge comme un dindon :

— ... Un beau salaud, ton ingénieur ! Tu sais où il me réintègre ?

— Oui : au gril du dépôt ! répondit calmement mon père.

— Et tu trouves ça honnête, toi ? Un lampiste ? Comme gratte-tube [1] ?

Puis, s'étant affalé sur une chaise :

— Moi ?... Moi, ramougnat [2] ?

— Tu ne t'attendais tout de même pas à être réintégré avec avancement ?

— Non, d'accord. Mais au moins dans mon service !

— C'est intentionnellement, au contraire, qu'ils te réintègrent à la Traction ! Tu serais revenu dégradé dans ton propre service. Tu vois un peu l'effet ? C'est pour toi qu'ils te réintègrent dans un autre service. Ils me l'ont dit !

— Des salauds !... Ce sont des salauds ! trépignait Mon-Jules.

— ... Et puis enfin, tu es le seul réintégré ! Le seul de tout l'arrondissement ! Peut-être le seul du réseau ! Tu vois un peu la tête que tu aurais au milieu de tes anciens collègues ? Ils te prendraient

1. Cheminot qui ramone, nettoie, décalamine la tubulure des machines lorsqu'elles sont au dépôt.

2. Synonyme de « gratte-tube » et de « tubiste ».

pour un faux frère, pour un traître. Là-bas, sur le gril du dépôt, tu seras au contraire parmi des compagnons qui ne te connaissent pas ! Ils ne sauront pas d'où tu viens, et tu n'es pas forcé de leur dire !

— Mon dossier va me suivre... Ils arriveront à tout savoir !

Il s'emporta encore une fois, pour l'honneur :

— Des salauds, je te dis ! Ils ne pensent qu'à humilier les travailleurs ! Je refuse ma réintégration, tu m'entends ? Je refuse !

— Ne fais donc pas l'imbécile, dit doucement mon père, qui servait deux verres de cette anisette que ses beaux-frères ramenaient sous le charbon du tender chaque fois qu'ils faisaient la ligne de Pontarlier, berceau de l'anisette et capitale du Pernod.

Je ne sus jamais au juste quel avait été le rôle de mon père dans cette réintégration de l'oncle. Comme elle arrivait, seule, bien avant qu'intervînt la loi « de réintégration et d'amnistie », j'en déduisis que mon père avait une grande influence sur les grands patrons du chemin de fer et j'eus même cette pensée : qu'il aurait bien dû se servir de cette influence pour activer son propre avancement. Il n'était qu'à l'échelle 7 alors que ses qualités et son talent de dessinateur eussent dû lui mériter au moins l'échelle 9.

En réalité, le chemin de fer prenait un essor extraordinaire. On disait que le trafic avait doublé en trois ans et, de ce fait, les réseaux étaient amenés à embaucher à tour de bras. Il semblait que le personnel révoqué dût être le premier recruté, puisqu'il était dûment spécialisé. De la part des « patrons » c'était donc un bon calcul, qu'ils présentaient comme une mesure de clémence. Et puis, en réintégrant après une grève, ils donnaient le beau rôle aux meneurs, qui pouvaient se retourner vers leurs troupes et dire : « Voyez quel est notre pouvoir ! » La réintégration des révoqués par les Compagnies étaient, en somme, un acte doublement diplomatique.

Pourtant celle de l'oncle Mon-Jules, isolée et inattendue, était inexpliquée et pouvait aussi être comprise comme un mauvais tour : la Compagnie aurait voulu déconsidérer mon oncle devant ses camarades qu'elle ne s'y serait pas prise autrement. Mon père n'y regarda pas de si près et estima qu'il avait bravement fait son devoir vis-à-vis de son beau-frère.

L'oncle Mon-Jules, lui, après avoir fait une sorte de baroud d'honneur en menaçant de ne pas se rendre à cette convocation, entra néanmoins, tout faraud, au dépôt comme gratte-tube, c'est-à-dire comme ramougnat.

Mais ces mots de gratte-tube et de ramougnat demandent une explication qui en dira plus qu'un long traité sur le chemin de fer, les locomotives à vapeur et les cheminots. Et cette explication la voici. C'est celle que me fit le grand-père-grandes-roues :

— Garçon, laisse bouillir, tous les jours, dans la même casserole, seulement deux litres d'eau, en la remplissant aussitôt qu'elle est au tiers vide par évaporation, et tu verras au bout de quinze jours que ses parois se sont couvertes d'une épaisse pellicule de tartre. Si tu persistes, six mois plus tard le volume intérieur de ta gamelle sera réduit de moitié, car la couche de dépôt calcaire aura pris plusieurs centimètres d'épaisseur. Et si tu fais bouillir ton eau « sous pression », ce sera encore pire. C'est un phénomène bien connu sous le nom d'entartrage.

Eh bien, une locomotive n'est rien d'autre qu'une énorme bouilloire close où plusieurs centaines de litres d'eau sont maintenus constamment en ébullition. Juge de l'épaisseur de tartre qui peut se déposer à l'intérieur !

Par ailleurs, le foyer, comme tous les foyers, encrasse le conduit de fumée d'une suie grasse qui arriverait à arrêter tout tirage.

Les « ramougnats » étaient donc, dans un dépôt, les ramoneurs de locomotives, d'où leur nom. Mais aussi les gratte-tubes, ceux qui concassaient, raclaient et extrayaient cette carapace de pierre qui, surtout dans les pays calcaires, arrive à se déposer, à ronger intérieurement les tôles, à mordre les brasures et les soudures, à grignoter les rivets, à ébranler les joints. Le tartre était, à proprement parler, le cancer galopant des locomotives et le pire des travaux, dans un dépôt, c'était de débarrasser les machines de ce double cancer : la suie et le tartre.

C'était une notion qui m'échappait totalement, comme à tous les « étrangers », avant que l'oncle Mon-Jules n'eût été affecté à cette sorte de bagne. Et il fallut que mon grand-père, un jour, m'emmenât et demandât au sous-chef de dépôt l'autorisation de me le faire visiter, pour que je me rendisse vraiment à l'évidence.

L'opération se passait tout au fond du dépôt, bien cachée, comme si l'on en avait honte. Et franchement oui, on pouvait en avoir honte. Auprès de ce spectacle, le travail des saboteurs pouvait même passer pour une partie de plaisir.

Il y avait là plusieurs locomotives, les tripes à l'air. La boîte à fumée était ouverte et, par l'extrémité de la chaudière, on voyait tous ces tubes qui traversent la chaudière dans toute sa longueur et drainent, vers la cheminée, à l'avant, les gaz chauds du foyer.

Des hommes, noirs comme des corbeaux, ficelés, saucissonnés, cuirassés de vêtements superposés, masqués comme Touaregs et chaussés de galoches, étaient juchés sur le tablier de la machine et enfilaient, entre les fameux tubes, de longs ringards.

Ils en retiraient des masses effritées de tartre gris, grosses comme des pavés, qui crissaient sur les tôles et tombaient sur le sol, comme des excréments pétrifiés, en tas énormes.

A l'autre bout de la machine, d'autres gratte-tubes, encore plus noirs que les premiers, sortaient des monceaux de suie pulvérulente qui s'entassaient sur le sol noir. Le travail était terminé par des gaillards, porteurs de lance, sortes de doryphores charbonneux, qui envoyaient un puissant jet d'eau dans le ventre luisant de la machine. L'eau ressortait en boue noire, bouillonnante, qui déposait de longues traînées de suie sur le sol et s'écoulait lourdement, par des vomitoires, vers un terrain vague, en léger contrebas, où des bardanes et des ronces achevaient d'agoniser, noyées sous cette répugnante marée.

Comme on disait alors : mon admiration pour le progrès en général et pour le chemin de fer en particulier en prenait un coup, et le piédestal sur lequel j'avais porté la statue de Marc Seguin commençait à se fissurer curieusement.

Je n'aimais pas Zola, dont j'avais lu des morceaux choisis à la bibliothèque de l'école. Et je ne l'aimais pas parce que je trouvais qu'il se complaisait à ne voir, dans la vie des hommes, que des choses sales, répugnantes, affligeantes et je pensais qu'il exagérait, qu'il poussait au noir, maladivement, par une sorte de délectation morbide de grand bourgeois dégénéré, mais franchement, devant ce spectacle je trouvais qu'il était bien au-dessous de la réalité. D'ailleurs, dans *La Bête humaine*, il ne parle même pas des gratte-tubes. « Et c'est bien mieux ainsi, pensai-je, car il n'y a pas de quoi être fier! Ah! si Marcel Dulot était là, il penserait tout de suite à inventer le ramonage automatique. »

Là-dessus, il me vint des idées bizarres, où ne figurait pas le mot « pollution », car ce vocable n'avait pas cours à l'époque, mais il ne m'échappait pas que ce dépôt, ce charbon, ces fumées, ces poussiers, ces boues noires empoisonnaient tout ce quartier qui avait été jadis des champs, des vergers particulièrement fertiles, car le nouveau dépôt avait été installé sur les bonnes terres plates du Bas-Dijonnais : les alluvions de l'Ouche.

Les locomotives étaient donc là, côte à côte, le ventre ouvert comme d'énormes scarabées morts autour desquels s'affairaient des cloportes, caparaçonnés de loques luisantes de suie. On aurait dit des scatophages, vidant fébrilement, à grands coups de ringard, les sombres déjections d'un monstre.

Comment reconnaître l'oncle Mon-Jules parmi tous ces bousiers acharnés ? Ils se ressemblaient tous, avec leurs yeux et leurs dents tout blancs au milieu de leurs faces charbonneuses.

On s'approcha un peu, quoique les jaillissements de boue noire nous tinssent à distance. Le grand-père évoluait là-dedans comme un papillon dans un bouquet. Les hommes que nous croisions le saluaient gravement, de deux doigts portés à la casquette en disant : « Salut, chef ! »

Bien qu'en retraite depuis dix ans, il donnait l'impression d'être encore un « seigneur ». Il fit même une réflexion sur la façon dont un ouvrier aurait dû faire sauter une goupille dans l'embiellage qu'il réparait. L'autre porta, lui aussi, les deux doigts à la casquette et, d'un ton que je ne suis pas près d'oublier, répondit simplement : « Oui, chef. »

Des mécaniciens passaient, souvent accouplés comme templiers avec leur compagnon-chauffeur, l'épaule gauche plus haute que la droite pour soutenir, du même mouvement, la courroie du panier. Ils recevaient, de la part des autres ouvriers, même salut et mêmes marques de respect, auxquels ils répondaient dignement, non par morgue mais par certitude de supériorité. Cela ne les empêchait pas de plaisanter, au passage, mais par ironie, d'une façon qui me paraissait même blessante. A quoi l'interpellé répondait avec une déférence étonnante, un grand respect et une admiration évidente.

Une hiérarchie rigoureuse et occulte, admise par tous, présidait à la vie de ce curieux endroit. On le sentait. On le respirait, car chacun, dans chacun de ses gestes, appliquait, c'était visible, un code de savoir-vivre, respectant des préséances intangibles et des privilèges personnels imposés par une tradition dont la base était la qualification professionnelle.

Non, ce n'étaient ni la discipline, ni l'ordre militaire, mais quelque chose de plus subtil, plus humain et plus mystérieux.

L'esprit compagnonnique, ce devait être cela : l'apprenti, le compagnon, le compagnon fini et le maître. L'homme ne valait que par la connaissance de son métier. Les dépôts de locomotives ont été certainement les derniers temples compagnonniques. D'ailleurs, mon grand-père-grandes-roues avait fait son Tour de France avant et après la guerre de 1870, avant d'entrer dans les mêmes ateliers de Perrigny comme forgeron-serrurier.

Vint l'heure de la coupure : l'oncle nous rejoignit. Il avait quitté son armure, ses blindages et ses mateiassages charbonneux, mais il avait conservé son maquillage : il avait de la poussière de suie jusque sur les gencives, à la base des dents, et tout autour des sclérotiques. A quoi bon se débarbouiller pour aller prendre son repas et revenir ensuite au travail ? Tout le monde sait que le savon noir ruine la peau.

Le savon noir! Son odeur, jointe à celles du poussier de charbon, de l'huile de graissage tiède et de la vapeur, voilà qui me faisait battre le cœur.

Avec l'oncle nous nous dirigeâmes vers le « Café du Dépôt », une cabane en bois de traverses où une Madelon, sortie toute vivante de la chanson célèbre, frôlait de son jupon les apprentis, les compagnons et les seigneurs.

On prit une bouteille « pour commencer ». L'oncle Mon-Jules en but tout de suite un grand verre « pour faire passer le crassin ». La poussière de suie qu'on nomme ainsi est une diablesse de poudre impalpable qui s'incruste dans la peau, dans les muqueuses, dans les poumons et dans les tripes si fortement que vous pouvez passer dessus une tonne d'eau sans pouvoir vous en débarrasser.

Deux seuls détersifs : pour la peau le savon noir. Pour le gosier et pour les tripes : le vin rouge. Toute la morale que vous pourrez faire autour de ça n'y changera rien du tout. Le grand-père n'était pas le dernier à le savoir. Vous pensez : vingt-trois ans de machine! L'eau sur le crassin? Un cautère sur une jambe de bois!

Mon grand-père commanda pour lui une anisette, la liqueur des seigneurs en retraite, mais il fit la grimace en y trempant ses lèvres : ce n'était plus de l'anisette car, à cette époque, toutes sortes d'alcools anisés faisaient, hélas! leur apparition pour en arriver à remplacer définitivement la vraie, que les générations suivantes ne devaient plus jamais connaître.

A lui seul, l'oncle Mon-Jules but la première bouteille. Il fallut bien en commander une seconde. Il avalait et claquait de la langue, comme pour vérifier que le décrassage suivait son cours normal, en disant :

— Le pétrole et l'acétylène, c'est quand même autre chose!

Il voulait dire : le métier de lampiste est tout de même plus agréable que celui de ramougnat ! Mais ce fut la seule plainte, très discrète, qu'il émit jamais, et la seule allusion à sa disgrâce. Il était encore trop heureux, on le sentait, d'être « au chemin de fer », et je ne sais pas si, tout compte fait, il ne se félicitait pas d'avoir été réintégré au dépôt, car, plus qu'à la lampisterie, il pouvait toucher, humer, caresser Sa Majesté la LOCOMOTIVE.

Je l'aidai à finir la deuxième bouteille en en buvant deux demi-verres largement coupés d'eau, après quoi, la gorge à peu près décapée, il nous quitta pour aller « faire chauffer sa gamelle » dans ce qu'on appelait « le réfectoire », un local bien noir où trois feux de forge étaient allumés. Une cinquantaine de gamelles de soldat, en fer battu, étaient en train de mijoter, alignées dans de grands plats de chantier remplis d'eau. De tout cela s'échappaient de délicieuses odeurs mêlées, de

Le casse-croûte au réfectoire

civets, de ragoûts, de navarins, de soupe au lard, d'andouilles aux haricots : un résumé bigrement alléchant de la solide et merveilleuse cuisine cheminote spécialiste du « repas à réchauffer » et de l'en-cas pour grand gousier.

Nous rentrâmes fort tard au quartier des Perrières. Moi, tout ému de ce que je venais de voir et qui, contrairement à ce que l'on pourrait croire, confortait encore, si la chose était possible, mon grand désir d'entrer, moi aussi, dans la carrière.

Marcel Dulot devait être, sans discussion possible, mon camarade de première communion. Notre choix était fait, tacitement, depuis longtemps. Quand votre père meurt écrasé entre les tampons en allant faire un attelage, sans se baisser, pour gagner du temps et « faire l'heure », vous avez besoin de solides amis, n'est-ce pas ? Eh bien, le « camarade de communion », c'est ça. Même si on ne croit pas tellement au Bon Dieu et pas du tout au diable.

La « communion », c'est bien cela aussi : être « uni avec ». Le vicaire nous l'avait expliqué : je « communiais » avec Marcel Dulot. Un peu comme mon grand-père communiait avec son chauffeur. Un enfant cheminot n'a pas besoin de saint Augustin, ni de saint Thomas d'Aquin, ni des bulles du pape pour comprendre ça.

D'ailleurs, au sein même de la classe de catéchisme, le choix du « camarade » était chose grave et difficile. Les enfants du rail dominaient largement en nombre dans cette paroisse cathédrale qui englobait également les installations ferroviaires de la gare. Tout allait bien si ces enfants cheminots étaient en nombre pair, mais s'ils étaient en nombre impair, c'était le drame ; celui qui restait seul devait prendre, comme « camarade », un « étranger » !

Pénible extrémité qui posait des problèmes insoupçonnés du profane, car il était de coutume que les familles se reçoivent avant et après la cérémonie. Comment « recevoir » et « être reçus » par « ces gens-là » ? Ces gens qui vivent d'une tout autre façon, qui dorment, se lèvent, mangent et même parlent tout autrement que nous ?

Cette année-là nous étions quarante-deux petits cheminots. Tout allait bien : cela faisait vingt et un couples sans problème. Hélas, onze jours avant le 8 mai, date de la cérémonie, Marcel Dulot prit un terrible mal de tête, sa température monta à quarante et deux dixièmes et il fallut se rendre à l'évidence : il « faisait » une superbe scarlatine.

Je me trouvais donc seul, et l'on dut faire face au problème : m'adouber à un « étranger ». Un peu comme si on avait demandé à un templier de s'adouber avec un charcutier ou un tabellion. Les « étrangers » étant en nombre impair, il y en avait donc un qui, comme moi, était seul. Et tout naturellement l'abbé nous maria.

C'était un très brave camarade, très timide, fort réservé et que j'aimais bien, certes, mais c'était un « étranger ».

A la maison, le problème souleva de graves discussions et on en vint à réunir le conseil de famille. J'entends par là que les grands-pères, les grand-mères, les trois oncles et les trois tantes, réunis au hasard des campos et des trois-huit, eurent à débattre de cette question. Ils le firent en conscience et admirent que l'on ne pouvait pas refuser un camarade de première communion, fût-il étranger. Et tout à coup on s'aperçut qu'il habitait sur le Rempart de la Miséricorde, c'est-à-dire en plein fief ferroviaire, que, de sa fenêtre, il avait vue sur toute la gare, qu'il pouvait suivre la mise en tête des trains de la Bresse et même surveiller le poste d'aiguillage de sortie !

— ... Et puis enfin, s'écria mon père, ce n'est pas un cheminot, certes, mais c'est tout de même un Français !

J'admirai, au passage, la largeur d'esprit et la maîtrise de soi de mon père. Après quoi on parla des « chaises », car il fallait louer les chaises pour assister aux différents offices. Les trois oncles et le grand-père s'écrièrent en chœur :

— Surtout n'en retenez pas pour moi ! Les curés ne s'engraisseront pas avec moi !

Mon père eût souhaité pouvoir en dire autant, pour imiter les autres hommes qui, même pour les enterrements, n'entraient jamais à l'église et attendaient la fin des offices au « Café du Carillon ». Mais là, il ne pouvait pas décemment ne pas assister à la première communion de son fils. Ma mère le lui expliqua éloquemment. Il en convint et conclut, résigné :

— Et puis j'entendrai toujours de la belle musique !

Car mon père était passionné de belle musique [1], et lorsque le dimanche il n'allait ni à la truite ni au jardin, il allait, discrètement, à la messe de 10 heures, la « messe en musique », ce qui, avec le fait qu'il ne faisait pas grève, contribuait à le ranger dans le clan des calotins.

Il faut dire, d'abord, que l'église cathédrale Saint-Bénigne possédait déjà à cette époque une maîtrise extraordinaire et un organiste prestigieux : Emile Poillot. On y venait alors de toute l'Europe et d'Amérique pour entendre les offices. Mon père en était très impressionné. Il avait même repéré l'endroit de l'édifice où les sons arrivaient le plus merveilleusement fondus.

— Si tu pouvais te faire donner des chaises dans

1. Voir *Le Maître du bonheur*, de Claudine Vincenot, Éditions Anne Carrière, 1995, p. 84-85.

le bas-côté gauche, presque à l'aplomb du transept, ce serait parfait! avait-il dit à ma mère.

— Justement, c'est le côté des garçons! avait-elle répondu.

Car les garçons étaient en effet à gauche et les filles à droite. Cette disposition manichéenne était-elle une préfiguration du Jugement dernier? Je ne sais.

Nous louâmes donc sept chaises seulement, étant bien entendu que les hommes, sauf mon père, avaient la leur au « Café du Carillon ». Ils n'avaient certes pas honte d'assister à une première communion. Au contraire, ils eussent été fort vexés de voir leurs enfants écartés de cette cérémonie qui était, pour eux, un rite de passage dans la vie active. Après la communion, le garçon était intégré à la vie des hommes, la fille à la vie des femmes. L'initiation religieuse n'avait qu'une importance très secondaire. Le repas, lui, en avait beaucoup, car c'était, en somme, au repas que se parfaisait cette intégration.

Enfin, il faut bien dire que mes quatre tractionnaires, comme toutes les « gueules noires », étaient anticléricaux. Ils disaient qu'ils ne « pouvaient pas voir les curés ». Si un prêtre s'aventurait dans le quartier du dépôt, il y était salué par des croassements de corbeaux : « Crâ... crâ! » Mais c'étaient les gratte-tubes, les ramougnats ou les charbonniers qui se laissaient aller à ses manifestations vulgaires. Jamais les « seigneurs », ni les ouvriers spécialisés, qui se contentaient de les ignorer ou de changer de trottoir, tout au plus.

Au fond, pourquoi cet anticléricalisme forcené?

Je me posais souvent la question, car à part les très fortes têtes du dépôt qui, assez rares, pratiquaient l'union libre, ne baptisaient pas leurs enfants et se faisaient enterrer civilement, les autres, les miens en particulier, suivaient volontiers la tradition populaire. Ils n'étaient pas antireligieux, mais anticléricaux. Et mon grand-père, par des petites phrases qui n'avaient l'air de rien, tentait de m'expliquer pourquoi. Il attendait précisément que j'eusse passé cette fameuse « première communion » pour me livrer le fond de sa pensée. J'y ai réfléchi bien des fois par la suite, les larmes aux yeux : ce grand bonhomme ne voulait pas contrecarrer, dans mon esprit, l'enseignement qui m'était donné au catéchisme, ni médire du prêtre avant que je fusse sorti de son influence, car il pensait que cet enseignement était bon et nécessaire.

Je me souviens très bien que, le soir même de ce jour mémorable, en revenant des vêpres où nous avions renouvelé les promesses de notre baptême, il m'avait dit, en me posant ses énormes mains sur les épaules :

— Eh bien, garçon, maintenant te voilà un homme ! On va pouvoir parler !

Et au cours des mois qui suivirent il s'était mis, en effet, à me parler. Tout en proportionnant ses propos à mes capacités d'entendement. S'il m'avait dit, d'un coup, tout ce qu'il avait amassé en soixante-dix ans, j'aurais été asphyxié, bien que ce qu'il avait à m'apprendre fût très beau et très édifiant.

Il en était arrivé à me dire :

— Tes maîtres ne t'ont pas encore parlé de Robert de Lamennais ?

— Non.

— Ça ne m'étonne pas ! Peut-être même ne t'en parleront-ils jamais... Alors je vais être obligé de commencer par le commencement : Lamennais, c'était un curé. Il vivait au début des chemins de fer et de la grande industrie. Lorsqu'il a vu de quelle façon elle pouvait traiter les ouvriers, il a ouvert sa grande gueule de Breton. Il a dit à ses chefs, les évêques : il faut défendre les petits. Les défendre contre les nouveaux seigneurs, les industriels. Il faut parler aux riches pour leur demander de les mieux payer, de ne pas les exploiter comme ça, de diminuer les heures de travail, de les respecter, leur donner des conditions de vie honnête, afin de mieux répartir les bienfaits du progrès...

Les évêques n'ont pas bien compris. Ou pas voulu comprendre... va savoir ? Alors il a écrit des livres, le Lamennais, notamment « un » livre, un maître livre, qui aurait dû donner à réfléchir au pape et à tous les dignitaires de l'Église. Il leur a dit : « Il faut rassembler les ouvriers, nous, les curés ! Il faut prendre leur tête pour aller trouver les mauvais riches (et ils sont tous mauvais, les riches, car les bons rejoignent les mauvais quand ils ont peur pour leurs sous !). Mais pour avoir plus de puissance, il faut solidement regrouper les pauvres, et ça c'est notre travail, à nous, curés ! L'union fait la force ! » Écoute bien ce qu'il a dit le Lamennais dans ses sacrées *Paroles d'un croyant* :

« ... Lorsqu'un arbre est seul, il est battu des vents et dépouillé de ses feuilles...

« ... Lorsqu'une plante est seule, ne trouvant pas d'abri contre l'ardeur du soleil, elle se dessèche et meurt...

« ... Lorsqu'un homme est seul, le vent de la puissance le courbe vers la terre et l'ardeur de la convoitise des grands de ce monde absorbe la sève qui le nourrit... Ne soyez donc ni comme la plante, ni comme l'arbre qui sont seuls mais unissez-vous les uns aux autres et appuyez-vous et abritez-vous mutuellement... »

C'était l'idée du syndicalisme qu'il avait, le Lamennais ! Mais en entendant ça, les évêques ont pris peur. Le pape aussi. « Malheur de malheur, qu'ils ont dit, si les riches apprennent ça, ils vont nous refuser leur argent ! Excommunions bien vite cet excité d'abbé ! »

Il y avait d'autres petits curés avec lui, bien sûr, il n'était pas tout seul. Il y avait, paraît-il, Montalembert, Lacordaire. Mais ceux-là ont pris peur. Holà, qu'ils ont dit, on va nous excommunier ? On a une bonne place, gardons-la ! Et ils ont tout laissé tomber.

Mais le Lamennais, lui, le Breton, il n'a pas cédé. Il a continué. Il avait lancé l'idée qui germait dans la tête des ouvriers. Quand ils ont compris que le pape et les gros bonnets de l'Église abandonnaient la partie et désavouaient le petit curé breton, ils ont dit : « C'est bon ! Laissons tomber l'Église, elle est avec les gros, pas avec nous ! C'est pas vraiment les successeurs du charpentier de Nazareth ! » Ce jour-là, pour conserver la considération des patrons, l'Église a perdu l'occasion de diriger le monde ouvrier !...

Le grand-père-grandes-roues hochait alors la tête :

— Si le pape Grégoire XVI avait laissé faire le petit curé breton, en douceur, sûr qu'aujourd'hui on ne crierait pas « crâ ! » quand on voit passer un curé, et la C.G.T. serait chrétienne... Oui ! Sûr ! Moi, j'aurais suivi le petit curé breton !...

Il s'échauffait. Puis, presque sur un ton de regret :

— Oui, le jour où l'Église a désavoué le petit curé breton, elle a manqué le train ! Ça, tu pourras le dire quand tu seras devenu quelqu'un !

Il devait me répéter cela bien souvent. On avait l'impression que cette question l'obsédait. Les autres lui disaient :

— De quoi tu t'occupes ? Laisse tomber les curés avec toute leur clique ! Tu sais bien qu'ils ne savent te trouver que pour te demander des sous ! Si tu n'as besoin de rien, avec eux tu es servi ! « *Dominus vobiscum, Amen !* Je prierai pour vous. »

Il ne répondait rien alors et abandonnait la partie, pour ne pas importuner les autres, mais un jour, alors que je jouais les innocents pour provoquer ses confidences, il me confia :

— ... J'en ai connu un, un petit curé démocrate : il aurait voulu monter sur les machines ou travailler aux Ateliers du Dépôt. Il avait demandé à son évêque l'autorisation de s'embaucher au chemin de fer pour y accomplir son ministère. Il a dit à son évêque : « Voilà des gens qui ne peuvent même pas respecter le repos dominical, ni respecter les fêtes carillonnées, ni le jeûne, ni l'abstinence rituels. Ils vont donc abandonner toute pratique religieuse et toute vie chrétienne. Et nous pleurnicherons, nous qui sommes chargés de leur annoncer l'Évangile ! »

— Et qu'est-ce qu'a dit l'évêque ?

— Le Monsignor ?... Il n'y a rien compris du tout. Il a dit : « Vous voyez un peu un prêtre sur une machine ? en bleu de chauffe ? »

— Mais que lui a répondu le petit curé ?

— Il lui a dit : « Il faut bien que nous allions à eux puisqu'ils ne peuvent et ne veulent plus venir à nous ! — Veux pas le savoir », qu'a dit le Monsignor. Et le petit vicaire continuait : « Moi, je suis envoyé pour leur annoncer l'Evangile, n'importe où, n'importe comment ! Je ne vois donc pas pourquoi je ne leur dirais pas la messe dans la rotonde à machines ou dans les réfectoires d'agents de train... Et puis je serais avec eux à la peine dans le travail, avec la pelle ou le marteau. Ce que je leur dirais, ils l'entendraient [1]... » Le Monsignor en a fait une crise d'apoplexie, paraît-il, et il a renvoyé le petit curé dans le rang, avec un blâme avec inscription au dossier *. Rompez !

1. Préfiguration du prêtre-ouvrier, dont un avatar sera le héros de *A rebrousse-poil*, Denoël, 1962 (épuisé).

* Les punitions infligées aux cheminots sont :1) « observation simple », 2) « rappel à l'ordre », 3) « blâme sans inscription au dossier », 4) « blâme avec inscription au dossier, 5) « plusieurs blâmes peuvent conduire devant le conseil de discipline qui peut prononcer la révocation ».

Le grand-père, en racontant cela, avait l'air tout triste et contrarié. Il ajouta :

— Je te parle d'il y a bien longtemps *, et le curé dont je te parle avait alors quarante ans ! L'affaire avait donc dû se passer autour de 1860, alors qu'il était jeune, tout feu tout flamme... et il n'était pas tout seul, crois-moi. Il y a eu, en France, une génération de curés comme celui-là : « les petits curés démocrates » qu'on les appelait ! Je ne sais trop comment on les a muselés, mais je sais qu'on n'en a plus beaucoup entendu parler... Ce sont les Monsignors qui ont gagné !

Le grand-père faisait la moue pour ajouter :

— ... Preuve que ce ne sont pas des gens recommandables !

Voilà pourquoi le jour de ma première communion, les hommes de la famille assistèrent aux offices au « Café du Carillon », avec tous les autres cheminots de l'assistance : c'était la faute des Monsignors qui avaient laissé tomber les cheminots.

Par contre, ils furent bien tous présents au repas. Tous ceux qui n'étaient pas de service ce dimanche 8 mai. Bien que mon père n'appartînt pas à la Traction, le repas fut pantagruélique et bien arrosé, obligé que nous étions de faire aussi bien que mes oncles « gueules noires » qui, eux, pour la communion de mes grands cousins, avaient généreusement montré qu'ils touchaient de bonnes primes de traction, sans parler des primes d'économies d'huile et de charbon, bref : qu'ils étaient des « seigneurs ».

Leurs femmes, mes tantes, toutes oreries dehors, n'avaient rien négligé sous le rapport de la toilette.

* Voir *La Pie saoule* et *Les Chevaliers du chaudron*, du même auteur.

Leurs robes à gros ramages les faisaient ressembler à des fauteuils ambulants. Mon père, en les regardant arriver, eut un petit sourire narquois en disant :

— C'est bien la Traction, ça !

Ma mère, en donnant la dernière main à mon nœud papillon blanc, ne put s'empêcher d'ajouter :

— « On » veut montrer qu'on n'est pas des petits gratte-papier !

J'eus la faiblesse d'en rire et d'en éprouver un petit pincement au cœur et ainsi de me rendre coupable du péché de jalousie. Un des péchés capitaux dont je venais d'apprendre qu'ils vous privaient de l'amitié de Jésus, ce qui ne laissa pas de me troubler fort, bien que j'appartinsse à une famille de mécréants.

A la fin de cette journée mémorable, qui se termina, pour ma mère et moi seulement, par des vêpres assorties du salut du Saint-Sacrement et du renouvellement des promesses du baptême, cierge allumé en main, tout le monde eut l'air d'éprouver un merveilleux soulagement. Tantes et oncles me félicitèrent en concluant : « Maintenant, te voilà tranquille ! »

L'oncle Mon-Jules, qui avait retrouvé sa superbe, ajouta même, pour résumer la cérémonie : « Te voilà un homme, fini toutes les niaiseries ! » Il voulait dire : « Désormais, le dimanche, te voilà libre de penser aux choses sérieuses : la pêche à la ligne, le jardin et la partie de tarot, comme un homme ! » C'est tout au moins ainsi que tout le monde le comprit.

Il ne serait pas convenable de terminer là ce récit. Le grand-père-grandes-roues semblait très ému par ces grandioses confidences qu'il m'avait faites et qui m'avaient tant troublé. Que nous fussions au jardin ou qu'il m'entraînât sur la terrasse des Perrières d'où l'on découvrait toute la gare de Dijon-Ville à nos pieds, il hochait la tête et cherchait à renouer à tout propos cette conversation passionnante, pour apporter, semblait-il, des compléments ou des rectificatifs à son jugement. Il craignait sans doute de ne pas s'être fait bien comprendre et revenait sur le sujet à tout propos :

— Les curés, ils ont laissé passer le train, ou alors ils sont montés en première classe, avec les riches. Faut pas qu'ils trouvent drôle maintenant que le monde ouvrier n'entre plus à l'église.

— Mais est-il vrai que le monde ouvrier n'entre plus à l'église ? avais-je, un jour, demandé.

— Après la première communion, plus personne n'y va, c'est fini. Tu vois bien, tes oncles, moi-même, et tous les voisins, c'est fini !

— Les gueules noires, les tractionnaires, grand-père, peut-être. Mais les autres ? hasardai-je.

Il réfléchit un moment comme pour compter dans sa tête :

— Oui, c'est vrai, les tractionnaires, les chefs de trains, tous les roulants sont des mécréants. Mais faut bien avouer qu'un roulant ne sait plus très bien ce qu'est un dimanche.

Le grand-père parlait mot pour mot comme mon ami Marcel Dulot.

Je me mis à rire en imaginant le curé et le vicaire de la cathédrale maniant le ringard ou la pelle. Le vieux me regarda et, changeant de ton :

— Mais c'est égal, rappelle-toi quand même bien ce qu'ils t'ont appris et fais ce qu'ils t'ont dit dans ton catéchisme : sois bon, sois juste, sois honnête, tiens toujours parole, viens en aide à tes camarades, fais bien ton métier. Je pense que c'est à peu près ça qu'il a dit, le compagnon charpentier de Nazareth, hein ? J'ai appris ça dans mon temps, et si je ne mets plus les pieds à l'église, j'ai toujours essayé de mettre ça en pratique.

Là, le grand-père m'en bouchait un coin. Il avait l'air d'en savoir des choses. Je pensais : « Il ne faut pas se fier à ces vieux durs-là, on croirait qu'ils ignorent tout, qu'ils ont tout oublié, et puis crac, ils vous sortent des noms d'écrivains, des titres de livres, des dates, des citations, et même le nom du pape en 1830 ! Et puis, enfin, ce compagnon charpentier de Nazareth, c'est bien de Jésus-Christ qu'il veut parler ? Le même que celui du catéchisme ? Et pourtant ils n'en parlent pas de la même façon ? » Et je me disais : « Moi, je préfère celui du grand-père. Pour moi, celui-là serait un Compagnon du Tour de France, comme mon grand-père-grandes-roues que ça ne m'étonnerait pas ! Mais est-il enfant du Père Soubise, enfant de Maître Jacques ou enfant de Salomon ? A mon avis, plutôt enfant de Salomon. » Et je restais perplexe.

Cette première communion coïncide, à deux mois près, avec le certificat d'études que je passe le 28 juillet, et avec le projet d'amnistie et de réintégration de tous les révoqués.

Tout cela crée dans ma tête une grande confusion car ce sont là des événements dont l'importance est grande. Ils constituent la trame de toutes les conversations.

Pendant cinq mois, on parlera tous les jours de ce projet d'amnistie déposé par le gouvernement, et qui devint finalement une loi le 12 novembre, si je me souviens bien, le lendemain de l'anniversaire de la récente victoire.

Oui. L'amnistie pleine et entière est accordée : « ... A tous les faits ayant donné ou pouvant donner lieu à des peines disciplinaires. »

Les oncles poussent des cris de triomphe. Cette réussite est la justification de leurs revendications et de leurs « métinges ». Ils ne se font pas faute d'en jaser et d'en rajouter. Ils sentent qu'ils remontent ainsi dans l'estime de leurs épouses qui rechignaient à chaque grève et haussaient les épaules lorsqu'ils prenaient sur leur sommeil pour aller aux réunions. La coterie a le vent en poupe et cingle vers le large sous le grand pavois.

Hélas! le gouvernement ne fera pas appliquer

volontiers cette fameuse loi. Les réintégrations seront très peu nombreuses et presque toujours dans des emplois de début. Les compagnies ne jouent pas le jeu et semblent ainsi vouloir pénaliser encore les grévistes. L'oncle Mon-Jules, lui, se fait tout petit. Il a été, je crois bien, le premier réintégré et sera longtemps le seul, et il se garde bien de s'en vanter. Il en profite néanmoins, en dépit de la dureté de son nouvel emploi de gratte-tube. Il a repris les neuf kilos qu'il avait perdus de consomption. Il semble que son ardeur syndicale soit devenue très platonique. D'ailleurs, il a une dent contre la Fédération nationale des cheminots et mes deux autres oncles l'encouragent à faire comme eux : se séparer de cette Fédération nationale, bien trop timorée à leur avis, et regagner la Fédération des mécaniciens et chauffeurs, vraiment révolutionnaire (ce mot m'épouvante) et franchement à part de l'ensemble du mouvement syndical. Malheureusement, il n'est ni mécanicien, ni chauffeur, il n'est que gratte-tube, et il ne tient pas à attirer l'attention de ses camarades, ils auraient vite fait de lui reprocher d'être un favorisé, un privilégié, un suppôt des patrons, un jaune !

Parfois, mon père l'accueille en disant :

— Tiens, te voilà, jaune !

La figure de l'oncle Mon-Jules devient alors toute grise, comme celle d'un séminariste surpris à la terrasse d'un café. Il regarde tout autour de lui et, à voix presque basse, s'écrie :

— Tais-toi donc, on pourrait t'entendre dans la maison !

Et mon père rit de tout son cœur, en insistant :

— Sacré jaune, va !

Alors l'oncle fait mine de l'assommer d'un coup de poing.

L'événement capital qui domina toute ma prime adolescence ne fut pas, comme on pourrait le penser, mon séjour dans l'enseignement secondaire, mais l'arrivée sur le réseau d'un nouveau type de locomotive qui devait bouleverser le monde, pour le moins. Il s'agissait pour ce merveilleux engin de dépasser les Pacific et les Mikados pour assurer la remorque des trains, des trains de tonnages énormes, et à des vitesses supérieures sur les lignes à profil sévère, comme « Laroche-Dijon », « Dijon-Vallorbe » et aussi « Marseille-Nice ». Bien des événements eurent sans doute une importance dérisoire qui ont eu dans la presse et l'opinion publique beaucoup plus de place et d'honneur que l'arrivée de la MOUNTAIN.

La Mountain, après qu'elle eut « perdu son bec et gagné des oreilles »

On en parla très peu dans mon milieu. Seuls, quelques techniciens supérieurs le surent. Les oncles prononcèrent ce nom avec respect et crainte, comme leurs grands-parents parlaient de Dieu le Père. Et le grand-père-grandes-roues, très agité, se rendit plus souvent au « Café des Abattoirs », ou aux « Amis du Chemin de Fer », au « Café de la Grande-Vitesse » où se répandaient les nouvelles capitales, s'arrangeant même pour rencontrer le plus souvent possible Môssieu Paulin. Mais le vieux saint-simonien sortait de moins en moins et on n'obtint pas plus de renseignements de lui que des habitués des cafés cheminots.

Le grand-père ne pouvait faire que des suppositions. Cette locomotive était précédée d'une réputation prodigieuse et vraiment déjà légendaire, quoique très imprécise. Lui, rationnellement, supputait méthodiquement ses perfectionnements. Il lui arrivait de le faire à haute voix devant moi. Pour lui, c'était certainement dans le domaine de la surchauffe que les ingénieurs Mestre et Leguille avaient poussé leurs recherches. Il pensait aussi que l'énorme puissance de cet engin venait de son poids et cela n'était pas sans lui donner quelque crainte :

— ... On parle de 600 tonnes à plus de 100 à l'heure, méditait-il devant son café arrosé. Mais il faut pas oublier que la section de la grande ligne entre Les Laumes et Dijon comporte six grands viaducs, qui ont été construits à une époque où les machines pesaient cinq ou six fois moins. Et qu'une telle masse, arrivant sur un de ces viaducs, lancée à 100 kilomètres à l'heure, correspond à la chute verticale de cette masse multipliée par un coefficient effroyable... dont je suis incapable de me souvenir aujourd'hui. Et, en outre, si un freinage violent était nécessaire au moment où la locomotive était sur le viaduc en pleine vitesse, il se produirait un choc qu'aucune maçonnerie au monde ne serait capable de supporter !...

Et il m'arriva de faire d'horribles cauchemars où je voyais une locomotive monstrueuse s'avancer sur le viaduc de la combe de Fain entre la gare de Lantenay et celle de Velars, en faisant un bruit infernal et comparable à celui d'un tremblement de terre d'amplitude 9 sur l'échelle de Richter. Le viaduc qui a 28 mètres de haut s'effondrait comme château de cartes, la Mountain était précipitée au fond du ravin, entraînant avec elle son rapide car, à ces machines, était réservé l'honneur de faire les grands rapides dont la marche pouvait alors être beaucoup plus tendue.

On disait qu'on allait gagner une demi-heure, et même plus, sur les 315 kilomètres qui séparaient Dijon de Paris.

Les gratte-papier, que mon grand-père appelait encore les « chieurs d'encre », comme aux temps héroïques, disaient que c'était accroître les risques pour bien peu d'avantages. Qu'est-ce qu'une demi-heure dans la vie d'un homme, en effet ? Mes oncles, au contraire, comme toutes les « gueules noires », considéraient la recherche de la vitesse comme un des éléments essentiels du bonheur de l'humanité, mais à condition que cela se traduisît par des primes supplémentaires pour les roulants.

Le grand-père était plus nuancé, mais, pour porter un jugement, attendait l'arrivée de la première Mountain avec fièvre.

Un soir, enfin, alors que je terminais un thème d'allemand, le bruit arriva dans le quartier, comme une vague déferlante, qu'ELLE allait arriver, en tête du 101, à 19 h 51. Je hélai Marcel Dulot qui descendit l'escalier quatre à quatre avec sa sœur Marie et, coudes au corps, nous remontâmes la rue des Perrières. En passant rue de la Cité, je montai prévenir mon grand-père. Il était déjà parti pour aller admirer cette Mountain.

Tout le quartier était massé le long de ce fameux « petit mur », qui est en réalité une immense muraille de soutènement du haut de laquelle les passants de la rue des Perrières peuvent contempler le faisceau courbe de la gare de Dijon-Ville, où la tranchée rocheuse des Chartreux débouche comme le Rhône dans le lac de Genève.

C'était le crépuscule. Les allumeurs de becs de gaz passaient avec leurs grandes perches en bambou à rallonge et ils se joignaient aux curieux qui se massaient le long de la grille, penchés sur les voies et les quais, où toutes les lumières étaient maintenant allumées. Nous reconnûmes là tous les camarades du quartier et un grand nombre de cheminots qui se donnaient des airs de se trouver là tout à fait par hasard. Ils étaient négligemment appuyés sur le petit mur, répartis sur les 400 mètres de cet incomparable belvédère ferroviaire, feignant d'admirer le panorama de Dijon, la ville aux cent clochers !

Tout à coup, une rumeur arriva du haut des Perrières : la voilà ! De fait, le train 101 débouchait de la tranchée. On entendit le chuintement progressif du freinage, le tacatac sur les aiguilles du poste 1. Le monstre fit majestueusement son entrée à Dijon-Ville.

Perchés comme nous étions, nous en avions une vue plongeante. Nous étions tous muets pour entendre l'harmonieux glissement des bielles, et Marcel Dulot murmura : « Une horloge ! »

C'était vrai. Cette énorme masse d'acier ne faisait pas plus de bruit qu'un mécanisme d'horlogerie. Il faut dire que, pour son entrée en gare, le mécanicien avait mis son convoi à 20 à l'heure, vitesse réglementaire, je crois, pour prendre en pointe les aiguilles de dédoublement du poste 1, à cette époque. Le convoi courait sur son erre ; et vraiment on aurait dit qu'il glissait comme un paquebot. D'où nous étions perchés, la Mountain nous apparut immense, longue comme un cigare dont elle avait la forme avec sa proue conique, paraboloïde, son long corps très fin, sa cabine très effacée et très longue aussi, avec une visière très profilée qui cachait presque toute la plate-forme.

On n'eut pas le temps de voir l'équipe. Le seigneur était à peine visible et le compagnon, au repos, était à droite, derrière son hublot. Mon cœur battait très fort. J'eus le temps de compter les voitures et je calculai qu'elle remorquait ses 571 tonnes.

A peine le fourgon de tête était-il passé que tout le monde se mit à courir, nous les premiers, pour descendre à toute vitesse la rue des Perrières, la petite rue Guillaume-Tell et se précipiter dans la cour de la gare pour essayer de la voir, à travers les fenêtres de la sortie, qui était alors très à gauche du bâtiment principal. Nous ne la vîmes point car c'était un train très long et elle engageait franchement le pont de l'Arquebuse. Nous nous mîmes donc à courir encore pour tenter de l'apercevoir d'en bas, depuis la rue.

Là encore les entretoises du pont de fer nous la cachaient en grande partie. Aussi prîmes-nous la décision de filer par la rue Mariotte et de monter sur le Rempart de la Miséricorde, ce cher Rempart, pour prendre notre poste d'observation habituel, au droit du chantier du Petit Entretien. Là, nous étions sûrs de la voir à loisir car le changement de machine se faisait à Dijon. Elle devait donc être dételée et rejoindre le dépôt et, obligatoirement, passer lentement devant nous.

Nous arrivâmes bons premiers avec toute l'équipe des camarades de la rue des Perrières, ceux qu'on appelait « les moineaux de la gare ». Le grand-père qui courait moins vite (je devrais dire qu'il ne courait même pas du tout) arriva, essoufflé, juste au moment où, haut le pied, elle avançait, seule, séparée de son convoi. Elle avait une allure indescriptible et une noblesse qui nous figèrent sur place. Elle marqua un arrêt, juste pour attendre le carré qui lui fut donné à l'instant. Elle fit alors un nouveau démarrage qui nous coupa le souffle. Nul doute que le mécanicien l'eût fignolé particulièrement, sachant que là, sur le Rempart de la Miséricorde, ne pouvaient s'être rassemblés que les fins connaisseurs et les fanatiques, les autres ayant été clivés par la nuit et cette longue course de plus d'un kilomètre qu'il avait fallu faire depuis le haut des Perrières.

Elle passa devant nous, à moins de dix mètres, et il me sembla qu'elle n'en finissait pas, tant elle était longue.

— Vingt-cinq mètres, hors tampons ! soufflait Marcel Dulot.

Le grand-père aurait voulu dire quelque chose, mais il ne put. Un souffle rauque sortit de sa gorge, il fit un mouvement d'impuissance et se remit à la contemplation, avec un geste qui disait : « Plus tard... je vous dirai ça plus tard ! Pour l'instant, regardez et n'en perdez rien ! »

Il faisait presque nuit. Une lueur laiteuse cernait seulement le mont Afrique, du côté du couchant, et les maisons de la rue de l'Arquebuse. La Mountain, de profil, se découpait là-dessus, massive, noire, avec la seule lueur de la cabine où le chauffeur, qui avait ouvert le foyer, apparut tout rouge comme un diable.

Cela fut un émerveillement fulgurant. Elle s'aligna majestueusement sur le bastion de Tivoli et tout retomba dans l'obscurité et la laideur du Rempart, alors que son train, tiré par sa remplaçante, passait sur la voie 1 déjà à belle allure et s'éloignait dans la nuit vers Lyon, Marseille et la Méditerranée.

Comme le troisième quart de 7 heures sonnait au carillon de Saint-Bénigne, nous avions repris en silence, tous les quatre, le chemin de la maison. Marcel, Marie et moi devant, et, assez loin derrière, le grand-père dont la respiration faisait plus de bruit, à coup sûr, que celle de la Mountain.

Comme nous passions devant la gare où les fiacres attendaient le dernier voyageur, Marcel Dulot qui n'avait pas encore desserré les dents, prononça une phrase qui était certainement la conclusion d'un long monologue intérieur :

— Tu vois, ils perfectionnent les machines, ils font des marches de plus en plus tendues et mettent des paraboloïdes, mais crois-tu qu'ils chercheraient un système d'attelage automatique ?

Sa voix vibrait d'une indignation qui s'accordait certainement à la mienne. Mais l'émotion que je venais de ressentir m'avait vidé de tout sens critique.

Comme nous étions assis près du feu pour nous remettre de l'accueil plutôt frais que nous avait fait ma mère, le grand-père, qui avait peine à reprendre son souffle, haleta :

— Je ne suis plus qu'un vieux soufflet, une vieille bouille, tout juste bon à être mis à la casse !

Puis, reprenant le fil de ses idées, il put enfin terminer la phrase qu'il n'avait pas pu sortir tout à l'heure. Il leva l'index et, très grave, prononça :

— 25,733 mètres !

— Quoi 25,733 mètres ? risqua ma mère qui, pour la première fois de sa vie conjugale, n'avait pas pu servir la soupe à 7 heures précises et nous le faisait comprendre à sa façon.

— Oui, hors tampon..., la Mountain..., 25,733 mètres ! précisa le grand-père-grandes-roues qui étouffait une deuxième fois.

Lorsqu'il fut remis, il put préciser, de sa voix cassée :

— Tender compris, bien entendu !

Et s'étant remis tout à fait, grâce à un café arrosé que lui servit ma mère, il se mit à parler de ces 241.

Il ne me fit grâce de rien. Avec l'acharnement des « gueules noires » lorsqu'il s'agit des choses de la vapeur, il se mit à décortiquer cette princesse, à la déshabiller, à la disséquer avec une sorte de fureur jalouse. Oui, il était jaloux des jeunes seigneurs qui allaient avoir à solliciter les ardeurs de cette prodigieuse merveille :

— Pense, me dit-il, la chaudière a une grille de 5 mètres carrés ! Une salle de bal ! Et la boîte à feu à elle toute seule a une chambre de combustible de 1,20 mètre de profondeur, permettant aux gaz de mieux terminer leur combustion dans le faisceau tubulaire. Ah, on peut dire que ce sont de fameux fumistes les ingénieurs qui ont calculé ça ! Pense ! Le surchauffeur comporte, paraît-il, 40 éléments en tubes de 28 × 35 placés à l'intérieur de gros tubes de 125 !... Ça doit bombarder là-dedans ! Bon dieu de bois que je voudrais sentir ça se mettre en transe ! Ah, ça doit répondre, rien que de la chatouiller du petit doigt et elle doit monter au septième ciel !

Il rêvait à elle comme à une belle femme qu'il était trop âgé pour posséder. Ça gargouillait dans sa poitrine. Puis il se calmait pour retomber dans les détails techniques. Par exemple : la distribution était de type Walschaer, les cylindres avaient les mêmes dimensions que ceux des Mikados et, en raison de leur gros diamètre, les cylindres HP étaient installés en arrière du cylindre BP, lesquels trouvaient place à l'extérieur des longerons, au droit des bogies et ainsi les bielles pouvaient attaquer le deuxième essieu moteur en passant pardessus le premier, sans que celui-ci soit coudé !...

Il répétait en insistant :

— Tu entends ? Tu entends ? sans que le premier essieu soit coudé, voilà la trouvaille !

Je n'y comprenais pas grand-chose mais j'acquiesçai car il ne m'échappait pas, aussi ignorant que je fusse, que l'essieu coudé des précédentes Pacific était une de leurs faiblesses, tout au moins le pensais-je ainsi dans ma petite tête.

Tout cela, c'étaient les caractéristiques de Sa Majesté la Mountain qu'il savait déjà par cœur. Où les avait-il apprises ? Au « Café de l'Arquebuse », aux « Amis du Chemin de Fer », chez M. Paulin ?

Pendant les jours qui suivirent, il ne fut plus question que de la Mountain. Un à un, les oncles, au fur et à mesure de leurs campos, venaient chez le grand-père et chez nous pour en parler. Le ton était plutôt à l'enthousiasme. Seul le grand-père restait réservé, je ne sais trop pourquoi.

— On verra, on verra, disait-il gentiment. C'est un bel engin, d'accord, mais attendons, pour voir.

Mes oncles haussaient doucement les épaules, mon père était très discret, mais on souriait des réserves du Vieux qui avait tendance à penser, on le savait, que rien n'égalerait jamais une « une grosse C », SA grosse C *. Le grand-père était jaloux des jeunes, tout simplement.

Mais, un matin... Oui, un matin, c'était huit jours après la première Mountain, mon grand-père Louis arriva à l'omnibus de 8 heures. Il venait de passer au cabinet médical une « visite de sécurité ». C'étaient des visites systématiques où l'on contrôlait l'état de sa mécanique, comme il disait, surtout les yeux. Dame, c'était un agent qui avait la responsabilité de 8 ou 9 millions de voyageurs qui passaient sur la grande ligne, chaque année. Il faut un œil d'aigle pour voir le rail cassé, la traverse gâtée, l'éclisse qui flanche ou le tire-fond qui foire. La moindre négligence, et c'est la catastrophe !

Il arriva donc, chargé, comme d'habitude, de légumes, de poulets, de lapins morts, de fromages et de champignons. Il frappa d'un bon coup de pied dans la porte et s'annonça :

* Locomotive plus ancienne du type 141, appelée encore « coupe-vent », avec son étrave effilée.

— C'est la Voie !

Puis, comme on s'exclamait :

— Salutas la compagnie !

Il parlait très fort. Une voix de paysan du rail, habitué à commander à une brigade de renouvellement de voies. Lorsqu'il eut donné les nouvelles de la grand-mère, rivée à sa barrière, il n'attendit pas qu'on lui offrît le verre de vin et le saucisson pour clamer :

— Il y a du nouveau !

— La Mountain ? demanda ma mère.

— Oui, la Mountain ! Parlons-en !

Il étendit ses jambes et contempla un instant ses gros brodequins. On attendait son oracle, ma mère et moi. Mais il tenait à son effet. Il prit son temps.

— Un fiâ ! dit-il enfin, en prononçant ainsi, en patois bourguignon, le mot « fléau ».

— Un fléau ? s'écria ma mère.

— Oui, un faragâ * du tonnerre !

— Mais explique-toi.

Il avala sa salive et commença :

— On l'entend venir depuis Les Laumes, ou depuis Blaisy. Ça pilonne ! ça pilonne !

Ma mère :

— Ça pilonne ?

— Oui. Aussitôt qu'elle a passé le poste de sortie des Laumes, toute la barrière se met à trembler, que les assiettes se beurdaûlent ** dans le buffet. A ce train-là, je ne donne pas un an pour que la maison s'écroule. Surtout aux trains impairs. Oui, à la montée c'est terrible. La terre se met à trembler, que le battant de l'horloge s'embrouille.

— Non ?

— Oui. Si par malheur ta mère est en train de monter une mayonnaise, elle est sûre de la voir

* Patois bourguignon ; « faragâ » : qui fait grand bruit.

** Patois bourguignon ; « se beurdaûlent » : s'entrechoquent.

retomber comme une vulgaire vinaigrette ! Ah oui, elle est belle votre « Moumoute » !

— Notre « Moumoute » ?

— Oui, la Mountain, quoi ! C'est comme ça qu'on l'appelle : la « Moumoute ». Pour aller vite, elle va vite, ah ça, oui ! Pour remorquer ses 600 tonnes en rampes de huit [1], elle les remorque ! Mais il faut l'entendre !

— Mais d'où ça vient ? demanda ma mère.

— Mais de son poids, d'abord. Probablement. Mais surtout de l'embiellage.

— Mais qu'est-ce qu'il a, son embiellage ?

— Est-ce que je sais, moi ? Je ne suis pas ingénieur de Traction, je ne suis pas Môssieu Chapelon, moi ! Mais il doit y avoir un système de bielles qui fait pilon. La terre tremble, quand elle passe devant la barrière, on croirait que tout va s'effondrer. Moi, ça me tasse les tripes, et ta mère va en faire une descente d'organes !...

C'est ainsi que j'appris que la Mountain pilonnait.

Naturellement, à midi, il y eut une séance aussi plénière que le permettaient les roulements des oncles, une sorte de tribunal où l'on eut à juger la Mountain, que tout le monde, d'un bout à l'autre du réseau, sans concertation préalable, appelait la Moumoute.

De fait, l'oncle François le confirmait. Les « gueules noires » l'avaient constaté aussi, les mécaniciens grandes-roues qui les avaient conduites se taisaient officiellement, mais lorsqu'ils en parlaient entre eux, ils l'avouaient : elle pilonnait ! Le grand-père qui présidait se taisait, mais ses yeux disaient : « Je m'en doutais. »

1. Une rampe est une déclivité considérée de bas en haut. Une rampe de huit est une rampe qui gagne huit mètres d'altitude sur un parcours de mille mètres.

Mon père, lui aussi de la Voie, comme son beau-père, en avait déjà parlé avec ses collègues, et tout le monde était d'accord pour conclure que ceux de la Voie n'allaient pas manquer de travail dans les mois à venir.

Ma mère disait :

— Attendons. Ça s'arrangera peut-être !

Et tout le monde de s'esclaffer :

— Tu crois que ça s'arrange, ces choses-là ? Ah, ah, ah, quand ça pilonne, ça pilonne. Ça vient d'une combinaison de l'embiellage, ça ne s'arrangera JAMAIS !

L'oncle Georges, un peu jaloux aussi, car tout semblait indiquer qu'il n'aurait pas tout de suite l'honneur de la conduire, s'écriait pourtant :

— Mais nan, mais nan, mais nan (il avait l'accent des Dijonnais qui prononcent « an » à la place de « on », et réciproquement). Mais nan, vous n'y êtes pas. Elle ne pilonne pas, elle vibre, c'est tout. Et ça vient tout simplement de l'insuffisance de la robustesse du châssis !

— Que ça vienne de ce que ça voudra, coupait mon père qui tremblait pour SA voie, elle vibre, c'est un fait.

— Oui, elle vibre, avouaient les gueules noires, mais seulement aux vitesses supérieures à 100.

— Ben, pour une locomotive de vitesse, c'est quand même bien embêtant, ricanait Mon-Jules. On ne l'a construite que pour tenir au-dessus de 100, précisément.

Enfin, on chercha à retrouver M. Paulin car son avis était de première valeur. On ne le voyait plus au « Café de l'Arquebuse » ni à celui des « Abattoirs » où il allait faire sa partie d'échecs. Cependant, l'arrivée de la Mountain eût dû l'y amener. Il était impossible qu'il n'eût rien à dire là-dessus. Si on ne le voyait plus, c'est qu'il était malade, ou mort, car, d'après les événements dont il prétendait avoir été le témoin — l'enterrement de Victor Hugo, par exemple, qu'il suivit dans le corps des ingénieurs des Mines — il devait avoir environ quatre-vingt-quinze ans.

Les amis du chemin de fer purent enfin connaître son adresse et, un jour, le grand-père-grandes-roues m'annonça qu'il allait lui faire visite. Je pus me joindre à lui.

Il habitait tout simplement sur le Rempart de la Miséricorde, au deuxième étage, dans une grande maison ancienne, mais très avancée sur la rue, la seule qui subsiste encore, je crois, de l'ancien quartier.

Nous le trouvâmes dans un taudis invraisemblable, au milieu de huit ou dix chats, étendu dans un lit qu'il avait rapproché de la fenêtre. De là, il pouvait voir tout le mouvement de la gare, depuis le bâtiment voyageurs et même depuis les au-delà de la grande halle, jusqu'au bastion Tivoli.

Ce fut une femme qui nous ouvrit. Elle me parut merveilleusement belle, quoique assez âgée et fort fardée, ce qui me la fit prendre pour une prostituée car, à cette époque, les prostituées étaient les seules, tout au moins à ma connaissance, à se peindre les yeux et les lèvres. Bien sûr, celle-là avait les joues laiteuses parce qu'elles étaient couvertes de poudre de riz blanche et ses yeux charbonneux faisaient une immense tache noire. On aurait dit qu'elle sortait d'un de ces tableaux de Toulouse-Lautrec que j'avais vus en cachette à une exposition scandaleuse, au musée de Dijon. Tout cela me déplaisait car elle me rappelait ces femmes que ma mère appelait les « femmes de mauvaise vie », et qui se promenaient, le soir, sur le trottoir, dans l'obscurité de la rue Mariotte.

Un soir qu'à la sortie du Rempart j'étais allé attendre mon père, n'en avais-je pas vu une qui l'abordait ? Il avait d'ailleurs continué son chemin, plus digne que jamais.

M. Paulin, le saint-simonien, semblait trouver normale la présence chez lui d'une de ces créatures. Il nous reçut fort aimablement et, en souriant, nous montra les deux paires de jumelles et la longue-vue qui jonchaient ses draps douteux.

— Avec ça, nous dit-il, je vois tout ce qui se passe dans les emprises du chemin de fer.

Je m'approchai de la fenêtre. Elle donnait effectivement sur les voies face au sud-ouest et, de son lit qui était assez haut, à l'ancienne mode, il pouvait suivre toutes les circulations qui s'y effectuaient.

En y regardant bien, je m'aperçus que les pieds de ce lit étaient surélevés sur trois briques superposées. Il vit mon regard et expliqua :

— Oui, la barre d'appui de la fenêtre me cachait tout juste la mise en tête des trains impairs. J'ai fait mettre trois briques sous chaque pied et, ainsi surélevé, je domine !

Il riait, en répétant :

— Je domine !

Nous lui demandâmes des nouvelles de sa santé. Il avait la goutte.

— ... Ce qui m'empêche, dit-il, de rejoindre les amis. Mais, d'ici, avec mes lunettes d'approche, je les vois au travail. Moi, je suis ligoté sur mon lit de douleurs et si cette personne n'avait pas pitié de moi, je ne sais pas trop ce que je deviendrais...

Il désigna du menton cette belle femme parfumée, à vrai dire un peu trop parfumée et un peu trop belle à mon gré.

— ... Cette jeune personne me consacre fort aimablement une partie de ses journées, dit-il. Ainsi, grâce à elle, puis-je rester ici, dans cet appartement que j'ai choisi précisément en raison de sa situation en balcon au-dessus des voies...

Il sourit avec un air complice :

— ... C'est ainsi que je vous ai vus, le soir du 16 mars admirer la Mountain !

L'atmosphère un peu lourde et gênée, créée par la présence de cette femme trop élégante que mon grand-père suivait complaisamment des yeux, se détendit et s'éclaira tout à coup. Le grand-père cessa de regarder la jeune personne. M. Paulin prit une tout autre figure, il chassa de son édredon rouge les quatre chats qui s'y étaient installés et enfin la conversation fut digne d'intérêt :

— Oui, nous y étions, dit le grand-père. Les jeunes m'en ont fait perdre le souffle à courir, si j'ose dire, depuis le haut des escaliers de Bellevue, mais ça, je peux dire que je ne l'ai pas regretté.

— Je l'attendais aussi, ajouta M. Paulin, avec ferveur. Vous pensez ! J'étais au courant des recherches de mes jeunes confrères estaux*, Mestre et Leguille. Et je mourais d'impatience de voir enfin cette 241, spécifiquement P.L.M., à vrai dire un peu issue de leurs travaux...

— Les estaux n'étaient pas les seuls à chercher, monsieur Paulin, coupa vivement mon grand-père, qui haïssait traditionnellement les gens du réseau de l'Est. Je me suis laissé dire que, chez nous, au PEU.LEU.MEU**...

— Bien sûr, bien sûr, vous avez raison...

— ... Il y a belle lurette que la Compagnie P.L.M., qui faisait appel à des 141 Mikados pour tirer ses express et rapides lourds, s'était aperçue que, grâce à un poids adhérent supérieur, ces 141 A avaient une meilleure reprise, en rampe, que les 231. Et elles pouvaient aisément atteindre et tenir la vitesse de 90 kilomètres à l'heure, contrairement

* Qui appartient au réseau de l'Est, en langage cheminot.

** Façon dont les anciens prononçaient P.L.M. Paris-Lyon-Marseille.

à ce que prétendaient certains de ces messieurs... J'ai personnellement pu m'en rendre compte, alors que je conduisais une...

C'était parti ! Les deux tractionnaires, le théoricien et le praticien, venaient de commencer là l'une de ces conversations dont on ne sait jamais quand elles pourront s'arrêter. Tous les souvenirs professionnels de l'un et de l'autre allaient y passer et les étrangers ne peuvent rien imaginer de semblable.

— Je vous le concède, mon cher, disait M. Paulin. Mais, pour obtenir un substantiel accroissement de la masse adhérente, afin de remorquer des trains plus lourds, il fallait bien se résoudre à augmenter le nombre des essieux moteurs. Car, ne l'oubliez pas, sur vos voies, il ne faut pas dépasser la charge limite de 18,5 tonnes par essieu, et ce sont bien messieurs Mestre et Leguille qui ont abouti à la conception d'une compound à quatre essieux moteurs, à grandes roues accouplées, avec bogie directeur à l'avant et bissel [1] porteur à l'arrière...

La discussion va bon train, si j'ose dire, un peu trop vite pour moi d'ailleurs. J'ai plutôt tendance à laisser passer ce train trop rapide, et je regarde cette aimable « jeune personne » aller et venir avec autorité dans cet appartement que j'ai trop tôt appelé taudis. Je m'aperçois d'ailleurs, une fois de plus, que les vieux messieurs décernent très facilement le titre de « jeune personne ».

Cette femme-là doit avoir au moins quarante-cinq ans. Elle va et vient, déplace les choses, tripote un napperon, disparaît, reparaît, sans nous quitter de son œil noir. On dirait qu'elle nous surveille.

— ... A ce propos, monsieur Paulin, s'échauffe mon grand-père, cette règle de 18,5 tonnes par essieu est stupide. C'est elle qui empêche tout progrès dans le chemin de fer !

1. Bissel : roue guideuse à l'avant ; roue porteuse à l'arrière.

— Tout progrès ? Vous trouvez que la Pacific, que cette Mountain ne sont pas des progrès merveilleux ? Et puis, enfin, il y a la voie, mon cher...

— Précisément, coupe mon vieux, rouge comme son foulard traditionnel. C'est la voie qui est en retard, monsieur Paulin ! C'est la voie qui nous retarde ! Améliorons la voie et nous pourrons alors exploiter à fond toutes les possibilités de la vapeur !

Tout à coup, la conversation revient à ma portée. Le grand-père prend un ton de confidence et, à voix basse :

— Et on dit, môssieu Paulin, on dit qu'elle pilonne ?

— Est-ce possible ? Je ne l'ai vue qu'ici, alors qu'elle rentrait haut le pied à 10 à l'heure. Je ne puis donc me faire une idée...

— Il paraît qu'elle pilonne tellement que les ouvrages d'art sont menacés, les viaducs, l'infrastructure, tout !

— Comme ce serait dommage ! Comme ce serait dommage, une si belle pouliche ! murmure M. Paulin, qui, à ce moment, ne peut pas ignorer la croupe que la « jeune et aimable personne » lui passe et repasse devant les yeux, sous prétexte de remettre de l'ordre dans l'affreux tas de couvertures dans lequel le vieux monsieur allonge des jambes d'une maigreur incroyable.

Je m'aperçois d'ailleurs à ce moment que cette femme a les ongles brillants et j'en suis outré car les femmes convenables ne se font pas les ongles, tout au moins dans notre milieu. Ma mère dit que c'est très mal porté.

— N'ayez crainte, conclut M. Paulin, ce n'est qu'un début. Il serait bien étonnant que mes jeunes confrères du P.L.M. n'y apportent pas un remède. N'oubliez pas que la Mountain que vous avez admirée l'autre jour, ici même sur les Remparts, a des reprises de marche éblouissantes, et vous savez mieux que moi que la ligne Laroche-Dijon, surtout dans sa deuxième partie, n'est pas une plaisanterie. Et elle a tenu ses 80 kilomètres à l'heure très aisément dans la longue rampe de Blaisy, et avec une charge de 10 % supérieure à celle qu'enlèvent les Pacific, qui ne sont pas des mauviettes !... C'est tout au moins ce que l'on dit !

— Je vois que vous êtes renseigné, môssieu l'ingénieur, dit le grand-père qui, la voix tremblante, enchaîne : Ah, monsieur l'ingénieur ! On n'est pas près de retrouver des gens comme vous à la tête des réseaux !

— Que me dites-vous là, mon ami ? Il y a présentement une magnifique pléiade de jeunes ingénieurs à votre tête !

— Des gens capables, oui-da. Des têtes bien faites, sûr. Mais des gens de cœur, des philosophes comme vous, point !

Le vieux monsieur se rengorge un peu. Il sourit doucement :

— Il faut dire, oui, il faut dire que l'esprit saint-simonien se perd. Les jeunes ingénieurs pensent plus à la technique pure qu'à « l'industrialisme » de Saint-Simon, plus à la machine qu'à l'homme, plus à l'industrie qu'à la société, plus à l'amélioration des performances techniques qu'à l'amélioration morale du genre humain...

Ce que dit cet homme me remue jusqu'au tréfonds. Il exprime en belles phrases ce que je sens et n'ai jamais pu exprimer, faute de mots, et aussi faute d'expérience, sans doute. Je sens que le moment est venu de me mêler à la conversation et de parler en faveur de notre projet d'attelage automatique, pour commencer. C'est peut-être l'occasion inespérée que la Providence nous offre. Justement M. Paulin me regarde (j'ai dû m'agiter d'émotion sur ma chaise) et me dit :

— Ce jeune homme connaît-il Saint-Simon ? Le vrai Saint-Simon s'entend.

— Oui, monsieur l'ingénieur.

— Et qu'en pense-t-il ?

Je n'avais rien lu de Saint-Simon, on s'en doute. J'avais attaqué *Le Système industriel* que m'avait prêté mon grand-père et je l'avais abandonné à la huitième page car je n'y avais rien compris du tout. Mais le vieux m'en avait parlé avec tant de fougue et m'avait tant rabâché des phrases toutes faites qu'il avait sans doute lues ailleurs, que je lui récitai tout de go :

— Il est à l'origine de la pensée positiviste et socialiste, monsieur.

— C'est très bien, jeune homme, dit M. Paulin, en clignant de l'œil du côté du grand-père. Je vois que vous êtes à bonne école car ce ne sont certainement pas vos professeurs qui vous ont parlé d'Henri de Saint-Simon. On parle plutôt de son oncle, le papotier de la Cour !

J'attends avec impatience le moment de placer mon attelage automatique. J'ose enfin dire :

— Si M. Henri de Saint-Simon était encore vivant, ainsi que M. Prosper Enfantin, je suis sûr qu'ils s'attaqueraient tout de suite aux vrais problèmes du chemin de fer...

M. Paulin me regarde longuement comme si j'étais un veau à trois têtes.

— Et quels sont, d'après vous, les vrais problèmes du chemin de fer, jeune homme ? dit-il enfin.

— Un de mes camarades, dis-je, a perdu son père, écrasé entre deux tampons, en allant faire un attelage, et on me dit qu'on tue ainsi de nombreux agents, surtout sur les triages. Voilà un vrai problème. Il me semble qu'on en a résolu de plus difficiles dans la construction de la Mountain, et celui-là est bien plus important. Mais personne ne s'y attaque.

M. Paulin joint les mains en faisant craquer ses doigts déformés :

— Est-ce possible ! Que voilà une profonde et noble réflexion ! dit-il, en levant les yeux au plafond.

Il prend à témoin la « jeune et aimable personne » qui promène encore son parfum dans les parages, sous prétexte d'essuyer le dessus de la table de nuit :

— Entendez-vous, chère madame, la réflexion de ce jeune étudiant qui a pensé soulager nos atteleurs ?

Mais la « jeune et aimable personne », dont la voix merveilleuse sort des profondeurs de cette gorge qui me donne le vertige, répond avec une indifférence amusée. Elle se moque bien des atteleurs et du collégien. Elle se contente de lui dire :

— Ne vous découvrez pas. Vous savez qu'il vous faut tenir bien au chaud.

Lui, sans l'entendre, continue à me regarder et me demande :

— Et croyez-vous que l'on puisse trouver un système pratique pour assurer cet attelage automatique ?

— Oui, monsieur. Mon camarade Marcel et moi l'avons trouvé.

Il sursaute et aussitôt fait une grimace. Sa goutte, sans doute :

— Avec votre camarade Marcel ? dit-il. Vous avez trouvé, vraiment ?

— Oui, monsieur.

— Et qui est ce camarade Marcel ? Quel âge a-t-il ?

— C'est lui qui a perdu son père à Lyon-Mouche, écrasé entre deux tampons. Il a mon âge.

— Parfait, parfait.

— Si vous vouliez, monsieur Paulin, on pourrait vous apporter nos plans.

— Des plans ? Vous avez déjà fait des plans ?

— Ce n'est pas tout à fait au point...

— Qu'importe ! Mais apportez-moi ça, mes enfants, apportez-moi ça de toute urgence !

Il se tourne vers la dame, puis vers mon grand-père :

— C'est vrai, ces jeunes gens sont admirables. Ils ont pensé à ça, et ils ont trouvé !

Puis il prend un air accablé et se met à souffler comme un phoque. Là-dessus, la dame intervient :

— Reposez-vous, monsieur, ne vous agitez pas. Vous savez bien qu'il ne vous faut pas de fatigue, pas d'émotion, soyez raisonnable.

En somme, c'est à nous que ce discours s'adresse. Il faut que nous soyons raisonnables. Elle nous met à la porte, tout simplement. Elle se penche pour replacer l'un des oreillers et son bras passe alors devant moi. Son bras nu, car sa mantille a glissé. Ce bras est dodu et la peau en est d'un grain très fin, et elle sent bon, une peau que l'on a envie de caresser, de sucer, de lécher.

On prend congé.

— Revenez vite, jeune homme, avec votre ami Marcel et vos plans. Ah oui, je suis curieux de voir ça. A bientôt, n'est-ce pas ?

Lorsque nous sommes dehors, le grand-père me dit :

— Toi, t'y vas pas par quatre chemins, et tu ne manques pas d'audace !

— C'était l'occasion, grand-père, ou jamais ! Ce n'est pas si souvent que je peux parler à un ingénieur.

— A un grand, un très grand ingénieur. Il a connu Prosper Enfantin.

— Eh bien, justement !

L'arrivée de la Moutain, l'affaire du frein automatique ont éclipsé pendant un long moment les autres événements banals et de seconde importance, mais il faut pourtant que je dise que, depuis mon certificat d'études, j'étais entré comme externe au lycée Carnot ; j'y avais retrouvé quelques camarades de l'école communale, les premiers des classes terminales et qui, sélectionnés tout naturellement par les classements mensuels et annuels, entraient dans l'enseignement secondaire, alors que les derniers se dirigeaient non moins naturellement vers ce que l'on nomme aujourd'hui la vie active, l'apprentissage pour les meilleurs et les activités subalternes pour les cancres ; les moyens ou les bons moyens entraient à l'École pratique de Commerce et d'Industrie, c'était le cas de mon ami Marcel Dulot qui, élève moyen, rêvait d'entrer dans une école d'Arts et Métiers.

Et pour tout dire, mon grand-père avait pensé pour moi à cet avenir. Les « gars d'z'Arts » étaient la pépinière des techniciens de chemin de fer. Entrer à l'école des Arts et Métiers de Cluny était le plus sûr moyen de devenir tractionnaire supérieur, mon grand-père y rêvait la nuit et me voyait déjà sous-chef de dépôt de Dijon-Perrigny avec l'espoir, que dis-je, la certitude de me voir un jour diriger le dépôt, ni plus ni moins.

« Chef de dépôt », ai-je assez entendu ces mots que l'on me tendait comme la carotte de l'âne ! Le soir, lorsque j'allais faire le tour du « petit mur » avec mon grand-père pour voir arriver le 101 et sa Mountain pilonnante, le grand-père regardait la rotonde, l'ancienne rotonde où il avait épousé sa première machine, et il me disait sans le moindre complexe :

— Quand tu dirigeras ça... !

Ou bien lorsque se produisait une perturbation dans le service, un accident ou n'importe quel incident de trafic, il s'accoudait au « petit mur » et regardait grouiller les employés, jugeait la façon dont on gréait la machine de secours, supputait les mesures qu'il fallait prendre, car, de là-haut, il avait une vue plongeante sur de vieux dépôts et sur les voies. Il ressemblait alors au Napoléon de Victor Hugo qui, sa lunette à la main, observait le centre du combat. Il donnait ses ordres à voix haute, se fâchait et jurait lorsque les choses ne se passaient pas comme il l'avait ordonné. Il se penchait alors vers moi et me disait : « Le sous-chef de dépôt est un pignouf. Tu vois, dans ces cas-là, il faut faire ceci. » Ou bien : « Surtout ne fais jamais cela ! » Et il m'enseignait par exemple les mesures qu'il fallait prendre lorsque le bissel avant d'une bouzine venait à basculer dans la fosse du pont tournant (la chose arriva, je l'ai vue) ou même des solutions à des problèmes beaucoup plus simples, comme si j'allais être appelé dès le lendemain à présider aux destinées du dépôt de Dijon et à supporter l'énorme responsabilité de la traction sur le territoire du troisième arrondissement, le plus important du réseau P.L.M. Il me récitait à l'appui les articles du Règlement général d'exploitation et de ses nombreuses annexes, et même me donnait les combinaisons savantes qu'il fallait utiliser pour les tourner habilement, car tout règlement est fait pour être tourné, « comme toute femme pour être baisée », ajoutait-il en l'absence de nos femmes.

Aussi avait-il fortement insisté pour que l'on me dirigeât sur l'École pratique d'Industrie, qui préparait dignement aux écoles d'Arts et Métiers. On en avait débattu pendant de longues heures ; c'était, comme toujours, ma mère qui avait gagné. Non, je ne serais pas gueule noire !

Cheminot certainement, mais pas gueule noire. Les gueules noires sont des gens vulgaires, imprévoyants, orgueilleux, bruyants, mécréants, et socialistes par-dessus le marché. Des rouges, quoi ! Et il n'y a pas un chef pour racheter les autres, tous à mettre dans le même panier, la femme du chef du dépôt elle-même fait des nids chez les commerçants du quartier (ma mère le sait par Mme Grillot, l'épicière, ou Mme Gillet, la bouchère, et d'autres encore). Et tout ce monde-là, bien que payé comme des princes et habillé comme des milords, nourri comme des porcs, pleure des avances dès le 15 du mois. Des rouges ! oui, c'est tout dire ! etc.

Elle, fille de la Voie, épouse de la Voie, me voyait chef de district pour le moins. Pourquoi pas ingénieur de la Voie ?

Et c'est elle qui l'avait emporté. Ce que femme veut, Dieu — le diable, va savoir — le veut. Non, je ne serais pas gueule noire. Personnellement, le grand air, la pluie et le soleil, la pleine voie, le ballast campagnard, le côté pionnier du service de la Voie me plaisaient davantage que l'odeur du fer, de la graisse chaude, et des tas de briquettes, qui est l'atmosphère habituelle des gens des dépôts. Mon père, lui, hésitait entre son propre service, la Voie, et celui de l'Exploitation. L'Exploitation, c'est le service des gares, le service des « môssieus », mais il espérait secrètement me voir « bicorneau », oui, « bicorneau », c'est ainsi que l'on nommait les Polytechniciens, à cause de leur ineffable bicorne chichement poilu.

La fièvre polytechnicienne, alors, minait secrètement toute la population française, envahissait particulièrement le monde des bureaucrates de tout poil et particulièrement les bureaucrates cheminots. Pas de gratte-papier, pas de chieur d'encre qui ne rêvât de voir son fils unique, de préférence, accéder à la Montagne-Sainte-Geneviève ; la seule promotion sociale digne d'intérêt, c'était celle-là et le seul chemin pour accéder à cette Montagne-Sainte-Geneviève, c'était le lycée, et la seule clé pour ouvrir la grille de l'École était le baccalauréat complet. Je devais donc être lycéen, bachelier, puis taupin, et enfin polytechnicien. Et ainsi j'aurais l'espoir de devenir non pas simple chef de Dépôt, petit chef de district, ou modeste chef de gare, mais peut-être directeur du réseau P.L.M. ni plus ni moins.

On peut se demander, trompés comme nous sommes aujourd'hui par les fariboles de l'invraisemblable propagande politique, comment des gens du petit peuple pouvaient avoir de telles ambitions à une époque où on ne connaissait ni les assurances sociales ni les allocations familiales ni l'orientation scolaire ou universitaire ni les ordinateurs ni la bombe atomique. Il est répandu aujourd'hui que ces gens sous-développés vivaient dans l'ignorance, l'inculture, rivés à leur classe sociale sans aucun espoir de promotion ; j'ai l'honneur d'affirmer que c'est absolument faux. On voit aujourd'hui des enfonceurs de porte ouverte qui prétendent lutter pour une égalité des chances qui a toujours existé, je n'en veux pour preuve que les nombreux fils de prolétaires qui occupaient à cette époque les postes de direction. Le nouveau directeur du réseau P.L.M. par exemple, Eugène Mugnot, n'était-il pas le fils d'un modeste charcutier bourguignon ? Il avait même usé ses fonds de culottes sur les bancs de la même classe de la même école primaire que mon père.

Souvent, en famille, on évoquait d'ailleurs cet Eugène qui présidait aux destinées de la Compagnie de Paris à Lyon et à la Méditerranée, et auprès duquel on se réservait d'aller chercher de l'appui en cas de besoin.

Ce besoin ne s'est jamais fait sentir sans doute, puisque jamais mon père n'a demandé audience à ce brillant camarade et que la seule fois où il est venu lui serrer la main, au cours d'une tournée d'inspection, mon père s'est contenté de lui dire : « Bonjour, Eugène, comment vas-tu ? » A quoi Eugène Mugnot a répondu : « Et comment vont tes parents ? Il y a bien longtemps que je ne les ai pas vus. Te souviens-tu des parties de pêche aux moutelles dans le déversoir du canal? »

Cette manifestation d'amitié intime entre Monsieur le Directeur et mon père avait sidéré ses camarades, bien sûr, mais surtout elle avait renforcé dans la famille ce sentiment de dignité que Cyrano exprime en déclamant : « Ne pas monter bien haut, peut-être, mais tout seul. »

Nous ne demandions au cas exemplaire d'Eugène Mugnot que de nous donner espoir et confiance; il nous prouvait que dans notre Compagnie P.L.M., sous la République française, la Troisième du nom, n'importe qui pouvait se hisser aux grades les plus élevés à condition, bien entendu, qu'il en eût les moyens intellectuels... et le courage.

— Ah oui, le courage! surenchérissait mon grand-père, car Eugène Mugnot était intelligent, ça pour sûr, mais pendant que ses petits copains allaient faire des parties de cul-mouillé dans la rivière ou courir les filles aux fêtes, lui, il étudiait la moitié de la nuit après sa journée de travail, car c'est en travaillant comme petit commis des Ponts et Chaussées qu'il a préparé son bachot et Polytechnique. Ça, je peux le jurer, je l'ai vu, et il ne faut pas venir me dire le contraire!

Ainsi élevé dans le principe que « chacun est le fils de ses œuvres » et que dans la vie « l'on ne doit compter que sur ses doigts », je me trouvai engagé dans le grand combat à titre de potache à part entière.

Et donc, tout au cours des événements capitaux que je vais conter maintenant, il est bien entendu que j'ai poursuivi comme j'ai pu et tout seul des études qui ne furent jamais si secondaires. Je n'y reviendrai donc pas, je reprendrai derechef le fil du récit de mes aventures.

Marcel Dulot et moi avions volé aux heures de

littérature ou de mathématiques le temps nécessaire pour mettre au point, en hâte, les plans de l'attelage automatique. Ne fallait-il pas profiter de l'invitation pressante de M. Paulin pour aller lui présenter ces plans et avoir ainsi une chance de les voir parvenir dans les sphères directoriales et si possible saint-simoniennes ?

Ce fut long. Marcel venait me rejoindre dans notre cuisine, car on n'entrait dans la salle à manger que pour les repas cérémoniels familiaux, quatre ou cinq fois par an ; le reste du temps les meubles de cette « salle » étaient recouverts d'une housse que l'on enlevait bien vite lorsqu'on recevait la visite inopinée, et combien rare, de personnages plus élevés en grade que mon père.

Nous travaillions sous la lampe à pétrole : un gros progrès par rapport à la lampe pigeon qui avait éclairé mes études primaires. L'électricité était déjà posée chez la plupart des tractionnaires toujours flambards, mais les bureaucrates et les gens de l'Exploitation, économes et prudents, s'éclairaient encore au pétrole, et pour les plus dévergondés au gaz de ville.

Nous deux, Marcel et moi, fils de cheminots subalternes et non tractionnaires, nous contentions du pétrole.

Le système d'attelage automatique imaginé par Marcel se composait de deux larges crochets, articulés sur de puissants ressorts, et se présentant face à face mais en position contraire, l'un ouvert vers le haut, l'autre ouvert vers le bas, chacun étant fixé, on s'en doute, sur un wagon différent.

Lorsque ces deux wagons venaient à entrer en contact, les deux crochets flexibles s'enchevêtraient et se verrouillaient par la force de leur élasticité, et le tour était joué.

Je n'eus pas de mal à expliquer à Marcel Dulot, enfiévré par l'enthousiasme de la création, que la difficulté viendrait de ce qu'il pourrait arriver que les crochets des deux wagons se présentant à l'attelage fussent tous deux ouverts vers le haut ou vers le bas et qu'ainsi l'accrochage ne pût avoir lieu. Mais Marcel balaya alertement cette objection en me disant que j'étais un poète, un « classique », un littéraire, un humaniste (je préparais le baccalauréat latin-langues) et que je ne pouvais en conséquence rien comprendre aux choses de la technique. J'en convins aisément. Bien d'autres points étaient laissés plus ou moins volontairement dans l'ombre, par exemple la nature du métal utilisé, ce qui n'était pas une mince omission, mais Marcel voulait tout de suite aller voir ce M. Paulin qui avait tout de même ses quatre-vingt-quinze ans et risquait de nous filer entre les pattes.

Je nous vois encore sonner à la porte de M. Paulin, le cœur battant. La « jeune et aimable personne » qui n'est pas pour rien dans mes propres battements de cœur vint nous ouvrir.

— Non, non, non, dit-elle, M. Paulin est très fatigué et...

— Mais, madame, dit Marcel, c'est M. Paulin lui-même qui nous a dit de venir lui montrer nos plans.

— Des plans, mais justement, M. Paulin n'est pas en état d'étudier des plans. Et quels plans voulez-vous lui montrer ?

Je dis, en haussant le ton pour que le vieil ingénieur m'entendît :

— Les plans de l'attelage automatique !

La dame ouvre des yeux étonnés, elle ne sait pas ce que c'est qu'un attelage, c'est donc bien une étrangère. Comme c'est dommage que cette si belle créature ne soit pas de chez nous ! De son lit, M. Paulin a entendu, il crie :

— Mais si, mais si, chère amie, faites donc entrer ce jeune homme !

Elle nous introduit dans la chambre qui est beaucoup plus propre que lors de ma première visite, il y a même des bouquets dans les vases, on voit beaucoup mieux les beaux meubles Napoléon III, et il n'y a plus de toiles d'araignée aux épais rideaux de velours.

Nous déplions nos plans, l'ingénieur les étudie en silence. Pendant que Marcel parle, M. Paulin fait des « bon, bon » et des « tss... tss ! », puis enfin relevant le nez :

— Mais c'est merveilleux, jeunes gens, vous avez fait un travail considérable, non sans quelque naïveté qui vient de votre jeune âge, mais vous avez abordé courageusement un problème dont l'importance semble échapper à ceux mêmes qui ont entre les mains les destinées du chemin de fer... Mais je veux voir ça de plus près, laissez-moi vos plans, je vais les étudier avec soin. Ah, quelle joie de voir de jeunes étudiants s'adonner à de semblables recherches plutôt que d'aller faire du sport ! Le muscle, ha ! On ne pense plus qu'à ça ! Et le règne du muscle va bientôt devenir le règne du mufle...

Il rit, satisfait de son à-peu-près. Nous rions aussi, bien que notre rêve soit de faire partie de l'équipe de rugby, toute nouvelle, de la jeune Association sportive des cheminots.

Nous repartons, poussés par la belle créature qui semble évoluer là en maîtresse de maison. Elle se baisse pour ramasser je ne sais quoi et nous découvre, par son décolleté, une poitrine qui mérite attention. Spectacle intimidant que je n'aurais jamais pu imaginer. Il faut l'avoir vu pour le croire, et je l'ai vu.

Heureusement, nous laissons dans cette maison nos chers plans qu'il faudra revenir chercher. Marcel tremble de s'en séparer, et pour nous deux commence l'attente. Quand reverrons-nous ces plans et cette poitrine ? M. Paulin nous a dit :

— Je vous ferai prévenir par votre grand-père. Attendons.

Et nous rentrons à la maison.

La maison, cette grande caserne où justement se tient dans la cage d'escalier une séance plénière, où les jeunes discutent des circonstances d'un déraillement qui aurait pu avoir des conséquences tragiques. En effet, un train de Messageries impair a déraillé sur l'aiguille A 2 d'entrée en gare des Laumes-Alésia. Cette aiguille, prise en pointe, ne plaquait pas parfaitement, paraît-il, et j'entends alors un grand gaillard de douze ans, fils d'un wagonnier, qui s'étonne :

— Le Messageries roulait à 20 à l'heure à la suite d'un ralentissement pour travaux, la machine a seulement déraillé du bissel avant, mais imaginez un rapide montant à 100 à l'heure, ça aurait fait du joli !

Une voix enfantine sort alors de la foule assise sur les escaliers.

— Pourtant toutes les aiguilles prises en pointe sont bien maintenant équipées du contrôle impératif. Un accident comme ça ne peut pas arriver, ce n'est pas possible !

Celui qui vient de parler est un gamin de huit ans dont le père est chef de train. Le grand lui répond aussitôt, dédaigneux :

— Mon père faisait les Messageries, alors je sais peut-être ce que je dis.

— C'est pas possible, avec le contrôle impératif ! s'entête le petit.

A l'étage supérieur, on entend une discussion assez vive. Là, ce sont des grandes personnes qui discutent.

La maison, cette grande baraque de quatre étages construite en 1872, où vivent huit ménages de cheminots, est en effet en effervescence, comme les ruches de mon grand-père Louis à la veille de l'essaimage, et tout ce brouhaha nous semble bien ridicule, à Marcel Dulot et à moi, car il s'agit encore de grèves. Nous avons des ambitions plus hautes que l'augmentation des salaires ou la semaine de quarante heures, grâce à Dieu. Nous, nous sommes en train d'inventer l'attelage automatique, peut-être même le frein de voie automatique. Nous nous inscrivons d'avance dans la longue liste des cheminots inventeurs, perfectionneurs du rail, bienfaiteurs de la cheminoterie, donc de l'humanité.

Le soir même nous parlons de nos espoirs, Marcel et moi, lorsque nous nous rendons au cours de musique de l'Harmonie des cheminots, alors que, solfège sous le bras, nous gagnons un grand atelier désaffecté de l'ancienne rotonde du dépôt des Perrières où ont lieu les répétitions.

Bien sûr, jusqu'alors, comme nous sommes allés au catéchisme, nous avons suivi les cours du Conservatoire municipal de musique, où les enfants de cheminots constituent la grande majorité des élèves. C'est là que le père Desfossez nous a appris les rudiments du solfège et de la théorie, mais il est temps pour nous d'apprendre à jouer d'un instrument; nous devons certes connaître la musique mais surtout la pratiquer dans une harmonie ou une fanfare, voire une clique, mais une clique, une fanfare et une harmonie cheminotes. C'est la tradition, et c'est bien tentant car depuis mon plus jeune âge mes parents ne m'ont pas fait manquer un seul des concerts que l'Harmonie P.L.M. donne régulièrement au square Darcy, en plein air, sur le grand kiosque doré, ou même au théâtre municipal. Il est admis même par les étrangers que c'est la meilleure harmonie de toute la ville et mon père prétend que cette harmonie, avec ses bois et ses cuivres, peut lutter avec n'importe quel orchestre qui, comme l'on sait, possède pourtant des violons, des altos, des violoncelles, bref : des cordes.

Les bois et les cuivres cheminots ont le velouté, le fondu, la souplesse des cordes étrangers. J'ai appris ça en tétant. Dans la caste, c'est un article de foi qui ne souffre pas de restriction et au fond cela me paraît tout naturel car il est bien entendu, une fois pour toutes, que le cheminot est l'homme le plus consciencieux, le plus discipliné, je n'ose dire le plus cultivé, car on se doute bien que ces gens qui passent une nuit sur cinq dans un lit et deux fois sur trois dans un lit qui n'est pas le leur, ne peuvent consacrer de longs loisirs à se cultiver, mais c'est bien l'Harmonie P.L.M. qui, seule dans toute la ville, pourtant capitale artistique, ose s'attaquer à Wagner et à Berlioz, Wagner surtout dont on nous annonce, lors de notre inscription, que nous allons travailler *Le Crépuscule des dieux*. Jamais l'orchestre du Conservatoire n'a eu la possibilité, ou l'audace, de le faire ; les cheminots le font, ils sont plus de cent cinquante exécutants.

Mon entrée dans cette fameuse vie libre et tranquille promise par l'oncle est donc marquée par de grandioses bouleversements. Par exemple, mon père qui vient de découper dans le journal local le programme de la saison lyrique du théâtre municipal m'annonce que, cette année — ma treizième —, si je travaille bien, je pourrai assister à la représentation de *Lakmé*, de Léo Delibes, de *Manon*, de Massenet, de *Werther* et d'abord, bien entendu, de *Faust*, que mes parents entendent au moins une fois chaque année, traditionnellement, depuis leur mariage, et que mon père connaît par cœur, mesure par mesure, aussi bien la partition d'orchestre que les grands airs et les récitatifs [1]. C'est normal, il entend tout le répertoire chaque

1. Voir *Le Maître du bonheur, op. cit.*, p. 85.

année depuis sa jeunesse, l'oncle Mon-Jules aussi, tout gratte-tube de deuxième classe qu'il soit. Cela aussi c'est la tradition cheminote de cette époque. La moindre ville de province a son théâtre avec une troupe d'opérette, une troupe d'opéra-comique et une troupe d'opéra, que l'on renforce, il est vrai, d'une célébrité en représentations dans les grandes circonstances, et chez nous il est normal que les jeunes fréquentent ce fameux répertoire dès que le duvet leur pousse.

Il y a même deux trains omnibus, un dans le sens pair et un dans le sens impair, qui quittent la gare de Dijon-Ville à minuit vingt-deux les soirs de représentation pour permettre aux gens de la ligne (celle de Paris à Lyon et à Marseille) de rentrer chez eux après l'opéra. Pour ma part, avant mon certificat d'études, je n'ai encore vu que *Mignon, La Poupée,* le ballet de *Coppélia* et *La Flûte enchantée.* Éblouissement, certes. Cette magie de la scène et du costume me donne la fièvre mais, comme mes parents, je peux parfaitement me passer des costumes et des décors pour n'écouter que la grande voix de l'orchestre. Rien que de l'entendre s'accorder me met en transe c'est pourquoi les soirs de répétition de l'Harmonie des cheminots sont pour moi de grands moments, surtout auprès de Marcel Dulot qui a choisi la clarinette, moi le hautbois. Le hautbois a une voix émouvante qui me retourne les tripes.

Marie Dulot, elle aussi, vient aux répétitions de l'Harmonie, uniquement pour apprendre la musique et la flûte traversière, mais certainement pas pour défiler en uniforme ou paraître sur le kiosque aux concerts publics, ce qui n'est pas convenable pour une jeune fille. Pourtant elle est bien jolie lorsqu'elle met sur sa tête la casquette de son frère ou la mienne.

Par une sacrée journée d'hiver, le grand-père Louis arriva un jour par l'omnibus du matin. Il était convoqué par l'ingénieur de la Voie, « son » ingénieur, car il venait d'être le héros d'une aventure sensationnelle qui, pour la communauté cheminote tout entière, dépassait en importance tous les autres événements politiques et diplomatiques mondiaux survenus depuis la prise de Constantinople.

Il faut dire que, pour la fin de sa carrière, on l'avait nommé chef de canton sans déplacement. Un avancement sur place était une chose si rare aux Chemins de fer que c'était la première fois que j'en entendais parler. Mon grand-père Louis en avait été le premier surpris et en avait immédiatement informé toute la famille en disant qu'il venait de recevoir son bâton de maréchal sans seulement quitter sa barrière. Pendant l'année qu'il lui restait à faire, il serait chef de canton, et ce canton englobait le célèbre tunnel de Blaisy, beaucoup plus célèbre que la tour Eiffel et plus admirable que les trois Pyramides, tout au moins dans notre coterie.

Le premier contact qu'il eut avec ce tunnel fut extraordinaire et, à cette occasion, il dépassa d'un coup le Grand Ferré, Du Guesclin, le Tambour d'Arcole, et Napoléon lui-même, et bien d'autres encore. Qu'on en juge :

Il faisait sa tournée dans le tunnel. D'un pas solide, il marchait sur le rail droit de voie 2, s'appuyant de la main droite sur sa canne ferrée ; son pas résonnait régulièrement sous cette voûte parabolique de cinq kilomètres de long qui, comme il le répétait au moins une fois par jour, permettait à la ligne impériale de franchir à travers la montagne de Blaisy le sommet qui sépare la Manche de la Méditerranée.

Il allait lentement car il lui fallait inspecter rails et traverses sans pour autant oublier de jeter un coup d'œil à la voûte, où des concrétions calcaires et des petites stalactites suintaient goutte à goutte, prouvant que la montagne était, selon son expression, un vrai château d'eau.

— Chaque fois que je faisais ma tournée, devait-il dire plus tard, je pensais à ces difficultés que les perceurs de montagnes avaient eues là, en 1848-1849, et surtout à ces incessants glissements de terrain, à ces rivières souterraines qui avaient creusé des gouffres sous le rail, même dans le passé, quand tout à coup, en posant ma canne, je sens le ballast qui croule. J'appuie, ma canne s'enfonce. J'appuie encore, toute la canne y passe. Je me couche sur le rail, mon bras y passe aussi. Je tends l'oreille, j'entends une dégringolade de cailloux, c'était le ballast qui foutait le camp, et, tout au fond du gouffre, un bruit de cataracte. De l'eau ! Oui, une rivière passait par là, au fond d'une espèce de caverne, et c'était elle qui avait miné le ballast. Je balance ma canne au bout de mon bras : c'est le vide. Avec ma ficelle, j'attache un tire-fond qui traînait par là, et je le laisse descendre dans le trou. Ça se balance comme un balancier d'horloge et ça tape de chaque côté sur les parois d'un trou. Cré cinq cents dieux ! La voie avec son platelage enjambe un vide d'un mètre de long et cinquante centimètres de large mais de dix, vingt, trente mètres de profondeur ! La ligne est suspendue au-dessus d'un précipice !

« Ah ! Mes amis ! On parle des champions de course à pied ? Battus que je les ai, battus à plate couture, pour aller poser mes pétards à la D.R. * sur voie deux. J'ai couru comme ça sur deux kilomètres de ballast, dans le noir du tunnel, avec ma lanterne à la main. Je savais que le 2002 devait passer dans les dix minutes sur la même voie. Je suis

* Distance réglementaire.

arrivé à la sortie sud du souterrain pendant qu'il sortait du petit tunnel de Malain.

« Cré vingt dieux ! J'ai posé mes pétards alors qu'il était à moins de cent mètres de moi. Il montait dare-dare la rampe de huit, et à peine je m'étais relevé que j'ai senti le vent des tampons à mes oreilles et j'ai agité ma lanterne comme un fou. Les pétards m'ont presque pété au nez. Je n'entendais plus rien mais j'ai vu les étincelles qui giclaient des sabots de freins, et j'ai compris que le mécanicien avait énergiquement fait le nécessaire. Le train était maté de main de maître, mais restait à arrêter la circulation sur la voie 1 à plus de cinq kilomètres en amont, il fallait couper toute circulation dans les deux sens, rien ne me disait que la voie 1 n'était pas sapée elle aussi. Alors, en deux secondes, j'ai repassé dans ma tête la marche des trains. J'étais sûr que la première circulation sur voie impaire était le 4005, qui ne se pointerait que dans vingt-trois minutes. Une chance que c'était le moment creux de la journée ! Si ça avait été pendant une batterie de rapides qu'est-ce que j'aurais pu faire ?

« Avec le chef de train du 2002 qui courait lui aussi couvrir son train, j'ai cavalé jusqu'à la gare de Malain, le gars du poste a passé un coup de Jousselin à Blaisy : "Arrêtez toute circulation venant sur moi", et le tour était joué... Je pouvais souffler * !

Il fallait entendre le bonhomme raconter ça, on aurait cru entendre l'Antoine Vigot racontant sa bataille de Reichshoffen, ou plutôt le maréchal Joffre racontant Verdun. C'était épique.

En vérité, c'était un événement important qui

* A cette époque, les communications entre les postes de signaux étaient réalisées sur le P.L.M. par un appareil électrique appelé Jousselin qui passait les messages au moyen de combinaisons très simples, de sonneries. Le téléphone a été installé, je crois, tout de suite après.

paralysa la grande ligne pendant de longs mois ; elle était coupée en plein cœur du tunnel, et les trains furent longtemps détournés par des itinéraires impossibles, car le tunnel de Blaisy était le seul goulet entre Paris et Dijon, et pour l'éviter il fallait aller tourner par Troyes ou par Nevers.

Cette grandiose intervention du grand-père lui valut son ultime avancement, mais l'éboulement remit les fameuses Mountain en accusation, tout au moins dans notre milieu. Je ne crois pas que les journaux en parlèrent ; on prétendit même que l'ordre leur vint d'en haut de n'en souffler mot. Il y eut des articles très scientifiques sur l'érosion souterraine des rivières dans le bathonien et dans le bajocien (n'y avait-il pas dans la région de nombreux gouffres comme celui de Pâques, tout proche ?). Ce fut tout.

Mais chez les cheminots ce fut, pendant longtemps, le thème de toutes les conversations.

A la maison, les deux clans se reconstituèrent, la Voie d'une part, la Traction d'autre part, je dirais même : les jaunes d'un côté, les rouges de l'autre, car, curieusement, ces clans se superposaient presque parfaitement. Pour la Voie, il était évident que c'étaient ces diables de Mountain qui, à force de pilonner, avaient ébranlé toute la montagne de Blaisy, que l'on pouvait s'attendre à ce que les viaducs tombassent sous peu en poussière, que sans tarder toutes les infrastructures et les superstructures allaient s'effondrer par la faute de ces engins de traction trop lourds et trop sophistiqués, imaginés et construits par des génies excessifs, des techniciens éthérés, qui ne pensaient qu'à augmenter vitesse et puissance.

Pour la Traction, au contraire, cela prouvait l'incompétence du service de la Voie, incapable de bâtir et d'entretenir des voies qui puissent résister au passage d'une locomotive.

— Vous faites des machines trop lourdes et vous n'êtes pas capables d'obtenir la puissance sans augmenter le poids !

— Vous faites des voies trop fragiles et vous ne pouvez pas suivre le progrès qui est aux locomotives lourdes !

Et ainsi de suite.

Le dernier mot revenait au grand-père Louis qui pouvait dire :

— En tout cas, je vous prie de croire que j'ai eu des sueurs froides quand j'ai compris qu'à cet endroit-là, sous moi, il y avait un précipice avec un torrent au fond et que, pour supporter les 18,5 tonnes par essieu de vos Mountain, il n'y avait plus que deux rails et que deux traverses posées sur le vide.

Je ne sais pas si le grand-père Louis n'exagérait pas un peu, mais la voie fut coupée longtemps, et l'on déversa des centaines et des centaines de tonnes de béton dans cette espèce de tonneau des Danaïdes, cette dent gâtée au cœur du massif bourguignon. Et enfin, au cours des années qui suivirent, le bruit courut qu'on modifiait les Mountain. Il n'en fallait pas plus pour provoquer les sarcasmes des détracteurs. Un ricanement discret mais puissant monta des postes de roulants. Le grand-père-grandes-roues ne disait rien, par respect pour ses ingénieurs, mais mes oncles, qui n'avaient pas encore eu l'honneur d'être affectés à l'une de ces machines, ricanaient à chacune de ces modifications :

— Ha ! Ha ! Voilà maintenant qu'on change leur faisceau tubulaire. Je l'avais bien dit ! disait l'un.

— Ha ! Ha ! Voilà enfin que l'on change leur mécanisme, et que l'on fout un essieu coudé polybloc, autoéquilibré ! disait l'autre.

L'oncle Mon-Jules surenchérissait :

— Ha ! Ha ! Voilà que la 241 A 19 va recevoir une

distribution Dabeg à cames rotatives! Et que la A 25 reçoit une distribution à soupapes Caprotti! Et que les contre-manivelles et bielles de commande du secteur sont reportées du deuxième au troisième essieu, comme je l'ai toujours préconisé!...

Avec tous ces changements dont l'importance m'échappait mais qui faisaient jaser les seigneurs, la 241 A devenait tout doucement la 241 B, puis la 241 C. Pour moi, la modification la plus fâcheuse fut la suppression du paraboloïde de Prandtl, cet avant en cône renflé qui faisait ressembler la Mountain à un cigare londrès et lui donnait ce profil aérodynamique si particulier.

C'est d'ailleurs pour la Mountain, je crois bien, que fut employé pour la première fois, et peut-être inventé, ce mot stupide et mal construit : « aérodynamique », qui dit à peu près le contraire de ce qu'il veut dire. « Encore un de ces mots fabriqués à la hâte par les cuistres », comme disait M. Trahard, mon professeur de français.

C'est dans cette fièvre de contestation technique si chère aux cheminots que nous mîmes la dernière main à nos plans de l'attelage automatique, qui était finalement, nous en étions convaincus, la grande affaire du siècle. Marcel Dulot se réservait de montrer ses perfectionnements à M. Paulin lorsqu'il nous convoquerait pour nous donner son avis, comme il l'avait promis.

Hélas, cette convocation tardait à venir. Nous décidâmes donc d'en parler au grand-père-grandes-roues qui, un jour, revint du « Café de l'Arquebuse » avec un sourire narquois : M. Paulin venait de se marier!

— A quatre-vingt-quinze ans! clamait mon bonhomme. A quatre-vingt-quinze ans se marier avec une jeunette de quarante-huit ans, c'est-y pas beau, ça, hein ? Voilà comme on est, nous, les chevaliers du chaudron !

Il regardait en coin ma grand-mère Céline et ajoutait, l'œil plissé :

— Ça me donne de l'espoir pour mes vieux jours !

Et tout le monde riait de tout cœur, sauf Marcel Dulot qui, toujours très grave, serrait les dents en silence. Un peu plus tard il me dit :

— Ce n'est pas parce qu'il vient de se marier qu'il va abandonner l'étude de nos plans, il ne passe pas tout son temps à bichonner sa... jeune personne !

Mais quelques jours plus tard, lorsque mon grand-père, tout émoustillé par ces amours ancillaires (pour lui, Paulin épousait tout simplement sa bonne), évoquait la nuit de noces du vieux saint-simonien, il conclut en grinçant :

— Elle va le tuer, la garce !

Marcel Dulot sursauta :

— Mais alors, et notre attelage automatique, qu'est-ce qu'il va devenir dans tout ça ?

Et le grand-père continuait sur sa lancée :

— Et se marier ! Mais avait-il besoin de se marier ? Un saint-simonien de la stricte observance, je vous demande un peu ! Des gens qui prônaient l'union libre et la communauté sexuelle ! Car Paulin était un disciple du Père Enfantin ! Il paraît qu'il aurait même été de la Communauté de Ménilmontant, il n'a jamais été marié de sa vie, je le tiens de sa propre bouche, et voilà qu'à quatre-vingt-quinze ans, la première jeunette venue lui pose le grappin dessus et vous le marie en douceur. Ah ! Il s'est ben laissé avoir ! Il s'est laissé aller ! Quelle déchéance pour un confrère ! Enfin, il est gâteux, c'est pardonnable.

Ma grand-mère, amusée, lançait :

— Mais toi, tu t'es ben laissé aller aussi, que je sache, t'as pas attendu d'être nonagénaire, tu n'avais que vingt-sept ans quand tu m'as traînée devant maire et curé, tu étais impardonnable !

Alors le grand-père se redresse, frise sa moustache qui se dépoile un peu et, prenant ma grand-mère par la taille :

— C'est que, vois-tu, ma toute belle princesse, il y avait toi, et toi t'aurais foutu en l'air la Communauté de Ménilmontant et relevé de ses vœux le pape lui-même *.

Et il enchaîne avec son entrain et sa truculence de Bourguignon salé :

— Il faut avouer qu'en vieillissant les idées sur l'amour s'éclaircissent et que, les loisirs de la retraite aidant, on apprécie de plus en plus les aises du conjugo, hein, princesse ? Rappelle-toi, avec ce foutu métier, on ne couchait ensemble que toutes les trois ou quatre nuits, et depuis ma retraite, cré bon nom, on couche ensemble tous les soirs, ça fait déjà un bon moment de lune de miel, hein ? On se rattrape !

La grand-mère rougit et s'enfuit dans son minuscule évier [1], où elle feint de tripoter la vaisselle. Marcel Dulot, qui est présent, ne rit pas ; je ne l'ai jamais vu rire une seule fois depuis l'accident de son père, et puis il est franc-comtois du Haut-Jura, sa race est plus grave et plus tenace que la nôtre. Il attend patiemment, l'air buté, que la vague intempestive de bonne humeur soit retombée, et il enchaîne :

— Il faut que nous allions le voir.

Donc, nous décidons de lui faire une visite le soir même.

Nous y allons. L'« aimable jeune personne » nous reçoit à la porte :

* Il s'agit certainement, dans sa pensée, du pape de la religion saint-simonienne, le Père Enfantin. Prosper pour les dames.

1. Expression familiale désignant la souillarde.

— M. Paulin est très malade. Il est impossible de le voir.

Marcel rage :

— Elle va le tuer, oui, sûr ! Ton grand-père avait raison, elle va le tuer ! Notre affaire va tomber à l'eau.

Nous allons en parler au pépère grandes-roues et lui faisons part de nos craintes. Il réfléchit longuement, sourit en coin, et nous livre le résultat de sa méditation :

— Non, elle ne le tuera pas ! Elle n'a pas intérêt ! Cette femme n'a épousé Paulin que pour se faire une fin. C'est une vieille peau, elle s'est dit : « Voilà bien l'homme qu'il me faut, un ingénieur en retraite, une retraite confortable, c'est l'oiseau rare. » Mais attention, garçons, la retraite n'est réversible sur l'épouse survivante que si elle a au moins six mois de mariage avec le retraité. Alors, je pense qu'elle le prolongera au moins encore six mois... Et puis le vieux Paulin est encore solide, faut pas croire, vous autres jeunots, qu'on n'est plus bon au lit quand on a passé l'âge canonique.

— L'âge canonique ? demande Marcel.

— Ben, l'âge de la retraite. On vous met de côté, mais ça ne veut pas dire qu'on n'est plus bon à rien, hein, au contraire, on commence seulement à comprendre la vie.

Cette retraite ! On ne parle que de ça chez les cheminots : « Quand je serai en retraite... » « Depuis que je suis en retraite... » Ah, nous la faisons sonner haut, notre retraite, et nous nous étonnons que tout le monde en soit jaloux !

Bref, l'étonnant mariage d'un ingénieur saint-simonien quasi centenaire retardera encore la mise en application de l'invention la plus noble, la plus utile, la plus généreuse que l'humanité aura connue depuis celle de la roue.

Nous nous emportons, Marcel et moi :

— C'est toujours ainsi ! L'argent ! La science ! Tout pour le progrès technique, et rien ou si peu pour le confort de l'homme ! On a mis cinquante ans pour imaginer et admettre sur les locomotives un abri pour l'équipe ! « Jusques à quand, Catilina, abuseras-tu de notre patience ? » Il faut agir ! Frapper fort, aller trouver l'ingénieur, non pas ce vieil ingénieur libidineux et faisandé, mais l'ingénieur en activité.

Dans la chaleur de notre réquisitoire, je lance :

— Et pourquoi pas les syndicats ?

Marcel Dulot fait la grimace :

— Les syndicats ? Hum ! J'ai bien peur qu'ils n'aient guère le temps de s'occuper de ça. Ah, si on venait leur parler d'un nouveau système d'agitation politique, ou d'un procédé de grève inédit, ou de créer une fédération anarcho-syndicaliste nouvelle, ils feraient attention à nous !

Je regarde mon camarade ; est-ce possible que ce soit lui, Marcel Dulot, qui mette ainsi en doute la générosité et, disons-le, la sincérité des syndicats ? Collégien d'à peine seize ans, aurait-il déjà admis ce que mon père rabâche à longueur de journée, que les syndicats en France n'ont que des intentions politiques et aucune préoccupation professionnelle ? Bien pis, le voilà qui se met à me faire un résumé de ce que mes oncles appellent l'action syndicale :

— Comment attendre quelque chose de sérieux des syndicats ? Ils s'occupent de s'engueuler entre eux, et c'est Hébert et Boiry qui veulent fusionner la C.G.T. et la C.G.T.U. après les avoir séparées ! Et c'est les anarcho-syndicalistes qui quittent la fédération soi-disant unitaire, avec Chavrot et Bénard à Paris, Devaux et Trigot à Lyon, et qui se séparent en fondant, bien entendu, la Fédération autonome des cheminots... Ils veulent tous être présidents d'une fédération, et ils seront tous présidents lorsqu'il y aura autant de syndicats que de syndiqués !

— Mais c'est de l'histoire ancienne que tu nous récites là ! dis-je.

— Ces derniers maquignonnages remontent à pas plus tard que l'année dernière, mon cher ! Et en ce moment la Fédération autonome refuse de réaliser l'unité avec les confédérés et avec les unitaires, et tous ne parlent que d'unité, mais chacun veut conserver sa position, son indépendance, etc. On n'a pas fini de les voir se manger le nez.

— « D'où vous vient aujourd'hui ce noir pressentiment ? » ne puis-je m'empêcher de lui déclamer, car nous venons de décortiquer *Athalie* et de traduire les *Catilinaires*. César aurait-il raison, lorsqu'il fait ce portrait des Gaulois : « Quand il y a quatre Gaulois, il y a quatre partis » (car nous avons traduit aussi l'année dernière le *De bello gallico*).

Marcel Dulot fait le geste d'envoyer tout ça pardessus son épaule.

— Eh ben, j'en ai rien à foutre de toutes ces combinaisons ! Moi, ce que je cherche, c'est à inventer l'attelage automatique et à le faire poser sur tous les véhicules du chemin de fer, tu entends ? TOUS les véhicules : wagons de marchandises, voitures de voyageurs, tous sans exception, j'y consacrerai ma vie s'il le faut mais un jour viendra où plus jamais, plus jamais, tu m'entends, un homme n'entrera entre les tampons.

Sur ce, Marcel Dulot me prend par le revers de ma veste, la première veste que j'aie jamais eue, une vraie veste, achetée chez un vrai marchand de vestes.

— Nous retournons à l'instant chez M. Paulin ! dit-il. Cette femme ne peut pas toujours monter la garde autour de son ingénieur, nous attendrons qu'elle sorte pour aller au marché ou faire pisser ses chats, mais nous le verrons et nous en aurons le cœur net !

C'est mardi, justement jour de marché.

Nous montons sur le Rempart de la Miséricorde et nous nous blottissons, pour monter bonne garde, dans un recoin de cette rue curieuse, qui longe par la droite les voies du chemin de fer et par la gauche le rebord du Rempart. Nous avons projeté de nous dissimuler à un endroit d'où l'on voit en contrebas les cours et les classes de l'école pratique de jeunes filles. Nous connaissons bien le coin pour nous y être mis à l'affût une ou deux fois, pour faire des signaux aux dites jeunes filles, dont les plus hardies viennent se mettre aux fenêtres de ce qui doit être un vestiaire ou un laboratoire, pour flirter, de loin, avec les garçons.

Nous nous approchons, et à la porte de l'immeuble où habite M. Paulin nous apercevons des préparatifs funèbres. La porte d'entrée est encadrée de ce drapé de drap noir qui indique qu'une personne est morte dans la maison.

Dulot me prend par le bras :

— Je m'en doutais, souffle-t-il.

Nous avançons sur la pointe des pieds ; dans l'écusson de la draperie funèbre nous lisons un « P » majuscule, brodé d'argent.

— « P » ! Paulin ! C'est lui qui est mort ! crie Marcel qui fait demi-tour et amorce une retraite précoce.

Je le retiens en lui disant :

— Allons voir.

On monte l'escalier ; deux employés des pompes funèbres finissent de draper le rideau noir, nous leur demandons qui est mort dans la maison, est-ce M. Paulin ?

— C'est au nom de Paulin, en effet, répond le chef.

— Voilà bien notre chance, soupire Marcel Dulot, juste au moment où cet homme allait s'occuper de nous.

Nous montons au premier étage ; la porte de M. Paulin est ouverte et, dans le vestibule, nous voyons un cercueil autour duquel deux croque-morts sont en train de dresser une chapelle ardente, mais tout à coup M. Paulin, en redingote noire, nous apparaît. Nous avons un geste d'effroi.

— Chers jeunes gens, larmoie-t-il en nous serrant les mains, votre visite est d'un grand réconfort pour moi. Merci, merci, merci !

Nous restons figés. Il continue :

— Cette pauvre chère amie est morte subitement, un mois après notre mariage, une si belle et si vigoureuse personne ! Qui l'aurait cru, en la voyant si belle et si pleine de vie !

Nous comprenons que c'est la « jeune et aimable personne » à la poitrine si admirable, à la peau si fine et si délicate, qui est étendue là, dans ce cercueil. Le vieil ingénieur, hier encore goutteux et podagre, va et vient devant nous à grandes enjambées. Il a l'air si bouleversé que, bien sûr, nous n'osons lui demander des nouvelles de nos plans, ce sera pour la prochaine fois. Nous nous retirons, soulagés de voir notre protecteur bien vivant, et non sans avoir cherché vainement le récipient d'eau bénite pour en asperger quatre gouttes, au nom du Père, du Fils et du Saint-Esprit, Ainsi soit-il. M. Paulin s'en aperçoit.

— Ma chère épouse, je pense, n'aurait pas permis des obsèques religieuses, elle était si sincère et si rigoureuse, une vraie saint-simonienne !

Cette fois nous battons en retraite en désordre. Arrivés dehors, Marcel Dulot s'écrie, souriant :

— J'aime mieux ça. Nous reviendrons.

Lorsque nous apprenons la mort de Mme Paulin au grand-père, sa figure s'éclaire presque d'un sourire triomphal :

— Tant mieux ! Je suis bien content ! La garce ne l'a pas eu, ni lui, ni sa retraite !

Comme nous le regardons sans doute avec un air de reproche, il explique, techniquement :

— Ces très jeunes femmes qui jettent le grappin sur un très vieux cheminot, c'est la ruine de notre Caisse de retraite. Voyez un peu, elle n'avait que quarante-huit ans, elle pouvait survivre à son époux pendant plus de trente ans, la caisse allait donc, pendant plus de trente ans, verser une pension de réversion à une femme qui n'avait de rapport avec la coterie cheminote que d'avoir fait la retape pendant trente ans dans le quartier de la gare ; elle a probablement consolé de nombreux cheminots perdus loin de leur foyer, mais c'est tout de même une étrangère !

Cette réflexion cruelle et choquante me trotte par la tête, pendant que Marcel et le vieux continuent à parler de l'attelage automatique. Le pépère-grandes-roues a d'ailleurs appris que des tentatives avaient été faites à ce sujet, en Amérique, à coup sûr, et en France aussi, mais ça n'a jamais eu de suite, paraît-il. Pourquoi ? Va savoir ! Peut-être une question de prix de revient, les compagnies ont peut-être fait le calcul ? Équiper tous les véhicules coûte peut-être plus cher que de payer les pensions aux veuves et aux orphelins ?

Marcel Dulot bondit.

— Mais c'est honteux !

Le grand-père s'aperçoit qu'il est allé trop loin.

— Tu sais, dit-il d'un air navré, dans la vie d'aujourd'hui, tout n'est qu'une question de prix de revient.

Marcel a l'air de méditer gravement cette terrible affirmation du bonhomme, il le regarde comme un monstre pendant que le vieux bourre sa pipe Job, dont le fourneau sculpté représente une tête de turco. Je sais bien que les gueules noires ont des idées très avancées et violemment contestataires, mais oser dire des choses pareilles me semble inacceptable. A l'école, et surtout au catéchisme, on nous a toujours dit que la société, depuis la prise de la Bastille, bien entendu, était bonne, qu'elle s'organisait en fonction de l'homme et dans son intérêt, et ça nous plaît ainsi. Tout d'un coup, brutalement, le grand-père met les pieds dans le plat, comme on dit. Je passe un très mauvais moment.

— Vous croyez ? dit Marcel.

Le grand-père tire sur sa pipe sans mot dire. Moi, je reviens à la première réflexion, celle qu'il a faite au sujet des cheminots perdus loin de leur foyer, qui cherchent consolation auprès d'autres femmes que la leur :

— On dit que les roulants ont souvent deux ménages, et même plusieurs, une femme dans chaque gare, comme les marins ?

Le grand-père éclate de rire :

— T'en va pas croire ça, bonhomme ! On dit bien des bêtises sur nous parce que nous ne sommes pas des gens comme les autres, mais réfléchis un peu : quand on vient de faire trois cents kilomètres sur une bouzine, roulé toute la nuit, manipulé trois ou quatre tonnes de charbon, jeté le feu, briqué la machine, graissé et tout, on ne pense qu'à manger un bon frichti et gagner un bon lit à une place ! A ce moment-là, les bonnes femmes sont le dernier de nos soucis.

Il se gratte la tête avec la main qui tient la pipe :

— ... Je ne dis pas que certains ne donnent pas, de temps en temps, un petit coup de canif au contrat, mais ils sont probablement moins nombreux que dans les autres professions de fainéants...

Pour lui, toutes les professions sont des professions de fainéants, et particulièrement celles de l'Exploitation. Il nous dévisage, l'air étonné :

— Je vous dis tout ça, ajoute-t-il, parce que vous êtes presque des hommes et qu'il faut bien que quelqu'un vous le dise. Autant que ce soit moi!... Vous avez l'âge de savoir, vous déduirez.

— Ce qui est sûr, dit Marcel, c'est que notre attelage automatique est sur voie de garage!

Le grand-père s'emporte alors :

— Mais ne vous impatientez pas comme ça, mes petits enfants! Le Bon Dieu n'a pas fait le monde en un jour! Prenez patience, avant que vos plans soient montés à Paris, qu'ils aient passé dans tous les bureaux et que votre attelage automatique soit monté sur tous les véhicules, on aura le temps d'être noyés sous trois déluges! Vous ne connaissez pas encore la Maison!...

Nous attendîmes sagement, mais avec impatience, que le premier choc du veuvage fût passé (très arbitrairement, nous estimions que trois semaines étaient suffisantes pour consoler un jeune marié de quatre-vingt-quinze ans) et nous nous rendîmes chez lui pour parler de notre cher attelage automatique.

Arrivés sur le Rempart de la Miséricorde, nous crûmes à une mystification, ou à un mirage : la porte de l'immeuble était, de nouveau, encadrée de la draperie mortuaire et l'écusson portait, comme trois semaines plus tôt, la lettre P, les mêmes croque-morts s'affairaient dans l'appartement de M. Paulin. Ils nous reconnurent et le chef nous dit :

— Eh oui, voyez-vous, messieurs, il a suivi sa femme de très près!

— A voie libre [1]!... soupirâmes-nous en chœur.

1. Expression ferroviaire, utilisée par les cheminots dans la vie quotidienne et signifiant « dans la foulée », sans attendre que la voie soit occupée par un autre train.

Nous trouvâmes dans la maison un couple inconnu qui s'excusa de ne pas nous offrir d'eau bénite, le défunt ayant formellement exigé des obsèques civiles :

— Pas de curé ! Surtout pas de curé ! aurait-il dit.

— Oui, nous savons ! dit gravement Marcel.

J'ajoutai :

— C'est bien normal. C'est la tradition dans le milieu saint-simonien !

L'homme et la femme se regardèrent avec des yeux ronds. Ils ne savaient pas ce qu'était un saint-simonien. C'étaient donc des « étrangers » — des « civils » — ce qui nous fit craindre le pire pour nos projets d'attelage automatique, car peut-on s'intéresser à cette invention capitale qu'est l'attelage automatique si l'on ne connaît pas les saint-simoniens ?

Et nous avions raison de craindre : aidés par ces deux personnes qui étaient des neveux de « Mme Paulin », nous ne trouvâmes pas notre cher dossier dans l'invraisemblable fatras de paperasses et de livres qui jonchait encore le sol et les meubles. Peut-être l'avait-il transmis dans les hautes sphères saint-simoniennes et ferroviaires, d'où il nous reviendrait sans doute avec une invitation à nous présenter chez un dirigeant du réseau pour y recevoir les compliments qui s'imposaient ? Nous perdîmes cet espoir lorsque ces deux héritiers indignes nous avouèrent avoir brûlé une grande quantité de « vieilles paperasses ».

En brassant cette énorme quantité de papiers, nous tombâmes d'ailleurs sur les *Prolégomènes du chemin de fer* d'Odilon Barrot, puis sur un exemplaire du *Socialisme et les jaunes,* de Biétry, sur lesquels nous nous jetâmes comme la vérole sur notre glorieuse armée coloniale.

Deux heures plus tard, les neveux de Mme Paulin nous ayant demandé de veiller le mort pendant qu'ils allaient faire les dernières démarches, nous nous trouvâmes, Marcel et moi, assis sur le sol au milieu d'un monceau de livres, en train de lire, avec la passion que l'on devine, *La Condition de l'employé de chemin de fer,* d'Ayliès, publié en 1885, et surtout le célèbre *Système industriel,* de M. de Saint-Simon lui-même, alors que sur son lit, encore surélevé sur des piles de briques, M. Paulin, raide et froid, les mains posées à plat sur sa poitrine, et non jointes, comme il se doit pour un libre penseur, assistait à la mise en tête du rapide d'Italie de la triomphante 241 A46, qui venait d'être livrée au dépôt de Perrigny, et qui, par sa seule présence, repoussait dans les brumes d'un avenir hypothétique et ridicule le spectre hideux de l'électrification.

Nous en étions là de nos découvertes, près du corps de notre vieil ami, lorsque le docteur Petitjean arriva pour délivrer le permis d'inhumer. Il nous reconnut, car c'était le « médecin de la Compagnie » qui nous avait soignés depuis notre naissance et nous avait aidés à attendre patiemment que nos principales maladies infantiles et pubertaires, à Marcel et à moi, fussent liquidées.

C'était un brave grand-père, un de ces médecins tout dévoués au chemin de fer et à la cause cheminote, qui soignait gratuitement les agents et, à un tarif réduit, les membres de leur famille, et que la Compagnie P.L.M. récompensait en ajoutant à leurs émoluments la gratuité totale de leurs voyages en 1re classe. Noble institution patronale qui, comme on voit, devançait de près d'un siècle, mais pour les cheminots seulement, celle de la Sécurité sociale dont on croit trop volontiers qu'elle a été inventée par le gouvernement de Front populaire.

Avant même de jeter un coup d'œil sur le mort — il avait le temps d'attendre —, ce brave médecin s'enthousiasma que deux jeunes hommes se passionnassent pour la littérature ferroviaire et pour les archives d'un de ces saint-simoniens à qui plus personne ne s'intéressait. Il fut bientôt lui-même à quatre pattes parmi les parchemins et les vieux bouquins, poussant des cris de joie lorsqu'il trouva un exemplaire très rare du *Parcours général des chemins de fer* de Louis Barre, et *La Situation matérielle et juridique des employés de chemin de fer* de Dominguez, qu'il cherchait, paraît-il, depuis dix ans.

Il m'apparut ainsi bien plus cheminot que médecin, ce qui était le cas le plus fréquent dans ce corps médical très particulier, créé par et pour notre étrange coterie. Il était tellement exalté de trouver ces documents qu'il entreprit avec nous une conversation merveilleuse sur les Mountain en général et cette 241 B 1 en particulier, qui, en tête du rapide de Milan, faisait alors un démarrage en souplesse et passait sous la fenêtre du mort. On aurait dit qu'elle lui rendait hommage au passage, en quelque sorte, en l'encensant de ses plus belles volutes de vapeur.

Nous avions tous trois contourné le lit mortuaire pour nous accouder au balcon, afin d'assister à ce spectacle merveilleux.

Le docteur, très grave, nous fit sur cette locomotive une sorte de cours d'anatomie, en nous détaillant ses trois chaudières, son circuit primaire en récipient clos, timbré à 110 hectopièzes [1], son circuit secondaire à 60 hectopièzes, et sa chaudière à basse pression, « de 14 hectopièzes seulement ». Comme dans un amphithéâtre d'anatomie, il nous expliqua le jeu des échanges de vapeur entre ces trois circuits, de haute et basse pressions.

1. Pression de cent pièzes, le pièze étant l'unité de mesure de pression.

Arrivé là, il ne put s'empêcher de faire allusion, comme bien l'on pense, à un inconvénient de conduite que l'on commençait à déceler sur cette 241 B, à savoir que, contrairement aux prévisions du constructeur, la pression du circuit primaire dépassait souvent les 100 kilos au centimètre carré et faisait alors fonctionner les soupapes.

Je ne pus m'empêcher de l'interrompre pour lui dire :

— C'est probablement ce qui amène le chauffeur à conduire son feu avec beaucoup de difficulté, et souvent à ouvrir les portes du foyer, ou fermer les trappes du cendrier !

— Alors pourquoi, demanda Marcel, on ne ferait pas circuler la machine sans soupape ?

— Ou alors avec des soupapes chargées à 130 hectopièzes ? suggéra le docteur qui, tout à coup nous regardant, l'œil brillant, s'écria : Mais vous me semblez vous intéresser en connaisseurs aux questions techniques !

La conversation devait alors inévitablement tomber sur notre attelage automatique.

Une heure plus tard, après avoir délivré le permis d'inhumer, le docteur Petitjean nous dit :

— Messieurs, mettez au point vos plans et apportez-les-moi, je vous promets de m'en occuper.

A défaut de notre dossier, en quittant M. Paulin après la mise en bière, nous emportions une vingtaine de précieux volumes, exclusivement ferroviaires, dont le curieux *Mémoire contre le chemin de fer* de Louis Barre, et les célèbres *Lettres sur le chemin de fer* de Marc Seguin, mais surtout *Le Livre du peuple* et *L'Esclavage moderne* de Lamennais, et enfin, un exemplaire éculé, écorné, constellé d'annotations manuscrites de l'admirable *Paroles d'un croyant* dont parlait si souvent mon grand-père, et qui, bien qu'absolument inconnu aujourd'hui, me semble avoir été le bréviaire de tous les saint-simoniens et des gueules noires, bien avant *Le Capital* de Karl Marx.

Mais, surtout, nous emportions dans notre cœur un nouvel espoir, celui de voir triompher, par l'intermédiaire du médecin de la Compagnie, notre magnifique « attelage automatique ».

Cette corporation est extraordinaire. Je suis sur le Rempart de la Miséricorde, le nez entre deux de ces traverses plantées dans le sol du Rempart, qui constituent la clôture des emprises du chemin de fer. C'est mon observatoire préféré et, cinquante ans plus tard, je crois que si l'on y cherchait bien, on trouverait encore, à un certain endroit, l'empreinte de mes pieds dans le sol. Pareillement, en haut du petit mur des Perrières. Je suis donc là, guettant la 241 A 15, que je connais par cœur mais dont j'ai besoin de voir le dôme de vapeur habilement profilé et le paraboloïde conquérant. En raison de ses performances, elle est l'héroïne, la vedette de la ligne.

Nous sommes là une douzaine d'admirateurs de tous âges, tous de la coterie, à la regarder se pavaner et tortiller de la croupe sur les aiguilles de sortie. On dirait des chiens maigres subjugués, regardant se pavaner une belle levrette en chaleur. Elle passe presque en silence pour rejoindre, haut le pied, le dépôt, elle glisse au milieu des potences à signaux dressées dans le ciel gris, devant un paysage de ballasts, de rails, de fils de transmission, de baraquements, d'ateliers, et de stocks d'essieux alignés.

Paysage noir et inhumain, avec l'arrière-plan de

ces maisons noires de fumées, où les riverains sont contraints de maintenir leurs fenêtres continuellement fermées, sinon leur appartement serait aussi encrassé de suie que la boîte à fumée de la Mountain.

On ne peut rien toucher, dans le proche quartier, qui ne soit enduit d'une crasse noire et grasse, et dans le bol du déjeuner du matin, si l'on ouvre les fenêtres, on voit nager des petits flocons noirs, et même sur les draps dans l'armoire fermée.

Tout cela compose, je le sais, un paysage hideux, malsain, avilissant, et justifie amplement les critiques que les ennemis du rail ont formulées dès sa construction, autour de 1848, surtout que cet ensemble noirâtre est puant, composé de gares, de dépôts, de ferrailles, de voies de débord, d'ateliers, de fumées, et surtout de la ligne elle-même, qui pue comme une chiourme.

Tout cela, qui préfigure le monde industriel de demain qui se construit sous mes yeux, s'étale comme à plaisir devant le merveilleux décor formé par les toits roux de la vieille ville, dominé par les trois églises : Saint-Bénigne, au toit de tuiles vernissées qui devraient être brillantes comme émail, Saint-Philibert, avec sa flèche de pierre claire, sortie des carrières des Perrières, et aujourd'hui grise et lépreuse, et Saint-Jean, avec plus loin le dôme de cuivre de Sainte-Anne, et enfin le Palais des Ducs, plus loin encore. Et tout cet ensemble merveilleux est recouvert de cette même crasse noire, que les vents dominants d'ouest et de nord-ouest poussent vers cette pure merveille qu'est la capitale bourguignonne. Ce massacre s'est fait très lentement, certes, et petit à petit, depuis qu'en 1851 la première machine à vapeur est passée là-devant, et les gens ne s'en sont pas tellement aperçus, mais aujourd'hui, alors que j'arrive à l'âge d'homme et que mes yeux se sont ouverts, avec mes seize ans sonnés, je le reconnais : oui, notre chemin de fer, nos locomotives massacrent nos villes et nos paysages, non seulement le cadre de notre vie, mais notre vie même, personnelle, spirituelle, sentimentale, notre vie naturelle, et particulièrement celle des cheminots qui, les tout premiers, sont devenus les esclaves de ce monstre qui mène le monde.

Je n'ai que seize ans, mais je me l'avoue franchement, cette prodigieuse 231, avec ses vingt-deux énormes roues, ses embiellages brillants, rigoureux et impitoyables, son carénage impossible, son haleine fétide, ses déjections brûlantes, ses sueurs, ses crasses polluantes, sa silhouette tout compte fait disgracieuse et humainement inacceptable, sa puissance, son poids, ses monstrueuses possibilités, ses exigences, tout cela, je le reconnais volontiers dans le secret de mon cœur, constitue une injure à l'homme et à son cadre de vie.

Mais jamais je ne le dirai publiquement, et je continuerai même à le savourer parce que je l'aime. J'aime la puanteur des gares, l'abjecte odeur fumeuse des convois qui crient dans la nuit, les relents de graisse chaude, la ferraille, et je veux me consacrer à leur service. Pourquoi ? Qui le saura jamais ? Sans doute par fierté de participer à ce que l'on nomme : « Une grande chose. »

Et toute ma famille en est là. Mon grand-père, les bronches complètement rongées par les fumées corrosives, les poumons percés comme un vieux soufflet de forge, calciné, usé, grillé jusqu'aux os par l'inimaginable service du monstre, et mes oncles promis aux mêmes misères, je dirais volontiers aux mêmes sévices. Tout ce monde-là crie, hurle que ce métier est le dernier des derniers, qu'il faut avoir tué père et mère pour l'accepter, surtout pour cette paye de misère, que le diable ne réserve pas au pire des damnés des souffrances aussi atroces, et qu'en plus les patrons de cette infernale engeance sont des profiteurs, des exploiteurs au cœur de pierre, des bourgeois impavides, cupides, ou des ingénieurs maniaques, inféodés aux puissances d'argent...

Mais qu'une nouvelle 241 arrive au dépôt de Perrigny, et les voilà qui tous se précipitent aux palissades pour la voir avant tout le monde, se bousculent aux portes du « bureau de la feuille [1] » pour avoir l'honneur et le frisson de la conduire.

Qu'un article de presse attaque le chemin de fer, en lui opposant par exemple les avantages naissants de l'automobile en plein essor, et alors, tous ensemble, « gueules noires », gratte-tubes, ramougnats, « môssieus » de l'Exploitation, « chieurs d'encre » et « corbeaux de vigie », rouges et jaunes, tous font corps tout à coup pour vanter aux étrangers les merveilles de la vapeur, le prestige du rail, la valeur de ses ingénieurs, les prouesses inégalables de leur propre tortionnaire.

Oui, curieuse corporation.

D'ailleurs ces réflexions qui me viennent alors que je suis accroché aux clôtures de la ligne pour m'assouvir de cette laideur bien-aimée me sont tout simplement inspirées par toute une suite d'événements qui secouent le monde ferroviaire de l'époque. Le chemin de fer en plein essor et en prodigieuse expansion ne l'admettra jamais, et pourtant, des voitures automobiles appelées camions osent transporter des marchandises sur les routes, et certains osent entrevoir à brève échéance que ce trafic routier pourrait, dans une certaine mesure, remplacer celui du rail. Ce ne serait, disent certains, que le juste retour des choses ; les rouliers et les postillons ont bien été ruinés, il y a à peine cent ans, par le chemin de fer ?

1. Bureau où l'on remet leur feuille de route aux équipes de conduite.

C'est alors, dans le monde ferroviaire, un énorme éclat de rire : comment oser soutenir semblable paradoxe ? Un train, remorqué par une de ces nouvelles et superbes locomotives, peut transporter 500, 800, 1 000 tonnes de marchandises et même, avec le progrès certain de la traction à vapeur dans les dix années qui viennent, pourra-t-on doubler, tripler ces chiffres. Et pour tirer tout ça, de combien de personnes a-t-on besoin, je vous le demande ? Un mécanicien, un chauffeur, un chef de train. Les serre-freins eux-mêmes sont désormais inutiles, avec l'installation du frein continu sur tous les wagons.

Donc, trois personnes pour transporter 2 000 tonnes de marchandises à 100 à l'heure.

Et sur la route, comment transporte-t-on 2 000 tonnes de marchandises ? Il y faudrait au moins trois cents camions, donc trois cents chauffeurs, et trois cents camions autonomes, livrés à eux-mêmes sur la route, sans rail, sans signalisation, sans règlement général du mouvement, mettraient en péril les autres usagers de la route en provoquant d'innombrables accidents. Non, non, jamais personne n'oserait se lancer dans une telle entreprise, et surtout jamais les Français, la race la plus intelligente du monde, n'accepteraient semblable sottise ! Non, jamais un gouvernement sensé ne pourrait autoriser un tel gaspillage d'hommes et de matériel qui se traduirait par une augmentation stupide des prix de revient, donc des prix de vente, ce serait donc aussi une source énorme d'inflation et d'une augmentation catastrophique du coût de la vie.

Et pour les voyageurs, c'est encore pis : un train transporte 1 000 voyageurs ; l'allongement prévisible des rames, rendu possible par les progrès de la traction, permettrait bientôt d'en transporter 2 000, 3 000 même, et, pour transporter 2 000 personnes, il faudrait six ou sept cents automobiles. Le trafic quotidien des voyageurs de la seule gare de Paris-Lyon étant de 200 000 personnes, il faudrait 50 000 automobiles et 50 000 chauffeurs qui se disputeraient la sortie sud-est de Paris ; voyez un peu l'embouteillage et le prix de revient d'une telle folie ! Non, non, le chemin de fer est le seul transporteur de masse possible, et jamais aucun autre mode de transport ne pourra lui être comparé ni, à plus forte raison, préféré !

Il y a une gare dans chaque chef-lieu de canton en France, c'est une formule que M. de Freycinet avait lancée et que l'essor ferroviaire a à peu près réalisée ; le problème des transports est donc réglé dans notre pays de bon sens, et le chemin de fer continuera à exercer son monopole de fait.

Voilà ce que disaient les cheminots.

A vrai dire, dans la famille, l'analyse n'était pas faite absolument en ces termes. D'ailleurs, dans nos milieux, personne n'a jamais pensé que le chemin de fer fût un moyen de transport. Non, c'était une institution de prestige, culturelle et scientifique, créée autour de la seule et unique machine à vapeur qui en est à la fois l'origine et le but.

— D'ailleurs je ne comprends pas, disait l'oncle François, entre sa sortie du lit et son départ pour le dépôt (je ne l'ai jamais vu qu'à ce moment singulier), qu'un tel facteur de progrès et de grandeur nationale soit laissé entre les mains de capitaux privés, c'est la collectivité qui doit le posséder et le gérer.

Mon père, en bon jaune qu'il était, s'esclaffait :

— L'État ! Mais tu sais bien que rien de ce qui est confié à l'État ne marche droit ! Essaie d'allumer une allumette de la Régie française !

Il est vrai qu'à cette époque il fallait user trente suédoises pour en trouver une bonne.

— L'État, c'est la gabegie, tout le monde sait ça, précisait mon père.

Mais l'oncle n'aime pas qu'un autre que lui critique l'État, et puis son État n'est pas le même que celui de mon père. Il passe donc outre et continue :

— ... Le contrôle et le développement du chemin de fer doivent être entre les mains de l'État. Les compagnies privées qui nous régissent ? Mais jamais un gouvernement, jamais une nation ne devraient laisser se constituer en dehors d'eux une féodalité aussi menaçante que celle-là !

— On croirait entendre Lamartine ! ricane le grand-père, qui possède chez lui un livre où il lit et relit, jusqu'à les apprendre par cœur, les discours politiques du poète de l'*Histoire des Girondins*.

Mais l'oncle François, se souciant fort peu de ressembler à Lamartine, continue en frappant du poing sur la table :

— Le chemin de fer DOIT appartenir à l'État, c'est-à-dire au peuple, nom de Dieu !

Mon père, très doucement, comme pour lui-même :

— Tu ne l'as pas trouvée tout seul, celle-là, mon François, hein ? Les bavards du syndicat te l'ont soufflée.

— Je n'ai pas besoin des autres pour penser que le chemin de fer, qui est l'œuvre et l'honneur de la communauté, doit appartenir à la communauté. Vous, au contraire, vous laissez la féodalité de l'argent en faire sa propriété, et nous, on a le droit d'en être les serfs !

L'oncle François est content, il a eu son petit effet, mais on peut remarquer qu'à aucun moment il n'a avancé d'argument économique. Pour lui, « le Chemin de Fer » est une entité comme « le Peuple », « l'État », « le Pouvoir », et qu'il faut respecter et entretenir en tant que telle. Et quand il emploie l'expression « le Chemin de Fer », on sent bien qu'il ne pense qu'à la locomotive. Les wagons ? C'est le dernier de ses soucis, on les accroche derrière elle pour permettre à Sa Majesté le Chaudron de réaliser ses performances et de rouler ses mécaniques.

Son idée de nationalisation du chemin de fer n'est pas nouvelle : Lamartine, comme l'a fait remarquer pépé-grandes-roues, y a pensé fortement, mais jamais on n'en a tant parlé que maintenant. Pour moi, c'est tous les jours que j'entends ici ou là des bribes de conversations qui me prouvent que l'on doit en parler passionnément dans les dépôts et dans les ateliers, assez peu dans les réunions syndicales où l'on ne s'occupe que de demander des augmentations de salaire, paraît-il (c'est mon père qui le répète pour avoir entendu quelques syndiqués de la Fédération autonome s'en plaindre amèrement).

— Vous êtes toujours les mêmes, dit-il à mon oncle, vous ne parlez que de politique, de fusion de vos sacrés syndicats ! Fusion que vous êtes incapables de réaliser, car vos dirigeants syndicaux, vaniteux comme paons, veulent tous conserver leur petit fromage personnel et ne pas perdre un poil de leur importance. Pendant que vous êtes en train de faire vos petites cuisines de petite politique, un concurrent sérieux monte à l'horizon et vous ne vous en rendez même pas compte !

— Un concurrent ? s'étonnent les oncles, quel concurrent ?

— L'automobile, puisqu'il faut vous mettre les points sur les i.

— L'automobile ?

— Oui, c'est sur le plan professionnel qu'il faut vous unir, vous grouper, vous fédérer, pour défendre le chemin de fer.

— On aura tout vu, s'écrient les oncles, voilà notre jaune qui nous pousse à l'union syndicale.

— Parfaitement ! Et je me syndiquerai quand il n'y aura qu'un seul syndicat, et quand on y défendra exclusivement l'outil de travail, et notre outil de travail va bientôt être mis en péril, c'est comme j'ai l'honneur de vous le dire.

— Par l'automobile ? s'esclaffe l'oncle François. Ha ha ! Elle est bien bonne !

— Ce n'est pas la nationalisation des chemins de fer qu'il faut réclamer, continue mon père en haussant le ton, mais la nationalisation des transports. De *tous* les transports.

Les oncles présents se tapent sur les cuisses : leur jaune les amusera toujours ! Le voilà maintenant qui leur donne des leçons de socialisme !

Et lui, le cher homme, se tue à leur expliquer la nationalisation telle qu'il la voit. Il conclut :

— Il faut tout nationaliser, ou rien !

Tout le monde tombe d'accord. On refait le monde en deux coups de cuiller à pot, rouges et jaunes mélangés, on fraternise dans cet espoir de nationalisation, idéale et toute théorique, et c'est alors...

... C'est alors que la sonnette d'entrée résonne. Nous sommes chez l'oncle Georges qui est absent car il a conduit cette nuit le dédoublement d'un rapide. Il devrait arriver sous peu, c'est peut-être lui qui sonne ? Mais non, il ne sonne jamais, bien entendu. Qui donc ce peut être ?

Tante Catherine, son épouse, va ouvrir. C'est un planton de la commande des trains. Il enlève sa casquette d'uniforme, l'air très mal à l'aise.

— Salut, Vigot, crie l'oncle François.

— Salut ! fait l'autre sans bouger.

Il y a un silence terrible. On connaît ces silences-là. Tante Catherine, qui se triture l'estomac de ses mains crispées, fait :

— Alors ?

On est tous debout, on s'approche de Vigot qui n'a pas fait un pas et reste sur le paillasson.

— ... Je ne veux pas salir..., dit-il en regardant ses pieds.

On lui lance les patins que ma tante a découpés, selon la coutume, dans une vieille culotte de mon cousin qu'elle avait faite elle-même dans un vieux manteau du père. Vigot embarque sur ses patins, comme un Gulliver sur deux chaloupes lilliputiennes, et s'avance dans l'océan brillant et nu de la salle à manger. On le suit en prenant les autres patins, car il y en a une flottille dans le « carré ».

— Voilà... dit Vigot, je viens d'avoir un coup de bigophone de Laroche.

— Oui, et alors? souffle tante Catherine.

— Voilà... Votre mari sera retardé... Il ne pourra pas rentrer ce soir probablement... Voilà. Sa machine a eu quelque chose, alors il a été retenu.

— Grave? demande l'oncle François.

— Voilà... Assez grave, enfin, une espèce de retour de flamme, j'ai pas bien compris, le chauffeur a été touché.

— Joseph? crie la tante.

— Oui, oui, lui il a été très touché, mais le « vôtre » est vivant.

— Blessé?

— Eh ben, voilà... Un peu, oui, un peu, alors je suis venu vous prévenir tout de suite...

Je connais la chanson : « Si vous voulez, vous pouvez y aller, il est à l'Hôtel-Dieu de Lyon, on est en train de vous faire un permis, vous pourrez prendre le 501, vous serez là-bas à 7 h 30. » Oui, j'ai déjà entendu ça quelque part. Oncle François est déjà parti au dépôt pour prendre son service. Les femmes aident tante Catherine à faire la petite valise, la famille fonctionne comme une 241 bien graissée. Mon père a fait un saut à la permanence pour les permis, tante Catherine n'ira pas seule : ma mère l'accompagnera.

On fait tout ça par cœur, sans un cri, même avec

un certain entrain, avec de temps en temps cette phrase que tante Catherine répète, apparemment très tranquille, non parce qu'elle est calme, mais pour se calmer :

— ... Enfin ! Il n'est que blessé !

— Oui, dit le grand-père, un retour de flamme, c'est le compagnon-chauffeur qui prend tout. Le seigneur, lui, il est bien calé dans son coin, tout à gauche de la cabine. Ça me rappelle une fois que je faisais le 602 avec le Zef. Tu l'as bien connu, le Zef, qui faisait cuire ses nouilles sur la bouzine avec l'eau de la chaudière qu'il allait prendre au purgeur de...

Le vieux raconte n'importe lequel de ses innombrables souvenirs de route, pour meubler et occuper l'esprit de sa bru qui ne l'écoute pas.

Elles partent, ma mère et ma tante, et vont rejoindre, dans le 501, la femme du chauffeur Bérot.

C'est ainsi que tante Catherine est partie avec ma mère vers ce fameux Hôtel-Dieu de Lyon qui me rappelle un bien mauvais souvenir.

Ce qui s'était passé sur la machine du rapide supplémentaire, je l'ai su quelques jours plus tard : l'oncle, avec son train bis, suivait le train initial à voie libre. Ça courait tout seul, et tout à coup il voit le feu au rouge du signal d'avertissement, il va pour couper le gaz et freiner mais à ce moment le ciel du foyer explose. L'explosion a balayé la plate-forme de la machine, elle a envoyé le chauffeur Bérot sur le charbon, au fond du tender, l'oncle qui était affreusement brûlé a tenté de rester dans la fournaise pour bloquer les freins mais il n'a pas pu y parvenir, le gaz ayant envahi toute la cabine de conduite, qui est assez fermée sur les 241.

Alors que le convoi roulait encore à pleine vitesse, il a gagné le portillon de l'abri, s'est engagé sur le tablier de la machine en se cramponnant à la main courante. Il fallait arrêter le train coûte que coûte, sinon il allait peut-être se fracasser sur le train initial, sans doute arrêté au carré, un kilomètre plus loin. L'oncle a longé la chaudière à tâtons, car il avait les paupières brûlées et les mains calcinées, il a atteint l'avant de la machine, il s'est allongé à plat ventre entre les deux lanternes de tête, penché au-dessus du ballast qui défilait sous lui à cent à l'heure, et il a pu saisir la manette de la conduite de frein. Il a réussi à la manœuvrer pendant qu'il perdait une première fois connaissance, étendu en travers de l'étrave de sa machine. Et son train freiné en catastrophe a stoppé à quelques centaines de mètres du train initial, arrêté effectivement au carré.

Le poste d'aiguillage était là. L'oncle a pu descendre sur le ballast et se diriger vers la lumière du poste en titubant sur les cailloux et en trébuchant dans les fils de transmission des signaux, il a pu frapper à la porte du poste et, en s'effondrant sur les escaliers, il a eu la force de dire à l'aiguilleur, horrifié par cette face boursouflée :

— Mon chauffeur ! Va sauver mon chauffeur !

Et il a tout à fait perdu connaissance.

J'ai toujours pensé qu'une dame s'est alors penchée à la portière du compartiment, et il me plaît de supposer que c'est celle d'un compartiment de 1re classe qui a dit d'un petit air contrarié :

— Mais que se passe-t-il encore ?

Et je donnerais ma tête à couper que, malgré tout, cette dame est arrivée à l'heure à Nice.

Il y eut à la maison une fameuse discussion sur les causes de l'explosion du ciel du foyer de la bouzine de l'oncle, mais aussi sur ses effets, car l'oncle était gravement brûlé, et le chauffeur, l'ami Joseph, était mort. Et le dernier mot revint curieusement au grand-père qui, gravement, émit cette idée paradoxale :

— En somme, sans cet abri, peut-être n'aurions-nous pas perdu Joseph, parce que les gaz du foyer, au lieu d'être retenus et comprimés dans le réduit de la cabine dont vous êtes si fiers, se seraient répandus immédiatement dans l'air. Vous voyez qu'ils avaient leurs raisons, les anciens ingénieurs, d'interdire pendant cinquante ans tout abri fermé sur une locomotive.

Il venait d'allumer là une polémique qui éclipsa dans la famille toutes les discussions syndicales pendant plusieurs semaines. On sortit une fois de plus le *Livre du mécanicien*, puis cette sorte de bible qui était en bonne place sur les rayons de la maigre bibliothèque de toutes les gueules noires : *La Locomotive*, de Sauvage.

On fit des calculs de volumes et de pressions, on reconstruisit les Mountain et les Pacific, on révisa les règlements.

Marcel Dulot, qui avait assisté à tous ces incidents, devint encore plus farouche. Un jour que la critique grondait dans le clan, il reprit son idée fixe :

— C'est évident : le progrès ne tient pas compte de l'homme, l'homme est le dernier souci des techniciens qui ne s'occupent que de la technique, de Sa Majesté la Technique, etc., etc.

Il piqua une très belle colère qui le conduisit à évoquer ses projets méconnus d'attelage automatique, à déplorer la mort précoce de notre ami Paulin, l'indifférence des pouvoirs publics et des dirigeants du chemin de fer.

Marie Dulot, la jolie petite Marie, qui assistait aux débats, se mit à pleurer en pensant sans doute au tragique accident de son père. Laissant son frère à ses effets oratoires et à son indignation, je m'employai à la consoler. Je m'approchai d'elle,

elle avait quinze ans, moi seize et demi, et ses cheveux sentaient bon, c'est-à-dire qu'ils sentaient les cheveux de fille tout simplement, mais c'est, je crois, le parfum le plus idoine à émouvoir un garçon. Je lui ai mis la main gauche sur l'épaule gauche, puis la main droite sur l'épaule droite, ce qui est très imprudent de la part d'un garçon. A ce contact, je ne sus pourquoi, ses larmes redoublèrent et, se retournant brusquement, elle se trouva face à face avec moi, et sa tête, projetée vivement en avant, vint se loger tout naturellement au creux de mon épaule qui se trouvait être juste à bonne hauteur et de la dimension convenable pour recevoir la tête d'une fille plus petite que moi.

Je n'eus pas le temps de m'émerveiller sur la façon dont la nature proportionnait les épaules des garçons à la taille des filles. Mes bras, dont je ne savais que faire, vinrent spontanément et tout naturellement se placer autour de ses épaules, puis de sa taille.

Ce fut pour moi un moment très agréable, mais dans la journée qui suivit je fus très ennuyé car, au jardin, j'avais rencontré la fille d'un sous-chef de gare de Dijon-Ville, avec laquelle, compte tenu de quelques conversations que nous avions eues, je pouvais me considérer comme engagé, non pas fiancé bien sûr, mais engagé. Marie était, il faut le dire, beaucoup plus jolie et j'étais allé beaucoup plus loin avec elle qu'avec l'autre, mais l'autre avait le bénéfice de l'antériorité, et je considérais que c'était très important. J'avais engagé ma responsabilité morale.

Je m'arrangeai pour ne plus rencontrer ni l'une ni l'autre, ce qui me laissa toute liberté d'esprit pour reconsidérer la question de l'attelage automatique qui se trouvait être au point mort depuis fort longtemps. A la vérité, en voyant les premiers plans ébauchés trois ans plus tôt, mon père n'avait pas eu de peine à nous prouver qu'ils « ne tenaient pas debout » et qu'il fallait revoir tout ça de très près, et sans tarder, car il se préparait, nous le savions, une exposition générale à Liège, où tout ce qui se faisait de mieux en matière de chemin de fer allait être présenté. Nous comptions bien y voir figurer notre merveilleuse invention et y être présentés comme les bienfaiteurs du genre cheminot.

Nous surveillions notamment les améliorations apportées aux fameuses Mountain et à leurs prouesses dans les dépôts de Marseille-Saint-Charles et de Nice-Saint-Roch où elles assuraient le service de la Côte d'Azur. Et pendant les vacances, l'idée nous vint de « faire » la ligne de Dijon à Vallorbe et la Suisse, où nous les vîmes à l'œuvre dans la terrible rampe d'Arbois.

Ce détail est, je le reconnais, odieusement technique, mais le souvenir du voyage est resté tellement gravé dans ma mémoire que je lui reconnais une très grande importance.

Mon oncle François s'était vu affecter enfin une 241 A, très précisément la 241 A 46, récemment arrivée au dépôt de Dijon-Perrigny. Il ne cessait de nous parler d'elle et ne tarissait pas d'éloges sur son comportement dans la rampe de Mesnay-Arbois.

— Pauvre ami, disait-il (c'était son expression favorite), pauvre ami ! Si tu la voyais arracher ça au départ de la gare de Mouchard ! Style coulé, hein, pas de chichis ! Hier, avec 210 tonnes de plus qu'avec ma Pacific, elle t'a emmené ça en souplesse ! Même pas besoin de sabler, et pourtant le rail était plutôt limace, mais pas un pli, aussitôt le régul ouvert, le grand frisson ; je l'ai sentie chaude comme une caille, faut dire que j'avais pas le charbon boudeur, hein ! Elle a commencé en beauté aussitôt après les aiguilles de sortie de Mouchard, en plein dans la courbe, et au-dessus, au passage, à Mesnay, on tapait le 80, oui, monsieur ! Et jusqu'à La Joux c'était l'extase, le septième ciel !

— Alors, elle ne pilonne pas ? demanda une voix.

— Pilonner ? Ma 46 ? Pilonner ? Oh, diable non ! On a enlevé ça en souplesse, je te dis, comme un vieux ménage, bien groupés, du commencement à la fin, sans un soupir de travers, sans un moment de fadeur, tout en ronronnements de bonheur, le grand jeu, quoi !

— Faut voir aussi le doigté du bonhomme qui la chatouille ! plaisanta Marcel.

— Le bonhomme ? Le bonhomme, comme tu dis, connaît son clavier, ne te fais pas de bile pour lui, mais elle ! Elle !... Ah, coquin !

C'étaient les vacances de Pâques et la coquine était présentée avec tant d'éloquente ardeur que nous ne pûmes résister au désir d'y aller voir, et précisément dans la rampe de Mesnay-Arbois.

— Venez avec moi un de ces jours, avait dit l'oncle, je fais le Vallorbe, c'est mon roulement. Départ : 6 h 52. Je vous donnerai la marche.

Mon père nous eut assez rapidement les permis de circulation.

Nous ne risquions pas de le manquer, le Dijon-Vallorbe, nous étions là avant 6 heures à se geler sur le quai 1, bien avant la mise en tête. On avait battu la semelle un moment, car le vent d'est arrivait par le boulevard Sévigné, mais lorsqu'on vit arriver la Moumoute, on ne pensa plus à avoir froid, diable non !

On assista à l'accouplement. Marcel grinça des dents et se retourna pour ne pas voir l'atteleur attendre, entre les tampons, le refoulement du monstre, la chape à la main. Puis ce fut l'essai des freins. L'oncle nous avait promis de nous prendre avec lui sur la plate-forme, mais pas au départ de Dijon, bien sûr, où il y avait toujours une blouse noire * quelque part, mais à l'arrêt de Dole par exemple.

Nous tournions autour de l'oncle qui, une grande burette dans la main droite et deux clés à bouchons de bielle et un chiffon dans la main gauche, faisait une dernière fois ce qu'il appelait « le tour » de sa machine. C'était un rite immuable chez lui : bien qu'il eût tout vérifié au dépôt et graissé toutes les pièces des embiellages, il ne pouvait tirer sur le régulateur sans être descendu de sa plate-forme et, devant le chef de circulation un peu nerveux et les voyageurs étonnés, il faisait ce fameux « tour de machine ». Le coup d'œil du maître.

Lorsque le chef mécanicien se présenta, en blouse noire effectivement, le petit béret basque enfoncé jusqu'aux oreilles et les lunettes relevées sur le front, il eut un geste de salut, du bout du doigt.

— Alors ? Ça ira ?...

L'oncle, pour bien montrer l'importance que lui donnait sa présence aux commandes de la 241 A46, ne répondit rien. C'était son style, inspiré par les grands anciens, les « seigneurs » de race. L'autre répéta :

— ... On fera l'heure, oui ?

— Et pourquoi on ne la ferait pas ? J'ai l'habitude d'être à la bourre ?

Le chef mécanicien, qui était peut-être même inspecteur de Traction, se tut. Il avait l'habitude. Le seigneur, au départ, est toujours impossible. Il masque son émotion et son inquiétude en se donnant un air hautain et agressif, c'est bien connu.

L'oncle continua, sans doute parce que j'assistais à l'événement et pour m'en imposer.

— Chef, vous avez vu ma houille ?

— Qu'est-ce qu'il y a encore ? demanda briève-

* Les chefs mécaniciens et inspecteurs de traction portent une blouse noire, un béret et des lunettes de conduite.

ment le chef en montant dans la cabine alors que l'oncle, de sa main gauche, desserrait un bouchon de bielle et, impassible, de la droite approchait sa burette, l'inclinait sur le méat. Un filet d'huile, mince comme une corde de violon, se détachait du bec et tombait dans le godet, délicatement et régulièrement, comme pour faire une mayonnaise.

Lorsque la « blouse noire » revint vers lui, il lui dit :

— Alors ? Qu'est-ce qu'elle a, votre houille ?

— J'ai pas mon taf [1]. On m'en a volé ! Et pour la qualité, c'est pas de la houille, c'est du cale-soupape !

— Vous allez me faire la scène de la houille ? Je la connais !

— Chef, dites tout de suite que je suis un menteur !... On m'en a volé, que je vous dis ! Que je me demande même si je ne vais pas retourner au toboggan * pour me reniper ** !

— Vous avez eu vos douze cents, ni plus ni moins.

— Alors vous croyez qu'on peut faire Pontarlier avec ça ?

— Avec ce qui restait, vous avez largement ce qu'il vous faut et pour ce qui est de partir sans passer au toboggan, vous pouvez me faire confiance, vous partirez !

Le compagnon-chauffeur, pour appuyer la réclamation de son seigneur, fit claquer sec la porte du foyer, où il venait de passer le croc, et tout aussitôt la fumée sortit plus épaisse de la cheminée, alors que l'oncle, pour le principe, continuait son petit baroud d'honneur en grommelant :

1. « Avoir son taf » : expression ferroviaire du réseau Sud-Est signifiant « avoir sa charge complète ».

* Édifice avec trémie, pour charger le charbon dans les tenders.

** Refaire de la pression.

— Si ce n'est pas l'allumeur, c'est le charbonnier, mais il y en a toujours un qui vous carotte dans cette maison !

Le sous-chef de gare arrivait, le sifflet au bec, et d'un revers de pouce, montrait la grosse horloge de quai, avec l'air de dire :

— Alors ! Alors ! Pas encore au manche ? Il va être l'heure !

L'oncle, très posément, avec un calme affecté, posa la burette sur le tablier de sa machine, s'essuya les mains, sortit son régulateur de sa poche, le consulta, le remit dans sa poche en murmurant à notre intention sans doute :

— Il va nous faire sortir avec une d'avance, ce corniaud-là ! Mais tant mieux, on a bien le temps d'en perdre !

Le sous-chef de gare donnait des petits coups de sifflet répétés, comme pour exciter l'équipe et presser les derniers voyageurs. L'oncle monta en force les quatre échelons de l'échelle de plate-forme, en bombant le torse, comme un trapéziste au cirque.

On se hâta de monter dans le premier compartiment de la première voiture, et tous deux, engagés jusqu'à la ceinture dans la portière gauche, on assista à l'événement.

En se penchant suffisamment, on vit l'oncle tirer à fond de course le levier du régulateur à basse pression. A l'avant, entre les longerons, un claquement sec répondit. Je devinai qu'il saisissait le manche, qu'il l'amenait à lui en tâtonnant, tout à coup, à un frisson qu'elle eut, que seul le seigneur et nous pouvions sentir, il projeta le manche contre lui et empoigna l'autre. Après quelques tours de roues il me sembla qu'il passait en marche compound [1]. La rame suivait en douceur et passait

1. Faire en sorte que la vapeur se détende successivement dans deux étages de cylindres.

bientôt sous le poste, et l'oncle François ferma le souffleur [1].

La Mountain se tortilla sur les derniers aiguillages et longea le Rempart de la Miséricorde. Le chauffeur avait dû donner un coup de croc pour activer la combustion car le flot de vapeur qui jaillissait de la cheminée s'était mué en un écheveau de fumée jaunasse et épaisse qui se leva lourdement autour des traverses de notre chère palissade et lécha la maison de M. Paulin. Lorsque la porte du foyer fut refermée, la fumée devint noire comme charbon et la Moumoute s'élança sur la ligne droite et prit le large.

Nous avions mis nos casquettes à l'envers, la visière sur la nuque, comme les vrais mécaniciens, noué notre foulard de soie sous le menton, le nœud dans le dos et la pointe profondément engagée devant, dans l'ouverture de la veste, pour protéger la poitrine, non sans avoir entortillé autour de notre cou, à même la peau, un bas de soie chipé à sa femme qui en avait tellement qu'il en traînait sur toutes ses chaises (son mari était grandes-roues !). Le bas de soie est le meilleur isolant que les gueules noires aient jamais trouvé pour rester en faction, le nez au hublot, sans attraper la mort.

Pour compléter le tout, mon grand-père m'avait prêté une paire de lunettes de conduite, que nous avions arborées dès avant le départ, en les remontant négligemment sur le front comme un parfait seigneur.

On était fin gelés dès le passage en gare d'Auxonne. On rentra donc dans le compartiment pour déployer devant nous la « marche » de notre train, afin de contrôler les heures de passage aux points singuliers, alors que le train entrait en Franche-Comté. Hélas ! nous ne pûmes gagner la

1. Dispositif permettant d'activer le tirage.

plate-forme de la locomotive car, à la gare de Dole, une autre blouse noire, qui se trouvait sur le quai, prit l'idée d'accompagner l'équipe. Peu importait d'ailleurs, car ce que nous voyions depuis notre portière de troisième classe nous suffisait amplement.

Dès la sortie de la gare de Dole, il y eut la pente qui conduit au pont sur le Doubs. Pente de cinq et de sept millimètres, en vérité assez courte, puisqu'elle ne fait pas cinq kilomètres, mais que le compagnon-chauffeur employa activement à « faire du gaz ». Penchés à la portière jusqu'à la ceinture, nous tentions de voir le chauffeur qui, pelletant avec souplesse, mettait au feu. Il avait même chargé le foyer pendant l'arrêt à Dole, en prévision de l'énorme effort qu'il allait demander à sa Moumoute bien-aimée. De temps en temps, nous le voyions se pencher au-dehors pour surveiller les purgeurs.

Les trois voyageurs qui partageaient notre compartiment nous suppliaient de ne pas nous pencher et même de fermer la portière, car la température était assez fraîche. Nous n'en avions cure. Nous les entendions récriminer et même nous éclatâmes de rire lorsque l'un d'eux s'écria :

— Ce n'est pas raisonnable ! Ils vont se faire décapiter !

Bien lancés à plus de 90, nous traversâmes le Doubs à toute vapeur et, tout de suite après, ce fut la fameuse rampe de 10, longue de quatre kilomètres, qui avait la réputation de « couper les pattes » aux plus vaillantes bouzines [1]. Haletants, nous surveillions la façon avec laquelle la 241 A 46 avalait cette première bosse. Lorsque nous fûmes sur le point d'atteindre le palier du sommet, mon

1. Locomotives.

oncle François passa la tête et, se retournant, avec le premier sourire que je lui aie jamais vu de ma vie, il nous fit, du pouce, un geste de victoire auquel nous répondîmes par un « hourra » tonitruant.

On profita du court palier, puis de la pente de trois kilomètres pour remettre encore au feu, après avoir donné un bon coup de crochet dans le foyer. Nous étions certainement au timbre [1] pour attaquer la rampe de 5. Nous traversâmes la gare de Montbarrey à 90, j'en aurais donné ma tête à couper.

Venait ensuite, nous le savions, une succession de petits paliers et de faibles rampes qui devaient nous permettre de faire le maximum pour atteindre Arc-et-Senans, où les choses allaient devenir sérieuses. Nous en profitâmes pour contempler, en attaquant le premier contrefort des Grandes Reculées, le paysage de la forêt de Chaux où la Loue faisait ses cabrioles et, tout de suite après le kilomètre 386, ce fut une première rampe de 9, puis, passé un bref palier en courbe, où l'on vit encore le compagnon jouer du ringard (nous le devinâmes plutôt), ce fut l'heure de vérité : vingt-six kilomètres de rampes ininterrompues de dix puis de vingt millimètres par mètre, pour hisser le convoi du fond de la vallée de la Loue jusqu'au haut plateau du Jura, à près de mille mètres d'altitude.

L'aisance avec laquelle la 241 A 46 abordait cette barrière dressée devant elle nous stupéfia. Dans la grande courbe, nous la vîmes en effet attaquer dans ce style coulé, qui ridiculisa tout de suite, à nos yeux, ses détracteurs. Le palier de Mouchard

1. « Être au timbre » : 1. être au meilleur niveau de la préparation technique, au maximum de pression; 2. être gai, heureux de vivre.

fut avalé et, après un tout petit palier insignifiant, ce fut la rampe de 20.

Elle n'était pas rectiligne, cette diablesse de rampe, mais en courbes et contre-courbes ininterrompues sur vingt kilomètres, sans un seul palier pour se refaire.

Nous avions les mains crispées sur le chambranle de la portière et nous étions muets, comptant les bornes hectométriques, consultant le barème de vitesse que je tenais à la main et le « fascicule de marche », que Marcel Dulot triturait nerveusement.

Lorsque arriva le viaduc de 180 mètres, que les équipes de conduite appelaient le « pont des soupirs », l'oncle François tourna simplement la tête. Il nous sembla qu'il nous faisait un clin d'œil, derrière ses grosses lunettes. Je compris qu'il manifestait ainsi sa fierté, car, en pleine courbe, les autres machines avaient là leurs premières faiblesses, leurs premiers soupirs. La 241 A 46 passait, superbe.

Puis ce fut la série des neuf souterrains qui encadrent la gare de Mesnay-Arbois, construite en balcon sur la vallée d'Arbois dont on voyait les petites vignes et les toits bruns, gros comme des fourmis, au fond du val de la Cuisance. L'horizon, sur la droite, s'ouvrait, immense, par-dessus la vallée de la Saône, jusqu'aux monts de Bourgogne, depuis les au-delà de Dijon jusqu'au Mâconnais. Mais au diable le panorama ! Nous avions maintenant l'œil fixé sur l'échappement, qui nous parlait aussi clairement qu'un livre. Il était bien régulier, très à l'aise, et chuintait doucement, entre deux parois de grands sapins noirs. Car nous entrions dans la grande forêt jurassienne. Signe que nous avions passé la cote 700 [1] et que le climat devenait, tout à coup, montagnard.

1. A 700 mètres d'altitude.

Au souterrain du Chevreuil, après la gare de La Joux, perdue dans la forêt, nous avalions sans faiblir le dernier canton de rampe de 20. Après, c'était une succession de petites montées de huit, neuf, dix, qui ailleurs eussent semblé sérieuses, mais qui, à nous, grands grimpeurs, nous parurent ridicules, surtout que la Mountain de l'oncle, apparemment très fraîche, se payait le luxe de reprendre de la vitesse, alors que nous hurlions de plaisir en faisant de grands signes à l'oncle François.

C'était maintenant le haut plateau, découvert, avec ses tourbières et ses chaumes, où fleurissaient les narcisses, entre des névés de neige terreuse.

Nous arrivâmes à Frasne, à 931 mètres d'altitude, après une dernière rampe de 10 et lorsque l'oncle donna le coup de frein pour prendre l'aiguille d'entrée de la gare nous poussâmes un cri de triomphe.

A partir de Frasne, il n'y avait plus qu'à se laisser glisser, par des pentes ininterrompues, jusqu'à la gare de Pontarlier où l'oncle et son compagnon, jouant les modestes, reçurent nos compliments.

L'oncle nous informa que nous venions probablement de battre le record de la ligne et il me promit de me laisser recopier la bande enregistreuse Flamand, qui serait sans doute publiée dans *Le Bulletin P.L.M.*, dans la rubrique « Nos belles marches ».

Ce voyage aux commandes, ou presque, d'une Mountain de grande classe, à travers les paysages du Haut-Jura, sur une des lignes les plus difficiles et les plus belles de France, fut un événement de qualité qui me laissa les plus vifs souvenirs, certes, pourtant trois incidents s'étaient produits qui me parurent terribles et me plongèrent dans le plus grand trouble.

Tout d'abord, au départ de Dijon, lorsque le carré

nous fut donné, il me sembla que je ne faisais pas bien la différence entre le rouge et le feu blanc qui alors signifiait : voie libre. Je ne fis pas tellement attention car la position de la cible du carré ne prêtait pas à confusion.

A la gare de Dole, je m'efforçai de différencier les différents feux de position des signaux et des aiguilles, et je constatai que tout était confus. Et enfin, au départ, je n'avais pas très bien distingué la couleur du carré. Ces trois observations ajoutées à quelques autres que j'avais pu faire en plusieurs circonstances semblaient me prouver que j'avais des troubles de la vue, ces troubles de la vue qu'on a nommés depuis le daltonisme.

Je fus accablé et je résolus de me livrer à certaines expériences qui me parurent pourtant inutiles, car quelques mois plus tôt n'avais-je pas remarqué, lorsque je cueillais les cerises au jardin avec la fille du sous-chef de gare principal, que je ne distinguais les fruits rouges parmi les feuilles que grâce à leur forme et non à leur couleur. C'était ainsi depuis mon enfance sans doute, car les camarades, au cours de dessin, riaient fort de cette façon de choisir les couleurs qui me valait d'être considéré comme un « Fauve », un peu à la façon de Gauguin. Mais tout cela était resté dans le petit coin obscur de mon âme que l'on nomme indifférence. Aujourd'hui, au contraire, cela prenait une importance capitale. D'un seul coup, tous mes espoirs de monter sur les locomotives s'effondraient, car, petit à petit, depuis l'arrivée des Mountain, je crois, une idée s'était installée dans ma cervelle : entrer dans les services roulants de la Traction, comme le grand-père grandes-roues, comme l'arrière-grand-père Lazare.

Un jour, au jardin, où j'étais allé tailler la haie, je fus bien aise de rencontrer la fille du sous-chef de gare principal de deuxième classe, car j'avais besoin de trouver une oreille attentive et compatissante. Lorsque je lui eus confié mon malheur, elle eut l'air très satisfaite au contraire et s'écria, presque joyeuse :

— Tant mieux ! Comme ça, vous n'entrerez pas à la Traction.

Elle non plus, comme ma mère, n'aimait pas les gens de la Traction, non pas seulement les gueules noires, mais les dirigeants, les chefs et sous-chefs de dépôt, les ingénieurs de Traction, qui n'étaient, disait-elle, que des ours mal léchés.

Elle battait même des mains en disant spontanément :

— Je suis bien contente !

Elle se reprit et ajouta :

— ... Je suis bien contente... pour vous. La Traction, ce n'est pas une vie d'honnête homme, et ça ne vous irait pas du tout.

— Vous croyez ?

Elle resta interdite ; il lui apparaissait probablement qu'elle en avait trop dit. Alors, je lui demandai :

— Et qu'est-ce qui m'irait, à votre avis ?

Elle minauda un peu, puis :

— Au chemin de fer il ne manque pas de situations intéressantes, vous n'avez que l'embarras du choix. A l'Exploitation par exemple !... Et là, on fait du vrai chemin de fer.

A l'Exploitation ! J'aurais dû m'en douter, ces exploitants sont tous les mêmes, et leurs femmes sont encore pires. Pour eux il n'y a que l'Exploitation qui compte. Du vrai chemin de fer, peuh ! Tripoter les leviers des signaux, vendre des billets, donner le départ des trains, avec une belle casquette blanche sur la tête, un uniforme à boutons dorés, voilà ce qu'ils appellent faire du vrai chemin de fer ! Du chemin de fer en dentelles, oui, du chemin de fer de « môssieu » !

Je pense tout cela, je ne le dis pas, car elle est bien jolie, la fille du sous-chef de gare principal de deuxième classe, et je ne voudrais pas la vexer ni même lui déplaire si peu que ce fût. Et puis, ne cherche-t-elle pas à me consoler en me disant ça ?

— Vous avez peut-être raison, dis-je.

Elle continue :

— Vous pouvez « faire » une licence. Avec une licence de droit, par exemple, vous entrez attaché à l'échelle 10. Ou bien faire une grande école, Polytechnique par exemple, en sortant de Polytechnique on est attaché à l'échelle 19.

— Oh, Polytechnique..., dis-je prudemment, comme si elle me proposait de m'attaquer de but en blanc, sur-le-champ, au record du monde de saut en hauteur.

— ... Ou bien les Hautes Études Commerciales, attaché échelle 11, ou bien encore...

Ma parole, cette fille est un statut du personnel en chair et en os, jamais je n'aurais cru qu'une si jolie fille, si gentillette, pût s'intéresser aux diplômes des garçons et aux échelles auxquelles ces diplômes donnent accès. J'ignore moi-même toutes ces choses. Et ainsi, je découvre à quoi rêvent les jeunes filles de sous-chef de gare principal de deuxième classe, et peut-être aussi les autres... toutes les jeunes filles en général, qui sait ? Mais je n'ai pas encore eu l'occasion de connaître des étrangères, à part celles à qui nous faisons des signes depuis le Rempart de la Miséricorde.

Elle continue à énumérer la liste des Grandes Écoles et même des moins grandes qui permettent d'entrer au service de l'Exploitation et, franchement, je suis bien étonné qu'il y en ait tant. Avant Laurette, le service de l'Exploitation me paraissait être une sorte de service auxiliaire, très secondaire, où l'on casait les incapables, les minus des familles cheminotes. Cela vient sans doute de mes origines et de mon éducation, qui sont exclusivement celles du service de la Traction et de la Voie. Et je m'émerveille d'entendre cette fille parler : grâce à elle, ce service bâtard et quasiment inutile (c'est ce que j'entends dire tous les jours à la maison) me devient sympathique, parce que ce qu'elle m'en dit m'arrive avec le parfum de son haleine, de son décolleté.

C'est d'ailleurs un excellent avocat. Elle énumère les différentes filières, avec les grades, les échelles, les échelons. C'est une fille née sur le rail, élevée, éduquée dans les gares, elle sait que son père est à l'échelle 10 logé, elle peut donner le nom, le grade, l'échelle, l'échelon de tous les employés de sa gare. Elle dit « ma » gare. Elle se laisse même aller à dire « nos » agents.

Au bout d'un moment, cela me lasse. Elle a beau sentir bon, avoir une peau duveteuse, un maintien bien convenable et un air tendre, elle me fatigue un peu avec ses carrières, ses avancements et ses grades ; pourtant, je ne peux pas m'éloigner, quelque chose me retient près d'elle, et pour prolonger l'instant je feins de m'intéresser prodigieusement aux carrières qu'offre le service de l'Exploitation, et de critiquer la vie qui est celle des gens de la Traction.

— Vous croyez que c'est une vie pour l'épouse ? insiste-t-elle en rosissant, ce qui me laisse à penser que notre conversation prend un tour matrimonial qui ne me déplaît pas.

J'ai, pour la première fois, l'impression assez excitante d'être devenu, depuis que j'ai pris ma taille d'homme, le gibier convoité de la fameuse chasse au mari. Ah, que Laurette est donc attachante ! Son prénom est pour beaucoup dans l'attrait qu'elle a pour moi, car Laurette est un prénom qui me donne le frisson, allez savoir pourquoi, peut-être parce qu'il y a des « Laurette » dans les pièces de Musset. Et puis « Laure », n'est-ce pas le nom de la dame de Pétrarque ?

Je lui suggère que nous nous rencontrions plus souvent. Ce projet ne lui déplaît pas. Malheureusement, ils vont quitter cette gare, son père va bientôt passer première classe et il n'aura certainement pas son avancement sur place, il va falloir partir, à Marseille sans doute, ou Clermont-Ferrand. Ça fera le dixième changement depuis qu'elle est au monde. En faisant la moue et en me regardant d'une certaine façon, elle ajoute d'une voix défaillante :

— Moi qui commençais à me plaire ici.

Et puis enfin :

— ... Je ne pourrai plus aller au jardin.

Délicate attention à nos rencontres apparemment fortuites mais savamment provoquées, me semble-t-il, et au plaisir qu'elle y prend. Mon vieux Claude, te voilà au bord de l'aventure !

— ... D'ailleurs, continue-t-elle très simplement, fini le jardin ! Vous pensez : sous-chef principal de première classe, on ne peut pas continuer à faire un jardin. Il faut bien tenir son rang.

En entendant cela, il me semble pénétrer dans un autre monde, assez ennuyeux et formaliste ; mais elle est tellement attirante, cette grande fille, elle a beau avoir plus d'un an de plus que moi, j'ai l'impression que je suis capable de me consacrer à elle et même de faire un très gros effort pour avoir un très beau diplôme, et une carrière digne d'une fille de sous-chef de gare de première classe.

Lorsque, tout à fait par inadvertance, il m'arrivera de parler de son père, un soir, à la table familiale, mon père dira :

— Mingeon ? Oh, c'est un as ! Sous-chef de gare de première classe à quarante-deux ans, avec son seul certificat d'études, il ira loin, peut-être même aux emplois supérieurs.

— Avec son seul certificat d'études ? objecte ma mère, toujours à l'affût d'un passe-droit.

— Pourquoi pas ? Regarde donc Renaudet qui vient de partir en retraite comme principal, hors statuts, il n'avait même pas son certificat d'études ! Il était homme d'équipe en 1892, il collait les fiches de bagages à la gare de Grenoble. Eh bien, il a fini à la tête d'un arrondissement !

Mon père continue, à mon intention probablement, et dans un but hautement éducatif :

— C'est comme ça, au chemin de fer : tout homme d'équipe a son bâton de commandement dans sa musette — il n'a qu'à travailler ! Et n'importe qui peut arriver !

Ce n'est pas tout à fait ce qu'il disait, quelques jours plus tôt, lorsqu'il parlait du collègue qui venait de le coiffer sur le poteau et d'empocher l'avancement à sa place. Je l'ai entendu dire à ma mère, lorsqu'ils se mettaient au lit, de l'autre côté de la cloison :

— Pas étonnant ! Il est toujours fourré à la messe ! Il tient les cordons de la bannière aux processions des cheminots catholiques ! Surtout quand il sait que son chef est là ! C'est un cul bénit !

Et ma mère, pour remettre les choses en ordre :

— Et Colin, qui a eu de l'avancement deux fois avant son tour ? C'était peut-être un cul bénit ? Non, c'est un meneur syndical, un rouge. Lui aussi il se montre aux processions, mais c'est derrière la bannière rouge de la C.G.T., aux manifestations !... Il n'y a qu'une façon d'avoir de l'avancement : les processions ! Ou bien celles de l'Église, ou bien celles où on chante *L'Internationale !* Mais si vous faites votre travail consciencieusement et en silence, vous restez en carafe !... Au point que je me demande ce que tu attends pour choisir ton genre de procession !

— Je ne suis pas un guignol ! répond mon père très calmenent.

Et moi, après avoir fait ma culture physique à l'extenseur Sandow, pour avoir de beaux muscles et être digne de Laurette... et marquer mon essai avec l'équipe du Rugby Club Cheminots, je pense : « Épouser la fille d'un emploi supérieur ! Quelle affaire ! »

Que cette Laurette est donc imposante et lointaine ! Mais j'ai raison de viser haut : « Attelle ton char à une étoile », a dit je ne sais plus quel philosophe qui n'est pourtant pas cheminot.

Ce tourbillon provoqué par les exigences de Laurette et le souci de les satisfaire, la fièvre de mes études et les plans de l'attelage automatique m'empêcha donc, et ce n'est pas son moindre mérite, de m'apercevoir que la grande crise commençait, que l'agitation politique montait, que les rapports diplomatiques avec l'Allemagne devenaient impossibles, que le monde ouvrier était en effervescence, c'est le moins que l'on puisse dire, que la Fédération internationale des ouvriers des transports entrait en lutte pour la Pologne, puis lors du lock-out danois et encore lors de la grève générale anglaise, où elle s'efforça d'aider les révolutionnaires en paralysant les moyens de transport.

A peine même eus-je conscience des modifications capitales apportées à la fameuse Mountain, et pourtant on ne se fit pas faute à la maison de les claironner, de les disséquer et de les commenter.

Par exemple, un soir, ce fut Georges, l'oncle « brûlé », que l'on appelait maintenant « le Roussi » ou « Mal-cuit » en raison de ses brûlures, qui vint nous annoncer, alors que nous étions chez le grand-père, que la société Schneider du Creusot étudiait une nouvelle Mountain.

— L'ancienne n'était donc pas bonne, qu'il soit nécessaire d'en faire une nouvelle ? ricana l'oncle Mon-Jules, toujours amer.

Le Roussi, plus nuancé, nous démontra qu'à la lumière de la double expérience des 241 A et des Pacific, on pouvait faire deux constatations. Premièrement, les 241 A avaient la puissance, mais leur limitation de vitesse était un handicap dans les lignes à profil facile. Et deuxièmement, les 231 avaient la vitesse, grâce à leurs trois roues motrices de deux mètres de diamètre, mais elles grimpaient mal et souffraient dans les lignes à profil sévère.

— La Compagnie a voulu combiner tout ça en prenant le meilleur des deux, annonça l'oncle. Notre future Mountain est presque prête, elle aura ses quatre roues de deux mètres, et elle sera timbrée [1] à 20 kilos, ce sera la 241 C, et je vous le dis, pauvre ami, celle-là, on en reparlera longtemps !

— Et le poids par essieu, tu ne nous en parles pas, de celui-là ? demanda mon père qui tremblait pour SA voie.

L'oncle « brûlé » eut un petit moment d'hésitation :

— J'ai comme un pressentiment qu'elle sera légèrement supérieure à 18,5 tonnes, avoua-t-il en ajoutant immédiatement : Mon vieux, vous n'aurez qu'à vous débrouiller, à la Voie, vous mettrez deux ou trois traverses de plus par coupon de rail. Tu ne me diras pas que vous ne pouvez pas supporter 20 tonnes par essieu ? Vous y mettrez le prix, voilà tout ! Le rail Vignole peut avaler ça !

1. Une machine timbrée à 20 kilos est une machine dans la chaudière de laquelle la pression est de 20 kilos au centimètre carré. Les machines précédentes étaient timbrées à 12, puis à 16 kilos. Le « timbre à 20 » était un progrès notoire.

— Ce n'est pas le rail ni le platelage qui me tracassent tellement, ce sont les ouvrages d'art, les viaducs, rétorqua mon père.

— Vous avez le temps de renforcer ça. Ce n'est que dans deux ans qu'elle sortira, la 241 C, mais je crois bien qu'elle y perdra son bec.

Il me regarda car il savait que le paraboloïde de Prandtl, qu'on appelait le « bec » et qui donnait à la Mountain cette allure de cigare, me plaisait beaucoup.

— ... Mais elle y gagnera des oreilles, ajouta-t-il.

— Des oreilles ?

— Oui. Vous savez qu'avec sa gueule de voltigeur à dix sous, les rabattements de fumée se faisaient le long de la chaudière jusqu'à la cabine de conduite, et que lorsqu'on était au hublot, on était très gêné pour voir les signaux, j'en sais quelque chose. On a cherché. Et on a trouvé qu'en supprimant le paraboloïde et en mettant des tôles latéralement, au droit de la cheminée, il se produisait des filets d'air montants ; la fumée se trouvait alors projetée vers le haut, et il paraît qu'avec ces oreilles, la fumée et la vapeur passent nettement au-dessus de la cabine. Mais franchement, avec ces deux oreilles, j'ai vu les plans, la Moumoute ressemble à un éléphant, à un éléphant d'Afrique même !...

L'oncle « brûlé » plastronnait. Il faut dire que, depuis son accident, il avait été versé dans les bureaux, et qu'il était question de le nommer chef mécanicien, ce qui allait faire de lui le plus haut gradé de la famille. Il était renseigné sur tout, et nous en ressentîmes tous une légitime fierté.

Autre phénomène qui m'échappa au cours de cette période et pourtant il était visible comme le nez au milieu de la figure : ce fut l'agrandissement des villes, et de la nôtre en particulier. Le grand-père s'étonnait chaque jour d'avoir vu une nouvelle rue s'ouvrir dans les vignes et les vergers du Montchapet ou du Montmusard, de la Porte-d'Ouche ou de la Porte-Neuve, où il avait coutume d'aller boire son petit canon ou son absinthe, dans les bouchons installés autour des anciens octrois, situés aux anciennes portes de la ville. Il rentrait à la maison, assez fatigué de cette promenade extra-muros, il s'effondrait sur la première chaise qu'il trouvait, sans même prendre le temps d'aller retrouver son fauteuil Voltaire :

— Sacristi ! Les bras m'en tombent, disait-il, et les jambes me rentrent dans le corps !

La grand-mère lui apportait sa trempusse de vin sucré, où il trempait des mouillettes de pain, et, lorsqu'il avait repris souffle, il disait à la grand-mère :

— Mémère, si tu savais ce que j'ai vu !

— Et qu'est-ce que tu as donc vu, pépère ?

Et il se mettait à décrire la transformation de la petite banlieue de la ville, ses petites vignes muées en rues et en places, ses jardins et ses vergers bouleversés, les cabanons champêtres discrets, éventrés, renversés, remplacés par des immeubles, et surtout par ces villas que le grand-père appelait des « avillas » (parce qu'on disait « l'avilla », on devait dire « les avillas »), toutes semblables ou presque dans le style anglo-normand mâtiné banlieusard, et qui commençaient à fleurir partout et à assimiler Lille, Orléans, Limoges, à Dijon et à Villeneuve-Saint-Georges.

— Quel branle-bas ! disait-il, enthousiasmé, pour ajouter tout de suite après, presque désespéré : Quel bouleversement !

Le jour où il s'aperçut que la petite guinguette de jardin, où il allait siroter son blanc-cassis en pleine campagne, était la proie des démolisseurs, il fit une crise de cette sorte d'asthme qu'il devait, disait-il, à sa chère coupe-vent.

Et après les premières constatations de détails, soigneusement rapportées à sa femme qui ne sortait jamais de son petit logement, il passait aux idées générales. Il me disait :

— Tu vois, c'est le chemin de fer qui chamboule tout ça. En 1850, et depuis belle heurette, la ville de Charles le Téméraire comptait ses 33 000 habitants, et voilà qu'en 1852 on inaugure la ligne P.L.M., et tout aussitôt la population augmente, elle passe à 50 000 en 1900, puis à 70 000, et la voilà qui va dépasser 90 000 maintenant.

Il se rengorgeait, et triomphalement :

— Le chemin de fer aura tantôt triplé la ville ! La ville aura triplé, tu m'entends ? ! Parce que c'est un grand centre ferroviaire. Avant le chemin de fer, elle tenait à l'aise dans le corset de ses remparts ; aussitôt que le chemin de fer arrive, elle éclate, son corset craque de partout, comme celui de ta grand-mère, lorsqu'elle a eu passé la cinquantaine. Elle est maintenant trois fois plus grosse.

— Que le nombre de ses habitants ait triplé, disait calmement la grand-mère, ça prouve-t-il que leur bonheur a triplé lui aussi ? Je crois bien que non...

— Ta grand-mère a ceci de bon, me disait alors le vieux, c'est qu'elle fait les demandes et les réponses...

— ... Regarde, continuait-elle, lorsque nous sommes arrivés ici, le kilo de pain était à cinq sous. Il est à un franc aujourd'hui. Quand je m'achetais de l'étoffe pour me faire une jupe, j'en avais pour cinquante sous. Aujourd'hui faut compter trente francs.

— Pardi ! Bien sûr, ton tour de taille a triplé !

— Et le loyer ? Il a fait mieux que tripler, lui. En 1902, on payait...

— Bien sûr, le terrain à construire a quadruplé lui aussi !

Et l'éternelle discussion reprenait sur les prix comparés de ceci et de cela. Le grand-père l'interrompait d'une saillie ou d'un bon mot, toujours le même.

C'était vrai. La ville, on le voyait très bien lorsqu'on venait du centre et qu'on se dirigeait vers la périphérie, était formée d'un noyau de vieilles maisons des XVe, XVIe, XVIIe et XVIIIe siècles, inchangées, harmonieuses et bien dessinées, à l'intérieur des remparts. Il y avait ensuite le quartier des gares, de style haussmannien de sous-préfecture, qui s'était précipité au-devant du rail, installé assez loin des anciennes murailles. Et si l'on allait au-delà, on voyait les quartiers neufs de construction récente qui avalaient et digéraient allégrement les champs et les vignes suburbains...

Tout cela (je m'amusais à le reconstituer) révélait le mouvement des hommes : jusqu'à 1850, rien ne s'était trop passé, la vie des hommes n'avait pas tellement changé et la ville n'avait pas plus d'habitants qu'au temps des ducs de Bourgogne. Les hommes vivaient dans les campagnes et, tout à coup, le chemin de fer se construit, et voilà que les hommes quittent leurs champs et leurs établis et viennent s'entasser dans les villes.

Notre famille en est un exemple : en 1848, au fond de sa montagne, mon arrière-grand-père, Lazare Denizot, est bien gentiment forgeron de son village qui compte cinq cents habitants*. Il ferre les chevaux, forge des socs, des pioches, des bigots [1] pour tout le monde, et des grilles et des balcons pour les bourgeois. Il entend parler de la ligne P.L.M. que l'on construit du côté de Blaisy-

* Voir *La Pie saoule* et *Les Chevaliers du chaudron* (Denoël).

1. Pioches doubles.

Bas, il veut aller voir de près ce sacré chemin de fer, il entre sur les chantiers puis monte sur les locomotives, et le voilà dans la plaine, dans la grande ville. Il s'y marie, y fait sa vie : il n'est jamais revenu au village qui maintenant ne compte plus que trente habitants et où les maisons s'effondrent sur les derniers vieillards.

Et c'est ainsi dans tout le pays : dans le Haut-Auxois, la Montagne, les Arrière-Côtes, le Morvan, tout le monde s'en va un jour à la gare la plus proche, son balluchon sur l'épaule, et prend le train pour la ville, où la vie est, paraît-il, si brillante, si facile, et si agréable. Les fermes isolées se vident d'abord, les villages ensuite, les champs retournent à l'étoule [1], puis les chefs-lieux de cantons se dépeuplent à leur tour, pendant que Dijon grossit au point d'être méconnaissable. La région dépérit, surtout la Montagne, d'où nous sommes originaires, et que les géographes appelleront désormais « le désert français ». Et, tout fiers, nous disons à qui veut nous entendre que le grand-père Antoine, qui a participé à la construction de la ligne Saint-Étienne-Andrézieux, est le fondateur de la dynastie cheminote qui compte déjà quatre générations de cheminoterie et va bientôt en compter cinq avec moi. Mais, selon mon grand-père et les gens de ma famille, cet exode des campagnes, ces usines qui s'installent, ces buissons d'épines à la place des champs, cette croissance des villes sont à la gloire du chemin de fer, parce que signes de progrès. Je ne sais trop ce qu'il faut penser de tout cela, mais puisque c'est un article fondamental de la foi familiale, je ne songe pas à le discuter. D'ailleurs tout ce mouvement amène du

1. L'étoule (en patois) ou l'éteule (en français) est le chaume qui reste sur place après la moisson. Ici, le mot signifie : friche, herbes sèches.

trafic au chemin de fer, à moins que ce ne soit le chemin de fer qui provoque tout ce mouvement, je ne sais. Toujours est-il que ça remue. Ça tombe en ruine d'un côté mais ça se construit de l'autre, et vite ; et ainsi nous avons l'impression, que dis-je, la certitude, que notre famille est la cheville ouvrière d'une grande chose qui remue prodigieusement le monde. Ce sont là des réflexions qui me viennent à posteriori, car sur le coup je n'y pense pas trop, j'ai bien autre chose à faire.

Mais tout à coup, pendant que nous recommencions pour la dixième fois les plans de l'attelage automatique, voilà que ces gens extraits des campagnes et amenés à la ville par et pour le chemin de fer, et grâce à lui, ne trouvèrent pas tous du travail, et on parla de chômage. C'était la première fois que j'entendais ce mot, qui me parut inventé pour la circonstance. La chose me parut normale à moi, grand collégien naïf, qui n'avais jamais étudié l'économie politique. J'avais appris l'anacoluthe et la litote, le génitif et l'accusatif, les cas d'égalité des triangles et le polygone de Kékulé, mais pas les lois de Turgot ou de Taylor, et je pensais tout bêtement qu'à force d'attirer tant de monde à la ville il était fatal qu'on ne pût les employer tous, ce qui était bien ennuyeux, mais surtout qu'on fût incapable de les y nourrir, ce qui était très grave.

Mais c'était, paraît-il, autrement qu'il fallait étudier le problème. Toujours est-il qu'ainsi commençait cette fameuse crise qui devait beaucoup faire parler d'elle.

Au sein de ma famille, dans la maison, dans tout le quartier de la gare, dans toute la coterie cheminote, personne n'y croyait à cette crise, ce qui contribuait à me la faire considérer comme très anodine, voire imaginaire, inventée par les syndicalistes et les gens de gauche pour agiter l'opinion. Chez les cheminots, même les rouges, la crise n'existait pas.

— La crise ? Le chômage, dites-vous ? Il n'y a pas de chômage chez nous. Nous constituons la corporation la plus puissante, la plus unie, la plus solidaire, la plus prospère ! Le nombre des agents, parti de 10 000 ou 20 000 en 1840, est arrivé à dépasser les 350 000, et parmi tout ce monde-là il n'y a pas un seul chômeur. Tout le monde touche sa paye au bout du mois, et ceux qui se plaignent d'être au chômage n'avaient qu'à faire comme nous : entrer aux chemins de fer, où le statut du personnel, obtenu à la force du poignet, le 15 septembre 1920, exigé par la grève de juillet 1921, complété par la convention de 1921, a été définitivement accepté, et la loi votée à la fin de la même année...

— Voilà ce que c'est qu'une communauté unie dans la lutte contre le Capital et le Patronat, plastronnaient les rouges.

— Voilà ce que c'est qu'une corporation où règnent la conscience professionnelle et l'esprit de solidarité, regroupée sous les ordres de chefs de valeur, disaient les jaunes.

— Voilà ce que produit une organisation sagement entendue ! Elle entretient le sens droit et l'amour du travail ! disaient les dirigeants.

— Faites comme nous, disaient-ils tous, entrez donc aux chemins de fer !

Là-dessus, dès les premiers cours d'électricité, Marcel Dulot était devenu un fanatique de la manette, un maniaque de l'électrode, il fallait s'en douter ; c'était le gars qui pouvait rester une journée entière un tournevis en main droite et un interrupteur en main gauche. Depuis longtemps il connectait les bobines de fil de sa mère en faisant des rhéostats avec ses compas et des épingles à cheveux de sa sœur. Il faisait ça sans savoir, bien sûr, et sans aucun résultat, mais ce qu'il apprit à l'école lui permit bientôt de monter des postes de radio, notamment un petit poste à galène, où un petit caillou gris foncé, judicieusement chatouillé par l'extrémité d'un fil de cuivre, permettait de faire entendre à ceux qui voulaient se coiffer d'un casque-écouteur des crachotements et des borborygmes prodigieux parmi lesquels on pouvait discerner des mesures entières des morceaux que nous jouions à l'Harmonie P.L.M., comme *Cavalerie légère* de Suppé, *Poète et paysan,* l'ouverture de *Tannhäuser,* et surtout d'autres bruits très curieux, fortement scandés par des chocs de casseroles et de tambours, que la voix nasillarde d'un bavard inconnu appelait du « jazz ».

Par la suite, et à des dates très rapprochées, il construisit une, puis deux, puis trois cassettes magiques, qu'il appelait « postes de T.S.F. », toutes plus perfectionnées les unes que les autres. Ce qui était curieux, c'est qu'il ne prêtait aucune attention aux harmonies ou informations qu'il captait et amplifiait par le truchement de ces instruments, mais uniquement aux appareils eux-mêmes, aux vis, aux bobines, aux boutons, et à la façon dont il les combinait entre eux. Quand l'appareil marchait, il s'ennuyait ; il s'épanouissait lorsqu'il était en panne, et je le soupçonnais de provoquer ces pannes, car on le voyait alors, radieux, jouer du tournevis, ouvrir le ventre de ces curieux instruments dont il mettait, comme il disait, les tripes à l'air.

Il entrait alors dans une sorte de délire muet, une espèce d'état second qu'il prolongeait beaucoup plus qu'il n'était nécessaire, et il était tout à fait inutile de lui parler de sport, d'amour, de plaisanter ou de rire.

Tout le monde aura compris, par ces quelques traits, que mon ami Marcel Dulot était devenu, mais il l'était certainement de naissance, et l'École pratique de Commerce et d'Industrie ne faisait que le révéler, un « technicien » et tout particulièrement un technicien de l'électricité. Comme on le voit, tous les espoirs lui étaient permis dans le monde industriel qui se construisait sous nos yeux.

Dès lors, il abandonna quelque peu les plans de l'attelage automatique, n'y voyant pas la possibilité d'y utiliser ses connaissances en électricité. Puis il y revint très sérieusement un jour que ses recherches lui avaient permis de supposer qu'elles pouvaient y trouver leur application. Mais alors là — je crois qu'il est inutile de le préciser — j'étais obligé de l'abandonner à ses rêves, qui se traduisaient par des calculs de watts, d'ohms et d'ampères, et ainsi délaissai-je provisoirement l'espoir de le seconder dans nos chers travaux.

Cette disposition de son esprit l'amena à constater que l'électricité était bel et bien une énergie respectable, qu'elle avait déterminé depuis déjà longtemps un mode de traction ferroviaire : depuis 1911, donc bien avant la guerre de 14, une ligne de chemin de fer existait en France, entre Pau et Canfranc où la traction de tous les trains était assurée par des locomotives électriques.

Ce fut pour nous deux, je l'avoue, une révélation bouleversante, et pour lui une cause de scandale : comment ? Voilà vingt ans qu'on roule à l'électricité sur le réseau de Paris-Orléans, et nous n'en savions rien ?

Nous nous précipitâmes immédiatement chez le grand-père pour le lui révéler. A notre grande surprise, il ne manifesta ni étonnement, ni enthousiasme. Il savait.

— Vous le saviez, tout le monde le savait, et personne ne nous en a jamais rien dit !

— Peuh ! dit le grand-père, une locomotive électrique, qu'est-ce que c'est ? Une boîte à sel !

— Mais quand même, ça marche, et ça marche sans anicroche depuis trente ans !

Le grand-père fit un geste de la main qui balayait toutes les locomotives électriques passées, présentes et à venir, et prononça :

— D'accord, mais ça n'est pas du chemin de fer... Et puis il y a aussi des tramways électriques à Dijon et dans toutes les villes. Ça ne vaut pas la peine d'en parler !

Et il nous fut impossible d'en tirer davantage.

Cette réflexion m'impressionna beaucoup. Sans en avoir jamais vu, je n'avais pas besoin de faire un bien gros effort d'imagination pour me représenter une locomotive électrique et pour admettre que ce n'était pas du chemin de fer. J'en eus la certitude lorsque nous pûmes amener la conversation là-dessus, un jour que nous nous apprêtions à remonter la rue Guillaume-Tell avec l'oncle François et son compagnon-chauffeur, rencontrés alors qu'ils descendaient de la navette qui les ramenait du dépôt à la gare de Dijon-Ville.

Marcel Dulot, furieux, fit un scandale en disant :

— Jamais personne ne nous a parlé de ça (les lignes électrifiées du Sud-Ouest), même pas à l'école ! Vous ne voyez que par vos bouzines à vapeur, votre vapeur !...

Les deux gueules noires écoutaient. Tous deux avaient le même sourire goguenard et mêmes hochements de tête.

— Tais-toi donc, gamin ! dit l'oncle, alors que son compagnon-chauffeur répétait :

— Oui, tais-toi donc !

— Et pourquoi que je me tairais ? insistait Marcel.

Il y eut un de ces silences dont les équipes de Traction ont le secret, un silence compact et bien maçonné, à croire que Marcel n'aurait jamais sa réponse. Lentement, le seigneur regardait le compagnon, puis le compagnon regardait le seigneur, puis tous deux, ensemble, regardèrent Marcel comme s'il avait voulu leur vendre une brème [1] avariée, et l'oncle laissa tomber, la bouche dédaigneuse :

— Ce n'est pas du chemin de fer !

— Non, ce n'est pas du chemin de fer ! répéta le compagnon, sur le même ton.

Ils avaient, chose curieuse, la même phrase que le grand-père.

— Qu'est-ce que vous voulez tous dire par là, « ce n'est pas du chemin de fer » ? s'emporta Marcel. Avouez qu'au lieu de pelleter cinq ou six tonnes de charbon dans votre nuit, de vous cuire les sangs devant votre fournaise, de vous cailler à regarder le niveau d'eau, à écouter le Kilchap [2], en vous faisant griller comme l'oncle « brûlé » par une explosion de chaudière, vous seriez quand même mieux assis à passer les crans d'un rhéostat, bien tranquillement, dans une cabine confortable !

Le gros poing de mon oncle s'abattit sur la tablette de la consigne des bagages, devant laquelle nous passions à ce moment.

— Tais-toi !

— Mais...

— Tais-toi, que je te dis !

— Oui, tais-toi ! répéta le chauffeur qui regardait son maître comme pour savoir s'il fallait mettre au feu.

L'oncle remonta d'un coup d'épaule la courroie de son panier recouvert de moleskine noire et s'arrêta, les jambes bien écartées comme sur la plate-forme de sa locomotive :

— Tu ne me vois pas en train de passer des crans, non ?

— Et pourquoi pas ?

1. Poisson d'eau douce.

2. Système d'échappement de la vapeur, inventé par les ingénieurs Kilala et Chapelon.

— C'est pas du chemin de fer, c'est le métro!... Le métro, d'ailleurs, il n'est pas à vapeur parce qu'il est souterrain, autrement il serait à vapeur, tu penses bien, et alors ça serait du chemin de fer.

— Il n'y a que la vapeur de vraie, ajouta le chauffeur.

Jamais je n'avais si bien vu le synchronisme de ces deux hommes qui se disaient mariés à la même locomotive, ni surtout leur complémentarité, même là, sur le vulgaire bitume des sédentaires, ils se complétaient admirablement : le geste, la voix, tout s'embiellait sans grincements, en souplesse, et lorsque l'oncle ouvrait la bouche, le chauffeur savait ce qu'il allait dire, et ce qu'il disait était exactement ce qu'il aurait dit lui-même, il ne pouvait donc que le répéter.

Marcel Dulot me disait par la suite :

— Je n'y comprends plus rien. Écoute les gueules noires, ils ne font que gémir sur leur condition de parias, d'esclaves de la société, de damnés de la terre, et si tu leur offres un fauteuil dans une cabine bien abritée, pour y passer des crans, ils refusent, parce que « c'est pas du chemin de fer ». Tu y comprends quelque chose, toi?

Il me semblait bien y comprendre un peu quelque chose, mais aussi curieux que cela pût paraître, c'était du côté de la poésie qu'il me fallait aller chercher une explication.

— Drôle de poésie! ricanait Marcel. Et puis enfin, une locomotive électrique, ce n'est pas du chemin de fer, mais ça tire tout de même un train qui transporte des voyageurs ou des marchandises! Alors?

— Ce n'est pas ça qui les intéresse, tu le sais bien. Ce qui les intéresse, c'est la locomotive à vapeur, parce que ça respire, ça souffle, ça transpire, ça soupire, ça geint. Comme une femme, quoi!

Nous eûmes par la suite bien des occasions d'entendre les mêmes réflexions, aussi, lorsque le bruit courut que l'on pensait à l'électrification de la grande ligne Paris-Lyon-Marseille, cela fit comme une révolution.

Mon père arriva un jour et nous annonça la chose comme si la guerre eut été déclarée à l'ennemi héréditaire. Et même la guerre eût moins choqué, car la réoccupation de la Rhénanie avait été prise par tout le monde comme une marque de faiblesse de la France, qui acceptait que le danger allemand se rapprochât de nous. Mon père nous informa qu'un mystérieux projet d'étude était arrivé sur le bureau de l'ingénieur.

Il y eut, comme bien l'on pense, réunion du grand conseil familial.

— Il n'est pas question directement de l'électrification, préluda mon père qui était le grand rapporteur. Nulle part, dans les documents, on ne trouve le mot « électrification », mais enfin on nous demande d'étudier le rehaussement de tous les passages supérieurs, de tous les ponts, de toutes les voûtes de tunnels, et l'étude d'emplacements, dont l'achat est à prévoir, au droit de la plate-forme des voies, tous les vingt kilomètres environ. Alors, à quoi ça servirait, tout ça, sinon pour prévoir le passage des caténaires et l'installation des sous-stations ?

Il y eut un moment de stupeur. Les chefs en étaient-ils déjà là ? Avaient-ils déjà condamné la vapeur ? Mais bientôt le « bon sens français » reprit le dessus :

— Ha ! Ha ! Ha ! Elle est bien bonne ! Mais jamais la chose ne sera possible ! L'électricité ? Jamais elle n'arrivera à monter la rampe de huit de Blaisy, par exemple !

— Elle monte bien Pau-Canfranc avec des rampes de 30 ! dis-je, car je m'étais renseigné.

— Pau-Canfranc ? Cette queue de rat, ce tramway qui débouche sur rien ! disait l'un.

— Attention, disait l'autre, une chose est Pau-Canfranc, autre chose est Paris-Dijon !

— De toute façon, concluait un troisième, il n'y aurait jamais assez de watts et d'ampères en France pour assurer le tonnage de la seule section Paris-Dijon.

Cette affirmation, toute gratuite, mais dite par le collègue qui avait installé l'électricité chez nous l'année précédente, tranquillisa tout le monde.

— Des machines électriques ici, ce n'est pas pour demain, vaï ! déclara Vessière, un ancien chauffeur de l'oncle « brûlé », qui venait encore de temps en temps boire le café arrosé, et qui avait un superbe accent méridional et une voix de fort ténor.

On l'écoutait beaucoup, parce qu'il connaissait par cœur le rôle de Paillasse dans l'opéra-comique de Leoncavallo, et le premier acte de *Faust.* « Salut, demeure chaste et pure ! » Il « n'avait » que le premier acte, parce qu'il avait quitté l'atelier pour monter sur les machines juste au moment où il allait travailler le deuxième acte, et la vie de bâton de chaise des gueules noires, on le sait, ne permet pas de faire ses classes d'opéra-comique.

Donc, il se contentait de ce premier acte, en le chantant à tue-tête en « bourrant la gueule » de sa machine. Lorsque son seigneur-mécanicien lui avait dit un jour : « Mais garde donc tes forces pour mettre au feu, et d'abord tu chantes faux » il avait répondu :

— Moi, je channnte faux ?

— Oui, tu chantes faux !

— Non, mon chef, je channnte pas faux : je place ma voix.

Il s'était pourtant arrêté de chanter sur la plateforme, car le métier lui mijotait tout bonnement une belle laryngite ferroviaire, comme à tant d'autres. Il se contentait, lorsqu'il ouvrait le gueulard et répartissait le charbon sur la sole du foyer, de chanter à la cantonade, comme Faust : « A moi ! Satan ! »

Ce jour-là comme les autres, la discussion sur l'électrification tourna court parce que certains s'étaient mis, probablement en l'honneur de la vapeur, à raconter des histoires de vapeur, mais uniquement dans le but de prouver son énorme supériorité sur cette pauvre électricité, qui éclaire peut-être les gens mais qui ne pourra jamais remorquer que le métro.

Et tout cela se mit à tourner dans les cervelles jusqu'au moment où l'un des interlocuteurs, je ne sais plus lequel, arriva, l'œil illuminé, au petit café des Perrières où la coterie tenait ses assises. On se rassembla autour de lui.

— Vous savez ce que j'ai pensé ? dit-il d'entrée. Si les dirigeants voulaient électrifier, est-ce qu'ils auraient mis en chantier la 241 C, qui va prendre son service au dépôt de Laroche ? Est-ce qu'ils auraient mis le bureau d'études cul par-dessus tête et fait des grosses dépenses pour pousser ses premiers essais à plus de 120 ? Est-ce qu'ils se seraient creusé la cervelle pour l'améliorer, pour lui coller un échappement double avec croisillon et « petticoat [1] », et tâcher de monter sa puissance de 2 330 à 2 490 chevaux ?...

« ... J'ai même entendu dire, reprit l'informateur, qu'ils avaient projeté de reprendre la 241 A 20, celle de Jaboulot, pour y mettre un essieu coudé, polybloc, autoéquilibré*, et de lui faire des tas de tri-

1. Hotte spéciale qui permet d'activer le tirage du foyer.

* Ce mot, dont on se gargarisait, me déplaisait pourtant. Il me semblait mal fait, incorrect. C'était, avec « aérodyna-

patouillages, des conduits d'admission plus larges, des distributeurs de plus grand diamètre, des graisseurs mécaniques, est-ce que je sais encore...

— Et même de nouveaux cylindres pour agrandir les sections de passage ! ajouta une voix.

— Alors, ils lui refont une peau neuve ? demanda Perrin, le mécanicien maniaque d'économies qui terrorisait ses chauffeurs en leur disant d'un ton sans appel : « Tu mets treize briquettes », et si le chauffeur en mettait quatorze, le vieux rouvrait le gueulard et rattrapait la quatorzième au croc ; s'il n'y parvenait pas, il faisait la gueule à son chauffeur jusqu'au terminus.

— Non, ils ne lui font pas qu'une peau neuve, répondait le premier, mais les tripes aussi, et tout !... Enfin, presque tout. Et, bien entendu, c'est pour augmenter sa puissance, on l'appellerait alors la 241 D, et elle serait un début de série ! Alors, vous pouvez juger.

Il y eut un silence détendu, presque joyeux : si l'on préparait ainsi des séries de machines plus puissantes, c'est qu'on prévoyait encore un avenir à la vapeur !

— Si l'on projette des séries améliorées de 241, c'est qu'il y en a encore pour au moins trente ans de vapeur ! conclut Lapierre, et moi, continua-t-il, dans trente ans, il y aura vingt ans que je serai en retraite, les enfants, alors bonsoir m'sieu dames !

On supputa la longévité de ces très belles machines, on conclut qu'elles feraient encore des trains en 1965, et peut-être même plus tard.

Ces conclusions mises sur le tapis au petit café Creusevaux se répandirent comme un baume bienfaisant sur le quartier ; elles débordèrent sur toute la communauté : cette électrification était impos-

mique », les avant-gardes de cette invasion barbare qui devait nous submerger, quelques lustres plus tard.

sible, c'était certain. J'en fus le premier soulagé, car maintenant, je le sentais, tout me poussait à être tractionnaire comme l'aïeul, Lazare Denizot, comme mon grand-père-grandes-roues, comme mes oncles... mais tractionnaire VAPEUR.

... A moins que mon daltonisme ne me l'interdît à jamais. Question capitale qui devait m'occuper désormais à plein temps, au point de me faire quelque peu négliger mes études et oublier la fille du sous-chef principal, que Marcel appelait maintenant « la Marseillaise ».

Dans le but d'étudier mon cas, je fis d'abord de nombreuses expériences. Le plus souvent, dès ma sortie du lycée, le soir, je me précipitais vers le Rempart de la Miséricorde et, installé au pied du bec de gaz qui éclairait chichement le passage piétonnier, je surveillais les potences à signaux. De là, je les voyais sous un angle à peu près convenable. C'était l'hiver; dans la nuit naissante, je voyais les cibles des signaux s'effacer avant chaque passage de train et se refermer lorsque le train était passé, et je m'efforçais de bien distinguer la couleur de leurs voyants.

Marcel venait me rejoindre, le plus souvent pour contrôler. A chaque changement de position de signaux, j'annonçais : Sémaphore à voie libre — voie 2, ou Sémaphore fermé — voie 4.

C'était assez naïf parce que, bien que ma perception des couleurs fût probablement défectueuse, j'étais renseigné par la position de la cible, même dans le brouillard le plus épais : j'avais tellement l'habitude de la gare que je devinais leur position, rien qu'au claquement qu'ils faisaient, car le bruit n'était pas le même lorsqu'ils s'ouvraient ou lorsqu'ils se fermaient. Une oreille cheminote ne s'y trompe pas.

Nous étions là, dans le halo vert du bec de gaz

pendant plus d'une heure, transis, immobiles, en silence. Les lumières de la gare scintillant sur notre droite m'empêchaient, me semblait-il, de distinguer celles des signaux qui se confondaient dans cette aveuglante constellation. Tout avait la même valeur : les becs de gaz de la ville, les lumières des salles d'attente, celles de la lampisterie et du bâtiment des voyageurs, et aussi les lanternes à main que l'on voyait s'agiter au niveau des quais et des passages à brouettes, sans oublier les deux cents signaux de position d'aiguilles au ras du sol. Là-dessus, les lanternes de tête et de queue de chaque train, les lueurs blafardes des compartiments de voyageurs glissaient comme météores dans cette immense voie lactée. Tout cela noyait littéralement les feux des signaux, et je me posais avec angoisse la question : mais comment un mécanicien peut-il s'y reconnaître aux abords des gares, surtout dans les grandes villes, où l'éclairage des rues et des magasins vient encore ajouter à cette angoissante confusion ? Comment ferai-je moi-même, lorsque je serai aux commandes de ma bouzine, en tête de mon train ?

J'avais le souffle coupé, précisément lorsqu'un train venant du sud passait près de nous, encore à bonne vitesse, et s'engageant dans les zones sombres des aiguillages, pénétrait dans cette myriade de points lumineux, tous si semblables, dont certains, et certains seulement, le concernaient impérativement. Comment, oui, comment pouvait-il sélectionner dans ce fatras lumineux ceux qui balisaient sa voie ? Pour moi, cela tenait du miracle.

Marcel, à qui je faisais part de mes craintes, me répondait :

— Mais si, c'est très simple, mon vieux, les becs de gaz ont une couleur verdâtre ; les lanternes à acétylène ont une lumière très vive, très blanche.

Quant aux signaux de manœuvre, ils sont violets; les signaux d'arrêt sont rouges; le blanc, c'est la voie libre. Il n'y a pas d'erreur possible.

Toutefois, il disait cela d'un ton qui me laissait supposer son trouble, c'était visible; il n'était pas si sûr de lui que cela, mais il répétait néanmoins :

— Il n'y a pas d'erreur possible.

Hélas, il me semblait bien que, pour moi, l'erreur était inévitable, et j'en avais pour une bonne nuit d'angoisse. Et tous les jours je me posais la même question. Il était certain que lorsqu'une grande quantité de signaux de couleur était proposée en bloc à mon œil, il se produisait une telle confusion que je ne pouvais les distinguer les uns des autres, et il était sûr qu'ainsi je ne passerais jamais avec succès la plus banale des visites de sécurité. Serais-je même capable d'être embauché à la Compagnie ?

C'est alors que je résolus d'étudier à fond le processus même de cette visite d'embauche, que je me proposais d'affronter le plus tôt possible.

Et tout d'abord cette épreuve de lecture à distance du tableau de référence. Il me parut enfantin, même pour un myope, de triompher de cette épreuve; je n'avais qu'à apprendre par cœur ce tableau, comme on apprend une carte de géographie. Il fallait donc me procurer ce tableau que l'on trouve dans tous les cabinets médicaux, et où des lettres de différentes grosseurs sont alignées dans un désordre apparent, les unes au-dessus des autres, et que l'inévitable homme en blanc, vous cachant l'œil droit puis l'œil gauche, vous demande de lire.

Il me suffirait d'apprendre par cœur la succession de ces lignes et la place des lettres dans chacune d'elles, exactement comme, sur une carte muette de géographie, on peut citer par cœur la place de toutes les villes que l'on voudra. On apprend à l'école bien des choses infiniment plus compliquées que cela.

Il est très facile, en effet, de retenir par cœur ce tableau, toujours le même dans la profession, et il me fut aisé d'en subtiliser un au service médical de l'arrondissement de la voie. Par l'intermédiaire discret de Marie Dulot qui y travaillait depuis son brevet comme secrétaire et se préparait à passer l'examen d'infirmière de la Compagnie.

Aussitôt que je l'eus, je l'appris comme j'avais appris douze ans plus tôt la table de multiplication ; au bout de quinze jours, je le savais par cœur et, tous les soirs, Marcel me faisait passer un petit examen : il prenait la place de l'homme en blanc et, du bout d'une règle, me montrait n'importe quelle lettre de n'importe quelle ligne. Il pouvait sauter de l'une à l'autre sans que je me trompasse jamais, et pourtant je jure qu'à trois mètres j'étais incapable de les différencier. Je peux encore réciter par cœur le B-V-M-S-R-T-H-K-V-Z de la première ligne, le O-P-T-E-M-R-Q-S-R-T de la deuxième, etc., et je m'aperçois que les recrutements actuels, cinquante ans plus tard, se font encore grâce à ce même tableau où rien, absolument rien, n'a été changé, et je m'en étonne bien stupidement car je me suis aperçu, dès cet instant, et cela n'a fait que s'accroître par la suite, combien la société industrielle moderne, créée et rendue possible par ce sacré chemin de fer, était naïve, d'une naïveté qui n'a d'égale que la prétention.

Mais ceci est une autre histoire.

Pour les couleurs, il en fut de même ; on proposait alors aux candidats un petit livre d'allure japonaise, dont chaque page était constellée de points multicolores, groupés de telle façon que les points verts dessinaient un chiffre ou une lettre. Le daltonien, bien entendu, ne voyait pas ce chiffre puisqu'il ne faisait pas de différence entre les couleurs, mais il lui suffisait d'apprendre par cœur le chiffre qu'il devait découvrir sur chaque page. C'était beaucoup plus facile que de se farcir la liste des rois de France avec les dates de leur naissance et de leur mort, ou bien le premier acte d'*Athalie*, ou les tableaux de déclinaisons allemandes, ou encore les symboles de tous les corps simples avec leur poids atomique.

Lorsqu'on y réfléchit un peu, et j'ai eu le temps depuis cette époque-là d'y réfléchir beaucoup, on est confondu de constater combien il est facile pour un vulgaire individu, isolé et autonome, de mystifier les imposantes dispositions de la très ambitieuse cybernétique moderne. Et de ce fait, par une simple tricherie de potache, d'en fausser complètement le sens et la valeur.

J'ai appris depuis, non sans satisfaction, que les tests psychologiques secrets, imposés à l'examen d'entrée des grandes boîtes industrielles ou des grandes administrations, pouvaient ainsi être faussés, et qu'il existait tout simplement des écoles, à peine clandestines, où l'on vous apprenait systématiquement, une à une, les réponses qu'il faut faire aux questions psychologiques les plus subtiles et les plus confidentielles. Et toutes ces réponses truquées sont mises très sérieusement dans l'ordinateur infaillible qui, impavide et souverain, décide des hommes à éliminer ou à embaucher, et de l'orientation professionnelle à leur donner.

C'est du meilleur Ubu.

Eh bien, en dépit de mon jeune âge — j'avais dix-sept ans —, en quelques semaines, et au prix d'un médiocre effort d'imagination, j'avais entrevu la stupide existence ou la merveilleuse destinée, comme on voudra, qui était promise à ma génération. Grâce à une faculté congénitale qui me permettait d'extrapoler avec une grande facilité, j'entrevis tout ce qui, dans les vingt prochaines années, allait arriver à l'humanité.

Le plus intéressant fut la réaction de mon grand-père-grandes-roues ; lorsque je lui expliquai mon stratagème, car il fut le seul avec Marcel à le connaître : il éclata de rire et s'écria :

— Sacristi de sacristi ! Mais c'est bien, ça, c'est très bien !

Il avait l'air tout fier de moi.

Puis, ayant réfléchi longuement, après l'exposé de mes hasardeuses extrapolations et de mes craintes pour l'avenir de l'humanité :

— Si je te comprends bien, on n'entrera bientôt plus aux chemins de fer parce que le père, le grand-père et l'arrière-grand-père y ont fait carrière, mais parce que les « tests », comme tu dis, l'auront décidé.

— C'est certain, c'est déjà commencé en Amérique, paraît-il.

Il resta silencieux un instant, puis carrément :

— Alors, c'est foutu !

— Qu'est-ce qui est foutu ?

— Tout : le chemin de fer, la vie... tout !...

Puis, ayant médité gravement :

— ... Et puis, après tout, vous vous débrouillerez avec les parents de la fille, hein ! Moi, c'est terminé ! Au bout le bout ! J'ai connu la vie au bon moment !

Et l'on changea bien vite de sujet de conversation.

Pour moi, je venais au moins d'acquérir la certitude d'entrer à la Compagnie, et l'espoir de monter sur les machines, malgré un daltonisme qui pouvait d'ailleurs n'être pas si rédhibitoire que je le craignais, peut-être même était-il imaginaire.

Là-dessus je décidai d'aller à Marseille. Laurette, la fille du sous-chef principal, y était déjà depuis plus d'un an. Je lui avais envoyé discrètement quelques cartes postales, elle n'y avait pas répondu. Je lui avais consacré tout mon temps. Pour elle j'avais travaillé mes examens, pour elle j'avais évité de rencontrer des filles et j'avais fui Marie Dulot elle-même. Il s'agissait de savoir si tous ces efforts avaient été faits pour rien.

Le voyage eut lieu par un Mardi Gras glacé. J'avais prétexté un petit séjour de trois jours chez mon grand-père Louis, le cantonnier de la voie, à Darcey, mais au lieu de prendre l'omnibus qui remontait en direction de Paris, je sautai sur le quai 1 dans le rapide de Marseille. Pour conserver son caractère romantique, l'expédition se devait d'être clandestine, et puis, franchement, j'étais gêné d'avouer à mes parents que je courais aux trousses d'une fille du service de l'Exploitation. La fille d'un « fromage blanc ». On nommait ainsi, avec un certain mépris, les sous-chefs du « Mouvement » qui, dans les gares, sont reconnaissables à leur casquette blanche : le « fromage blanc ».

L'émotion d'aller retrouver la princesse lointaine fut, il faut le dire, absolument éclipsée par celle de prendre un grand rapide, le 103, celui dont les voitures arboraient une des plaques les plus prestigieuses : « Paris-Lyon-Marseille-Nice-Vintimille ». Autre sujet d'émotion : j'avais puisé dans mes maigres économies, et je payais mon voyage, car je m'étais bien gardé de demander à mon père un permis de circulation. Ce voyage se devait d'être exceptionnel et inoubliable ; il le fut, car c'était la première fois, ce devait être la seule de toute ma vie, que je devais payer pour monter dans un train ; impression curieuse. De ce fait, tout dans le train me parut encore plus beau et plus exaltant, et les 523 kilomètres furent merveilleux. Il m'en coûta cent vingt-deux francs. Un franc vingt-deux d'aujourd'hui.

J'avais pris mon régulateur, la montre à trotteuse du grand-père qui, dans ce temps-là, dans le monde cheminot, passait directement du gousset du grand-père à celui du petit-fils; j'avais aussi, bien entendu, le fascicule de la marche du rapide 103, me donnant ses heures de passage à toutes les gares, à tous les postes, et à tous les points singuliers; et enfin, mon fameux barème de vitesse que j'avais recopié de ma main. Ne pouvant trouver un coin gauche dans le sens de la marche du train, je choisis une voiture dont le couloir était à gauche, et je décidai de m'y installer. Je préférais y faire le voyage debout plutôt que de renoncer à surveiller les signaux, la vitesse et le respect de l'heure. Il n'était absolument pas question de m'asseoir au centre d'une banquette, au milieu de gens qui, comme disait mon père, voyagent comme des colis postaux, ne sachant même pas pourquoi le mécanicien siffle, ne connaissant ni le nom du tunnel que l'on traverse ou du viaduc que l'on franchit, ni le nombre de voitures du convoi, ni le numéro de la locomotive...

Ils ne savent rien de la vie, et de ce fait leur conversation est inintéressante et leur présence insupportable. On se demande même ce qu'ils viennent faire dans un train.

Il n'était pas question non plus de me contenter d'un coin à droite; un cheminot voyage à gauche, dans le sens de la marche, un point c'est tout.

J'étais donc debout, dans un couloir fort encombré, car le 103 était un train-paquebot qui correspondait ce jour-là au *Ville de Saigon* des Messageries maritimes, à destination de l'Extrême-Orient. Je pus néanmoins déployer ma marche de train, sortir mon chronomètre, surveiller les plaques hectométriques, et juger en tout état de cause la façon élégante dont l'équipe de conduite rattrapait les huit minutes perdues à l'occasion des trois ralentissements de chantier qui nous furent imposés entre Mâcon et Lyon.

Tout cela ne m'empêcha pas de savourer la vallée

du Rhône, ce fameux « sillon rhodanien » de mes livres, et de vérifier mes connaissances géographiques. Bien que je fusse, de par ma position à gauche, du côté du Bas-Dauphiné, donc le dos tourné au fleuve, je le vis néanmoins, au pied des versants du Jarrez et du Vivarais ; il m'apparut bien comme l'animal sauvage, indompté, fier et fougueux que je supposais.

Ah ! qu'il était beau, alors, le Rhône, depuis les vergers d'Entressin et des Roches-de-Condrieu jusqu'aux portes de Donzère, libre et échevelé !

Les eaux étaient hautes en ce début de printemps, hautes et vertes comme les séracs de son glacier natal. Et les pêchers de Saint-Rambert-d'Albon étaient roses. Et le massif des Coirons, que certains voyageurs payants appelaient les Cévennes, était d'un beau violet sombre, un peu masqué par les effilochures de vapeur blanche de notre 241 D 1 qui, depuis Lyon, nous remorquait triomphalement.

J'étais allé la saluer, comme bien l'on pense, à la mise en tête de Perrache, cette Mountain dont mes oncles m'avaient tant parlé ; c'était cette machine que nos ingénieurs du P.L.M. avaient étudiée avec la Maison Herschel de Cassel et qui, avec une économie de combustible de plus de 20 % par rapport aux 241 A, arrivait aux mêmes performances, grâce à une chaudière Schmidt à haute pression et une surface de grille de 3,89 mètres carrés, au lieu de 5 mètres carrés.

Mais que vais-je raconter là ! Tout le monde doit savoir ça, et ceux qui ne le savent pas ne sont pas dignes d'en être informés.

Le glorieux sillon rhodanien, sous un ciel clair, semblait tout heureux de regarder filer cette 241 D 1 avec son panache blanc de vapeur qui s'accrochait aux roches du versant dauphinois et aux terrasses du vignoble du Châteauneuf-du-Pape.

C'était tellement beau, et la marche de la 241 D 1

était si exaltante, que j'en oubliai de sortir de mes poches l'inévitable casse-croûte. Mon exaltation fut encore bien plus vive lorsque, passé la cathédrale de Viviers, les portes de Donzère s'ouvrirent toutes grandes devant nous, et que l'on déboucha dans cette Provence pleine de vent et de soleil, entre Rhône et Tricastin, alors que, sur la rive droite, les Cévennes s'évanouissaient par-dessus la dent de Rez et que s'ouvrait, tout frémissant de mistral, le triangle provençal. La 241 D 1 s'y engagea en poussant un long cri de jouissance.

La Crampton, « princesse » du rail

Tout au long de ce parcours qui me coupait l'appétit, je ne cessais d'imaginer la haute silhouette de mon arrière-grand-père, le forgeron de Châteauneuf*, parti de son village pour « cons-

* Voir *La Pie saoule* et *Les Chevaliers du chaudron* (Denoël).

truire le chemin de fer », comme il disait orgueilleusement et qui, de chantier en chantier, puis de dépôt en dépôt, avait fini par chevaucher la Crampton, la « princesse » du rail.

Le fondateur de notre dynastie cheminote était donc passé là, sur sa « princesse » ! On y avait entendu sa grande voix de chien fou. Il avait pris son petit air de mistral sur la plate-forme découverte des premières locomotives et il avait regardé les Marseillaises droit dans les yeux !

L'émotion fut à son comble lorsque, passé Miramas, on découvrit la plaque d'argent de l'étang de Berre, que je pris pour la mer, le trouvant immense. Puis ce fut le tunnel de Nerthe, sous les blanches collines du Rove, le concurrent de notre tunnel de Blaisy avec ses cinq kilomètres, qui me parut plus beau que la halle du Roi des Montagnes, et enfin, à sa sortie, par une crevasse de l'Estaque, alors que le train ralentissait : la mer ! Chose curieuse, je ne la vis pas tout de suite, ou plutôt je ne compris pas que c'était la mer. C'était une plaque grise, qui rejoignait le ciel gris. Deux ciels du Nord superposés. Ce ne fut que lorsque j'aperçus, piqués dessus, les îlots de Ratonneau, de Pomiègues et du château d'If, et aussi un paquebot noir et rouge qui s'en venait du plus profond de l'horizon, que je compris que cette plaque plus grise que l'autre c'était la mer. D'un seul coup, ce fut quand même le délire car, du haut des Aygalades, on découvrit toute la rade, l'Estaque, à nos pieds, avec ses paquebots, et la ville rose et grise, et Notre-Dame de la Garde et les rochers gris de Pomiègues. Oui, contrairement à ce que tout le monde chantait sur tous les airs, le Midi était gris !

Et puis la gare de Marseille-Saint-Charles.

Pour la première fois, je voyais une gare « terminus », une gare « en cul-de-sac ».

Je n'avais jamais vu que des gares d'escale, accrochées de part et d'autre de la ligne et regardant passer les trains. Dans celle-ci, le train échouait sur des butoirs, au fond d'une halle, où il « mourait », oui, dans le langage cheminot on dit qu'un train « meurt ». Je regardai de tous mes yeux et je supputai les problèmes techniques qu'il fallait résoudre ici pour organiser l'occupation des voies, et les refoulements inévitables, surtout que, je le remarquai, cette gare était commandée par un goulet fort étroit.

Ces considérations professionnelles jointes à l'émotion causée par l'apparition de la mer me firent perdre de vue le but de mon voyage à Marseille. Pourtant la machine, qui refoulait pour venir prendre le train par l'arrière et l'emmener, en lui faisant faire tête à queue, vers Vintimille, me fit penser à M. Mingeon, car c'était un de ses collègues, un « fromage blanc », qui commandait cette opération. Et tout à coup, la fatigue de ce voyage de plus de cinq cents kilomètres, debout, sans manger, me tomba sur les épaules, aggravée par le remords d'avoir entrepris ce raid clandestin et hasardeux, et tout cela pour revoir une fille avec qui, tout compte fait, je n'avais pas eu plus de trois heures de conversation, et à qui je n'avais même pas encore osé prendre la main.

Une foule compacte de voyageurs bizarres tournait autour de moi, des noirs, des jaunes, des olivâtres, des blancs aussi mais ils avaient un accent si curieux que j'en eus le vertige et que je sortis enfin de mes poches le sandwich au jambon, le sandwich au gruyère, les deux œufs durs, le beurre et le cornet de sel sans quoi un cheminot n'entreprend jamais un déplacement et que m'avait fournis en secret ma tante Catherine, et je m'assis pour manger sous la grande halle, entre un Arabe en burnous et turban et une famille cochinchinoise.

C'était le soir, un mistral naissant entrait dans la

gare et s'engouffrait dans la halle par son ouverture nord et, ne trouvant pas d'issue à l'extrémité sud, faisait comme les trains : il refoulait. La rencontre de ces deux courants provoquait des remous glacés, car je découvrais que ce mistral, ce fameux vent de notre chaud Midi, était froid.

Manquait un bon verre de vin, qui m'eût réchauffé et redonné du cœur, mais il ne me restait en poche que quinze francs, je me contentai de l'eau du robinet, et je me fis indiquer la rue du Plateau-de-Mourepiane où se situaient les cités cheminotes flambant neuves, où habitait Laurette.

Je passai et repassai sous des fenêtres dont je supposais qu'elles étaient celles de l'appartement des Mingeon, je vis successivement s'éteindre toutes les lumières de la cité, j'attendis jusqu'après minuit, au cas où elle fût allée au cinéma, puis je passai et repassai dans la rue en sifflotant : « Elles ont une âme, les roses », dont il me souvenait que c'était l'air préféré de Laurette.

Je ne réussis qu'à attirer l'attention d'une grosse dame qui fermait ses volets et qui observa longuement mon manège. Lorsque je l'entendis dire à la cantonade : « Eh, qu'est-ce qu'il a, cet homme, à tournicoter là ? Il mijoterait un mauvais coup que ça m'étonnerait pas », je décidai de rejoindre ma chambre, et je déguerpis.

Ma chambre, c'était, bien sûr, la salle d'attente des troisième classe de la gare de Marseille-Saint-Charles, où je dormis sur la bouche du calorifère (moi qui croyais trouver dans ce pays la fameuse chaleur méditerranéenne), lové en chien de fusil, parmi une demi-douzaine de marins d'État qui attendaient, en buvant du vin rouge, le rapide qui devait les emmener vers Paris et leur Bretagne natale.

Au petit jour, avec mes derniers sous, je fis un petit déjeuner copieux et me dirigeai vers Mourepiane, et comme j'arrivais, la Providence fit en sorte que Laurette sortît de la maison. Je ne devais pas être très frais après ma nuit, mais je m'apprêtais néanmoins, le cœur battant, à me présenter à elle alors qu'elle tournait l'angle de la rue. Mais à ce moment elle se précipita vers un beau jeune homme brun, qui semblait l'attendre, s'accrocha à son bras et le suivit : j'emboîtai le pas pour m'assurer de ce que je voyais, mais aucun doute n'était permis. Bien qu'à cette époque-là une fille n'embrassât pas un gars en pleine rue, Laurette avait une attitude qui ne pouvait laisser aucun doute. D'ailleurs, m'étant approché d'eux, j'entendis sa voix. Elle disait au jeune homme :

— En sortant de l'École supérieure de Commerce de Marseille, vous n'êtes qu'attaché à l'échelle 8, tandis qu'avec le diplôme des H.E.C. vous êtes attaché à l'échelle 11...

Pas de doute possible; c'était bien Laurette.

Je n'avais pourtant pas perdu mon temps, puisque j'avais descendu la vallée du Rhône aux trousses de la 241 D 1, et j'étais fin prêt pour vivre ces fameuses années 30, les années terribles, aussi bien pour l'Europe et pour le chemin de fer que pour moi-même.

La grande crise et les événements de ces années 1930 ne m'apparurent pas du tout comme on les a décrits dans les livres d'économie politique ou d'histoire, d'abord parce que je n'en ressentis pas directement les effets. Ma famille non plus d'ailleurs.

Cette crise se manifestait surtout par le chômage ; un chômage qui, commencé en douceur dès 1929, prit très vite une ampleur effrayante. Or nous n'avions aucun chômeur dans la famille, ni dans la maison, ni dans tout le quartier cheminot, et nous étions assurés de n'en pas avoir puisque nous étions tous « aux chemins de fer » et que, pour révoquer un cheminot, il faut qu'il ait tué père et mère ou volé dans la caisse... et encore. Un chômeur, pour nous, était au moins un malchanceux et au plus un maladroit, un de ces pauvres types qui, au lieu d'entrer « aux chemins de fer », avait eu la malencontreuse idée de choisir une profession « civile », idée bizarre et stupide. Je vous demande un peu : comment peut-on ne pas être cheminot ? Je connaissais même des camarades qui, nés dans un milieu « civil », poussaient la sottise jusqu'à persister dans l'erreur familiale en embrassant à leur tour une carrière commerciale, ou en se destinant à une quelconque profession libérale. Ces errements me paraissaient incompréhensibles.

Il y avait aussi l'inflation, la chute du franc, toutes choses dont on n'avait connaissance que par les journaux. Or, par une grâce toute spéciale, je ne prenais aucun plaisir à lire les journaux, et je n'en lisais aucun, car dans aucun d'eux je ne trouvais les informations qui eussent pu m'intéresser et surtout les seules dignes d'intérêt : celles qui ont trait à la vie du chemin de fer. Au contraire, chaque fois qu'un journal relatait un incident ferroviaire, c'était pour dire les pires âneries.

Pourtant, de plus en plus souvent, les parents et les amis, qui se rassemblaient ici ou là pour la partie de tarot, discutaient âprement. L'analyse de cette crise, venue d'Amérique, bien entendu, était faite en long et en large et en travers par les joueurs qui en omettaient de « pisser atout » ou de « mener le petit au bout * ». Cette analyse, quoique simple, était curieusement multiple; deux grandes tendances se dessinaient parmi les interlocuteurs : l'une, la plus virulente, entraînée par les gueules noires et les roulants, prétendait que c'était une crise de sous-consommation, conséquence des trop bas salaires payés à la « classe ouvrière »; la solution qu'ils préconisaient était l'embauche massive de tous les chômeurs, par la réduction de la journée de travail et l'augmentation des salaires.

— Ils n'ont qu'à nous donner des sous et on saura bien les dépenser, disait-on finement.

L'autre tendance, conduite le plus souvent par les jaunes, et dans laquelle militait modestement mon père qui disait :

— Non, ce n'est pas une crise de sous-consommation, mais une crise de surproduction. Le capitalisme généralise l'emploi de la machine qui

* Expressions du jeu de tarot.

chasse l'homme et surproduit. Il faut juguler la mécanisation excessive qui nous vient d'Amérique, redonner à l'homme sa place dans la production et de ce fait ralentir cette production pour la proportionner aux besoins naturels de l'homme, et non pas exciter artificiellement cette production pour ensuite stimuler et sophistiquer les besoins de l'homme par des moyens pervers et néfastes comme cette odieuse « publicité » (qu'on appelait alors « la réclame »).

Les premiers renchérissaient :

— Ne refusons pas l'abondance, fille du progrès, mais distribuons-la mieux. Les grands moyens de production sont entre les mains et au service du capital, voilà pourquoi ils ne profitent pas au peuple. Que le peuple prenne en main ces grands moyens de production, et qu'il les gère au bénéfice de tous, alors qu'aujourd'hui ils ne profitent qu'à certains !

Là-dessus, ils nous prouvaient fort bien que ces capitalistes affameurs étaient en tout et pour tout au nombre de deux cents familles, pas une de plus, pas une de moins, dont certains partis publièrent d'ailleurs la liste exhaustive et limitative. J'ai eu cette liste entre les mains et j'ai compté les noms, il y en avait bel et bien 200, pas un de plus. Leur raisonnement débouchait donc logiquement sur une révolution qui devait entraîner les nationalisations, et tout particulièrement la nationalisation de l'industrie clé, mère de toutes les autres, véritable corne d'abondance et capital national par excellence : le chemin de fer.

Je peux bien dire que ces théories me passionnèrent, m'enthousiasmèrent chacune leur tour ; je retrouvai d'ailleurs au passage des arguments anciens que j'avais lus dans les discours de Jules Guesde, dans Jaurès et, disons-le, dans Lamartine, qui étaient repris in extenso dans les discours de

M. Léon Blum. Bref, on se serait cru en 1847, c'est tout au moins ainsi que je voyais la situation.

Je me souviens particulièrement d'une terrible bagarre qui eut lieu à une époque assez avancée, et dans laquelle mes oncles et leurs compagnons-chauffeurs, solidement solidaires, plus que jamais complémentaires, réclamèrent avant tout l'avènement de la gauche au pouvoir pour confisquer, nationaliser, planifier et répartir le prodigieux avoir de ces deux cents familles (deux cents familles : une bouchée pour le peuple). Mon père qui n'était pourtant pas bavard, et encore moins éloquent, eut une réponse qui lui valut une bordée d'injures dont il tira exemple pour prouver que les gens de gauche étaient des voyous. Il avait à peu près dit ceci :

— Votre révolution, elle va chasser les classes régnantes, miner les couches possédantes, et pour mettre quoi à la place ? Un pouvoir socialiste ? Je ne vous donne pas six mois pour qu'il se révèle comme une oligarchie de hauts fonctionnaires et, votre gauche tenant le pouvoir, elle voudra le garder et elle s'opposera, avec la même violence que les monarchies, à toute nouvelle révolution et même à toute espèce de changement qu'elle appellera, bien entendu, subversion. C'est-à-dire que votre gauche deviendra conservatrice, et je vous fous mon billet que le conservatisme socialiste écrasera férocement toute manifestation qui voudra remettre en question son ordre établi !

— Autrement dit, continua le contrôleur du service des Bois, notre voisin, la gauche devient réactionnaire aussitôt qu'elle est au pouvoir ?

— A moins que tout pouvoir s'oriente automatiquement, naturellement, vers la droite ! suggéra une voix qui n'était pas celle d'une gueule noire, j'en donnerais ma tête à couper.

Après cela, ce fut un tintamarre terrible au milieu duquel un mécanicien hurla :

— Oui, chantez, les jaunes ! En attendant, le Front populaire va vous apprendre la musique, et les poulets vont changer de gueule !

C'était la première fois que j'entendais cette expression « Front populaire ». Elle me parut farouche, terrible, et réconfortante à la fois, et je m'étonnai que Victor Hugo ne l'eût pas inventée.

Par la suite, les grands troubles se multiplièrent : les usines furent occupées par leurs ouvriers qui y campaient nuit et jour ; à midi et le soir, les femmes leur portaient leurs paniers-repas, et ceux qui étaient musiciens faisaient danser les autres fort tard dans la nuit à l'intérieur même de l'établissement. Il y avait partout des pancartes et des grandes bandes de calicot sur lesquelles étaient écrits des slogans réclamant « la semaine de quarante heures », « les congés payés », « les assurances sociales », « la retraite des vieux » et « l'augmentation des salaires ».

Au « Café des Chemins de Fer », les assemblées étaient de plus en plus houleuses, elles prolongeaient les meetings tenus à la Bourse du Travail, et cela continuait sur les trottoirs puis à la maison où mon père, qui ne fréquentait ni les cafés ni les meetings, disait à mes oncles :

— Qu'allez-vous réclamer là ? Les congés payés ? Mais nous les avons, nous, les cheminots. Les assurances sociales ? Mais nous les avons aussi, et depuis longtemps, avec notre service médical ! La retraite ? Mais il y aura tantôt un siècle que nous l'avons aussi. Quant à la paye, vous avez les meilleures de France, avec vos primes de traction.

— D'accord, répondaient les autres, mais il faut se solidariser avec les camarades, il faut former une solide masse ouvrière pour étendre à tous ces avantages normaux dont nous profitons depuis longtemps. Pourquoi les autres n'en profiteraient-ils pas aussi ?

Et puis :

— Onze jours de congé, ça te suffit, à toi ? Onze jours ? Belle aumône ! Comme si, à notre époque, avec tout le progrès, on ne devrait pas avoir au moins un mois de liberté, un douzième de l'année à ne pas être esclaves !

— Vous voulez la faillite de la Compagnie ! criaient les uns.

— La faillite ? Mais regardez donc les dividendes que les compagnies distribuent à leurs actionnaires, dont le plus gros travail est de découper leurs coupons ! répondaient les autres.

Et cela durait des heures et des heures.

Mais cela, c'était en quelque sorte l'écume d'un mouvement beaucoup plus profond dont les échos m'arrivaient très assourdis. Un lent et pénible travail de fusion des syndicats bouillonnait depuis longtemps. Le grand-père, qui suivait cela depuis la préhistoire du syndicalisme, m'expliquait :

— Souviens-toi, les cheminots sont séparés, c'est ce qui fait leur faiblesse, leurs militants syndicalistes se bouffent le nez depuis 1920, ils donnent, les tout premiers, l'exemple de la mésentente, on dirait qu'ils poursuivent depuis les origines des ambitions personnelles, et qu'ils ne se servent de leurs troupes que pour faire leur pelote ! Et la C.G.T.U. d'un côté, et le Comité de défense syndicaliste de l'autre, et l'Union fédérative des syndicats autonomes de France, et la C.G.T.S.R., et la Fédération autonome des cheminots ! Et tout ça tire à hue et à dia !...

Il suçait un moment le tuyau de sa pipe Job et concluait :

— ... Ils n'arriveront à rien. Il faut s'unir, tous, et dans la dignité professionnelle, mais il y a là-dedans une bande de gueulards arrivistes, des grenouillards, des politicards...

Et il revenait à son idée :

— Pourtant c'est dans le syndicalisme qu'est la vérité, on ne m'ôtera pas ça de la tête.

Mais l'analyse que faisait mon grand-père était singulière; comme beaucoup de gueules noires, il était d'origine compagnonnique, et lorsqu'il prononçait le mot « syndicalisme » il voulait parler de la défense du métier, de l'amélioration collective de l'outil, de la recherche unanime de la perfection technique, de l'amélioration de l'homme par la rigueur, la discipline, la conscience professionnelle et la fraternité, et non de la lutte entre les classes sociales pour le confort matériel et l'augmentation des salaires. Un seul confort l'intéressait : celui que donne la satisfaction du devoir dûment accompli. Il jugeait un homme sur la qualité de son œuvre, et non sur les avantages qu'il avait pu en tirer.

Il aurait voulu juger un syndicat à la façon dont il avait fait progresser les méthodes et les hommes dans le sein de la profession, et aussi à la manière dont il rassemblait, mais non à celle dont il divisait.

Ils étaient quand même assez nombreux, il faut bien le dire, à voir ainsi les choses, surtout parmi les seigneurs de la vieille génération. Mon père en était, bien qu'il ne fût pas gueule noire, mais par admiration pour son père, sans doute.

De très graves discussions eurent lieu dès qu'il fut bien établi que le Parti communiste prenait de plus en plus d'ampleur dans notre monde et dans le mouvement syndical. Mes oncles, très vraisemblablement, y adhéraient, l'oncle Mon-Jules surtout; je n'en ai jamais eu la certitude car c'étaient là des choses que l'on ne disait pas. Le vieux le leur reprochait, et si les autres insistaient, il se fâchait tout rouge :

— Vos communistes, disait-il, c'est tout comme les curés.

Et comme on s'étonnait, il expliquait :

— Les curés, c'est : « Donnez-moi des sous et je

vous donne le Paradis dans l'autre monde. » Eh bien, les communistes, c'est : « Payez-moi vos cotisations, et je vous donne le Paradis ici-bas... »

Et il riait. Si l'on ne se rendait pas, il continuait :

— ... Les curés, avant de faire un pet, ils cherchent à savoir comment pétaient les Pères de l'Église. Les communistes, c'est Marx, Engels, les bolcheviks, ou Thorez. Les curés, c'est saint Paul, saint Thomas, ou Mgr Landrieux. Rien ne sort du cœur ou du bon sens. Tout du catéchisme...

Il se dressait sur la pointe des pieds, levait l'index et le majeur et clamait :

— Et hors de nous, pas de salut ! Chez les autres, erreur, schisme, hérésie, mensonge et damnation ; chez nous, vérité et sincérité.

Il était, bien sûr, parfaitement d'accord avec les autres sur la nationalisation des chemins de fer. Il donnait là-dessus les meilleurs arguments d'ordre économique, politique, ou même philosophique, car ils ne manquent pas, et je me souviens d'avoir entendu dire, comme mon père, lorsque les transports par route commencèrent à prendre de l'importance :

— C'est pas les chemins de fer qu'il faut nationaliser, c'est les transports, tous les transports, autrement ce sera la chienlit.

Mais je crois surtout qu'une forte dose de sentiment et de poésie entrait dans son jugement lorsqu'il me disait : « ... Et tu crois que ça ne serait pas beau, ça : notre outil bien à nous ? » Et il avait le geste d'Harpagon embrassant sa cassette. Je me demande même s'il ne croyait pas que, même retraité, la nationalisation allait lui redonner SA machine, qu'il pourrait installer près de lui, dans son jardin par exemple, où il pourrait aller désormais la contempler et la caresser à son aise.

Quelle que fût l'importance de ces graves événements dont l'ampleur croissante au cours des années 30 en fit des événements hautement historiques avec lesquels il ne faut certes pas plaisanter, je n'en fus cependant pas très imprégné, loin de là, j'entrevis tout cela à travers un brouillard délicieux qui vint de ce que je tombai amoureux, mais amoureux tout de bon cette fois.

Je rencontrai Hélène.

A ma grande confusion, tout cela se passa en dehors des emprises du chemin de fer. Deux fois de suite, dans mon adolescence, avec Marie Dulot et avec Laurette, j'avais envisagé congrûment une idylle conduisant à un mariage strictement endogame, comme il est traditionnel de le faire dans la coterie. Je ne voyais même pas la possibilité d'aimer vraiment une étrangère, cela me paraissait aussi choquant que d'accoupler chien et chat. Pourtant, ma bien-aimée m'apparut loin de la gare, dans un cadre aussi peu ferroviaire que possible, et lorsque le premier regard nous eut liés l'un à l'autre pour la vie, j'appris que ni son père, ni son grand-père, ni l'oncle le plus éloigné, ni le plus petit cousin, n'étaient cheminots. Il était trop tard, en toute sincérité.

Le plus difficile fut de la faire admettre au clan.

Hélène était prodigieuse, merveilleuse, aussi bonne et intelligente qu'elle était belle, et elle avait sur moi exactement la même opinion, je l'ai su plus tard. Je n'avais jamais rencontré une fille comme celle-là, et pourtant, Dieu sait que j'en rencontrais, des filles, dans les maisons cheminotes et dans les cités que la Compagnie P.L.M. venait de construire dans mon quartier des Perrières, qui domine la gare. Oui, je rencontrais beaucoup de filles mais comme celle-là, jamais. Je l'avais croisée et recroisée plus de cent fois déjà, mais j'osais à peine la dévisager et, chose curieuse, lorsque je l'avais fait, elle avait souri. Non, je n'avais pas rêvé, elle m'avait souri, d'un sourire profond. Un sourire invisible sur son visage, bien sûr, mais un sourire du fond de l'œil, du fond de l'âme. Il faut être parfaitement et totalement en état de grâce pour le voir, ce sourire-là, mais en état de grâce je l'étais, et un peu plus à chaque rencontre, et ce jour-là ce fut l'éblouissement.

Un garçon sérieux avait, en ce temps-là, assez peu d'occasions de parler à une fille. Il pouvait certes l'aborder dans la rue, mais c'était le fait des voyous ; jamais je n'aurais osé le faire de peur de la choquer. On était élevés ainsi, les enfants des dessinateurs de la Voie. J'avais en outre la certitude que ce n'était pas de cette façon qu'elle aimerait rencontrer celui auquel elle consacrerait sa vie, et même, pour parler franc, j'aurais eu mauvaise impression d'elle si elle avait accepté que je lui adresse la parole comme ça, en pleine rue. J'en serais mort de ridicule, aussi sûr que le jour suit la nuit.

Pour moi, l'amour qui conduit exclusivement au mariage ne s'accommode pas de cette médiocrité.

Heureusement, un jour, je la vis en grande conversation avec Marie Dulot. C'étaient deux anciennes camarades de l'école primaire de la place Darcy. Elles ne s'étaient pas vues depuis leur certificat d'études et se racontaient cinq ans de leur vie d'adolescentes. C'est ainsi que j'entendis sa voix ; elle me tourneboula des pieds à la tête et je vis très bien, sans que le moindre doute fût possible, que je lui faisais le même effet, car lorsque nous nous quittâmes elle me dit : « Au revoir, mademoiselle », puis elle devint rouge comme une jolie framboise et perdit contenance. C'est ainsi que je connus celle que je devais épouser cinq ans plus tard.

Mais dans ces cinq ans que d'alertes, que de difficultés, que de drames !

J'entrevis d'ailleurs tout de suite quelles allaient être ces imposantes difficultés lorsque, entre deux baisers, je lui annonçai l'arrivée au dépôt des premiers autorails. Elle ne sourcilla point. Elle eut même un de ces sourires étonnés et ravis, dont on aurait pu dire qu'ils l'embellissaient si la chose eût été possible. Je dois le dire, Hélène considérait que cet événement était simplement amusant, et elle me demanda de lui expliquer ce qu'était un autorail. Avec une certaine amertume, je décortiquai devant elle ce terme barbare, composé tout simplement de deux mots connus : un autorail était en somme une auto qui roulait sur les rails. Elle en convint froidement, sans même en frémir, et j'en fus consterné. Pour moi, pour « nous », une automobile était un monstre hostile et dangereux, qui — toute la corporation cheminote l'avait deviné et prédit sans ambiguïté — allait foutre en l'air l'équilibre économique et psychologique du monde. Il était déjà bien imprudent de le tolérer sur la route, ce monstre, mais le voilà qui osait souiller la voie ferrée, domaine exclusif et sacré de la vapeur ! Ce roquet quinteux osait venir se mêler à nos pur-sang !

Or Hélène, ma belle Hélène, ne s'en montra pas scandalisée. Dans tout le quartier de la gare, au contraire, surtout dans les cités P.L.M. où l'esprit de corps fermentait en vase hermétiquement clos avec plus d'efficacité que partout ailleurs, c'était l'effervescence. Certes, je dois l'avouer, il y avait des « nôtres » qui approuvaient ce sacrilège, ils étaient très rares mais ils admettaient qu'il fallait vivre avec son temps, que le trafic des voyageurs de certaines petites lignes ne justifiait pas la mise en marche d'un convoi noble remorqué par une locomotive, qu'il était même révoltant de mobiliser pour si peu de chose la Sainte Trinité composée du seigneur, de son compagnon-chauffeur, et de Sa

Majesté le Chaudron. Ils parlaient même de prix de revient comme si d'aussi sordides préoccupations pouvaient entrer en compte lorsque la dignité de la bouzine et le monopole de la caste sacerdotale étaient ainsi menacés.

Ma famille, saint des saints du temple de la vapeur, avec un archimandrite [1], un grand prêtre, deux diacres et plusieurs lévites de grades différents, était atterrée. Tant bien que mal on tenta de

L'autorail

1. Nom du supérieur de certains couvents dans l'Église grecque.

digérer cette inquiétante nouvelle en improvisant plusieurs séances plénières où la question fut débattue passionnément, et d'abord on rassembla les documents.

Oui, c'était bien vrai, l'automobile ou plus exactement le moteur à explosion osait monter sur le rail ! On disait que, depuis un certain temps, des autorails, que des ingénieurs félons et certainement stipendiés nommaient des « Unités », avaient été mis en service sur notre arrondissement même, sur la ligne de Pontarlier à Gilley, en plein Saugey. Certes, cette ligne secondaire — ô combien — était située aux marches du réseau, aux confins de la Suisse, dans le *no man's land* des neiges jurassiennes, mais justement, avec ses rampes de 15, son profil difficile, elle fournissait à la vapeur l'occasion de se couvrir de gloire en réalisant des marches glorieuses.

Et voilà que la Compagnie P.L.M. venait de prendre livraison de vingt-quatre puis de trente-huit nouveaux autorails, qu'elle avait commandés à dix constructeurs différents (au nombre desquels se trouvaient les Établissements Michelin, ce qui expliquait que les étrangers, toujours ignares, appelassent, par la suite, tous ces affreux engins les « michelines »).

Et ce n'était pas tout, on annonçait que la commande allait s'allonger interminablement. Ne disait-on pas que, même pour les relations à très grande vitesse, les réseaux, et notre P.L.M. en tête, avaient demandé à Bugatti d'étudier puis de construire des couplages de quatre cents puis de huit cents chevaux destinés — ô sacrilège — au service rapide de la grande ligne impériale Paris-Lyon ?

On redoutait l'électricité et c'était le pétrole qui nous envahissait, et dans son utilisation la plus méprisable : le moteur à explosion, l'ennemi numéro un, le miteux, le pelé, le « roteur », comme nous l'appelions.

Je raconte cela en semblant plaisanter, mais la chose était grave. Hélène ne semblait pas bien comprendre, et j'étais bourrelé de remords d'avoir un jour à imposer à ma famille une épouse aussi détachée des préoccupations fondamentales du clan. Mon grand-père, lui, en perdit le boire et le manger, et alors que les oncles s'esclaffaient en prédisant aux autorails les pires catastrophes et les déficiences les plus graves, il restait muet et immobile dans son fauteuil.

L'emphysème semblait de plus en plus souvent l'étouffer à mort. Un jour, on annonce que la petite rotonde de Dijon-Ville allait servir tout bonnement de remise aux autorails. C'était SA rotonde, celle où son père avait remisé sa Crampton dès 1852, celle où pendant l'époque la plus glorieuse de sa carrière il était allé lui-même prendre son service et retrouver SA machine, et notamment sa « Grosse C », la dernière avec laquelle il avait « fait » la « Malle des Indes ».

Aussitôt qu'il sut que ce noble temple de la vapeur allait servir de garage à ces bouffe-pétrole, à ces « autos », à ces teuf-teuf, son visage devint livide, sa peau parut grise et comme morte. Pourtant il prit sa canne, sa canne de compagnon-serrurier avec laquelle il avait fait son Tour de France et rossé bien des gavots, mit sa casquette à rabats, sa vareuse, ses galoches, et descendit la rue de la Cité en serrant le poing sur la pomme sacrée de sa crosse compagnonnique qu'il n'avait pas sortie de son étui depuis son embauche aux chemins de fer, sauf pour me la faire admirer. Puis, d'un pas rapide, trop rapide, il monta la rue des Perrières et gagna son observatoire au-dessus du fameux petit mur.

J'arrivai chez lui alors que la grand-mère refermait la fenêtre d'où elle l'avait regardé s'en aller de son pas rageur.

— Je ne sais pas ce qui lui prend, me dit-elle, ces

autorails lui font bien du tort, il vient de partir comme un fou je ne sais où...

Je savais bien, moi, où il était allé. Je l'avais déjà vu crispé aux barreaux de la rambarde du « petit mur » et regardant furieusement, du haut de son perchoir, les travaux entrepris dans cette partie de la gare. Je le trouvai donc là ; il parlait seul ou plutôt il faisait part de ses pensées à un interlocuteur invisible. Me voyant à ses côtés, il me dit à brûle-pourpoint :

— Regarde ? Regarde-moi ce gâchis ? une si belle rotonde, pour loger leurs autorails ? Ah, si M. Paulin était encore là, jamais, jamais des horreurs comme ça n'auraient pu se faire ! Quel massacre, sacristi, quel massacre ! quelle honte !

Puis, hochant la tête, d'une voix sourde :

— Le chemin de fer est foutu !

Il devait revenir là tous les jours, sous les bourrasques de novembre, pour continuer cette tragique élégie dont les strophes se terminaient toujours par : « Le chemin de fer en crèvera ! »

J'avais conté la chose à Hélène, elle sembla bouleversée :

— Pauvre vieux ! dit-elle simplement. Puis : Je voudrais bien le connaître.

Nous nous donnâmes donc rendez-vous pour le lendemain, précisément sur « le petit mur », à l'heure où il venait habituellement lancer l'anathème aux ingénieurs modernes, à ces suppôts d'Attila qui avaient, c'était sûr, juré la mort du chemin de fer et vendu leur âme aux compagnies pétrolières.

Il était à sa place habituelle mais il n'était pas seul : à sa droite, vêtu de la même vareuse, coiffé de la même casquette, chaussé des mêmes galoches, le même foulard rouge à pois noirs passé dans l'anneau d'or, se tenait Justin Roblot, son ancien compagnon-chauffeur, vieilli de dix ans, mêmement accoudé au petit mur, et autour d'eux un groupe d'hommes penchés, eux aussi, sur les voies de débords ; ils péroraient fiévreusement en sourdine ; nous étions assez près d'eux maintenant pour entendre leurs propos :

— Qu'on ne me dise pas, grondait le grand Vernot, que je reconnus à ses grands bras, ne me dites pas que c'est par souci de rentabilité qu'on va remplacer les omnibus-voyageurs par ces boîtes à sardines ! La vapeur est le moyen de traction le plus avantageux ! Même avec une seule voiture et un fourgon derrière elle, une locomotive est plus rentable, comme ils disent, que ces tas de fer-blanc ! La vapeur est l'énergie la moins coûteuse...

Ils hochaient tous la tête d'un air grave, convaincus, au plus profond d'eux-mêmes, de ces vérités premières qui étaient l'a b c du dogme ferroviaire.

— On sait bien pourquoi les patrons achètent des autorails, ajoutait une voix, les marchands de pétrole leur glissent des dessous de table.

— Je dirais même mieux, affirmait le père Veillotte en haussant le ton, en même temps qu'ils touchent leur paye aux chemins de fer nos grands chefs sont présidents-directeurs généraux ou administrateurs des compagnies pétrolières et même des entreprises de transports routiers. La paye aux chemins de fer, et les tantièmes et les jetons de présence à la route !

Le grand-père et plusieurs autres anciens levèrent alors la main pour arrêter cette conversation qui prenait un tour qui leur déplaisait. Les très anciens, en effet, n'admettaient pas que l'on médît des ingénieurs en qui ils conservaient, à l'ancienne mode, leur confiance et leur admiration. Mais les plus jeunes renchérissaient :

— Vivement qu'on nationalise tout ça ! C'est un scandale !

— Taisez-vous donc, bande d'« otus », vous récitez là le catéchisme communiste ! disait Justin Roblot en regardant mon grand-père, comme pour chercher la caution de son ancien seigneur. Vous voulez dresser la base contre les chefs !

— La lutte des classes. Voilà où on est maintenant ! soupirait le grand-père qui venait de s'accouder lourdement au petit mur.

Là-dessus je m'attendais à ce que la discussion s'envenimât, mais comme nous approchions d'eux ils se turent brusquement, et m'étant alors penché comme eux je compris pourquoi : les quatre premiers autorails arrivaient, ils refoulaient, en s'approchant de la rotonde, puis s'engouffraient lentement sous la coupole. Le sacrilège, le viol était en train de s'accomplir là, sous leurs yeux. Le souffle coupé, les neuf vieux tractionnaires le contemplaient, comme abrutis.

Un par un, les autorails s'avancèrent sur le pont tournant qui se mit à pivoter pour les orienter sur leurs garages respectifs, le ronronnement caractéristique du moteur du pont tournant nous arrivait, très doux, puis ce fut le claquement sec du taquet d'arrêt, et j'eus l'impression que ce bruit, pour eux tous, c'était celui d'une grande porte de coffre-fort qui se refermait inexorablement derrière eux.

Je regardai la manœuvre, aussi ne vis-je point que les vieux venaient de se rassembler et qu'ils tentaient de relever une forme sombre étendue sur le sol. Un homme, en effet, venait de tomber. Hélène s'était élancée, je la suivis, et lorsque nous arrivâmes près du groupe, je vis que c'était mon grand-père qui était à terre.

Nous le relevâmes, il nous regarda avec un sourire crispé, il n'avait pas dû s'apercevoir de sa chute ; il se remit à parler comme si rien ne s'était passé, tout étonné de se voir soutenu par son petit-fils et une brunette qui lui demandait :

— Vous n'avez pas mal ?

Il éluda la réponse d'un geste d'insouciance qui lui était familier et prononça :

— Le chemin de fer en crèvera !

Tout le long du parcours qui nous ramenait à la maison, il répéta rageusement d'une voix pâteuse :

— Oui, le chemin de fer en crèvera, les enfants, moi je vous le dis, le chemin de fer en crèvera !

Sa bouche était tordue, il avait de plus en plus de mal à prononcer, ses jambes semblaient ne plus vouloir le soutenir. Avec Justin Roblot nous le portâmes pour monter les escaliers, et devant la grand-mère qui répétait : « Eh ben ! Eh ben ! » nous l'étendîmes sur son lit. Et je m'aperçus qu'Hélène était là, dans la chambre à coucher, qu'elle écartait les grands rideaux du baldaquin, qu'elle redressait la tête de mon vieux, qui s'affaissait sur la gauche.

Lui, il continuait à répéter à Justin Roblot :

— Tu vois, compagnon, écoute bien ce que je te dis : le chemin de fer en crèvera.

— Oui, chef, acquiesçait Roblot, dans la plus pure tradition.

Mais la langue du grand-père était de plus en plus épaisse dans sa bouche. Hélène disait alors à la grand-mère à voix basse :

— Voulez-vous que j'aille chercher le docteur ?... Ou un prêtre ?

— Un prêtre ? Vous croyez ?

— Il vaudrait mieux, c'est une attaque, affirmait Hélène.

Elle partait aussitôt en courant alors que le vieux essayait de me prendre la main et me demandait, en regardant la porte par où Hélène venait de disparaître :

— Qui... qui est-ce ?

J'avais saisi sa grosse patte entre mes deux mains.

— Une jeune fille, répondis-je.

— Je le vois pardieu bien, mais... mais qui ? Qui ?

— Elle s'appelle Hélène...

Il me regarda avec, dans les yeux, un véritable sourire, très clair et très vivant, alors que tout le reste de son visage devenait inerte comme pierre. Je sentis qu'il voulait me faire une pression de main.

Puis il revint à son idée, il se mit à hululer :

— ... En crèvera... le chemin de fer... en crèvera.

Et dans la minute qui suivit, c'était lui qui mourait, alors que mon père et ma mère, prévenus par le télégraphe cheminot, arrivaient.

Lorsque Hélène revint avec un prêtre, elle n'osa pas entrer et resta dans la rue. Le médecin ne vint qu'ensuite, il n'avait plus, hélas ! qu'à délivrer le permis d'inhumer.

Je perdais là un maître magnifique.

L'enterrement fut pour moi l'occasion de recevoir confirmation de la grande popularité de mon grand-père, mais aussi de découvrir plusieurs choses dont l'importance devait bientôt m'apparaître de plus en plus grande ; en effet, la rue de la Cité n'est ni longue ni bien large, certes, mais la voir entièrement noire de monde et uniquement de cheminots me donna une impression étrange de grandeur et de puissance. Et puis, lorsque le cercueil apparut, deux bannières se dressèrent, dont je m'aperçus qu'elles avançaient chacune à la tête d'un groupe d'hommes vêtus de noir, tous semblables. Le premier était la délégation de la Fédération des retraités du chemin de fer. L'un d'eux, un grand gaillard à longues moustaches blanches, portait gravement cette bannière de velours grenat sur laquelle étaient brodées des initiales et une belle locomotive. Le groupe était composé de vieux hommes, tous pareillement vêtus d'un pardessus noir, d'une chemise d'une grande blancheur sur laquelle se détachait la cravate noire.

La seconde était rouge, oui, ma mère, rouge, c'était celle de la Fédération des cheminots. Tous ces hommes marchaient en rang, du même pas. Ils prirent la tête du convoi, tout de suite derrière la famille, et je me retournai bien des fois pour regarder cette masse puissante, compacte, qui avançait derrière nous comme le paquet d'avants d'une équipe de rugby. Ma mère s'étant elle aussi retournée murmura d'un ton rageur :

— Ce n'est pas un enterrement, c'est une manifestation bolchevique !

Et c'était l'impression qu'on avait, surtout que chaque jour les revendicateurs politiques parcouraient ainsi les rues de la ville, pareillement groupés derrière des drapeaux rouges.

Mon père, la voyant très agitée, tenta de la calmer. Cela ne fit que l'exciter davantage :

— Je ne peux pas défiler devant ces guignols ! dit-elle, et elle fit le mouvement de quitter le cortège. Mon père la retint. Ma tante Catherine, qui avait allongé l'oreille, lui dit :

— Mais, Honorine, calmez-vous ! Ce sont ses camarades et les camarades de ses fils. Ils sont là parce qu'ils nous aiment bien.

— Les retraités, oui, c'étaient peut-être ses camarades, mais ne me dis pas que ces blancs-becs (ma mère désignait là le groupe de la Fédération) sont de ses camarades : il est en retraite depuis trente-quatre ans, la plupart étaient à peine nés quand il a quitté le service, ne me racontez pas d'histoires ! Ce sont des bolcheviks, oui, qui se servent de notre enterrement pour défiler une fois de plus. Tout à l'heure on va les voir dérouler un calicot pour demander des sous... Moi, je ne veux pas que le grand-père serve d'homme-sandwich aux bolcheviks, et je ne veux pas défiler devant le drapeau bolchevique !

— C'est pas le drapeau bolchevique, c'est la bannière de la Fédération !

— Alors, pourquoi est-elle rouge ?

Tout en suivant le corbillard modeste où pendait la couronne d'œillets, rouges eux aussi, de la Fédération, on parvint à la calmer. D'ailleurs on arrivait à la cathédrale et les deux bannières gagnèrent, bien entendu, l'une, le « Café du Carillon », l'autre, le « Café Mariotte », car la Fédération des retraités n'était pas tout à fait d'accord avec la Fédération des cheminots et ne fréquentait pas les mêmes cafés, et on ne les revit qu'à la sortie de l'office, mais ils nous accompagnèrent alors, en corps constitués, jusqu'au cimetière des Péjoces. Nous dûmes donc faire les quatre kilomètres à pied, suivis de ces deux groupes.

Tout en marchant, j'eus le temps de penser et je me mis à me poser des questions biscornues, par exemple : pourquoi enterre-t-on les cheminots avec les étrangers dans le cimetière de la ville ? Pourquoi n'y a-t-il pas un cimetière cheminot, tout près de la gare ou du dépôt bien sûr ? Ça me paraissait absolument logique. Et puis je constatai aussi qu'après ce très lent défilé à travers toute la ville, derrière ce corbillard traîné par un vieux cheval très maigre et devant ces porte-drapeaux exténués (c'est lourd, une bannière), une immense fatigue m'accablait, et je ne pensais plus du tout à mon chagrin ni même à mon grand-père. C'était toujours ça de gagné sur la déprime, me direz-vous.

Mais hélas, au passage à niveau de la barrière d'Auxonne, le cortège dut attendre devant la barrière fermée, car un train de marchandises manœuvrait et la machine venait à notre hauteur. Le mécanicien — c'était l'équipe Pernot-Pitard — qui avait reconnu les deux bannières et les collègues actionna le sifflet pour saluer le camarade qui s'en allait à sa dernière demeure. On piétinait pour attendre l'ouverture des barrières.

Et c'est alors que j'eus une vision d'une grande précision car il me revenait, à cet endroit précis, un événement que le vieux m'avait conté bien souvent et qui s'était passé ici même : une histoire de la guerre de 1870, une histoire peu banale à vrai dire, qu'il annonçait, toujours très grave, en tirant sur la mouche impériale qu'il conservait sous la lèvre inférieure.

Oui, c'était certainement la première fois qu'une locomotive était mêlée à l'histoire guerrière de notre pays. C'était donc en 1870. Il n'était alors qu'apprenti chauffeur, l'armée allemande s'approchait de Dijon, alors place forte, et dans la ville le trouble était grand ; les uns voulaient que l'on défendît la ville jusqu'à la mort du dernier des Dijonnais, les autres, au contraire, pensaient que ce sacrifice était inutile et qu'il fallait déclarer Dijon ville ouverte. Dans les rues les civils péroraient tous et se battaient même. C'était le désarroi.

Mon grand-père était alors en gare de Dijon-Porte-Neuve, sur sa machine sous pression, haut le pied, et attendait les événements, désorienté ; son mécanicien étant allé aux renseignements au bureau de service, il était seul sur la locomotive. Tout à coup, il voit venir à lui un homme en dolman avec deux galonnards, un colonel, je crois, et un capitaine, qui l'interpellent :

— Votre machine est-elle sous pression ?

— Oui, monsieur.

— Je vous réquisitionne. Le capitaine vous signera un bon de réquisition.

Et voilà les trois hommes qui montent à bord. L'homme au dolman donne l'ordre de démarrer immédiatement en direction d'Is-sur-Tille.

— Mais, monsieur, je suis tourné tender en avant !

— Marchez tender en avant !

— Mais... je n'ai pas la voie.

— Ne vous occupez pas de ça, marchez !

— Mais si un convoi est devant nous, sur la ligne ?

— Il n'y a plus de convois sur la ligne ! Devant nous, il n'y a plus que l'armée allemande qui avance ! Roulez !

— Mais mon mécanicien n'est pas là.

— Pas besoin de lui, roulez !

C'est ainsi que mon grand-père, chauffeur de dix-neuf ans, conduisit la bouzine au-devant de l'armée allemande, sous la menace du pistolet du capitaine, et sous les ordres du docteur Laval, qui avait pris en main les destinées de la ville de Dijon.

Ils allèrent ainsi jusqu'aux limites de la Côte-d'Or, où ils virent des avant-gardes prussiennes qui avançaient en tirailleurs dans les champs. Bientôt ils aperçurent, au loin devant eux, une troupe en marche, en bon ordre, très calme ; le docteur Laval, debout sur le charbon du tender, sa lunette à la main, identifiait et comptait les éléments avec l'autre officier. Tout à coup, au droit de la gare d'Occey, ils furent salués par une compagnie allemande qui les reçut à coups de fusil.

— Marche arrière ! hurla le capitaine.

Mon grand-père renversa la vapeur en catastrophe, alors qu'un soldat, un fou sans doute, tentait de monter sur la machine. Le capitaine l'étendit d'un coup de pistolet pendant que, sous les balles ennemies, la machine prenait de la vitesse et qu'un groupe de soldats tentait stupidement de la poursuivre en courant.

— On est rentrés à toute vapeur, disait alors mon grand-père, et sans s'occuper de la limitation de vitesse, qui était alors de soixante sur cette section de ligne. Je crois bien avoir battu, et pour longtemps, le record de vitesse d'une machine haut le pied. Fort heureusement, nous étions cette fois machine en avant.

C'est ainsi que mon grand-père a conduit la célèbre reconnaissance du docteur Laval du 28 octobre 1870, à la suite de quoi Dijon, déclarée ville ouverte, ne connut, paraît-il, que quelques combats de rues du côté de la route de Gray et de la ferme de Pouilly.

J'ai le temps de me remémorer ces événements historiques pendant que le train stationne puis démarre lentement et enfin s'arrête à nouveau, refoule et repart. La rame est longue de trente-deux véhicules et la manœuvre compliquée ; les camarades syndiqués qui en ont apprécié, d'un coup d'œil, la durée, ont gagné le petit café « de la barrière du chemin de fer », installé tout exprès à côté du passage à niveau, pour y boire sur le pouce, vite fait, un verre de rouge. Ils en sortiront pour rejoindre le cortège lorsque le fourgon de queue aura dégagé et que le garde-barrière, ôtant sa casquette, ouvrira les portes de la barrière d'Auxonne.

Voilà deux jours que Marcel Dulot n'est pas entré à la maison. Pourtant, habituellement, il ne reste pas une demi-journée sans venir me voir. Je le rencontre dans l'escalier : il a l'air gêné et semble même me fuir. Je fais mon examen de conscience : ne lui ai-je pas dit quelque chose de blessant ? Ou bien me reproche-t-il de fréquenter Hélène ? Il espérait me voir épouser sa sœur, toute la gare le sait, et voilà que je semble très attiré par une étrangère. Sa sœur ne lui a-t-elle même pas raconté notre rencontre avec Hélène ?

Je m'arrange pour faire avec lui une partie du trajet qui le conduit à son école. Il ne peut retenir son secret plus longtemps. Lorsque je lui demande avec insistance pour quelles raisons il a l'air si gêné, il me répond :

— Je vais te le dire, parce que tu finiras toujours par le savoir. Voilà : ton oncle François a grillé sa bouille.

— Mon oncle ? Il a rôti son chaudron * ?

La nouvelle me tombe sur les épaules et me

* Bouille, chaudron : locomotive (argot ferroviaire). Griller sa bouille : griller les plombs du ciel du foyer faute d'eau dans la chaudière.

laisse abasourdi : mon oncle François ? Le seigneur sans peur et sans reproche ?

Marcel m'explique :

— ... Il faisait le 4508, il avait cinq de retard aux Laumes, il a forcé. A Verrey, le niveau était juste sur le trait, mais il a pensé qu'il pouvait arriver jusqu'au sommet de la rampe. S'il avait fait une admission *, la pression aurait baissé, il aurait peut-être même « planté un chou » (c'est-à-dire fait une détresse de pleine voie). Alors il a marché avec le peu d'eau qui lui restait. Il était sur le point de réussir : il arrivait au garage de Blaisy. Encore six cents mètres et il n'a plus qu'à se laisser glisser. Mais voilà qu'il voit le sémaphore fermé, il donne alors son coup de frein, l'eau qui restait dans la chaudière se déplace vers l'avant et découvre le ciel du foyer et du coup les plombs fondent. Le mélange d'eau et de vapeur jaillit en sifflant, envahit le foyer, et c'est le scandale, avec demande de la machine de secours, et, à l'arrivée au dépôt, demande d'explications écrites et sanction.

Et la sanction c'est, paraît-il, pour lui : la descente de machine, le retour aux ateliers...

Voilà pourquoi Marcel Dulot évite de me rencontrer. Tout le dépôt le sait, tout le quartier de la gare le sait, et il est même certain qu'une bonne partie de la France ferroviaire le sait, car au réfectoire ce soir-là il y avait des équipes du dépôt de Lyon-Mouche qui l'ont répété à ceux de Valence, qui l'ont dit à ceux de Marseille ; il y avait aussi des « estaux » de Chalindrey qui faisaient chauffer leur gamelle et qui l'ont dit à ceux de Reims, et lorsqu'ils en ont parlé à Longuyon, c'est un Lillois qui l'a entendu et l'a répété à ceux de Lumes. Le bruit court donc sur le rail : « Il y a un Dijonnais qui a grillé sa bouille ! »

* Injection dans la chaudière de l'eau du tender.

Voilà comment le déshonneur tombe sur une famille.

Bien sûr, l'oncle François n'en a pas parlé, peut-être même sa femme l'ignore-t-elle encore. Elle s'en apercevra à la paye prochaine, lorsqu'il touchera sa solde toute nue, sans prime de traction. Elle lui demandera alors comment faire pour aller au bout du mois, car on s'habitue vite aux primes de traction qui arrivent à doubler la paye, paraît-il. Elle s'en apercevra aussi lorsqu'il rentrera à midi et le soir, tous les jours, à la même heure, bien sagement, comme un vulgaire chieur d'encre, et qu'elle sera désorientée par cette régularité inhabituelle et méprisable. De toute façon elle se couperait la langue plutôt que d'en parler dans la famille.

Je l'annonce à mon père le soir. Aussitôt nous quittons en trombe la table, avant le fromage, et nous filons chez oncle François. Il est en train de souper, le nez à toucher le fond de son assiette, les deux coudes sur la table, l'œil plus noir que jamais.

— Oui, oui, je sais pourquoi tu viens, dit-il à mon père en repoussant son couvert jusqu'au milieu de la table et en renversant son verre. Ça y est ? On vous l'a dit ? Bon, tu vas me faire ton sermon, mais ça ne servira à rien : oui, j'ai brûlé la gamelle !

— Mais non, François, dit mon père, je ne viens pas te chapitrer, au contraire, c'est arrivé à des équipes très bien, je t'assure, rappelle-toi : Contassot-Dupin ? Tu te souviens ?

— Oui, d'accord, je me souviens.

— Eux aussi, ils ont été remis à la manœuvre.

François bondit alors en donnant un grand coup de poing sur la table :

— Mais nom de Dieu, ils ne m'ont pas remis à la manœuvre, ces salauds-là ! Ils m'ont remis à l'établi ! Tu entends ? A l'établi, comme un goujat !

La tante éprouve le besoin de se mêler à cette conversation d'hommes :

— Ils ne sont pas gentils tout de même, ils n'auraient pas dû lui faire ça ! Le descendre !

— Toi, occupe-toi de ta soupière ! coupe François dans la plus pure tradition gueule noire, en se versant un plein verre de vin qu'il avale cul sec. J'admire au passage l'autorité des gueules noires, ils ont une façon de parler à leur femme qui m'étonne et m'émerveille même un peu. C'est autre chose que les bureaucrates qui disent toujours : « Oui, chérie. » D'ailleurs les femmes de bureaucrates ne ressemblent pas aux femmes des gueules noires, elles sont précieuses, assez geignardes, timorées, bref ce sont des « femmes bien ».

La tante rengaine son compliment, ravale ses larmes, et hausse les épaules en ajoutant, tournée vers nous comme s'il était absent :

— Je ne peux plus le tenir ! Il est comme ça depuis son affaire. Je n'ai qu'une frayeur, c'est qu'il se mette à boire.

— Tais-toi, la femme, et mets donc plutôt au feu, parce que si le patron ici laisse cramer sa gamelle, la femme ne risque pas de brûler son chaudron, elle. Elle nous laisse geler !

La tante nous regarde d'un air navré qui veut dire : « Qu'est-ce que je vous disais ! »

Elle charge le feu en reniflant comme un apprenti compagnon :

— Il est comme ça !... Voilà comme il me traite depuis son affaire. Dites-lui qu'il n'y a pas de déshonneur à prendre une lime ou un burin ! Dites-le-lui ! Et puis on n'a jamais eu une vie si tranquille que depuis qu'il a quitté le roulement : on se lève, on se couche, on mange, à des heures régulières, on vit enfin comme tout le monde !

L'oncle François vient de s'affaler, il a repoussé sa chaise et le voilà, les coudes aux genoux, le nez entre les cuisses.

— Comme tout le monde ! Mais qu'est-ce que j'en ai à foutre de vivre comme tout le monde ?

Et puis il plaide :

— Je lui ai dit, au chef : « Depuis que je roule je n'ai encore jamais fondu mes plombs ni même "planté un chou", et si on a brûlé cette fois, c'est que le niveau d'eau était entartré. Le niveau réel de l'eau était plus bas que ne l'indiquait le tube, ça je vous le jure ! — Fallait vérifier plus souvent votre niveau, l'entartrage n'est pas une excuse ! » qu'il m'a répondu.

Oncle François se lève, et va et vient à grands pas, excité, en martelant ses mots :

— ... Et si au lieu d'essayer de tenir en faisant des injections qui s'imposaient — supposition — si j'avais « planté un chou » en pleine voie, j'aurais eu un blâme avec inscription et des primes qui sautaient ! Alors toujours fautif ? toujours condamné ?

Il me prend par le revers de ma veste, et, fort comme Gargantua, me soulève presque du sol et me souffle au nez :

— Non, tu vois, petiot, ce métier-là, c'est un métier de jocrisse ! Ne monte jamais sur une bouzine, tu m'entends ? Jamais... Dans ce métier-là, on a toujours un pied dans la tombe et l'autre en prison : l'autre jour c'est Minot qui monte sur le tender pendant la marche pour descendre le charbon et qui se fait décapiter par la potence à signaux ; il n'y a pas trois mois, c'est Meulenot qui glisse et tombe de sa machine à l'arrêt et se brise la colonne sur le rail ; il n'y a pas si longtemps, c'est Blésot qui reçoit sur le crâne une briquette lancée par son compagnon du haut du tender ; c'est mon frère, brûlé vif ; et encore : c'est Jules Mimeure qui graisse les bielles sous la machine à l'arrêt, voilà que la machine est mise en mouvement par un confrère qui vient à toucher, il est serré entre les pièces du mécanisme ; c'est encore le chauffeur de Jacquot qui se penche de l'abri pour regarder si son injecteur fonctionne bien et qui se fait accrocher par un train croiseur... Je n'en finirais pas de te citer tout, parce que dans notre métier, quand tu as un accident — supposition : tu déraillles sur une aiguille qui bâille, ou tu manques un carré dans le brouillard, et tu prends un confrère en écharpe, supposition — on commence par te foutre en tôle comme un brigand, comme un criminel. D'ailleurs tu es un criminel, tu es accusé d'« homicide » ! Homicide involontaire peut-être, mais homicide tout de même, et traité comme tel. On soigne ta gueule cassée mais en même temps on te condamne, tu entends ? Tu es condamné de droit commun, un condamné cul-de-jatte ou manchot peut-être, mais condamné, après avoir risqué ta peau ! Non, vois-tu, c'est bien le dernier des métiers, crois-moi, ne va pas te fourrer là-dedans !

Je suis très impressionné par cette violente et tragique diatribe contre ce métier que François, comme les autres, aime plus que tout au monde. Ce n'est même pas de l'amour, c'est un attachement filial. J'en parle à Marcel, bien sûr, qui est tout d'abord scandalisé, puis il devient grave et de son air de Don Quichotte :

— Comme c'est curieux ! Il y a en ce moment un vent qui souffle, qu'on fait souffler, pour déprécier le métier des gueules noires. On voudrait les dégoûter qu'on ne s'y prendrait pas autrement, et ça, c'est pour amener et excuser l'électrification qu'on est en train de nous préparer ! Tu m'entends ? Sus à la vapeur ! C'est un moyen de traction honteux, inhumain, et périmé ! Ah, comme vous seriez heureux, chers tractionnaires, avec des locomotives électriques !...

— C'est une campagne de dénigrement qui porte ses fruits, me dit par ailleurs mon père. Quand on veut tuer son chien, on répand qu'il est enragé.

Lorsque l'on parle de ces choses avec les « têtes chaudes », ils disent :

— Quand on veut vendre du cuivre aux chemins de fer, on dit que la vapeur c'est de la merde.

— Du cuivre ?

— Eh oui, les caténaires, tous ces kilomètres de câbles conducteurs, voyez un peu l'immense marché pour les marchands de cuivre.

Et c'est ainsi que se pose à mon esprit, et d'une autre façon, la grave question de l'électrification. Nous avons tous de moins en moins confiance en ceux qui nous disent que l'électricité ne peut pas assurer la traction sur une ligne à grand trafic. La ligne Paris-Toulouse est tout entière sous caténaires, paraît-il, et ça marche ! D'autres nous disent que, pour assurer la traction électrique sur Paris-Lyon-Marseille, il faudrait faire des barrages très coûteux sur toutes les rivières des Alpes, ce qui est aberrant car cela défigurerait la France et détraquerait toute l'hydrographie du pays. Pourtant, nous le savons, on construit des barrages monstrueux dans les Alpes, on en étudie d'autres, c'est patent, et mon père nous dit bien que les études sont déjà entreprises dans ses bureaux pour quadrupler les voies sur la grande ligne tout en redressant le tracé en vue des grandes vitesses et pour préparer les emplacements réservés à l'implantation des sous-stations.

Pas d'erreur possible, les ingénieurs (qui sont des « bourgeois », des « repus ») vont généraliser le métro sur tout le réseau. La cheminoterie dans son ensemble a beau gronder, ça se fera ; toutes les discussions se terminent par ces phrases rageuses ou désabusées :

« Des gens haut placés y ont intérêt », « C'est une question de gros sous », « On a beau crier, on n'y changera rien », et encore : « C'est la lutte du pot de fer contre le pot-de-vin. »

Et enfin, et surtout, ces vœux sortis du fond du cœur des rouges et même des jaunes :

— Ah, vivement un gouvernement de gauche pour mettre de l'ordre, de la morale et de la logique dans tout ça !

Car dans nos esprits, surtout chez les rouges, mais les jaunes ne disent pas non, un gouvernement socialiste de gauche mettrait fin à toutes les velléités d'électrification. La gauche, c'est l'honnêteté, la droiture, la logique, la raison, donc : la vapeur. On ne dit plus : « Vive la vapeur ! » mais : « Vive le Front populaire ! », car c'est tout un. Ainsi, dans nos sphères, modestes et vaporistes, tout le monde, même les jaunes, appelle le Front populaire de tous ses vœux, car le Front populaire c'est, en plus, la nationalisation certaine, et la nationalisation c'est la fin du chômage, la fin de l'augmentation de la vie, la revalorisation des salaires, certes, mais aussi et surtout le triomphe du chemin de fer et de la vapeur, ça coule de source. D'ailleurs si le chemin de fer est en déficit, c'est parce qu'il appartient aux capitalistes qui le gèrent à leur seul profit et en tirent de gros dividendes, après quoi ils demandent à l'État de combler le déficit. Ah, on verra, quand Blum et Thorez seront au pouvoir. Surtout Thorez, un ancien mineur, paraît-il. Vous pensez bien qu'il est pour le chaudron, lui, l'ancien mineur, car qui dit charbon dit vapeur ! On verra le coup de balai qu'il va donner, l'ancien mineur, quand il sera ministre des Transports ou même président du Conseil, qui sait, et vous verrez comment il va museler aussi les transporteurs routiers qui nous volent notre fret pour le transporter sur les routes entretenues aux frais des contribuables, qu'ils écrasent d'ailleurs sans même klaxonner !

Voilà quels furent les arguments qui me poussèrent, moi, pourtant fils de jaune, à souhaiter avec enthousiasme la victoire du Front populaire aux élections qui se préparaient. Ce n'était pas un enthousiasme bien orthodoxe, je l'avoue, et bien des vrais socialistes me le reprochaient, mais, comme tous les petits cheminots, je souhaitais la victoire du Front populaire par amour du chemin de fer.

Les menaces d'électrification totale et de suppression de la vapeur, les malheurs de l'oncle François après ceux de l'oncle Georges et les lointains conseils de Laurette, m'ébranlèrent si bien que, lorsque je fis ma demande d'entrée aux chemins de fer, ce fut tout simplement au service de l'Exploitation.

J'avais finalement pensé qu'Hélène était incapable de suivre le rythme de cette vie de femme de tractionnaire, et j'étais sûr qu'elle ne pourrait absolument pas s'adapter au milieu, elle ne pourrait même pas espérer y pénétrer, et notre mariage ferait alors deux malheureux. Je me voyais, comme tous ces roulants qui se marient avec une « étrangère », arriver en traînant à la « salle de la feuille [1] », l'air dégoûté, monter sur la machine comme un forçat qu'on hisse de force sur le « Lamoricière », faisant mon graissage avec négligence, en mettant plus d'huile sur le ballast que là où il en faut, rechignant sur les roulements de nuit, pour demander finalement à être renvoyé aux ateliers ou même dans les bureaux.

Un ami de mon père, le chef de Feuille du dépôt de Dijon, avait dit un jour, je l'avais bien retenu :

— Quand je vois des jeunes chauffeurs venir en traînant les pieds et regarder la feuille comme s'ils y lisaient leur propre avis de décès, monter sur leur bouzine comme si leurs fesses pesaient cent kilos, puis devenir grincheux, reprenant, se plaignant du

1. Bureau où est établie la « feuille » qui prévoit, chaque jour, l'utilisation du personnel de conduite et des locomotives.

charbon, de l'eau, de l'huile, de tout, quand je les vois demander sans cesse à changer de mécanicien et faire faute sur faute, je n'hésite pas, je leur dis : « Toi, tu viens de te marier ? — Oui, chef. — Et avec une civile... ? » Eh bien, ça ne manque jamais, la réponse est toujours : « Oui, chef », et c'est toujours lamentable.

Je savais bien que ce serait mal vu par tout mon monde de sacrifier le métier à la femme, mais je tenais à Hélène très fort. C'était ainsi, et rien, me semble-t-il, ne pouvait y changer quelque chose. Je savais bien qu'il faut prendre grand soin à choisir d'amour son métier pour trente-cinq ans, mais le choix d'une femme avec laquelle on va passer sa vie entière, ça compte aussi, ce me semble.

Ainsi donc je fis ma demande pour entrer à l'Exploitation. J'avais pensé qu'après le service roulant, le service des gares était encore celui qui touchait de plus près aux locomotives, aux trains, à condition bien sûr de rester dans ce qu'on appelle, chez nous, le Mouvement, c'est-à-dire la circulation, et de ne pas aller pourrir au Trafic, dans les bureaux de comptabilité ou derrière un guichet comme un vulgaire banquier.

L'ingénieur de la Voie, le grand chef de mon père, l'avait su — tout se sait dans la coterie. Il en avait, paraît-il, quelque dépit. Il avait dit à mon père :

— Dites-moi : on me dit que votre fils est passé à l'ennemi ? Pourquoi cette infidélité à la Voie ?

— C'est que, monsieur l'ingénieur, il aime les trains et ne peut entrer à la Traction pour des raisons matrimoniales, alors il pense que c'est encore au service des gares qu'il verra de plus près les locomotives...

L'ingénieur, dans sa grande bonté, ne lui en tint pas trop rigueur et même il nous assura qu'il appuierait ma demande auprès de son collègue, chef de l'Exploitation. C'était ainsi traditionnellement : tout le monde travaillait intensément à l'homogénéité de la secte, à la pérennité de la race, à la solidité de la caste sacerdotale. On me pardonnait quand même, tout en me critiquant de ne pas profiter des facilités données aux agents sur les réseaux pour permettre à leurs enfants de poursuivre leurs études. Que l'on pense que l'ingénieur avait offert à mon père une bourse d'études et un prêt d'honneur, comme à tous les bons élèves, fils d'agents ; j'avais refusé. Mon père avait répondu à son grand patron, qui s'étonnait de ce refus :

— Que voulez-vous, monsieur l'ingénieur, nous n'aimons pas devoir.

Quoi qu'il en soit, bien qu'élevé dans le sérail (« dans ces rails », comme disait l'oncle François qui aimait les à-peu-près), il me fut répondu qu'en raison des circonstances, la Compagnie P.L.M. n'embauchait plus. Toutefois — ah, que ce mot est cheminot ! — on prenait bonne note de ma demande et l'on ne manquerait pas de me convoquer lorsque..., etc.

Dans le même temps, le patronat annonçait timidement un million de chômeurs, et la C.G.T. en accusait largement trois ; par un calcul simple, qui donne toujours un résultat conforme à la réalité, on pouvait déduire qu'il y avait environ deux millions de chômeurs.

C'était la grande récession ; tout le monde, même les plus optimistes, disait qu'elle ne pouvait que croître et embellir sauf si le Front populaire venait au pouvoir. Pour moi, ce fut la « grande dépression » : pas d'emploi (on disait à l'époque « pas de situation »), et pas d'Hélène. Et enfin, pas de chemin de fer. J'étais contraint de m'installer et de pourrir dans le chômage et le célibat pour un temps indéterminé. Il me restait fort heureusement à me consacrer à notre cher, notre inséparable attelage automatique.

Je m'y consacrai seul, car Marcel Dulot qui avait, lui, profité, en tant que pupille du Chemin de Fer, du prêt d'honneur et de la bourse de la Compagnie, était alors à l'école des Arts et Métiers de Cluny. Nous entretenions une correspondance assidue où l'attelage automatique et aussi le frein automatique de voie tenaient toute la place. Par-ci, par-là, Marcel y semait des considérations politiques assez enflammées, il se scandalisait notamment, comme tout le monde, que les services centraux des réseaux fussent si pléthoriques, avec un directeur, des sous-directeurs, une foule d'ingénieurs principaux, d'inspecteurs principaux, d'inspecteurs de tous niveaux. Pour lui aussi, ces postes n'étaient que des planques pour caser les fils à papa, alors que les services des gares, si sollicités, étaient si pauvres en personnel que le facteur enregistrant dans une petite gare devait à la fois assurer le service du block, la sécurité, le mouvement, le service des voyageurs, l'enregistrement, coller les étiquettes sur les colis, et « balayer les chiottes » (*sicut dixit* Marcel Dulot). Et au refrain : « Vivement qu'un socialisme logique et responsable vienne remettre de l'ordre dans tout ça. » Et alors il clamait sa confiance passionnée en la compétence, l'honnêteté, la droiture, le civisme, le courage, le sens des responsabilités, la maturité politique, la générosité, la lucidité, la grandeur de la classe ouvrière, tout simplement. Je reconnaissais bien là le gamin qui s'indignait sur le triage de Perrigny devant les saboteurs.

Mon socialisme de circonstance, naissant, était, hélas ! plus terre à terre car il s'alimentait, comme pour la plupart de mes voisins, de l'espoir de trouver, au plus tôt, un emploi et de voir se gonfler mon propre salaire, aspirations odieusement bourgeoises et capitalistes, on en conviendra.

Pourtant cette augmentation de salaire me semblait suspecte : si nos salaires augmentaient, automatiquement, les prix de revient — donc les prix de vente — augmentaient aussi, le coût de la vie montait donc, et tout était à recommencer. J'expliquais cela à l'ami Marcel en ne manquant pas de lui signaler que cette course permanente à l'augmentation des salaires nous menait à l'inflation, à la chute du franc, et à la faillite des petits épargnants, mais Marcel n'avait pas grand-peine à me prouver que j'étais bien un jaune, un fils de dessinateur jaune, toujours tenté de singer les petits-bourgeois, même dans leurs plus sordides préoccupations, et que le sang qui coulait dans mes veines était tout simplement du lavis à teinter les plans. Mais il reprenait bien vite la discussion primordiale, celle qui nous opposait sur le principe même de notre attelage automatique : il l'entrevoyait exclusivement électrique et moi je le rêvais mécanique, toujours méfiant à l'égard de cette fée Carabosse prétentieuse, bien que capricieuse et incertaine : l'électricité. Et c'était avec ardeur que je me remettais à la planche à dessin pour la centième fois peut-être, pour imaginer un nouveau système d'attelage automatique qui, aussitôt exposé aux hommes de la famille — orfèvres en la matière — se révélerait, comme les autres, inutilisable ou même irréalisable.

Mais je persistais, car c'était ainsi que je pouvais apporter ma discrète petite pierre à l'édifice ferroviaire, qui préfigurait, presque aux trois quarts réalisée, la société socialiste, avec les retraites, les congés payés, un statut du personnel, un service médical, des orphelinats, des centres préventoriums, des colonies de vacances, des cours de perfectionnement, dont nous avions alors quasiment le monopole (et qui étaient, il faut bien le dire, d'initiative patronale).

Marcel, quant à lui, « gars d'z'Arts » distingué, m'informait, non sans enthousiasme, qu'il était en chemin de trouver enfin un attelage automatique sensationnel presque au point, sur le papier, dont il me donnerait bientôt un tirage. Il s'inspirait de deux idées séparées : la mienne et la sienne, qu'il avait eu l'astuce de combiner adroitement.

Enfin, pour employer utilement cette longue attente, je me mis à étudier à fond le *Règlement général de l'exploitation des chemins de fer.* Je n'eus pas de mal à me procurer ce petit livre relié de toile grise qui, gonflé de tous ses becquets additifs collés en bonne place, devait ressembler plutôt à une sacoche de maquignon.

C'était notre catéchisme, notre Bible, notre sainte Torah.

Les modifications incessantes, issues d'une expérience séculaire et sacrée, en faisaient un fatras complexe de règlements pointilleux divisés en chapitres, puis en paragraphes, puis en articles numérotés, nantis de tous ces becquets qui remplaçaient par exemple l'alinéa 132 de l'article 118 sans pour autant le supprimer, et il y avait toujours, pardessus le marché, un « toutefois » de 23 lignes qui prévoyait que les mesures ci-dessus ne pouvaient être appliquées que si les dispositions de l'article 102 devaient être mises en application en raison des dispositions du paragraphe 8 de l'article 22, modifié lui-même, cela va sans dire, par la circulaire 27 du 10 avril et les instructions de service conséquentes, prévoyant dans des cas précis, repris dans les notes de services n°s 12, 24, 102, etc., la mise en vigueur des mesures prévues au chapitre 12, page 163...

Le livret initial que je pus me procurer était le même que celui qui avait été le livret de chevet de mon arrière-grand-père. Il avait tout juste

180 pages et tenait aisément dans la poche, mais il me fallut, pour le mettre à jour, mendier, au secrétariat de l'Inspection principale, 25 kilos de tous les rectificatifs, annexes et additifs, puis des circulaires et des instructions de service, et, armé d'une paire de ciseaux et d'un pot de colle, insérer tous ces petits becquets dans cet austère livret vêtu d'une toile de lin grise et absolument inusable.

J'y mis plus de trois mois, et le monstre qui en résulta eut l'épaisseur de *L'Histoire du chemin de fer* en dix-huit volumes que je consultais de temps en temps à la bibliothèque municipale.

Bien entendu, comme sa reliure était prévue pour 180 pages, il était impossible de le refermer. Il bâillait déjà alors que je n'étais qu'au quart du travail. Je fabriquai donc une reliure grosse comme une valise, qui se révéla encore trop petite, mais enfin, un jour, j'eus entre les mains la vénérable Grande Somme, grâce à laquelle les trains français — les meilleurs du monde — roulaient sur les rails français — les meilleurs du monde — et circulaient, se doublaient, se formaient, s'entrecroisaient, sans jamais qu'on eût à déplorer le moindre accident. Certes, les journaux parlaient bien de temps en temps de « catastrophes ferroviaires », mais il est bien connu que si deux essieux viennent à dérailler en gare de Connaux-Crest, la presse l'annonce, à la une, avec un titre d'une demi-page et cinq colonnes d'un texte d'ailleurs bourré de lamentables erreurs ; mais que deux automobiles se tamponnent en faisant six victimes, ce qui était déjà, hélas, quotidien à cette époque, ils en font une relation en page 3 et en six lignes. Un point c'est tout. Un massacre sur la route s'appelle un « fait divers », une égratignure sur le rail est un « accident ferroviaire », une « catastrophe », un « désastre ». Le rail, il faut le croire, magnifie et valorise tout.

Aussitôt que j'eus ce document entre les mains, je me mis à le potasser. Je m'aperçus bien vite que je le connaissais déjà ; dans notre ghetto, ces connaissances-là flottent dans l'air comme l'hélium dans l'atmosphère, on s'en imprègne, on s'en imbibe, sans même s'en rendre compte, et n'importe lequel de nos garnements de quatorze ans pourrait du jour au lendemain former un train et devenir « chou-fleur [1] » ou chef de triage.

Moi-même j'aurais pu remplacer au pied levé, me semblait-il, n'importe quel chef de circulation.

Pourtant, m'y étant attelé, je m'aperçus qu'il n'était pas tellement aisé — mais combien exaltant et enrichissant — de retenir les numéros des articles et la page de la circulaire où se trouvent rassemblées les mesures particulières à prendre en cas de pilotage sur voie 2, et mon admiration se mit à grandir pour ces gens qui m'entouraient de toutes parts et qui discutaient longuement à la table familiale, entre la poire et le fromage, du bien-fondé de l'article 22, complété par le dispositif de l'article 8 de la circulaire 7...

Ces nobles préoccupations eurent en outre le mérite de m'éviter de me mêler à l'agitation qui bouleversait tout le pays et prenait un tour politique, voire révolutionnaire, qui ne me plaisait pas du tout. Oui, c'était ainsi : je n'avais pas la fibre révolutionnaire. J'étais bien d'accord pour que les cheminots, dans leur grande mansuétude, condescendent à s'unir à tous les travailleurs, surtout pour les faire profiter de leur merveilleuse expérience du mutualisme et de ce collectivisme professionnel qui faisait leur force et leur bonheur, mais les violences, même verbales, les procès d'intention, les affrontements de rue ou de place publique, les purges et les tribunaux d'exception, fussent-ils « du

1. Terme d'argot cheminot désignant la casquette blanche.

peuple », me semblent pour le moins inutiles et fâcheux. « La révolution, disait mon grand-père, c'est faire tout de suite avec coups, plaies, bosses et sang, ce qui de toute façon serait arrivé tout seul par la force des choses. » Et M. Paulin, le socialiste idéaliste de la grande époque, ce cher ingénieur, paraphrasant Shaw, disait : « Les gens intelligents s'adaptent à la conjoncture, les imbéciles veulent adapter à eux cette conjoncture, c'est pourquoi les révolutions ont toujours été faites par les imbéciles. »

Disons au passage que le grand-père Louis, le garde-barrière, en retraite depuis belle lurette, retiré dans son village natal à cinq cents mètres de sa barrière et à moins de trente mètres — le plus près possible — de la Ligne impériale, pour voir et entendre passer les trains, continuait à mener sa vie de paysan du rail, et considérait ces choses avec le recul voulu pour en avoir une conception saine et équilibrée. Depuis la mort de son compère, mon grand-père paternel, c'est lui qui me servait de maître à penser, et je considérais que c'était pour moi une grande chance.

Il avait perdu le sommeil en 1934, après les émeutes et les bagarres survenues à Paris sur cette place qui, par une ironie du sort, s'appelait place de la Concorde, et il avait décidé de ne plus s'occuper de ce qu'il appelait « le tintamarre ». Il plantait ses choux, et son exemple tempérait mes emballements. Il ne voulut plus connaître que les événements purement ferroviaires, auxquels d'ailleurs il fut tout à coup mêlé d'une façon assez cruelle : les études de quadruplement de la grande ligne avaient prévu de larges rectifications de courbes pour permettre les vitesses prodigieuses rendues possibles, paraît-il, par cette sacrée électricité, et ces rectifications, doublées de l'élargissement de la plate-forme et des infrastructures, se traduisirent pour lui par la démolition pure et simple de sa maisonnette natale et la suppression de son jardin, ni plus ni moins. Il fut exproprié gentiment, et l'on entendit sa plainte à vingt kilomètres à la ronde. Il souffrait affreusement de voir disparaître le plus précieux du patrimoine, certes, mais bien davantage encore de savoir que c'était « son » chemin de fer qui le lui massacrait.

— Nous ne leur avons pas encore assez donné dans toute notre vie, la Marie et moi, il faut encore qu'« ils » nous prennent tout ce qui nous reste ? Mais qu'est-ce que c'est donc que ces buveurs de sang ?

Qui étaient ces « ils », ces « buveurs de sang » ? Étaient-ce les technocrates électrificateurs, les « barons du rail », les « deux cents familles », la « société moderne en plein essor », la collectivité des camarades, l'humanité en pleine mutation, la IIIe ou la IVe Internationale ? Un peu tout cela sans doute.

Il perdait une maison, on lui reconstruisit une bicoque, dans un terrain où, disait-il, « ne pourraient jamais pousser que des senôves et des arnottes * ». Il disait : « Et cette maison était ma maison natale, celle de mon père, celle de mes grands-pères depuis sept générations !... » Mais le progrès n'entend pas ces choses. Il disait aussi : « Ma maison était construite en pierre et puis on me l'a remplacée par une cabane en ciment armé ! »

Les ingénieurs lui prouvèrent, en triturant leurs règles à calcul, que dix centimètres de ciment armé valent mieux que quatre-vingts centimètres de pierre maçonnée. Il le contesta mais les abaques de ces messieurs lui donnèrent tort.

* Senôves, arnottes : racines sauvages sans valeur.

Il faillit en devenir révolutionnaire et rejoindre le Rassemblement populaire qui ramassait alors tous les mécontents, mais il se ravisa :

— Qui sait si le Rassemblement populaire et son gouvernement ne feraient pas pire ? Rien ne dit que la gauche ne jouera pas de l'utilité publique encore plus volontiers que les barons du rail pour chasser les braves gens de chez eux ! Le progrès technique, la nationalisation de tout, qui conduit à la suppression de la propriété individuelle, c'est bien dans leur catéchisme, non ?

Et il resta dans son trou.

Mais tout autre était l'atmosphère chez mes oncles qui sentaient venir le « virage à gauche ». « Le socialisme est pour tout à l'heure », « Les poulets vont changer de gueule », c'étaient là les litanies que l'on récitait en guise de prière du soir, et *l'Internationale* servait de credo. Mon père haussait bien un peu les épaules, imperceptiblement, en objectant : « Allons, allons, soyons sérieux : les poulets, vous ne vous en privez pas, avec vos primes de traction ! Vous me faites de drôles de damnés de la terre, vous, les gueules noires ! Des parias en peau de lapin, oui ! »

Mais en entendant cela, les tractionnaires montaient sur leurs grands chevaux, ils devenaient rouges comme leur drapeau et il s'en fallait de peu que mon père ne fût assommé de leurs grandes mains frangées de crassin noir.

D'ailleurs mon père parlait là contre ses opinions profondes. La Fédération chrétienne des cheminots vers laquelle il se sentait attiré s'était alliée, elle aussi, depuis quelque temps à la Fédération unitaire dans la lutte pour l'augmentation des salaires. Certes, elle répugnait à la méthode violente préconisée par les « autres », mais petit à petit, nous semblait-il, les « chrétiens » « viraient à gauche ». Quoi qu'il en soit, entre mes séances de collège et mes visites d'information à la gare ou au dépôt, j'aimais aller chez les oncles car là on nageait dans l'enthousiasme et l'optimisme. A peine avais-je fermé derrière moi la porte que j'étais informé des plus récents événements ferroviaires et surtout des progrès de l'Unité syndicale. Et en l'absence des oncles, toujours en roulement, c'étaient les tantes qui les suppléaient, ce qui était nouveau dans le clan : les femmes étaient bel et bien gagnées par la politique. J'y trouvais aussi *La Tribune des cheminots*, le journal syndical.

Je savais ainsi que les événements du 6 février 1934 avaient resserré les liens entre les groupements ouvriers, que le « Congrès de septembre » avait adopté en séance commune la marche à suivre pour réaliser l'unité, que des commissions mixtes avaient été constituées.

Enfin, un jour, alors que dans le grenier j'aidais ma tante à étendre l'énorme lessive de son « ramougnat » de mari, l'oncle Mon-Jules revenant d'une réunion avait grimpé quatre à quatre les escaliers en poussant des cris de Cosaque. Il avait explosé, sa figure s'était encadrée entre un cache-corset et une taie d'oreiller, et il avait crié :

— Ça y est ! Elle est faite, cette unité, les enfants, et c'est par la base qu'elle s'est faite !

Puis il expliqua qu'au congrès de Rennes, les gars du réseau de l'Est avaient réalisé l'union sur le plan local ainsi que le congrès de Toulouse qui l'avait réussie pour le réseau du P.O. Midi, et qu'enfin la Fédération des cheminots, soudant les deux branches, unitaire et confédérée, venait de tenir à Paris son congrès d'Unité. Il criait comme s'il avait gagné le gros lot :

— Il y avait 911 délégués pour 662 syndicats. Pensez ! 150 000 syndicalistes étaient représentés !

Puis, pendant que nous épinglions sur le fil les

camisoles de la tantine, il se mit à faire l'historique de ce congrès; il nous cita Jarrigion et Sémard, les deux héros de cette mémorable journée où la Fédération reconstituée adhérait à la C.G.T., elle aussi resurgie de ses cendres, et surtout à la Fédération internationale des ouvriers des transports, dont le siège était à Amsterdam.

— Tu entends? s'excitait Mon-Jules. L'Internationale! La première Internationale ouvrière à reprendre la lutte, et c'est celle des Transports! Le mouvement est parti, il ne s'arrêtera plus, les élections se feront en triomphe! (Il voulait parler de celles de mai 1936, qui approchaient.) Et notre chemin de fer sera nationalisé et sera à nous, tu entends? A nous!

A ce moment j'eus nettement l'impression qu'il se voyait déjà, lui, le martyr de la réaction bourgeoise, revenu à sa chère lampisterie avec un avancement important, justifié par ses années d'exil au gril du dépôt :

— ... Et les salaires, continuait-il en me donnant des grandes tapes sur l'épaule, tu vas voir les salaires si la gauche prend le pouvoir! Que le Thorez prenne le manche et tu es embauché dans les quinze jours, mon gaillard!

Tous les problèmes étaient résolus : le triomphe de la vapeur et des 241, la coordination des transports, la gestion du chemin de fer par des cheminots, plus de patrons, etc.

Lorsque je le quittai, j'avoue que j'étais, moi aussi, fort excité, et je fus sur le point, en rentrant à la maison, d'annoncer tout de go à mes parents et à ma grand-mère : « J'aime Hélène Benoît, je l'épouse aussitôt que le chemin de fer est à nous. C'est une civile, d'accord, mais peu importe, je l'aime, elle m'aime, nous nous aimons. »

Car il me faut bien l'avouer, je n'avais pas encore

parlé d'Hélène à mes parents, non parce que je doutais de notre amour, mais parce qu'elle était une « étrangère ». Seul mon grand-père l'avait aperçue au moment de mourir et son sourire m'avait semblé être un consentement, encore qu'il ignorât qu'elle n'était pas de la coterie.

Je crus que le moment était venu de tout dire. Avec la nationalisation, tout était possible, même d'annoncer que j'allais prendre une femme « ailleurs ». Pourtant, entre le faubourg Raines et les Perrières, que ne sépare que la gare, j'eus le temps d'y réfléchir et finalement je résolus de ne rien faire : que le Front populaire gagne d'abord les élections et alors je parlerai d'Hélène !

Ainsi la politique conditionnait-elle maintenant sinon ma vie amoureuse, au moins mes éphémérides matrimoniales.

Signe des temps. Devais-je m'en affliger ou en rire ?

Un matin, au premier courrier, je trouvai, à mon nom, une enveloppe à l'en-tête de la Compagnie P.L.M. Je l'ouvris. Chose incroyable en ces temps terribles de récession, et en réponse à ma demande d'embauche, l'Inspecteur principal chef du IIIe arrondissement, à Dijon, me priait de me présenter au chef de la gare de Louhans pour y être « mis à l'essai ».

En pleine crise économique, une des pires que la France ait connues, au dire de ces messieurs les journalistes, et alors que tous les conscrits se morfondaient dans l'attente de leur situation et l'avènement du Front popu, j'étais embauché. La dynastie cheminote se perpétuait et, Hélène aidant, la sixième génération était imminente.

Sur le coup, je ne pensai pas à tout cela d'une façon aussi précise, certes, mais ayant informé ma mère qui préparait le grand pot-au-feu du samedi, je bondis vers les Marmuzots, le quartier où habitait Hélène.

Je battis alors très certainement le record du monde du mille mètres, établi je crois, quelques années plus tôt par Paolo Nurmi, et je me trouvai ainsi fort essoufflé devant la petite grille qui fermait le jardinet. Poussé par une force irrésistible et, fort heureusement, sans même réfléchir, je sonnai. Une dame m'ouvrit, j'entrai, et sans me présenter je demandai, à bout de souffle :

— Hélène est-elle là ? J'ai une communication à lui faire.

— Mais, monsieur...

— C'est très grave, ajoutai-je.

— Mais, monsieur... répétait la dame.

A ce moment une porte s'ouvrit, et ma merveille apparut.

J'agitai la lettre de convocation en criant :

— Ça y est !

Hélène poussa un petit cri et fit un irrésistible mouvement en avant qui eût pu parfaitement la projeter dans mes bras, mais le sens de la dignité, si fortement appris à l'école et dans nos familles, nous retint. Elle n'était pourtant plus qu'à vingt-cinq centimètres de moi et semblait elle-même tout étonnée de son audace. Elle joignit les mains avec l'expression de la Vierge Marie devant l'archange Gabriel, dans l'Annonciation de Maurice Denis, et susurra :

— Ça y est ?

— Voyons, monsieur, disait gentiment la dame, mais qu'est-ce qui « y est » ? Expliquez-vous !

C'est alors que cette force prodigieuse, irrésistible, qui m'avait poussé jusqu'à bousculer les convenances et intervertir l'ordre sacro-saint des choses, m'abandonna subitement et je m'aperçus à ce moment que j'étais debout, un papier à la main, dans le vestibule d'un appartement plutôt cossu, devant une dame inconnue.

Hélène me regardait et je regardais Hélène. Plus

exactement, nos regards se compénétraient. Cet état d'hypnose dans lequel nous nous trouvions plongés à chacune de nos rencontres s'atténua tout doucement, et nous entendîmes clairement cette bonne dame qui disait :

— Mais, voyons, Hélène, de quoi s'agit-il enfin ?... C'est grave ?... Mais parlez, monsieur, parlez !

Revenus brutalement sur terre tous les deux, il nous fallut bien répondre. Je le fis avec une brutale maladresse dont l'efficacité fut d'ailleurs parfaite :

— Je venais annoncer à Hélène que j'avais enfin trouvé une situation.

— Mais, monsieur, en quoi cela peut-il nous intéresser ?

— Parce qu'alors, madame, je vais pouvoir me marier.

— Je vous en félicite, jeune homme, mais je ne vois pas...

Hélène vint à mon secours :

— Mais si, maman, tu vois très bien !

Ma future belle-mère tomba alors sur un fauteuil qui se trouvait là, ouvrit de grands yeux, et elle se mit à crier :

— Papa ! Papa ! Viens vite ! Viens vite !

Une autre porte s'ouvrit, le papa en sortit, en veste d'intérieur, les lunettes sur le front.

— Quoi ? Que... que se passe-t-il ?

Puis, m'apercevant, il me salua :

— Monsieur...

La maman voulait expliquer : « Voilà : ce jeune homme qui... ce jeune homme que... » ; puis elle y renonça en nous disant : « Enfin, débrouillez-vous tous les deux ! »

« Tous les deux. » Cette phrase qui nous réunissait presque officiellement dans l'adversité me parut merveilleuse, elle me donna un courage prodigieux, et en deux mots je fis ce que l'on peut appeler une demande en mariage.

— Monsieur, j'ai trouvé une situation, j'entre aux chemins de fer, au service de l'Exploitation, et comme j'aime votre fille, je venais vous l'annoncer et vous informer de mes intentions.

Le papa qui avait un esprit cocasse et bienveillant me regarda d'une façon comique.

— Alors, vous avez trouvé une situation, dites-vous ?

— Oui, monsieur.

— En pleine crise ?

— Oui, monsieur.

— Une VRAIE situation ?

— Mais oui, monsieur, puisque j'entre aux chemins de fer, au service de l'Exploitation.

— Eh bien, mon ami, chapeau ! Alors que tout le monde est au chômage, dans la mélasse, vous, vous trouvez une situation, et vous entrez aux chemins de fer ?

— Oui, monsieur.

Il se tourna vers sa fille.

— Je ne le connais pas, ton soupirant, mais tu peux dire que c'est un as !

Je me sentis plus à l'aise pour répondre non sans fierté :

— Je n'y ai pas de mérite, monsieur, je suis aux chemins de fer depuis 1838.

Il éclata de rire. J'ajoutai :

— Je veux dire que je serai la cinquième génération depuis 1838.

Il prit un temps et :

— Eh bien, nous allons envisager ça avec ma fille ! Il faudrait tout de même que nous ayons son point de vue sur la question, hein ? Elle ne nous a encore rien dit, la mâtine !

Et la voix qui m'est chère laissa tomber ces mots :

— Mais si, papa, je t'en ai parlé !

— Pas possible ?

— Mais si, rappelle-toi : l'attelage automatique !

— Ah, c'est vous, l'inventeur ? fit le père en m'inspectant des pieds à la tête.

— Oui... enfin, non... Enfin, nous cherchons.

— Et où en êtes-vous ?

— Eh bien, je crois que nous avons trouvé, monsieur.

— Comment « nous » ? Vous n'êtes pas seul ?

— Non, non, je travaille la question avec mon ami Marcel.

Une heure plus tard, après avoir raconté la mort affreuse de M. Dulot, j'expliquai à ce brave étranger ce qu'était un triage, un enrayeur, un sabot-frein. De là à lui exposer les avatars de la Mountain il n'y avait qu'un pas ; il semblait très intéressé.

Me croira qui voudra, pour la première fois de ma vie je me trouvais dans un appartement « civil » ; j'y trouvais des différences assez impressionnantes avec les logements cheminots : d'abord il y avait des fauteuils dans la pièce où nous nous trouvions, et j'étais dans les bras de l'un ; pour la première fois aussi, j'étais assis dans un fauteuil et un fauteuil sans housse. Chez nous, il n'y avait que des chaises, et je ne tardai pas à être envahi par ce que j'ai appelé plus tard « l'angoisse du fauteuil ». Je n'ai jamais pu me faire à ce siège trop bas, trop souple, trop enveloppant, trop riche, trop confortable, qui vous donne l'allure d'un goutteux, l'âme d'un vieillard, et de ce fait vous ramollit l'entendement. J'avais vu des fauteuils chez M. Paulin et puis chez certains de nos chefs, mais ils étaient toujours recouverts d'une housse. Ici, ils montraient sans pudeur leur velours, indice d'une absence totale de sens de l'économie. Des fauteuils nus, à neuf heures du matin, en semaine ?... Décidément j'entrais dans un autre monde. Mais Hélène, la beauté d'Hélène, les yeux d'Hélène, les jambes d'Hélène, les lèvres d'Hélène, l'odeur d'Hélène justifiaient amplement cette trahison à mon milieu et à son éthique.

Je sortis de chez Hélène dans un état second et je

filai tout aussitôt chez les oncles pour leur annoncer l'événement majeur. Seul l'oncle Georges était là ; il me fit compliment de ma chance mais il le fit avec un air gêné. Il paraissait même vexé. Je compris pourquoi lorsque je reçus le même accueil chez les deux autres : on ne pouvait s'empêcher de regretter, ici et là, que j'eusse été embauché avant l'avènement du Front populaire. Ainsi, je devrais ma place à la Compagnie, aux « barons du rail », aux « deux cents familles », et non aux camarades, et je ne tardai pas à sentir que, dans la famille, on me suspectait de bénéficier d'un favoritisme assez dégradant. Mon père, au contraire, s'en montrait tout fier ; il me disait : « Laisse dire et pense que tu es toujours favorisé si tu fais bien ton travail, si tu te respectes et si tu es convenable. »

« Être convenable », voilà qui vous classait un homme.

Depuis plus d'un mois mon père m'avait chapitré comme une jeune mariée : tous les soirs, il me faisait des recommandations sur la façon d'appliquer le plus judicieusement les dispositions du *Règlement général d'exploitation*, que je savais d'ailleurs par cœur. Deux points semblaient l'inquiéter particulièrement : aurais-je le sang-froid et l'autorité nécessaires pour organiser un bon pilotage en cas de déraillement sur double voie ? Et mieux encore, saurais-je être un bon chef de mouvement sur voie unique ? Car la gare de Louhans, où j'étais convoqué, avait l'honneur d'être installée à l'intersection de la ligne à double voie de la Savoie et de la ligne à voie unique de Chalon à Lons-le-Saunier, appelée je ne sais pourquoi la Ligne des Dombes, ou plutôt la « Ligne de la Dombe ». La voie unique était, paraît-il, la pierre de touche qui révélait le vrai cheminot. La voie unique est à l'art ferroviaire ce que le marbre de Carrare est à la sculpture : aucune erreur n'y est tolérable. J'allais avoir l'honneur d'en tâter.

Je passai cette fameuse visite d'incorporation, sorte de conseil de révision à la puissance quatre, revu, corrigé et amélioré par la complexe, méfiante et vétilleuse administration ferroviaire. Je triomphai de toutes les embûches, de tous les tests imposés par la cybernétique naissante, notamment en citant par cœur — et pour cause — les lettres du fameux tableau et les chiffres du livre japonais, que j'aurais reconnus à trois kilomètres dans le brouillard. Étais-je vraiment daltonien ? Je ne devais jamais le savoir, même après les nombreuses visites de sécurité passées au cours de ma carrière. Et par un beau matin clair d'octobre, je pris le train de la Bresse qui devait me conduire à ma première résidence d'emploi, Louhans, capitale de la poularde.

Le fait qu'Hélène était là, sur le quai, ne m'empêcha pas d'aller saluer la locomotive et l'équipe de conduite avant de monter dans le compartiment de troisième classe où commençait ma carrière. C'est le cœur gonflé d'espoir que nous nous fîmes les baisers et les signes d'adieux réglementaires, traditionnels, quoique discrets ainsi qu'il convient, et d'un seul coup je me trouvai enfin engagé pour de bon et à mon compte dans le monde ferroviaire qui devait m'absorber, me consommer, me digérer, jusqu'au dernier jour de ma cinquante-quatrième année. Il me fallait pourtant faire d'abord un essai au grade « d'attaché à l'échelle 5 » auquel me donnait droit mon baccalauréat. La plaine de la Saône, puis le passage, assez triste et monotone, de la Bresse sous les pluies d'automne me parurent au contraire lumineux et plus riants même que la Côte d'Azur, que je ne connaissais d'ailleurs que par les affiches des gares, signées Hugo d'Alésy, Lessieu, Bourgeois et Commarmout.

L'entrée en Bresse, après le passage du pont sur le Doubs, à Navilly, fut triomphale, et la place de la petite ville de Louhans me fit battre le cœur, d'abord parce qu'elle est charmante avec ses vieux toits, ses arcades, son clocher pointu à tuiles vernissées, le pont sur la Seille et le champ de foire au bord de l'eau, mais surtout parce que c'était là que j'allais faire passer mes premiers trains et ainsi savoir si j'avais « le talent ».

Un agent de manœuvre au service Marchandises.

J'arrivai comme mars en carême dans une gare en ébullition car c'était lundi. Depuis le traité de Verdun (Verdun-sur-le-Doubs, et non Verdun-sur-Meuse *), en 843, le lundi est jour de foire à Lou-

* Comme tendent à le faire croire les historiens.

hans. Le long de la ligne, j'avais vu, au fil des chemins, se suivre des chariots chargés à refus de monceaux de cageots, où des volailles accroupies digéraient leur dernier gavage, surmontés du patron en casquette et de la patronne en fanchon noir sous le grand parapluie bleu.

La petite ville était pleine comme le triage de Perrigny, et le champ de foire débordait dans la Grande-Rue jusque sous les arcades.

Je me présentai au bureau du chef de gare.

Ce local était envahi par des volaillers en tablier bleu, sacoche noire en bandoulière, qui rédigeaient là leurs feuilles d'expédition faute de place ailleurs. Ils remplissaient toute la gare de cette odeur assez écœurante de volailles tuées qu'ils traînent tous derrière eux. Des plumes blanches voletaient un peu partout. Lorsque je demandai le chef de gare, on leva les bras en disant :

— Le chef de gare? Il n'est certainement pas dans son bureau un jour de foire, monsieur! Vous le trouverez plus sûrement sur le quai de chargement.

Je fus au quai de chargement. Dans une neige de plumes blanches et un vacarme énorme de piaillements et de caquètements, je vis un gros homme debout, en bras de chemise, qui hurlait des ordres à des gens affairés qui empilaient, dans des wagons couverts, des cageots de volailles mortes, des épinettes de volailles vivantes : c'était le chef de gare.

Lorsque je me fus présenté, il hurla de plus belle :

— Et qu'est-ce que vous voulez que je foute de vous? Ah, voilà bien les bureaux! M'envoyer un « bleu » un jour de foire, et un attaché par-dessus le marché! Foutez le camp, mettez-vous dans un coin, ne bougez plus, tâchez au moins de ne pas gêner ceux qui travaillent! Et il se remit à lire les étiquettes en criant :

— Hôtel Lutetia, à Cannes : Groupement 3...

Hôtel Carlton, à Nice : Groupement 3... Le Lavandou : Groupement 2... Monte-Carlo : Groupement 4... Allez ! Tout ça dans le collecteur de tête... L'Angleterre ? Ah, ne venez pas m'emmerder ici avec votre Angleterre, hein ! Foutez-moi ça sur le quai découvert. Ici, c'est pour les « Mocos » ! Les Angliches, c'est là-bas, et ça ne part que dans trois heures, on a le temps. La Côte d'Azur, ça part tout de suite !

Puis, en grommelant :

— Les bureaux feraient mieux de m'envoyer des hommes d'équipe chevronnés plutôt que de me filer un attaché au biberon ! hurlait le chef qui empoignait les gros cageots et les coltinait avec l'aisance d'un fort des Halles.

J'étais là, debout, inutile, dans ce tohu-bohu et cette puanteur sympathiques d'abattoir. Je regardai l'homme et, franchement, je crus que je m'étais trompé. Non, ce n'était pas là l'image que l'on se fait d'un chef de gare dans la famille. Moi qui entendais toujours dire que ces messieurs de l'Exploitation faisaient du chemin de fer en dentelles avec leurs beaux uniformes à boutons dorés...

Au bout de dix minutes j'avais compris la manœuvre. J'enlevai ma veste et je me mis à charger les Groupements 3, les plus urgents apparemment, puisqu'il fallait les coller au 4807 qui partait à 11 h 38 vers la Côte d'Azur, le plus gros client de la Bresse à cette époque avec la Riviera italienne, la Suisse, l'Angleterre, et Paris, bien entendu.

Lorsque le 4807 eut emmené les jolies poulettes roses, estampillées « Poularde de Bresse », vers Menton et Vintimille, ce furent les wagons complets pour Paris, le Nord, puis la Belgique, puis la Suisse, et enfin l'Italie.

Il était 14 heures lorsque les wagons de volailles furent terminés ; personne n'avait parlé de repas ni même de casse-croûte, je pensais que l'heure était venue de chercher une table quelque part, mais le chef de gare, se frottant les mains d'un air satisfait, annonça :

— Eh ben, voilà une bonne chose de faite, les enfants ! Eh ben, maintenant, aux voies de débords [1] ! Et en avant pour le rodéo !

Au fond de la cour de la grande et de la petite vitesse, un troupeau de vaches tournait en rond sous la garde de gens en grande blouse bleue, armés d'un long bâton, les chiens sur leurs talons. Les bêtes faisaient front, mufle au sol, en roulant des yeux apeurés, en tout une bonne centaine dont il fallait faire des lots et qu'il fallait charger dans les wagons alignés le long du quai à bestiaux, pour les envoyer à La Villette, aux abattoirs de Strasbourg, à ceux de Saint-Louis-des-Aygalades à Marseille, et à une dizaine d'autres en Italie.

Pendant que les maquignons triaient et séparaient les bêtes, je suivis le brigadier de quai pour « pailler » les wagons. D'un seul coup j'étais devenu paysan. Le brigadier lançait les bottes et coupait les liens, et je me trouvai, je ne sais trop comment, fourche à la main, en train d'épancher la paille dans les véhicules. Au fur et à mesure que le wagon avait reçu sa litière, on affermissait la passerelle, et commençait alors véritablement le rodéo promis. Nous étions trois pour enfourner dix ou douze bêtes dans chaque wagon. Quand c'était terminé, on roulait la porte, le brigadier collait les fiches, on verrouillait, et on passait à un autre.

A 4 heures — 16 heures pour nous — il y eut une accalmie, et je pensais qu'on allait la mettre à profit pour se restaurer. Que nenni ! A peine avions-nous fini de vriller la dernière ligature qu'un troupeau faisait son apparition à l'entrée du corral... je veux dire du quai à bestiaux. Mais cette fois-ci c'étaient des mulets, oui, une bonne petite quadrilla de

1. Voie de débord : voie sur laquelle on met en attente les wagons à charger ou à décharger.

grands mulets, à vrai dire fort maigres, ruant des quatre pattes, et qu'il fallait convaincre d'entrer dans le wagon Est K-71228, que nous poussâmes à l'épaule pour l'amener à quai, le tracteur de manœuvre étant demandé ailleurs. C'étaient des mulets qui partaient pour Arles pour devenir saucissons, et c'est ainsi que je devais apprendre comment le fameux saucisson d'Arles se fabriquait — à l'époque — car le progrès a certainement changé tout ça.

Nous eûmes terminé trois heures plus tard, car l'expéditeur, un grand vieillard maigre vêtu d'une blouse caparaçonnée de bouse de vache, exigea que l'on épandît de la paille fraîche, une botte par bête, comme il est prévu au tarif d'expédition des animaux vivants, article 8, dernier paragraphe, ce que nous avions oublié.

Il fallut ressortir les bêtes, pailler le wagon, sous les yeux malins du chevillard, et réintégrer les mulets qui, ayant goûté une première fois du sleeping, se souciaient fort peu d'y retourner.

La nuit était tombée lorsque nous eûmes fini. Le chef de gare me dit alors :

— Je vous ai bien regardé, vous avez retroussé les manches, c'est bien. Moi, j'aime les gars qui retroussent les manches et ne comptent pas leur peine. Continuez comme ça et nous serons amis. C'est comme ça dans les gares, il y a trois fois moins d'employés qu'il le faudrait, et il faut donc travailler pour trois !

Là-dessus il m'entraîna dans le bureau d'expédition où, avec deux autres agents en casquette, tout le monde se mit à démarier les liasses de déclarations d'expédition et à en faire trois tas : l'original ici, la première copie là, et la deuxième copie là-bas.

— Gautheron, dit le chef, voilà un jeune attaché qui ne demande qu'à travailler, il va vous remplacer, allez bien vite faire votre caisse !

Il était 10 heures du soir lorsque nous eûmes fini. Tout ce monde-là travaillait depuis les 6 heures du matin, sans une minute d'arrêt, et sans manger. Le chef nous entraîna à la buvette de la gare où, enfin, je pus me restaurer, au milieu de ces hommes qui, leur couteau de poche à la main, faisaient des brèches énormes dans de grosses miches de pain et buvaient sec un vin rouge qui débordait sur la table, et le chef n'était pas le dernier.

Le chapeau sur la nuque et les mains aux cuisses, il répétait, la bouche pleine :

— Voilà le travail ! Voilà ce que c'est qu'une gare, mon garçon ! C'est pas un salon ! Faut faire chacun le travail de dix. Pendant ce temps-là, au centre, ils sont trois pour porter un pli, et quatre pour l'ouvrir, et celui qui tourne les pages est pour le moins inspecteur, à l'échelle 16. C'est comme ça, mon garçon ! Faudra vous y faire ! Mais je me demande bien quelle idée vous avez eue, avec le diplôme que vous avez, de demander le service des gares ! C'étaient les bureaux du centre qu'il vous fallait ! Là vous vous seriez fait de la couenne et vous auriez eu de l'avancement ! Ici, vous aurez le tintouin... Et pour les galons ce sera l'enterrement de première classe !

Comme nous sortions bruyamment de la buvette une sonnette se mit à grésiller.

— Voilà le 601 qui s'annonce, allez fermer toutes les portes, cré vingt dieux, sinon la gare va s'envoler !

C'était le rapide d'Italie qui arrivait, à pleine vapeur ; déjà la terre tremblait alors qu'on ne l'entendait pas encore. Il surgit tout à coup, tout au fond de la nuit, derrière la halle de la petite vitesse, et en deux secondes il fut sur nous. Le dos tourné à la voie, la tête dans les épaules, nous l'entendîmes gronder bientôt sur le pont métallique de la Seille, et s'enfuir vers Ambérieu et Modane. Ç'avait été aussi bref qu'un énorme coup de canon de marine.

Un homme, dans le poste à signaux, relevait maintenant posément le levier du disque et reprenait son attente solitaire dans les ténèbres, alors qu'un épais brouillard montait de la rivière avec les odeurs, bien bressanes, des eaux lentes.

On se quitta, écrasés de fatigue.

— Allez de ma part à l'hôtel Puget, me dit le chef, je vous y ai annoncé. Demain, on tâchera de vous trouver un lit. Un lit garni, si vous voulez. A votre âge, ça s'impose. Il y a tout ce qu'il faut ici, et les Bressanes sont belles !

— Pas la peine, dis-je fièrement, je suis fiancé.

Ce qui le fit rire aux éclats, je ne sais trop pourquoi. J'éprouvai le besoin d'ajouter :

— Rien ne m'intéresse dans les bureaux, vous savez. Moi, ce que je veux c'est faire du chemin de fer !

Il éclata encore de rire :

— Pour faire du chemin de fer, vous allez être servi, vous en aurez votre claque, et des gueules noires aussi !

— Des gueules noires ?

— Oui, les gueules noires. Une drôle de race, c'est de la carne, tout ça, vous verrez. Puis il ajouta : Vous aurez intérêt à dormir toute la journée demain, car vous allez commencer par le roulement de nuit. Vous prenez votre service en double avec le chef de service, Charles Buatois, à 20 heures. Faudra ouvrir l'œil, hein, et pas trop penser à la fiancée !

Je vins à la gare quatre heures avant ma prise de service, car je voulais quand même voir fonctionner de jour cet établissement tout nouveau pour moi. A 20 heures, après un repas bressan à l'auberge Puget, un repas de lendemain de foire où les pensionnaires liquident les plantureux reliefs de la veille, je fis connaissance de Charles Buatois, facteur enregistrant, chef de service. C'était un petit homme nerveux et actif qui, d'entrée, m'annonça que nous allions faire ensemble sa mille et unième nuit de service.

Oui, en douze ans de service, en effet, il avait fait mille matinées, mille soirées, et mille nuits, car il tournait en trois-huit depuis dix ans.

— Mille nuits et deux échelles ! ajouta-t-il. Il voulait dire par là qu'il n'avait eu dans ces douze ans qu'un seul avancement, qui l'avait fait passer de l'échelle 3 à l'échelle 5. Je ne compris pas tout de suite l'importance de ce détail.

Le moins que l'on puisse dire, c'est que Charlot n'était pas pédagogue ; il m'accueillit plutôt fraîchement et m'ordonna de « renseigner les bagages au départ » (il s'agissait de coller les étiquettes), mais sans me dire ni où était la colle ni où l'on pouvait trouver les étiquettes. Puis il se mit à faire, sans rien m'expliquer, la « situation comptable », c'est-à-dire à reporter, sur plusieurs registres et sur un immense tableau, les sommes encaissées dans la journée et à faire des additions. C'était là le travail du service de nuit dans les petites gares. Mais à peine avait-il transcrit cinq chiffres que la sonnette d'annonce des trains grésilla, alors que cinq voyageurs se présentaient pour prendre leur billet. Le règlement du mouvement exigeait que nous fussions sur le quai pour recevoir le train et pour lui donner le départ ; d'autre part, le règlement du trafic exigeait que nous fussions au guichet pour la vente des billets, et à la porte de sortie pour contrôler les voyageurs. C'était là le dilemme quotidien qui déchirait toutes les nuits le chef de service, seul dans sa gare jusqu'à 4 heures du matin.

Et Charlot entonna le refrain qui m'était déjà connu :

— Faut tout faire ici. Pendant ce temps-là les bureaucrates du centre sont dix pour donner un coup de tampon !

Après quoi il s'écria :

— Mais à quoi il pense, le chef, de te coller comme ça, débutant, du premier coup en service de nuit ? Il voudrait te couler qu'il ne ferait pas autrement.

L'omnibus de Dijon fut pourtant reçu et expédié, et commença alors un ballet extraordinaire que je dois raconter. Je le transcris ici par souci de la vérité. Il va sans dire qu'il se reproduira toutes les nuits de ce premier roulement et toutes les nuits de ma sacrée carrière. Le travail consiste à répercuter aux postes les plus proches en amont et en aval les heures d'annonce et les heures de passage de tous les trains, de les noter sur le registre de la circulation, de fermer les signaux après le passage de chaque circulation, sans pour autant cesser de faire les bordereaux de situation comptable qui partiront le lendemain matin vers cet odieux « centre », exigeant et surpeuplé.

Il fallait, bien sûr, aussi observer soigneusement le passage de tous les convois pour voir si aucun véhicule ne présentait de signe d'avarie, si les chargements étaient en bon état, s'il ne flottait aucun câble, aucune élingue [1], aucun prélart [2], qui pût nuire à la bonne marche du convoi ou mettre en péril un train croiseur, et enfin s'assurer que les feux de queue étaient bien présents et bien visibles.

— Fais bien attention à ça, me dit Charlot. Si des fois les feux de queue ne sont pas là, c'est qu'il y a eu rupture d'attelage et que la queue du train est, par là derrière, en train de se balader toute seule sur la voie, comme une grande, et qu'elle peut très bien débouler dans ta gare au moment où tu ne t'y attends pas ! Ça, c'est la catastrophe, et y est pas

1. Corde d'attache.

2. Grosse toile peinte ou goudronnée qui sert à protéger des marchandises contre la pluie.

rien ! (locution bien bressane d'un usage très courant entre Saône et Jura).

Nous fûmes occupés ainsi par ces menues distractions fort variées jusque vers les 24 heures, c'est ainsi qu'aux chemins de fer on nomme minuit lorsque l'on est encore dans le jour « J 1 », mais minuit cesse d'être 24 heures lorsque l'on entre dans le jour « J 2 », il s'appelle alors 0 heures. 24 heures et 0 heure coïncident exactement, mais ce n'est pas la même heure. Un peu comme *mi* bémol n'est pas *ré* dièse. Charlot prenait soin de m'expliquer laborieusement cela lorsque fut annoncé l'express de Saint-Amour, le dernier de la journée à s'arrêter à notre gare, et qu'en même temps un voyageur étonnant entra dans la salle des pas perdus et frappa au guichet.

L'attente des voyageurs

Alors que notre express arrivait, à toute vapeur, ce voyageur demandait un billet avec réduction de 20 %, pour Londres, via Calais-Maritime, en troisième classe, avec arrêts à Paris et à Amiens.

La confection de ce billet était complexe et longue, on s'en doute. Je me souviens encore, comme d'hier, de ce grand escogriffe d'Anglais, incapable de parler français, et qui prétendait, en outre, enregistrer en bagages accompagnés un vélo et une forte cantine en fer.

Qu'est-ce qu'un Anglais pouvait bien faire, la nuit, à Louhans (Saône-et-Loire) avec un vélo et une cantine ?

Charlot devait me l'expliquer plus tard : c'était un acheteur de volailles pour les Anglais.

— Pauvres gens, ces Anglais, soupirait-il, ils n'ont rien ! Obligés qu'ils sont de venir chercher des volailles en Bresse !

Ce soir-là, je tentai de servir d'interprète, mais tout le monde connaît les capacités d'un bachelier français moyen pour parler une langue étrangère : j'aurais pu traduire le discours d'Hamlet, que je savais d'ailleurs par cœur, mais on ne m'avait jamais appris à vendre un billet de chemin de fer en anglais.

Enfin on put hisser ce pauvre Goton * dans le train et, au vol, son vélo et sa malle dans le fourgon de queue alors que la tête du train franchissait déjà l'aiguille de sortie.

— Y est pas rien ! disait Charlot, en ajoutant : Comme je dis toujours au chef, s'il n'y avait pas ces sacrés voyageurs, ce serait un métier acceptable !... Mais y a ces vingt dieux de voyageurs !... Qu'est-ce qu'on a à foutre des voyageurs ?... Les voyageurs ?... ça ne rapporte pas un sou et c'est tout juste bon à emmerder le monde !... Non seulement un train de voyageurs ne nous rapporte rien, mais il nous

* Nom donné aux Anglais en Bourgogne, sans doute depuis la guerre de Cent Ans.

coûte ! Tout le monde sait ça !... Mais voilà : nous avons l'honneur d'être « service public » !... Ça veut dire qu'il faut se farcir tous ces niasses[1] qui prennent l'envie, à minuit, de partir pour Londres ! Je te demande un peu : est-ce que je vais à Londres, moi ?

Charlot n'eut pas le loisir de développer ces intéressants paradoxes. Il dut interrompre sa démonstration car le « centre », encore lui, appelait au téléphone. C'était le régulateur de circulation qui s'inquiétait du sort de l'express que nous venions d'expédier sur voie 2 et qui n'était pas encore signalé au poste suivant, celui de Saint-Usuge.

Charlot se borna à répondre, en appuyant le pied sur la pédale de contact :

— ... Expédié à 23 h 52, retard une ! On en a gagné une !... Terminé !

— ... 23 h 52... retard une... Terminé ! répéta le robot de service d'une voix impavide.

La pluie s'était mise à tomber en puissantes rafales de nord-ouest.

— On va être à l'aise pour la manœuvre du 4808 ! dit calmement Charlot en enfilant son ciré et son suroît de pêcheur d'Islande. Il ajouta : Viens. On va régler ton falot !

Il prit une lanterne, mit du carbure dans le réservoir, revissa le bouchon, agita l'instrument, et lorsque le gaz d'acétylène se mit à siffler, il régla le pointeau avec le doigté d'un accordeur de piano, l'oreille tendue, en disant, didactique :

— Ça se règle au son !

Il me tendit un autre ciré :

— Mets-toi vite ça sur le dos, parce que le bal va commencer en pas tardant !

Il était 1 h 02. Nous étions là, sous le ciré jaune, tels des terre-neuvas dans les embruns du Grand

1. Terme d'argot signifiant les types, les mecs.

Banc, la lanterne à la main, crispés comme des acteurs qui vont entrer en scène.

On eut un coup de bigophone : « Ici poste 2 de Saint-Amour : le 4808 a passé à 0 h 46. A l'heure. Terminé !

Un instant plus tard, la sonnette grésilla :

— Le voilà ! dit Charlot. Viens !

Lorsqu'il ouvrit la porte, une bourrasque entra dans la salle de service et nous fit reculer. Une fois dehors, Charlot alla aux leviers de signaux, en releva un, puis un deuxième, les bloqua, prit les clés Bouré * dans sa poche et écouta.

On entendait maintenant le grondement du 4808. Il fut bientôt sur le pont de Seille. Nous nous étions portés à la hauteur de l'aiguille des voies de débord et Charlot agitait sa lanterne de bas en haut. Sous la pluie battante, qui fumait sur sa chaudière, le monstre ralentit puis s'arrêta à notre hauteur.

Il y eut un colloque :

— Dix à prendre : 5 sur voie 3 — 2 sur voie 5 — 3 à quai ! dit Charlot.

— Pouvez pas les grouper, non ? dit une voix rogue qui venait de la plate-forme... C'est toutes les fois pareil ! Pouvez pas travailler correctement dans les gares, plutôt que de branler [1] en vous chauffant les fesses ?

C'était la voix d'une gueule noire, il n'en fallait pas douter.

Le chef de train arrivait en trébuchant dans le ballast :

— Moi, j'en ai trois chargés à te laisser, en

* Clés qui entraient dans un système subtil d'enclenchements mécaniques qui interdisait d'ouvrir les aiguilles et de mettre à voie libre les signaux des voies principales si tous les autres signaux et toutes les autres aiguilles n'étaient pas en position de fermeture.

1. Se balancer d'un pied sur l'autre.

trente-deuxième et trente-huitième position. Et trois vides en répartition en queue !

— Ça va encore être du billard ! grogna le mécanicien du haut de sa plate-forme, la main droite sur le régulateur.

— On fera la double impasse, et ça ira, n'ayez crainte, chef ! (Il est prudent de traiter tout le monde de chef, surtout au cours de manœuvres de nuit.)

— C'est pas tout ! hurla le chef de train dans une rafale de pluie : j'ai un foudre [1] à différer, en vingtième position, la boîte chauffe.

— On va prendre au moins vingt minutes dans la vue ! Allez donc faire du chemin de fer avec ça ! gronda le seigneur.

Et la manœuvre commença.

Charlot, dans les ténèbres, ouvrit l'aiguille 1-2 et les taquets d'arrêt qui protégeaient les voies de débord et, laissant une partie de son train sur voie 2, la locomotive fit les six allers et retours nécessaires pour poser ses trois wagons et reprendre les sept que nous lui donnions et, sous l'averse qui redoublait, il me fallut entrer huit fois dans les attelages pour dételer et atteler, à tâtons, dans l'eau, la lanterne posée sur le ballast et éclairant tout juste mes pieds trempés.

En me baissant pour passer sous les tampons, je ne cessais de penser à M. Dulot. C'est ainsi qu'il avait été tué. Et c'était mon tour, maintenant, de prendre le risque. Que n'avions-nous présenté plus tôt notre attelage automatique à l'ingénieur ? Et en faisant ces coupes et ces attelages, en passant la chape sur les crochets et en accouplant ou en désaccouplant les boyaux de freins, je m'aperçus tout de bon que mon dernier projet n'était pas

1. Grand tonneau contenant plusieurs muids. En Basse-Bourgogne, le muid vaut 270 litres.

viable. Pas plus que celui de Marcel, car nous n'avions jamais pensé à ces boyaux de freins, pas plus qu'aux boyaux de chauffage des voitures à voyageurs. Il fallait donc tout repenser.

L'eau froide commençait à me dégouliner entre les omoplates et gagnait les régions lombaires. Mes mains, lubrifiées par l'émulsion pluie-cambouis, glissaient sur le fer glacé et lorsque, bien campé entre les tampons, j'attendais le refoulement, je sentais la chape glisser. Je la retenais avec mon genou, comme je pouvais, le pantalon collé à la peau. J'avais beau raidir ma volonté, lorsque, dans les ténèbres, je voyais arriver sur moi la rame, j'avais envie de tout lâcher et de m'enfuir bien loin.

Lorsque tout fut fini et que le wagon-foudre avarié fut différé et calé au butoir de voie 7, tout au bout des débords, la sueur nous inondait. Nous ne sentions même plus la pluie couler sur notre peau. Charlot s'écria :

— Ah! Nom de foutre, je n'ai pas vérifié! As-tu bien serré à refus au moins?

— J'ai serré à bloc.

— Oui, oui! On dit ça! On croit qu'on a serré à bloc et puis si la machine n'appuyait pas suffisamment, on a serré... les fesses, et c'est tout. Et aussitôt que le train démarre, ça brandouille!... Et voilà comment arrivent les ruptures d'attelage!

Nous revînmes vivement, en traînant la semelle, sous la pluie. J'étais plus recru qu'après un match de championnat en première ligne contre Chalon (l'ennemi numéro un des Dijonnais). Deux heures sonnaient au clocher et on entendait le grondement sourd de la Seille en crue.

Arrivé à la salle de service, Charlot passa au régulateur :

— 4808 expédié à 1 h 49, retard vingt-trois minutes. Cause : manœuvre de douze wagons, plus un foudre Mitjaville différé pour chauffage. Terminé!

Après quoi, ayant raccroché les cirés, on ranima le cubilot [1] mourant en y versant deux seaux de charbon, et Charlot s'écria :

— C'est pas tout ça, mais faut finir notre situation comptable !

On tenta vainement de se débarrasser du cambouis et, avec nos mains encore noires, on reprit les registres déjà tout maculés, alors que Charlot, qui avait des lettres, grommelait en ricanant :

— ... Les comptes !... Les comptes de la mille et unième nuit !

C'est en rentrant à l'hôtel Puget que je trouvai une lettre de mon père qui me disait :

« ... Puisque te voilà dans la coterie, j'ai fait ma demande de liquidation de pension. J'aurai cinquante-cinq ans le 8 mai, je serai donc en retraite le 8 mai, à 18 heures. Pas une seconde de moins, pas une seconde de plus. Les bons comptes font les bons amis et je dirai bien des choses aux "bretelles doubles"... »

Il voulait parler là de ces appareils de voie qui permettent de passer d'une voie sur l'autre dans les deux sens, et qu'il manipulait (sur le papier) à longueur de journée.

A la fin de cet exposé méticuleux et précis, bien dans l'esprit du service de la Voie et digne du « dessinateur-projeteur » qu'il était, il ajoutait :

« ... Les chieurs d'encre ont fait mon compte : ma pension sera de 532 francs par mois, ce qui nous assure de vieux jours très à l'aise. »

Et, avant de signer « ton père qui t'aime », il ajoutait fièrement en conclusion :

« ... Voilà où conduit une vie bien organisée, de travail et d'économie. Je te souhaite la pareille. »

Sans vouloir me l'avouer, j'étais heureux : l'évolu-

1. Terme de métallurgie. Cylindre comportant plusieurs tuyaux qui conduisent le vent d'un soufflet dans un fourneau.

tion de la dynastie suivait son cours traditionnel. Selon la coutume, le grand-père mourait alors que le père partait en retraite et que moi, le fils, j'entrais au service, dans un beau métier, suffisamment pénible et contraignant pour le maudire cordialement, et suffisamment exaltant pour y rester attaché passionnément, farouchement, dans un système social dont la perfection m'apparaissait d'une façon évidente depuis mon enfance.

Je dormis jusqu'à 17 heures ce jour-là. Après treize heures de sommeil ininterrompu, je tentai de donner un coup de brosse et un coup de fer à mon pauvre pantalon, après quoi mes pas me portèrent au bout de la voie 7 où notre wagon de gros rouge, parti de Montpellier pour venir épaissir quelque petit bourgogne un peu trop clairet, somnolait, innocent et bonasse, appuyé contre son butoir, au bord du remblai.

M'étant approché, pour voir dans quel état se trouvait la boîte d'essieu chaude, je m'aperçus qu'une dizaine de seaux de tous modèles étaient alignés sous le ventre de cet énorme tonneau sur roues. Ils étaient tous à demi pleins de vin, et j'entendis alors le bruit d'un goutte-à-goutte discret. Deux hommes d'équipe étaient là, accroupis, qui m'accueillirent très jovialement :

— On récupère ! dit l'un d'eux.

— ... Dame, fit l'autre, autant que ce soit dans notre gosier que dans le ballast !

Non seulement la boîte d'essieu avait chauffé, mais les cercle du foudre en bois s'étaient desserrés et le vin suintait entre plusieurs douelles.

— ... Si ça continue, il y en aura pour toute la gare ! dit un des deux hommes, hilare. Ça fait déjà huit seaux pleins qu'on enlève !

— ... Mais il serait peut-être préférable que ça ne

continue pas ! On pourrait colmater les fentes... ? dis-je.

— Bien sûr !... Le Jean est allé au bureau de la petite vitesse chercher de l'étoupe et du mastic de tonnelier !... On a tout ça en réserve ! On est des types de ressource !... Mais en attendant, hein, vaut mieux récupérer !...

— Mais les seaux ? D'où viennent-ils ? dis-je.

— ... Heureusement, on les tient en réserve ! On pense à tout !

De fait, Jean arrivait tranquillement, tout là-bas, au fond de la cour des débords. Il se hâtait avec une lenteur calculée. Lorsqu'il me vit, il fit mine de presser le pas, en agitant une filasse d'étoupe et en criant : « J'en ai ! » d'un air triomphant.

Lorsqu'il fut là, les neuf seaux étaient pleins. Ils les transvasèrent alors dans une feuillette montée sur une brouette à bagages dissimulée en contrebas, et replacèrent les seaux sous le foudre, alors qu'avec la lame de leur couteau de poche ils faisaient mine de luter l'étoupe dans les fentes, patiemment. Bien entendu, le travail allait lentement. C'est très long, une douelle de wagon-foudre.

— D'ici que le gars du matériel arrive pour le réparer, il a le temps de se vider complètement, dit le plus vieux d'un air faussement navré.

— Heureusement, ajouta l'autre, on s'en est aperçus à temps.

Le soir, lorsque je pris mon service, je remarquai que le chargement des six wagons de volailles du mardi se faisait rondement, et, dans les vestiaires, il régnait une bonne odeur de vinasse chaude. Le chef était là, très agité, débraillé et gueulard.

— Je vous en foutrai, moi, des foudres en détresse ! Bande de corniauds ! Bande d'arcandiers[1] ! Si c'est pas malheureux de se mettre dans des états pareils ! Et d'abord je vous interdis de participer à la manœuvre, vous ne tenez plus debout, vous êtes des dangers publics ! Vous serez remplacés par l'équipe de soirée, on se débrouillera sans vous, mais je vous interdis de toucher à un attelage !

Lorsqu'il me vit, il m'interpella :

— Et vous, vous n'en voulez pas ? Vous ne voulez pas en goûter, de notre bon petit vin de chez nous ? Non ? Mettez un peu votre nez là-dessus et humez-moi ça ! Il ne vous tente pas, ce délicieux breuvage ? Pourtant, quel régal, hein ? Un gros pinard du Midi qui a été battu par cinq cents kilomètres de route, qui a suinté entre deux douelles sales, qui a dégouliné sur les entretoises, pour tomber goutte à goutte dans des vieux seaux de toilette, et qui a été transvasé dans une vieille futaille de rebut, et ça ne vous dit rien ? C'est un fameux nectar, et vous n'en voulez pas ! Pourtant ces messieurs se régalent, demandez-le-leur.

Les trois hommes d'équipe, hilares mais muets, me regardent, l'œil brillant, la moustache humide alors que le chef hurle :

— Regardez-les, jeune homme, regardez-moi la fleur du rail en plein épanouissement !

Tout à coup il se tait. Deux clients viennent d'apparaître au bout du quai, deux volaillers pleins de plumes collées à leurs grands tabliers bleus, la sacoche noire en bandoulière. On dirait deux minables ; ce sont pourtant ces gens-là qui expédient quotidiennement cinq ou six tonnes de poulets de Bresse aux hôtels de la Côte. Le chef les a vus, il se redresse, boutonne sa veste, remonte le nœud de sa cravate noire, prend un air très digne, très « grand chef » et dit :

1. Terme de patois. Ici, au sens de : voyous, bons à rien.

— Allons, les enfants, encore un petit effort, et on sera bons pour le 6002 !

Les hommes d'équipe deviennent graves, prennent un air affairé, empoignent le diable à deux mains, et roulent les cageots qui s'empilent comme dans un rêve, et le chef de gare, les pouces aux entournures de son gilet, saluant les deux volaillers :

— Voyez, messieurs, ça travaille, ça travaille ! Puis, regardant ses hommes d'équipe d'un air admiratif : Ah, les bons gars ! Ah, les bons gars ! Ça, je peux dire que je suis gâté ! Regardez-moi ça ! Ah oui, j'ai une bonne équipe !

Car il est de bon ton que la corporation ait une bonne réputation auprès des « étrangers ».

Mon premier roulement de nuit me parut long, à vrai dire — sept nuits de suite — mais il faut que je raconte cette petite histoire. Bien que courte, elle en dit long.

Un jour, ou plutôt une nuit, c'était la dernière de mon roulement, celle du samedi au dimanche, sur la locomotive du 4808, je vis trois hommes : le seigneur, le compagnon-chauffeur, et une « blouse noire ». Je pensai : « Voilà un inspecteur chef de traction courageux ! Pour se farcir une tournée d'inspection de nuit, il faut être mordu ! »

Lorsque je m'approchai, je m'aperçus que c'était tout simplement mon oncle Georges. Il m'avait bien sûr reconnu mais n'en voulait rien paraître, très gueule noire, toujours au-dessus de la mêlée, indifférent à la piétaille ; il me fit pourtant un signe que personne ne vit, qui, de la part d'un fractionnaire, pouvait être un salut très amical. Je le lui rendis alors que Charlot grognait à voix basse :

— Foutre ! Il est là, celui-là, avec sa gueule brûlée. Méfie-toi, garçon !

La manœuvre commença. Du haut de la plate-forme, l'oncle Georges, immobile, glacé, assista à toutes les opérations sans dire un mot. Pendant que la machine faisait l'impasse pour laisser un wagon sur voie 5, Charlot répéta :

— Tu vois cet homme, c'est une blouse noire.

— Je sais, c'est un inspecteur de traction, et alors ?

— Alors, celui-là, crois-moi, il ne vaut pas cher. Il n'y a pas longtemps qu'il est gradé, avant il était mécanicien, et il n'est pas passé une fois ici sans nous faire des crasses.

— Il est vache ? demandai-je.

— C'est de la carne ! De la vraie carne !

Tout en balançant ma lanterne à bout de bras pour commander les refoulements, je dis à Charlot :

— C'est mon oncle.

— Ah, nom de foutre ! Je... ne savais pas, tu m'excuseras... Mais n'empêche que c'est de la carne !

Le train était arrivé avec cinq minutes de retard et notre manœuvre qui, je ne sais pourquoi, ne marchait pas bien, menaçait de nous en faire perdre encore une dizaine. Charlot s'impatientait et jouait du sifflet, « activez, activez », alors je crus bien faire, ayant fait ma coupe, de manœuvrer mon wagon au lancer, c'est-à-dire qu'ayant commandé le refoulement je fis stopper la locomotive. Le wagon s'en alla tout seul s'amortir tout doucement sur le butoir.

Lorsque la machine fut à nouveau sur son train, l'oncle n'avait toujours rien dit. Charlot qui revenait, au pas de gymnastique, de fermer les taquets me dit :

— Bon, tu t'es bien débrouillé, on va probablement regagner trois minutes.

— Oui, dis-je, parce que j'ai lancé mon wagon.

Charlot eut un haut-le-corps.

— Malheureux ! Tu as lancé ?...

— Oui, il fallait bien, c'était la seule façon de rattraper trois ou quatre minutes.

— Malheureux ! C'est absolument interdit de manœuvrer au lancer ! Il allait citer l'article du Règlement général.

Je l'apaisai :

— Mais au triage ils ne font que ça toute la journée et toutes les nuits ! Tous les trains sont bien triés à la gravité ?

— Au triage, oui, parce qu'il y a les enrayeurs, mais pour nous c'est interdit, c'est le pire des crimes, c'est comme si tu expédiais un train sans avoir ta reddition *.

Il ajouta, effrayé :

— Ça va saigner ! La blouse noire ne va pas te louper !

— Penses-tu ! C'est mon oncle !

— Oui, mais moi je te dis que c'est une carne.

— Comment ? Un grand syndicaliste ? Un « camarade » comme lui ? Il est au moins secrétaire de sa cellule. Ce n'est pas possible, voyons !

— Mais, mon Blaise, tu t'imagines que les gros syndicalistes sont bons pour le pauvre peuple ? T'auras des désillusions, mon petit. Ils sont plus vaches que les patrons ! C'est les pires ! Surtout un gars sorti du tas comme celui-là ! Mon petit frère, c'est les pires !

— Mais non, Charlot, ce n'est pas possible ! Voyons ! Un homme qui ne parle que du peuple, des camarades, de la solidarité ouvrière...

Charlot me regarde comme si j'étais un blaireau enragé :

* On ne peut expédier un train sur une voie principale sans avoir reçu du poste de block suivant l'avis du passage du train précédent. Cette manœuvre, mécaniquement enregistrée, s'appelle « rendre voie libre » et l'opération se nomme « la reddition de voie libre ».

— Nom de foutre ! T'auras des désillusions, je te le dis ! Oui, je te le dis, comme ça, hein, entre nous. Moi aussi je suis syndiqué, à la C.G.T., comme tout le monde, et si je me suis syndiqué c'est même un peu pour ça. Mais j'aime mieux te prévenir : méfie-toi des ardents syndicalistes. C'est les plus durs pour le pauvre peuple !

Puis s'arrêtant soudain il me demande :

— A propos, toi, t'es syndiqué ?

— Non, pas encore. C'est délicat, il y a trente-six syndicats. Je ne sais trop lequel choisir. Je me syndiquerai quand il n'y aura qu'un syndicat.

Charlot hoche la tête :

— Si t'es pas syndiqué, ça va saigner ! Ça va saigner ! T'aurais intérêt !

— Mais puisque je te dis que c'est mon oncle !... Et puis enfin il est chef à la Traction, les fautes de l'Exploitation, ça ne le regarde pas.

— Tu vas voir si ça ne le regarde pas !

Nous arrivions au poste de block. Bien qu'il fût pressé d'aller se chauffer au cubilot, Charlot s'arrêta, me posa la main sur le bras, son nez de fouine en avant.

— Il n'y a pas d'oncle ni de neveu avec un gars comme ça ! Il alignerait son père. C'est de la carne, t'entends, c'est de la carne. T'aurais intérêt : faudrait te syndiquer !

Je n'anticiperai pas beaucoup en disant que huit jours plus tard le chef m'appela à son bureau.

— Eh bien, jeune homme, on est amoureux, on pense à sa nénette, et on manœuvre au lancer en gare sur voie principale ?... Tenez, voilà le centre qui vous envoie un petit poulet.

Il me tendit un papier, vert si je me souviens bien, où il m'était demandé, en effet, de m'expliquer sur le fait d'avoir manœuvré au lancer en pleine voie, à la manœuvre du train 4808, tel jour à telle heure.

Je devais être pâle comme un mort.

— Remettez-vous, mon garçon, remettez-vous, vous aurez une observation sévère ou peut-être même un blâme, mais sans inscription au dossier. Ce sera la première mais ça ne sera pas la dernière. Marchez !

— Ce n'est pas trop ça qui me gêne, chef, mais celui qui m'a épinglé... c'est mon oncle.

— Pas possible ? C'est au moins celui qui a eu son retour de flamme ? Celui qu'on appelle le Roussi ?

— Vous le connaissez ?

— Oh, tout le monde le connaît, dans les gares. Son pépin l'a transformé. Vous savez bien, jeune homme, que les gueules noires ne se prennent pas pour de la merde de coucou, hein ? On les connaît ! Mais il faut dire à sa décharge que c'était un fameux mécanicien !

Voyant ma mine déconfite, il ajouta :

— Ne pleurez pas. Ne pleurez pas, mon petit, ne pleurez pas, ça ne fait que commencer, et votre oncle, après tout, il n'a fait que son travail. Le Règlement général, vous savez, il est raide et compliqué, mais il est admirablement bien fait. Vous lui devez une obéissance aveugle, sinon pas de chemin de fer possible.

— Je sais, chef, je sais...

— Alors, si vous savez, relevez le nez, répondez à cette demande d'explication, dites-leur que vous avez voulu gagner trois minutes au 4808 qui avait déjà vingt de retard... et que vous prenez bonne note pour l'avenir. Vous aurez votre petit ratichon et ce sera fini. Mais ne faites pas cette tête-là ! Moi, des notifications de sanctions, j'en ai plein une armoire, ça ne m'a pas empêché d'arriver : vous voyez, je suis chef de gare à l'échelle 10.

— Ah, ce n'est pas ça, chef, qui me chagrine.

— Alors, pourquoi reniflez-vous ?

— Je pense à ma tante. Avec un homme comme ça, elle doit être malheureuse !

— Oh, mon vieux, si vous vous occupez des femmes, vous ne ferez rien au chemin de fer. Il n'y a pas de chemin de fer possible si nous écoutons les femmes « gnognotter ». Une femme qui prend un cheminot, elle doit le comprendre. C'est comme une qui prendrait un militaire et qui pleurnicherait de le voir obéir au colonel ou partir à la guerre, hein ? C'est le métier, c'est le métier ! Si vous vous mariez avec l'idée de bichonner votre petite femme et de céder devant ses larmes, alors, mon vieux, autant donner votre démission tout de suite. D'ailleurs, vous me l'amènerez, votre chérie, n'est-ce pas ? Moi je lui expliquerai ! Je lui ferai un cours... A propos, c'est pour quand, le mariage ?

Je me suis toujours demandé si l'oncle Georges ne m'avait pas porté le motif * pour me punir d'avoir choisi le service de l'Exploitation et trahi les gueules noires.

Le mariage fut très rapidement organisé. Dès ma première paye, je mis toute la famille sur les dents : j'étais digne de prendre femme et de lui faire des enfants puisque j'étais capable de la nourrir. C'était la seule preuve raisonnable, suffisante mais nécessaire.

Dans ses premières lettres, Hélène signait : « Ta fiancée », puis c'était devenu : « Ta fiancée qui t'aime » ; on en était à : « Ta fiancée qui t'aime follement. »

Ça ne pouvait pas durer.

J'entendais dire que c'étaient là tout simplement les expressions d'une femme normalement amou-

* Expression ferroviaire... et militaire qui signifie « rédiger un rapport sur une faute ».

reuse de son homme. J'en acceptais l'augure, mais... non, ce n'était pas vrai : aucune femme n'avait jamais prononcé cela comme elle, car lorsque je lisais sa lettre quotidienne, j'entendais sa voix, cette voix qui me remontait le ventre jusque dans la gorge. Je vivais avec cette fille, unique et merveilleuse, une aventure unique et exceptionnelle. Cette impression de vivre l'amour exceptionnel ne me quitta pas, elle ne m'a encore jamais quitté depuis, d'ailleurs, et l'éblouissement fut tel depuis le premier baiser que je ne vis vraiment ni les préparatifs, ni les achats, ni le petit logement que je trouvai rue du Guidon, sur la roue de Saint-Usuge, et d'où l'on voyait le Mont-Blanc de la fenêtre, ni les formalités, ni la cérémonie, ni rien. Je ne vis rien que cette belle jeune fille qui s'assit près de moi dans le train, le soir du mariage, et qui entra, toute radieuse, dans cette maisonnette seule au milieu des maraîchages louhannais, qui pénétra dans cette pièce que j'avais installée de mon mieux, et qui s'offrit.

Merveilleuse et bouleversante offrande. A l'homme aimé ? Oui, bien sûr. Mais offrande sanglante, encore plus profonde, à la race, par-delà les plaisirs de l'amour, les douleurs, les risques de la vie conjugale et de la maternité, sur l'autel de la famille.

Nous ne fîmes pas de voyage de noces. Nous avions pensé que ces premiers instants sacrés de la vie du couple, ceux où s'inaugurait le destin de notre amour et de sa descendance, ne pouvaient se jouer dans des chambres d'hôtel, dans une literie prostituée, et sur des banquettes banales de voitures, eussent-elles été ferroviaires. La lune de miel est un astre qui, dans son premier quartier, doit être contemplé de la lucarne de son pigeonnier. C'est ainsi que nous le pensions tous les deux. Aussi bien, mes roulements de service ne me permettaient pas de quitter la gare, surtout au moment des fêtes de Noël ; nous ne fîmes donc ce voyage de noces que deux mois et demi plus tard.

Il me paraît superflu de dire qu'il eut lieu sur la Côte d'Azur, ce voyage de noces. Ce fut la première concession que nous fîmes au snobisme petit-cheminot, concession regrettable d'ailleurs puisque Hélène y ressentit les premiers effets de la grossesse. La Côte d'Azur nous parut tout aussitôt parfaitement ridicule, et nous revînmes bien vite au pigeonnier avant la fin du congé spécial qui nous avait été offert par la Compagnie à l'occasion de notre mariage.

Au retour, combien la gare de Louhans nous parut plus belle que les palaces méditerranéens, et comme la petite maison dans les fraisiers nous sembla riante et sincère !

Et comme je reprenais mon service en roulement de jour — on ne met pas de nuit un jeune marié qui revient de voyage de noces —, je vis arriver à la gare le tailleur de la maison Lavauzelle, qui assurait alors la fourniture des uniformes du réseau P.L.M. Il m'apportait l'uniforme dont il avait pris les mesures quelques semaines plus tôt.

Il fit prestement l'essayage dans le bureau du chef de gare ! En trois minutes je fus transformé en « môssieu de l'Exploitation », avec la casquette, les boutons d'argent, les feuilles de chêne, comme un vulgaire général. J'étais « de matinée », c'est-à-dire que je travaillais de quatre heures du matin à douze heures. A midi, le chef attendait de pied ferme mon départ pour me dire :

— Vous ne vous en tirerez pas comme ça ! Il est justement l'heure de l'apéritif ! Une prise d'habit, ça s'arrose ?

Et Charlot ajouta finement :

— Il est sec, ce costume, il est très sec ! Faut l'arroser !

Suivit une bonne tournée générale au Terminus.

J'arrivai chez moi avec une heure de retard. Hélène m'attendait. Depuis le bas du Guidon, je la voyais penchée à la fenêtre, affolée, pensant que je venais d'avoir un accident. Elle ne me reconnut pas. Lorsque j'entrai dans la salle et qu'elle me vit ainsi accoutré — je ne l'oublierai jamais —, elle ouvrit la bouche, lâcha l'assiette qu'elle était en train d'essuyer et resta pétrifiée. Je m'étais mis au garde-à-vous et je saluais militairement. Son silence dura dix bonnes secondes puis, se précipitant dans mes bras, elle éclata en sanglots sur mon épaule.

— ... Ce n'est pas de chagrin ! dit-elle lorsqu'elle reprit souffle.

— Je l'espère bien.

— Non, c'est de surprise.

Je bus ses larmes sur ses lèvres et alors qu'elle disait bravement, en souriant : « A table ! » je m'aperçus que je pleurais aussi.

Pas à chaudes larmes, non, mais la paupière était humide, il n'en fallait pas douter.

Elle mangea peu et moi je n'avais pas très faim non plus. Elle me dit :

— Cet uniforme, ça me fait tout drôle !... Je n'ai jamais vu d'uniforme dans ma famille.

— Moi non plus, et j'avoue que c'est impressionnant.

Elle avait l'air grave. Elle prit un temps et, d'une voix sourde :

— Il me semble que nous entrons en servitude !

— Il y a de ça, ma belle : la servitude du rail. Ce n'est pas une plaisanterie.

Elle essuya ses beaux yeux en disant :

— Je suis ridicule.

Et elle me servit un énorme morceau de poulet à la crème en ajoutant :

— Il ne faudrait tout de même pas que ça te coupe l'appétit.

Cet appétit dont elle devait m'avouer plus tard qu'il l'avait effrayée dès le premier jour de notre vie commune.

Aveuglé, étourdi par toutes les merveilleuses aventures conjugales, je ne m'aperçus pas, un jour, que les élections venaient de donner à la France un gouvernement de Front populaire. J'avais d'ailleurs oublié de voter. Aussi n'eus-je pas l'enthousiasme que j'eusse espéré. J'étais trop enivré par la rude découverte du métier et par le mariage. Aussi, très franchement, que le président du Conseil fût M. Laval ou M. Léon Blum m'importait très médiocrement : je collaborais de très près au travail des locomotives, j'étais aimé d'Hélène, au diable « le Front popu » ! comme disait mon père.

Donc, un beau matin de mai, avant que le soleil fût levé, avant même que les journaux fussent distribués dans les villes, toutes les gares le savaient déjà par les équipes de conduite et les agents de train, par les journaux aussi qu'ils étaient les premiers à lire. J'étais justement de nuit et, sur le coup de 3 heures du matin, au moment où je recevais la voie libre d'un « marchandises » facultatif que je venais d'expédier avec 5 de retard, la sonnette du régulateur se mit à grésiller. Je me mis à l'écoute. Très brièvement, le régulateur passait à toutes les gares l'annonce de l'événement politique, dans le langage professionnel bien entendu :

— Et c'est voie libre pour la gauche !... Terminé !

Et tous les postes alignés au long des lignes françaises accusaient réception :

— Voie libre pour la gauche !... Terminé !

Au fond, cela me laissait assez indifférent. Dans une heure, abruti de sommeil, j'allais rentrer à la maison et retrouver le lit chaud et Hélène pelotonnée dedans, c'était vraiment pour moi la chose essentielle. Ce lit chaud et cette femme alanguie par le sommeil, c'est une idée qui prend le chef de service de nuit dès les 2 heures du matin, une idée qui se met à gigoter dans son cerveau de plus en plus fort. C'est presque une chance lorsqu'un incident technique lui occupe l'esprit et l'oblige à se déplacer ou à prendre des mesures d'urgence. C'est même le moment où un petit déraillement, pas méchant, par exemple un essieu d'un tombereau vide sur l'aiguille 5-7, serait presque souhaitable pour lui éviter de sombrer dans un rêve amoureux aussi douteux qu'inutile et, de toute façon, beaucoup trop précoce.

Ce matin-là, je commençais déjà à pressentir à distance la tiédeur et le soyeux des contacts préliminaires lorsque débarquèrent deux, puis trois, puis cinq collègues qui écourtaient courageusement leur nuit de sommeil pour connaître sans plus attendre l'issue des élections.

Ce fut un joyeux brouhaha lorsque je leur communiquai les résultats. Le chef de gare, éveillé par ce bruit, arriva, traînant ses savates, les bretelles sur les talons, l'œil bouffi, en clamant, l'œil malin :

— Ça y est, les enfants ! La gare va m'appartenir !

Puis, en se tournant vers un homme d'équipe :

— Et toi, Blanchot, ta brouette à bagages, elle va être à toi ! Et comme disait ma grand-mère à la Révolution de 48 j'allons pisser dans des pots de chambre en argent !

Et il paya la tournée d'un vin de Château-Chalon qu'il fit monter de sa cave. Au troisième verre, tout le monde avait reçu un avancement de trois ou quatre échelles, pour le moins, et on avait refait entièrement le chemin de fer français. On allait voir ! Et d'abord on supprimait trois postes d'ingénieurs sur quatre ; ces postes étaient — on le savait à force de le répéter — des planques pour caser les fils, les gendres, les neveux des « gros », des « deux cents familles » ! Pas étonnant que le chemin de fer fût en déficit, avec ces services centraux de direction, pléthoriques, où le moindre garçon de bureau était carrément inspecteur ! Et tous ces directeurs : un directeur pour chacun des cinq réseaux, et pour chaque directeur toute une camarilla de sous-directeurs, d'inspecteurs généraux, d'ingénieurs en chef ! On allait faire des coupes sombres là-dedans ! Et d'abord, un seul état-major, un seul directeur, puisqu'il n'y aurait plus qu'un seul réseau : le Réseau national français.

Que d'économies ! Et aussi comme le travail allait être facilité par l'unification, la banalisation de tout : signaux, matériels, tarifs, techniques, personnel !...

Tous les parasites de bureau allaient être envoyés dans les pauvres gares surchargées de travail, pour enregistrer les bagages, coller les étiquettes, faire les attelages, vendre des billets, et balayer les salles d'attente et les W.-C., tâches d'ilotes. Et ainsi les véritables cheminots allaient enfin pouvoir vraiment faire du vrai chemin de fer !

Et surtout, cette coordination des transports allait être réalisée : les transports routiers, si insolents, allaient être enfin muselés ! Aucun des collègues présents ne doutait que la concurrence déloyale faite par la route ne fût créée et entretenue par un gouvernement de droite qui avait fatalement le monopole de la concussion et du népotisme. La gauche, au contraire, était « pour » le chemin de fer, car le chemin de fer est un transport de masse, donc démocratique, contrairement à cette odieuse automobile, symbole de l'égoïsme bourgeois et de l'individualisme capitaliste. Je crois bien même que l'espoir naissait, chez tous, de voir le gouvernement de gauche interdire purement et simplement l'usage de l'automobile.

On ne verrait plus, en tout cas, c'était sûr, ces énormes camions, stupidement et dangereusement conduits par des pignoufs sur des routes où n'existaient aucune sécurité, aucune signalisation, aucune discipline, aucun statut du personnel, aucun horaire, aucune religion de l'heure... Des routes entretenues au demeurant par tous les contribuables, et que les routiers défonçaient et massacraient à leur seul profit. Fini le scandale de ces routiers qui allaient à domicile débaucher la clientèle du rail et lui voler son fret, provoquant ainsi son déficit, qui finalement devait encore être comblé par les contribuables ! Fini ce gaspillage scandaleux et ridicule qui consiste à consacrer un chauffeur et même deux au transport de quelques pauvres petites tonnes de marchandises !

Le socialisme allait remettre de l'ordre dans tout ça !

Et enfin, et par-dessus tout, l'avenir de la vapeur était assuré ! Car la gauche, c'était fatal, était « pour » la vapeur et « contre » l'électricité. C'était une des croyances les mieux ancrées chez les cheminots, que, puisque la Fédération des chauffeurs et des mécaniciens était à gauche, « gauche » était donc synonyme de vapeur.

Bien mieux : la carrière des locomotives 241 débouchait maintenant sur un avenir merveilleux, tous les espoirs étaient permis aux Pacific et autres Mountain, car les gens de gauche sont des gens intelligents, prodigieusement perspicaces et clairvoyants, débarrassés de tous les préjugés, et les gens intelligents sont fatalement des admirateurs et des fanatiques des 241 ! Donc les gens de gauche défendraient « *usque ad mortem* » les 241 !...

Le vieux chef de gare les écoutait en clignant de l'œil et excitait leur naïf enthousiasme. Trinquant avec moi, il me disait :

— Tout ça, garçon, c'est très joli. Laissons-les rêver ! Moi je pars en retraite dans onze mois, à cinquante-cinq ans jour pour jour, et je vous laisse vous débrouiller avec les parents de la fille, et les deux cents familles !

Quand nous nous quittâmes, le chemin de fer venait de faire un énorme bond en avant, et la France, déjà reine des nations, montrant du doigt les cieux, était prête avec nous à escalader les nues... à bord d'une 241 D bien entendu.

Car les mieux informés avaient aussi parlé de ces vingt-huit 241 D qui sortaient justement des ateliers d'Oullins et des Aciéries du nord de Marseille et passaient à l'effectif du réseau P.L.M. agonisant (que Dieu ait son âme !). Toutes les 241 devenaient ainsi de merveilleuses 241 D, avec des échappements doubles à croisillons, des conduits d'admission plus larges, des distributeurs de grand diamètre, des graisseurs mécaniques, des cylindres aux sections de passage agrandies. Et l'on venait d'apprendre qu'aux essais du dépôt de Laroche ces machines avaient manifesté une puissance de 10 % supérieure à celle des « 241 A » non modifiées, et pour une consommation inférieure de 12 %, ce qui montrait bien la vitalité triomphante des locomotives à vapeur, la certitude de leur avenir, et la supériorité d'un gouvernement démocratique de Front populaire, de gauche, sur tous les autres régimes politiques.

De peur de briser un enthousiasme aussi généreux, je n'osai faire remarquer que ces modifications qui faisaient des 241 A autant de 241 D avaient été étudiées, ordonnées et exécutées par l'ancienne Compagnie défunte. Je me tus donc et je fis bien. Et ce n'est que lorsque le soleil levant eut jailli derrière le Revermont que je vins m'affaler dans le lit conjugal encore tiède.

Pourtant, avant de m'endormir, j'eus comme une nouvelle lueur d'espoir : peut-être, oui, peut-être que le chemin de fer enfin nationalisé allait accepter notre attelage automatique et, démocratiquement, l'appliquer à tous les véhicules, et je m'endormis, bercé par ce rêve bien puéril : nos plans étaient acceptés, le tout nouveau directeur général de la toute jeune S.N.C.F. nous faisait appeler, Marcel Dulot et moi, nous félicitait, notre photographie passait dans le *Bulletin P.L.M.*, ou plutôt dans le grand magazine que la S.N.C.F. ne manquerait pas de créer pour la gloire du chemin de fer, et l'attelage automatique qui portait nos deux noms accolés était installé sur tous les matériels roulants nationalisés, et, bien entendu, sur tous les véhicules du monde, puisque l'Internationale allait s'étendre, il n'en fallait pas douter, à tout le genre humain.

Quelques jours plus tard, Marcel Dulot, qui venait de sortir de l'école des Arts et Métiers de Cluny, arrivait à l'express de 11 heures pour nous montrer son diplôme tout neuf d'ingénieur. Il venait surtout m'apporter les plans du futur attelage automatique, résultat de quatorze ans de collaboration. Après avoir évoqué le tragique voyage à l'Hôtel-Dieu de Lyon, puis notre nuit blanche au triage de Perrigny avec les saboteurs, puis la mort de M. Paulin, et enfin notre laborieuse amitié, il déploya ses dessins en s'écriant :

— Et voilà ce que ça a donné !...

Hélène s'était approchée, elle regarda ces épures en ouvrant de grands yeux :

— Mon Dieu, dit-elle, jamais je n'aurais cru que c'était si compliqué !

— C'est que, commença Marcel, un attelage automatique, ça paraît enfantin à première vue ; il lui suffit en effet de quatre conditions simples, essentielles : premièrement, la solidité ; deuxièmement...

Et il se mit à faire un amphithéâtre magistral sur

Un atteleur

cet attelage automatique qui devait sauver la vie à des milliers d'êtres humains et accroître prodigieusement la productivité des triages du chemin de fer.

Il avait prononcé « productivité ». C'était la première fois que j'entendais ce mot. Il me plut, il faisait sérieux et me sembla appelé à une brillante carrière.

Lorsqu'il eut fait son exposé sur cet appareil qui procédait, à vrai dire, de plusieurs de ses idées et de quelques-unes des miennes, je le précipitai dans le plus profond désespoir en lui disant simplement :

— Et où serait le bénéfice d'un appareil qui assure un accrochage automatique et sans aucun danger si par ailleurs on est obligé d'entrer, comme avant, entre les tampons pour assurer à la main l'accouplement des boyaux de frein et des conduits de chauffage ?

Mon vieux camarade, en bon ingénieur qu'il était, avait bel et bien oublié ces points de détail, qui pourtant imposaient une remise en question de tout le projet. L'ingénieur était déjà à cette époque le produit curieux d'une civilisation technique très avancée, qui devait réussir à aller dans la Lune et même dans Saturne, tout en restant définitivement incapable de faire cuire un œuf à la coque ou de connaître les choses les plus simples.

Marcel fit une superbe colère. Je crus qu'il allait tout casser.

J'étais en « descente de nuit » et, de ce fait, libre jusqu'au surlendemain à 4 heures du matin. J'avais donc le temps de le calmer.

— C'est comme si le problème était résolu ! s'écria-t-il tout à coup en faisant table rase.

Il écarta les assiettes et les plats de notre repas, étala ses papiers et se mit à crayonner comme un fou.

Au fur et à mesure qu'il suggérait des solutions, je les démolissais en lui disant :

— Mais non, mon vieux, dans la pratique c'est impossible, et je lui en donnais les raisons.

Et il en convenait alors en soupirant :

— Tu n'as sans doute pas tort. Toi, tu es au courant des réalités, tous les jours et toutes les nuits.

Tout à coup, alors que nous butions pour la vingtième fois sur mes objections, il s'écria :

— Après tout, tu m'ennuies avec tes « mais non » !

— Mais, Marcel, je fais souvent une vingtaine d'attelages par jour, tu ne vas tout de même pas m'apprendre ! répliquai-je.

Il était 21 heures. Nous venions de commencer le dîner. Devant une Hélène consternée de nous voir faire fi de son soufflé de foie et de sa tarte au cassis, Marcel Dulot se leva, prit son béret, et s'écria :

— Il est 21 h 08 ? Il va y avoir une manœuvre en gare bientôt, n'est-ce pas ?

— Oui, et de toute façon il y a une dizaine de wagons chargés et une dizaine de vides sur les débords.

— Allons-y !

— Mais finissez de manger ! implorait Hélène.

— Non, je ne pourrai pas avaler.

C'était là tout Marcel.

— Tant pis pour le soufflé, lança Hélène, je vais avec vous.

Et nous voilà partis tous les trois, dévalant la côte du Guidon et entrant en gare où le collègue de nuit nous regarda comme des brèmes avariées.

Et nous voilà à quatre pattes sous les wagons, suspendus à leur ventre comme Romulus et Remus sous la louve, lampe électrique en main, car la nuit était venue.

Le gros chef de gare faisait sa petite ronde en attendant de surveiller le passage de l'express, avant d'aller se coucher. Il nous aperçut et nous interpella. Je lui présentai Marcel.

— Vous en avez des façons de recevoir vos amis !

me dit le chef. Il y a mieux à voir à Louhans que le cul des wagons!

— C'est que mon camarade et moi étudions un attelage automatique, lui dis-je.

Le chef de gare leva alors les bras au ciel :

— Ah! Si vous nous inventez ça, vous aurez votre statue dans toutes les gares, et dans tous les triages, et dans toutes les chaumières, mais il y a un sacré moment qu'on le cherche l'attelage automatique et on ne l'a encore jamais trouvé. Les Américains ont bien, paraît-il, un truc, mais qui ne peut rien donner chez nous; là-bas, les conditions d'exploitation sont tellement différentes...

— Eh bien, nous, nous avons trouvé l'attelage automatique individuel, autonome, et universel! s'écria Marcel.

— Vous avez trouvé? s'écria le chef en ouvrant des yeux ronds.

— ... Presque, ajouta Marcel.

Le soufflé de foie était retombé, Hélène le remit au four et, me croira qui voudra, il regonfla à merveille; je n'en ai jamais mangé de meilleur. C'est un procédé que je cède bien volontiers à la postérité, encore faudrait-il que j'en donne quelque jour la recette complète.

Marcel, tout à coup, après le fromage, murmura :

— Ça y est, j'ai trouvé!

Et il se remit à crayonner.

L'express de 23 h 48 passait. A l'heure.

Au fur et à mesure qu'Hélène prenait de l'ampleur, la nationalisation des chemins de fer perdait de l'importance pour moi, si bien que lorsqu'elle survint, en 1937, je m'en aperçus à peine; Hélène en était au septième mois et puis on en avait tellement parlé, de cette nationalisation, on l'avait tellement rêvée, attendue, magnifiée, combinée, organisée!...

Les dessins et les notices explicatives de notre

attelage automatique avaient été terminés, l'invention nous paraissait parfaite et mon père, questionné, n'y avait rien trouvé à redire, mais nous attendions, pour l'envoyer, que la nationalisation fût chose faite. Nous supposions que c'était imprudent de la faire parvenir à la Direction d'un réseau en train de trépasser, et puis cette invention était d'un intérêt national, n'est-ce pas, il était donc logique que la Société nationale en fût la première bénéficiaire.

Marcel Dulot porta lui-même le dossier à la Direction centrale, tout nouvellement installée rue Saint-Lazare, à Paris. Le sort en était jeté, il n'y avait plus qu'à attendre.

D'ailleurs tout le monde attendait : Hélène attendait son enfant, les gares attendaient les renforts de main-d'œuvre que le gouvernement avait promis, on attendait que les directions des réseaux fussent supprimées, on attendait que les coupes sombres fussent faites dans le personnel pléthorique des services centraux, on attendait que des mesures énergiques fussent prises contre le dumping des entreprises routières...

Certes, on changea, sur nos casquettes et nos uniformes, le sigle P.L.M. contre celui de la S.N.C.F., ainsi que sur les wagons, les papiers, les pièces administratives et commerciales, et c'est à ce moment que...

Oui, c'est à ce moment que je fus convoqué par le chef de l'arrondissement, à Dijon.

Que pouvait bien me vouloir le grand patron ?

Je pris l'express 602, dès ma cessation de service, et je me présentai à l'huissier des grands bureaux de la rue Guillaume-Tell.

Après avoir attendu un moment, je fus invité à franchir la fameuse porte capitonnée. Nos chefs, en effet, étaient toujours défendus par une lourde porte, épaisse comme un matelas, capitonnée de moleskine noire, que l'huissier ouvrait avec une lenteur respectueuse avant de frapper à la véritable porte.

Je fus introduit dans un bureau qui me parut immense, trois fois plus vaste que le bureau de la grande vitesse de ma gare où évoluaient en permanence quatre agents, un homme d'équipe, trois maraîchers et cinq volaillers expéditeurs. Mais là, le patron, tout seul, au fond, m'attendait, qui d'entrée me dit, sans autre formule de bienvenue :

— Je vous ai fait venir, parce que vous venez de faire une très grosse faute professionnelle.

Je pensais que c'était à ma manœuvre au lancer sur voie principale qu'il était fait allusion.

— J'ai voulu gagner trois minutes à un train qui avait quinze de retard ! balbutiai-je.

— Mais que me chantez-vous là ? Il n'est pas question de train ni de minutes de retard, vous ne me comprenez pas !

Il posa la main sur un dossier qui traînait sur son bureau et sur lequel je reconnus le très beau titre qu'avait dessiné Marcel Dulot : « Projet d'un attelage automatique. »

— Vous avez envoyé directement à la Direction générale un projet d'attelage automatique, n'est-ce pas ?

— Oui, monsieur l'inspecteur principal.

— Et voilà justement ce qui vous est reproché.

— Reproché ? dis-je.

— Mais bien sûr : en entrant à la Compagnie, vous vous êtes engagé à respecter des conditions qui sont celles du statut du personnel et qui vous imposent d'emprunter, en tout et pour tout, la voie hiérarchique. Vous deviez transmettre ce projet d'attelage automatique à un supérieur immédiat : votre chef de gare, qui devait lui-même le transmettre avec avis favorable, ou défavorable, à son inspecteur de section, qui me l'aurait transmis à son tour en donnant son appréciation, et je l'aurais éventuellement fait parvenir à la direction de la région du Sud-Est qui remplace la direction du réseau P.L.M. et qui, elle-même, l'aurait transmis à la Direction générale de la S.N.C.F. si toutefois elle le jugeait opportun.

« Vous vous êtes mis en contravention avec le statut du personnel et de ce fait vous êtes dans une situation très grave d'insubordination.

— Je ne suis pas le seul auteur de ce projet, dis-je, je l'ai mis au point en collaboration avec mon ami Marcel Dulot, ingénieur des Arts et Métiers, qui n'est pas encore cheminot.

— Vous êtes cosignataire et vous êtes cheminot. De ce fait vous deviez vous conformer au règlement pour transmettre cette invention, qui d'ailleurs me semble parfaitement ridicule.

— Le père de mon ami Marcel Dulot était chef de train et il est mort serré entre deux tampons en faisant un attelage alors que nous avions dix ans. Cela m'a beaucoup marqué. Depuis ce jour-là, nous avons travaillé sans arrêt à cette invention qui me paraît primordiale, monsieur l'inspecteur principal.

— Je vous félicite de l'intention ainsi que de la compassion que vous avez pour le père de votre ami, et aussi de l'intérêt que vous prenez aux problèmes de traction, mais d'abord ce n'est pas votre travail, et de toute façon, vous deviez passer par moi pour présenter votre projet. C'est pourquoi je vous informe que je vous inflige un blâme pour cette grave faute, blâme qui, en raison de votre jeune âge, ne sera pas inscrit à votre dossier. Par ailleurs, je vous fais mandater une prime de 120 francs, ainsi qu'à votre ami Marcel Dulot, pour récompenser votre esprit d'initiative.

— ... J'espère, monsieur le principal, que cette prime m'arrivera par voie hiérarchique, répondis-je effrontément.

Le principal eut un clin d'œil amusé :

— Mais certainement, jeune homme, certainement ! Vous pouvez disposer.

Je sortis en poussant la porte capitonnée qui retomba lourdement derrière moi en faisant un bruit sourd de cloison étanche. J'eus un moment de flottement, comme un vertige, en retrouvant la rue.

Le surlendemain, le chef de gare m'informait que j'étais muté à la gare de Saint-Jean-de-Losne. Il ajouta :

— C'est la valse des résidences qui commence, mon garçon ! C'est ça l'Exploitation ! Moi qui vous parle, j'en suis à ma treizième. En trente-cinq ans de service, deux ans et demi par résidence, quatorze déménagements dans ma carrière, quinze avec celui de mon départ en retraite l'année prochaine ! C'est comme ça, mon vieux !

Il mit le pouce aux entournures de son gilet et ajouta :

— J'espère que vous avez déjà prévenu votre femme, elle est au courant de la vie de camp volant qu'elle va mener ?

— Je pense qu'elle s'en accommodera, elle a l'air de bien s'intégrer.

— Vous avez de la chance, mon vieux, la mienne n'a pas encore pu s'y faire, et pourtant ce n'était pas une « étrangère ».

J'ai longtemps cru que cette mutation à la gare de Saint-Jean-de-Losne était une sanction pour cette fameuse insubordination, car les collègues ne manquèrent pas de m'informer que Saint-Jean était une « gare disciplinaire ». Dans le petit personnel, toutes les gares sont disciplinaires, comme les régiments pour les petits troufions. Pourtant, m'y étant présenté, je la trouvai au contraire bien sympathique, cette gare, perdue, toute seule, quasiment au bord de la Saône que la ligne de la Bresse et de la Savoie franchissait sur un grand pont.

C'était sans doute son éloignement de l'agglomération qui lui avait donné cette réputation de bagne. La gare, en effet, était à deux kilomètres de la ville; il fallait suivre la route dans les aulnes et les platanes, longer la Saône un instant, pour avoir enfin contact avec l'autre monde et trouver les premières maisons. La gare ignorait la ville, la ville ignorait la gare. Aucun commerçant ne se déplaçait pour nous approvisionner, et nous, nous prenions le train jusqu'à Dijon-Ville et, par le Rempart de la Miséricorde, nous allions à notre « coopé » pour faire nos provisions.

A part une sucrerie traitant les betteraves, et fermée en dehors de la saison betteravière, la petite colonie cheminote vivait en parfaite ségrégation, en pleine nature, avec ses trois ménages, et sa buvette cachée dans un jardinet extrêmement touffu.

J'y arrivai un soir d'octobre, alors que les premières grandes pluies avaient gonflé la Saône ainsi que ses « losnes », qui donnaient le nom à la localité. La villette était bien tassée autour de son église de brique, au bout d'un grand pont qui réunissait la Bourgogne française à l'empire de Charles Quint; la grande plaine brillait de toutes ses platières [1], sous le grand vent de nord-est qui prenait la vallée de la Saône par la trouée de Belfort et s'enflait sur la Franche-Comté en courbant les grands peupliers alignés au bord du canal.

J'y fus accueilli par un brave homme de chef de gare, que tout le monde appelait « le p'tit chef ». Il n'était pas très grand en effet, et lorsqu'il parlait, même lorsqu'il donnait des ordres, il avait toujours l'air de vous demander votre avis, en ajoutant à toutes ses phrases un « hon ? » interrogatif et bon enfant. Lorsqu'il se fâchait, il s'efforçait toujours d'adoucir ses phrases par « c'est un monde ! », ce qui atténuait le reproche en l'étendant à l'univers entier.

1. Terrains plats au bas d'une colline.

A l'extrême pointe de cette île cheminote, il y avait « le Poste ». C'était le poste d'aiguillage qui commandait les signaux et les aiguilles de sortie de la gare, ainsi que la « Bifur », qui n'était autre que la bifurcation de la ligne de Lons-le-Saunier.

Ce poste était une maisonnette solitaire et haut perchée où deux hommes se relayaient pour commander silencieusement aux aiguilles. On ne les voyait presque jamais car ils se rendaient à leur perchoir à vélo, ne venant à la gare que pour y prendre les instructions de service, mais, chaque fois, ils y passaient un long moment pour bavarder. Condamnés au silence perpétuel dans leur avant-poste, ils se rattrapaient en nous contant d'extraordinaires histoires nées dans leur imagination de solitaires.

Surtout le père Riotte, une sorte de poète philosophe aux expressions riches et grandioses.

Lorsque je lui demandais :

— Et que faites-vous donc, entre les trains, pendant vos douze heures de guet ?

Il me répondait, en faisant des mines :

— Je tricote des chaussettes, des cache-nez, des passe-montagnes, et puis je regarde le ciel et je pense à mon bonheur...

— Tellement heureux, père Riotte ?

— Oh oui ! Pensez : laid comme je suis, avoir trouvé une belle femme qui ait bien voulu de moi ! Et une bonne place à la Compagnie !... Vingt-cinq ans de relégation en tête-à-tête avec ma Saône, que je vois d'ici, sans tant seulement remuer une fesse !... C'est pas merveilleux, ça ?

Il n'était, le brave homme, pas plus laid qu'un autre, et il prononçait le mot « relégation » avec délices, comme une nonne parle du Bon Dieu. Il avait une connaissance prodigieuse et fidèle de tous les textes, si compliqués, qui réglementent la circulation des trains et l'exploitation du chemin de fer. On disait qu'il lisait, tous les jours, cinq pages de ce fameux *Règlement général d'exploitation,* qu'il savait déjà par cœur. Lorsque le chef de service de la gare hésitait sur les mesures à prendre en cas d'incident de Mouvement, il téléphonait tout de suite au poste du père Riotte : la réponse arrivait sans hésitation, comme s'il l'avait lue, avec la référence du numéro et de l'article de la circulaire. Il débitait cela, par cœur, imperturbablement, de sa petite voix haut perchée.

Aiguilleurs au travail

Lorsqu'un grand chef venait en tournée d'inspection, il lui arrivait de vouloir aller visiter ce poste dont l'existence et le fonctionnement posaient bien des problèmes d'ordre technique. Tout modeste qu'il fût, le père Riotte lui envoyait d'abord, de deux coups de pied bien étudiés, les patins de tapisserie qu'il découpait dans ses vieux pantalons de drap, car il était interdit de pénétrer dans son domaine en posant les pieds sur le plancher, brillant comme une horloge comtoise. Et c'est seulement lorsque le visiteur avait chaussé les patins qu'il retirait cérémonieusement sa casquette et le saluait.

Un jour, beaucoup plus tard, alors que j'entrais dans le poste avec le chef d'arrondissement, le père Riotte, nous ayant envoyé à chacun une paire de patins, s'inclina bien bas en se découvrant et, d'une voix suave, salua le grand patron :

— Oh ! monsieur l'inspecteur principal Bertholle ! Que le Bon Dieu vous a donc conservé bien frais !

Je n'ai jamais pu savoir si c'était naïveté ou ironie profonde.

En dépit de cette mauvaise réputation de gare disciplinaire, j'aimai tout de suite cette enclave cheminote, véritable réserve indienne, perdue dans les champs de betteraves et les grands pâturages communaux taillés dans la zone inondable, au bord de cette Saône que les Bourguignons appellent « fleuve », parce que c'est elle qui se jette dans la Méditerranée, et non le Rhône, ce fleuve d'origine étrangère, qui se contente de la grossir à Lyon.

Comble de bonheur, dès mon arrivée, on m'informa tout de suite que je succédais à un facteur enregistrant qui était « logé ». Je prenais donc sa place et son logement dans la gare.

On m'octroya un wagon « couvert » pour y empiler mon mince mobilier et, pour emménager dans mon nouveau domicile, je n'eus qu'à ranger ce wagon le long du quai 1 et, entre le départ de l'omnibus du matin et la manœuvre de 12 h 48, décharger mon mobilier par-dessus la marquise, directement dans le « logement d'emploi », au premier étage, juste au-dessus de la salle de service où grésillaient généreusement les sonnettes.

Nous ne pûmes dormir la première semaine car, outre ces sonnettes (celle du régulateur de circulation et celle des disques amont et aval), il y eut, comme toutes les nuits, le passage de tous les trains de la Savoie, bien entendu, puis deux manœuvres, notamment, à 3 heures, celle du « marchandises » dont la machine vint s'arrêter plus de dix fois à la hauteur de nos fenêtres, la cheminée juste devant notre chambre à coucher pour y cracher le plus épais de sa fumée.

Le dispositif des voies et les horaires du service étaient ainsi conçus, nous n'y pouvions rien. Toutes les nuits donc, à 2 h 18, nous devions être éveillés par les coups de sifflet du brigadier de manœuvre qui faisait avancer, reculer, avancer et reculer encore, ce convoi qui, alors, défilait dans les deux sens, bien gentiment, à la vitesse de manœuvre, s'arrêtait, repartait, avec les coups de tampons, les chocs en retour, puis qui, enfin, prêt au départ sur Bourg, venait faire du gaz juste à la hauteur de notre traversin. On entendait alors les coups de pelle du compagnon, puis le très long halètement du souffleur, et enfin les petits soupirs d'excitation du petit cheval qui se hâtait de regonfler longuement les conduites de freins vidées à grand bruit par ces départs successifs.

Il y avait aussi la conversation, toute technique, faite généreusement à pleine voix pour dominer le bruit du petit cheval et le ronronnement de la chaudière, entre le mécanicien et son compagnon-chauffeur, puis les cris du brigadier de manœuvre qui hurlait de loin, pour éviter de faire les deux cents mètres qui le séparaient de la machine.

A 3 h 02, c'était enfin le large coup de sifflet du départ, puis le démarrage d'une grosse C [1] arrachant cinq cents tonnes, avec patinage, sablage, et jurons du seigneur, puis ensuite le long, très long défilé du convoi, en prise de vitesse, avec le tacatac des bandages sur les joints, se répercutant de

1. Locomotive d'un type célèbre.

proche en proche tout au long du train, et s'éloignant enfin.

Encore un grondement. Celui du passage du train sur le pont, et puis, tout à coup, le retour du grand silence solitaire de la plaine, un grelottement de sonnette, le bruit des leviers, le grincement des poulies, puis la voix du chef de service « rendant voie libre » et recevant du père Riotte l'avis de passage au poste de la bifurcation de Lons-le-Saunier.

Définitivement éveillés, nous écoutions, dans le ventre de la nuit, chanter la promesse du matin. Nous étions là, serrés l'un contre l'autre, tous les trois. Oui, tous les trois, car l'enfant nous tambourinait aussi sa joie de vivre à petits coups de talons qui faisaient doucement geindre Hélène et que je sentais très bien moi-même. A chaque coup, je répondais par un mot tendre. Parfois Hélène me disait :

— Tais-toi. Écoute.

J'écoutais, et dans le silence infini des campagnes, dans le petit matin, retenant notre souffle, nous entendions, dans ce ventre bien plein, un doux froissement puis, comme une voix très ténue, un vagissement étouffé, encore lointain, et Hélène disait :

— Tu entends ? Il parle.

Et nous délirions de cette sorte de bonheur incomparable que donne l'amour comblé, l'amour fécond, l'amour plein, le seul amour possible.

Disons qu'avant la fin de la dernière semaine de la grossesse, la manœuvre du « marchandises » ne nous réveilla plus. Hélas, oserais-je dire. Et même, au contraire, le premier jour où je ne l'entendis pas, je m'éveillai et me levai en hâte pour voir d'où venait ce silence insolite et perturbateur : le train de marchandises n'avait pas lieu le dimanche, et c'était cela qui me réveillait.

Enfin, j'étais vraiment dans le chemin de fer, bercé par une locomotive avec le rail comme oreiller, et le blâme de l'inspecteur principal ne m'inquiétait désormais pas plus qu'une pichenette de libellule : j'étais ce qu'il fallait que je sois, dans ce sanctuaire isolé où je me régalais de cette sorte de ségrégation totale. Cette mise à part loin du monde profane matérialisait notre consécration au prodigieux monde du rail. C'était un peu comme un ordre monastique avec son isolement dans la nature, son costume, sa clôture, ses rites, son langage, sa mystique, et la singularité de sa mission. Hélène m'avoua qu'elle y prenait goût aussi, ce qui me réjouit tout en ne laissant pas de m'étonner, mais elle précisa en me disant qu'elle en appréciait la poésie. Oui, en dehors des confrères, nous ne voyions personne, juste quelques gros expéditeurs qui travaillaient d'ailleurs le plus souvent par téléphone. Quant aux voyageurs, il n'y en avait plus. Les services d'autocars, qui passaient maintenant au cœur de la bourgade, drainaient toute la clientèle, excepté le dimanche où le train spécial déversait un millier de pêcheurs dijonnais chargés de plusieurs tonnes de gaules et de goujonnières. Ils disparaissaient rapidement dans la nature et se hâtaient de retrouver leurs barques et leurs « coups » le long de la Saône, depuis Saint-Usuge jusqu'aux écluses du port de Charrey et de Lechatelet.

On ne les revoyait que pour le train du soir qu'ils attendaient en buvant le vin blanc à la buvette de la gare, dont on comprenait alors qu'elle comportât tant de tables, habituellement vides. Et lorsqu'on s'approchait de ces pêcheurs on s'apercevait sans peine à leur langage, à leur costume, à leur peau, à leur odeur même, que c'étaient tout simplement... des cheminots du centre dijonnais, la race la plus pêcheuse du monde.

Ce blâme de l'inspecteur principal, auquel je pensais souvent, m'avait révélé quelque chose dont l'humour m'apparut subitement un jour, lorsque nous reçûmes les diagrammes d'organisation de la toute jeune S.N.C.F. En effet, comme l'inspecteur principal me l'avait fait comprendre, la Direction générale de la S.N.C.F. se superposait aux cinq directions des réseaux, qui restaient tout simplement en place : au lieu de cinq directions, de cinq directeurs, de leur état-major et de leurs bureaux respectifs, il y en avait six, et le chef de gare, à la réception de ce document, éclata de rire :

— Ah, les coquins !... Ah, les coquins ! C'est ça, la nationalisation, hon ? Tu as vu, hon ? Voilà bien la France : pour faire des économies, on ajoute une Direction générale, hon ?

Et ce fut dans notre gare, comme certainement dans toutes les autres, un long éclat de rire sarcastique. Tout le monde trouvait là l'occasion, en riant jaune, d'exercer son sens critique, particulièrement développé parce que cultivé en vase clos chez les cheminots. Et cela fut bien pire encore lorsque subitement nous apprîmes l'électrification, en « 1 500 volts-continu », de la ligne Paris-Montparnasse au Mans. C'était à nos yeux un empiétement scandaleux de l'électricité usurpatrice sur la vapeur. Et surtout, par voie de conséquence, c'était l'éviction des machines « 241 000 » sur cette région.

Si on électrifiait Paris-Le Mans, que faisait-on alors des célèbres 241 008, 241 018/020/024/025, etc., dont nous savions, sans y être jamais allés voir, qu'elles régnaient en maîtresses sur cette grande ligne ? Nous apprîmes qu'elles étaient envoyées sur le réseau de l'Est, au dépôt de Chaumont, ce qui nous consola un peu. Mais un bruit alarmant courut tout aussitôt : elles venaient sur l'Est pour y être mises en « garage en bon état », ce qui, disaient les pessimistes, était l'antichambre de la mort. Comment des machines en pleine jeunesse, si prestigieuses, si bien entretenues, sans cesse améliorées, toutes neuves en somme, pouvaient-elles ainsi être mises de côté ? Quel gâchis et quel sacrilège !

Enfin, Marcel Dulot, qui débarqua un beau jour de l'express du matin, nous apprit que l'électrification de notre réseau était sérieusement à l'étude, à commencer par la grande ligne Paris-Lyon-Marseille.

Inauguration de l'électrification
(gare de Dijon)

Je me souviendrai toujours de son arrivée, à ce grand furieux de Marcel : il venait d'être embrigadé au titre d'attaché de traction au dépôt de locomotives de Villeneuve-Saint-Georges, et cela lui donnait, à nos yeux, une grande autorité et une compétence indiscutable. Il n'eut pas posé le pied sur le quai que, déjà, il se mit à vitupérer, avec ses outrances habituelles, sur le thème mille fois rebattu :

— ... On a nationalisé le rail, mais pas les routiers. Nous sommes seuls sous le contrôle de l'État, seuls réglementés, seuls sous les ordres du ministère des Travaux publics qui nous ligote. Les routiers, eux ? Ils sont libres en tout, il leur suffit de proposer à nos clients un tarif légèrement inférieur à celui qui nous est imposé par l'État et ils emportent le marché. Nous sommes cocus, mes enfants, nationalisés mais cocus !

Il continuait :

— Et bien mieux : on parle de supprimer le trafic sur certaines de nos lignes, oui, messieurs, les petites lignes affluentes vont être supprimées, elles ne sont, paraît-il, plus rentables !... Quand on veut tuer son chien, on dit qu'il est galeux ! Mais, je vous le demande, si l'on supprimait tous les petits ruisseaux, toutes les petites rivières de Bourgogne et de Franche-Comté, y aurait-il de l'eau dans la Saône à Lyon ?...

« Bien sûr, on remplace ces lignes par des services routiers, mais savez-vous, messieurs, qui sont les directeurs de ces grosses entreprises routières, ou présidents-directeurs généraux de ces maisons qui fabriquent les autocars, les camions ? Certains de nos gros patrons ! Oui, oui, ces messieurs qui touchent leur mois comme ingénieurs du chemin de fer et palpent en même temps les dividendes et les jetons de présence de la route !

— Mais un gouvernement de gauche peut-il laisser faire ça, hon ? hasardait le chef de gare.

— Je devine très bien la manœuvre, continuait Marcel, surexcité, je vois très bien même se constituer sous peu des sociétés capitalistes qu'on appellera des filiales de la S.N.C.F., par exemple, et qui transporteront toutes sortes de marchandises sur nos rails nationaux, mais dans des wagons à elles, qui paieront simplement une petite redevance kilométrique, et quand vous verrez passer un train de marchandises, messieurs, dans quelque temps, il n'y aura de national que la machine, les fourgons, le rail, le ballast, les signaux, le personnel, les infrastructures... Tout ce qui coûte enfin. Mais les wagons chargés, qui rapportent, appartiendront à des sociétés privées, et nos chemins de fer, tout nationaux qu'ils soient, seront en déficit, messieurs, et on demandera aux contribuables de boucher le trou !... Les routiers ne prennent que le fret qui les intéresse et refusent les autres ; les routiers écrèment ainsi tous les transports rémunérateurs, on ne nous laisse que les gros transports, lourds ou encombrants, qui demandent beaucoup de frais de manutention et beaucoup de place !... A nous, on fait obligation de tout accepter et d'entretenir notre voie, mais les routiers demandent aux contribuables d'entretenir la leur ! C'est un pur scandale ! Comment voulez-vous qu'un service public ne soit pas en déficit, surtout si on lui retire toutes les sources de recettes et si on ne lui laisse que les chefs de dépenses ? Etc., etc.

On eut beaucoup de mal à calmer ce forcené en qui je ne reconnaissais pas mon ami Marcel Dulot, si calme, si malhabile à s'exprimer, si renfermé. Oh, sans doute, je retrouvais bien ce regard buté, terrible, qu'il avait eu devant son père mort à l'Hôtel-Dieu de Lyon, puis, quelques jours plus tard, à la maisonnette du passage à niveau de mes grands-parents, lorsque, regardant passer un train de marchandises, il avait dit en serrant les dents : « L'attelage ! Ça en aura fait des morts... »

Mais, en plus, mon ami était devenu bavard et agressif. Il ne décoléra pas de toute la journée qu'il passa chez nous et lorsqu'il revint avec moi à la gare pour prendre son train, il recommença, avec encore plus de violence. Le pied sur le marchepied du wagon, il fit signe d'au revoir à Hélène qui, ayant de la peine même à descendre les escaliers, était restée à la fenêtre. Puis, reprenant son idée :

— On nous sabote notre nationalisation ! Et à ce train-là je ne vous donne pas dix ans pour que la nationalisation soit à refaire complètement, conclut-il.

Lorsque le train fut parti, le chef de gare s'écria :

— Eh bien, votre ami, il n'est pas réconfortant, hon ? Vous ne le croyez pas un peu timbré ? Entre nous, hon ?

— C'est un grand timide, un renfermé, un concentré, répondis-je. Lorsqu'il éclate, ses paroles dépassent sa pensée, mais il est vrai que je ne l'ai jamais vu aussi violent ni aussi exalté. On voit qu'il vient d'entrer chez les gueules noires, je croirais entendre parler mes oncles ; ces gens-là ne peuvent pas ouvrir la bouche sans râler, sans contester, et cette nationalisation qu'ils ont tant demandée, ils sont les premiers à la critiquer.

— Ce n'est pas la nationalisation qu'il semble critiquer, c'est ce qu'on va en faire... Il me semble qu'il systématise un peu trop facilement, hon ?

— Que voulez-vous, chef, c'est un acharné. Voilà onze ans qu'il s'est attaqué à un dispositif d'attelage automatique et il y travaille toujours. Il vient de déposer son projet au service central du Matériel et il est déjà furieux qu'on ne l'ait pas convoqué d'urgence pour en assurer l'installation sur tous les véhicules.

— Il se voit déjà le chef du futur service des attelages automatiques, hon ? plaisanta le chef.

— Non, ce n'est pas son genre, je vous assure, patron, mais pour tout vous dire, son père, chef de train, a eu le thorax écrasé entre deux tampons en faisant un attelage...

— Hon ! Le pauvre diable ! gronda le p'tit chef en grimaçant.

— ... Ça lui est resté à jamais sur la rate. Depuis ce jour-là il en veut à l'humanité. Il en a perdu le boire, le manger et le sommeil. Il se croit désigné par le destin pour la propagation mondiale et l'installation obligatoire de l'attelage automatique.

— Mais ce qu'il nous a dit sur l'avenir de la nationalisation, hon ? c'est du délire, hon ? Vous ne croyez pas, hon ?

— Sans doute, mais ce ne sont pas les gens des dépôts qui le retiendront sur cette pente, ils ne peuvent au contraire que l'exciter davantage.

Le petit chef hocha la tête, après avoir réfléchi longuement, aussi choqué que moi par ces prophéties curieuses.

— Vous croyez que de semblables scandales puissent se produire dans notre monde du chemin de fer, hon ? Moi, je ne le crois pas. Ce sont les rouges qui répandent ces idées pour déconsidérer nos chefs, qui sont d'ailleurs curieusement les mêmes que sous le régime des réseaux. Ils voudraient les mettre dehors... hon...

Il se tut un instant, puis il conclut comme d'habitude :

— ... Pour prendre leur place, bien entendu ?... hon ?... C'est un monde !

J'étais encore de nuit ce soir-là. (Comme nous n'étions que trois en roulement dans la gare, j'étais de nuit toutes les trois semaines.) A 11 heures, alors que je venais de contrôler le passage du rapide pour l'Italie, j'entendis des coups frappés au plafond. C'était le signe convenu : Hélène ressentait les premières douleurs. Je montai en hâte. De fait, elle venait de perdre les eaux et le travail commençait. Comme je descendais à la salle de service pour appeler la sage-femme, j'entendis un grondement étrange, comme un lourd roulement de tonnerre vers le sud et, au moment où je faisais mon appel, ce fut le poste d'aiguillage qui appela : c'était le père Riotte, l'aiguilleur, qui dans son style très particulier criait dans le bigophone :

— Chef ! Chef ! C'est une catastrophe ! Du haut du poste je ne vois pas grand-chose, mais c'est le rapide, chef ! Il vient d'aller dans le décor, c'est sûr ! Mon Dieu, mon Dieu, mais y est affreux !

— Fermez tout et transmettez les avis d'usage en amont et en aval, j'y vais.

— C'est fait, chef, c'est fait, j'applique les articles...

Je le laissai énumérer des articles du *Règlement général* qu'il savait par cœur, et je sautai sur mon vélo en criant au « petit chef » :

— Appelez la sage-femme, ma femme accouche !

J'entendis une voix qui répondait :

— D'accord, d'accord !... C'est un monde ! Mais où allez-vous ?

— Sur les lieux : le rapide 607 vient d'avoir quelque chose au-delà du poste.

— Je prends le commandement et je reste en rapport avec le régulateur... C'est un monde !

Sur mon vélo, je m'enfonçai à toute vitesse dans la nuit. Je pris le quai puis, après le passage à niveau, je me lançai sur le sentier de service en bordure du ballast. Un grand bruit montait dans le ciel rouge devant moi. Aveuglé, je ne vis pas et je ne pensai pas à la tringle de l'aiguille de dédoublement des voies de service qui traversait la piste. Ma roue avant buta et, passant par-dessus le guidon, j'allai m'affaler dans le ballast où ma tête buta contre la frette d'une traverse.

Je me relevai, me remis en selle. Devant moi, je vis bientôt, sur voie 2, la machine du « messageries » que nous attendions, puis ses wagons de tête, mais au-delà c'était, dans les ténèbres, un chaos de wagons de marchandises en travers puis, un peu plus loin encore, la queue du rapide 607 et deux voitures de voyageurs sorties des rails, une troisième sur le flanc et, devant, la machine déraillée de son bissel avant, projetée sur le talus, perdant sa vapeur par toutes ses tubulures, alors que le sifflet, ouvert en grand, faisait dans la nuit une clameur stridente qui me glaça le sang.

Je crus comprendre que le « marchandises » montait sur voie 2 et qu'un de ses wagons avait dû dérailler en pleine voie. Ce sont des choses qui arrivent, il arrive même que dans un long convoi de marchandises un essieu déraille et roule ainsi sur les traverses pendant quelques mètres puis se renraille tout seul, sans même que le mécanicien s'en aperçoive, mais cette fois le wagon avait peut-être déraillé juste au moment où il croisait le rapide ; il avait même dû se mettre en travers et la locomotive du rapide l'avait pris en écharpe de telle sorte qu'elle avait été déviée, avait déraillé elle-même de son bissel avant, puis avait couru se planter dans le talus. Je ne retrouvai ni le mécanicien ni le chauffeur. Derrière, les voitures avaient déraillé aussi, deux s'étaient doucement couchées sur le flanc droit. C'est tout au moins ainsi que j'expliquai tout d'abord les choses.

Du « messageries » plusieurs petits wagons couverts, en bois, avaient été fracassés ; c'était un accident invraisemblable, peut-être unique dans l'histoire du chemin de fer ; le chef du train de messageries était assommé dans son fourgon, il reprenait tout doucement connaissance, le chauffeur était allé couvrir en tête, sur les deux voies bien entendu, et j'étais tout seul dans la nuit, avec ma lanterne et mon vélo.

Du côté du rapide, pas un bruit, sinon le souffle de mort de la machine, comme le cri d'une baleine blessée. Mais bientôt les voyageurs s'animaient : il y eut des cris, des appels, des hurlements.

En un instant j'alertai tout le monde : le service

de la Voie, les employés de gare, la gendarmerie, l'hôpital, le convoi de secours de Perrigny. Le petit chef était au poste de commandement et je tentai de m'engager dans les wagons couchés, où une vingtaine de personnes baignaient dans le sang sur une litière de verre brisé et de coussins déchirés ; d'autres, me voyant, s'approchèrent en rampant dans le couloir. Je criai : « Courage ! Nous sommes là ! Les secours arrivent ! Voilà les ambulances ! » Ce qui était faux, car à cet endroit aucun chemin ne permettait d'accéder facilement à la voie. La seule vue de la lumière de ma lampe les réconfortait pourtant.

Avec les voyageurs valides qui étaient descendus des voitures encore enraillées, j'organisai à la lueur de ma lanterne à acétylène les premiers secours. Trois voyageurs étaient coincés curieusement sous les banquettes : nous les dégageâmes. Le contrôleur du train, ensanglanté, fit son apparition tout d'un coup et, me voyant, éclata de rire nerveusement, comme un fou, en me disant :

— Mais... mais toi aussi, tu saignes ?

Éffectivement, j'avais une énorme plaie au front, sans doute provoquée par ma chute, et je n'y avais pas pris garde. Tout à coup, nous vîmes surgir de la nuit le chauffeur et le mécanicien du rapide. Voyant leur machine basculer, ils avaient sauté et fait un roulé-boulé dans le remblai. Ils avaient atterri dans des fils de fer barbelés d'une clôture à plus de trente mètres. Ils étaient déchirés, contusionnés, mais sains et saufs. Moi qui les cherchais depuis un instant, ma lanterne à la main, tel Sedaine cherchant son armée, je leur aurais sauté au cou lorsqu'ils arrivèrent, sortant des ténèbres.

Enfin, au bout d'un moment, je vis des phares d'autos, des projecteurs, des pompiers, des gendarmes, des blouses blanches avec des brancards. Avec des collègues, qui arrivaient de la petite ville, je pus guider les sauveteurs et m'occuper d'appliquer, les unes après les autres, les mesures réglementaires qui sont complexes et nombreuses dans ce cas-là, notamment pour demander les détournements des autres convois, les deux voies étant obstruées.

Les renforts arrivaient, quoique lentement, car l'accident avait eu lieu loin de tout, en pleine voie. A la gare, le petit chef dirigeait par fil les opérations, en liaison avec le régulateur et la gendarmerie. Un va-et-vient par locotracteur permit d'évacuer les blessés vers la gare où des voitures les emmenaient à l'hôpital de Saint-Jean.

Le jour se leva tout à coup, et je me mis à grelotter de tous mes membres. On me donna du café brûlant qui venait de je ne sais où, et je pus continuer. L'après-midi, vers les 3 heures, les blessés étant dégagés, nous eûmes un instant de répit, alors que la grue de cinquante tonnes, arrivée de Perrigny, commençait à dégager les voies. Un médecin me fit un beau pansement pour me permettre de participer au déblaiement et, sur le coup de 17 heures, je me retrouvai, abruti de fatigue, assis sur un morceau de banquette de première classe qui se trouvait là, sur le ballast, sans doute arraché aux wagons sinistrés, à cent mètres de la grue qui, patiemment, lentement, comme un pachyderme, soulevait l'avant de la locomotive pour la remettre sur les rails.

L'inspecteur du Mouvement était là, près de moi maintenant, sous la pluie qui s'était mise à tomber. Il me dit, d'un air bizarre :

— Vous avez été très bien, mon petit, mais ça fait dix-sept heures que vous êtes sur la brèche, maintenant nous nous occuperons du reste. Vous ferez votre rapport quand vous aurez dormi, rentrez chez vous, je crois bien qu'on vous attend.

Depuis le moment où la catastrophe s'était produite, j'avais cessé d'être moi-même pour être une sorte de robot, appliquant par réflexes conditionnés et, j'oserais dire, par atavisme de cheminot, les règlements et les consignes impératives. Et tout d'un coup, la mission accomplie, je redevins un homme, et il me vint à la mémoire que j'avais quitté ma femme alors qu'elle était dans les douleurs de l'enfantement. J'étais sans doute père. Je sautai sur mon vélo et, comme un fou, je revins à la gare et montai les escaliers quatre à quatre.

Aussitôt que j'eus ouvert la porte, j'entendis une plainte sourde mais puissante qui venait de la chambre à coucher. La femme du chef de gare vint à moi et me dit :

— Ah, vous voilà, mon pauvre homme !

— Quoi ? Que se passe-t-il ?

— Vous savez qu'elle entrait dans les douleurs quand vous êtes parti ?

— Oui, et alors ?

— Alors, elle s'est apprêtée, j'ai appelé la sage-femme puis le médecin, mais ils étaient tous partis sur les lieux de l'accident. Elle a perdu la tête. Elle a voulu descendre alors que j'appelais, et elle est tombée dans les escaliers...

— Et alors ?

— Je... J'ai pu la remonter sur mon lit, l'enfant était engagé, je l'ai accouchée comme j'ai pu... L'accouchement s'est bien passé, mais l'enfant...

— Quoi, « l'enfant »... ?

— Il avait le cordon noué autour du cou, sans doute à la suite de la chute, il était cyanosé... je l'ai frictionné... j'ai fait ce que j'ai pu, je vous assure, j'ai fait ce que j'ai pu... et le docteur n'a pu venir que deux heures plus tard, ils étaient tous sur la voie, pour l'accident...

J'avais bondi dans la chambre. Hélène, enfouie sous les couvertures, geignait longuement, c'était cette plainte que j'avais entendue en entrant. On aurait dit le cri d'un animal blessé.

Près d'elle, dans le berceau qu'elle avait joyeusement préparé, notre fils était étendu, mort.

Voilà. Quarante-cinq ans plus tard, je suis en retraite depuis treize ans. Je suis là, assis sur le rebord d'une fenêtre, mon regard plonge dans la gare de Dijon-Ville, car ce logement est celui-là même où est mort M. Paulin, le saint-simonien, sur le Rempart de la Miséricorde.

Coïncidence ? Pas tout à fait : mon dernier poste a été la gare de Dijon-Ville, et lorsque j'ai pris ma retraite, après douze changements, j'ai cherché un appartement qui fût tout près du chemin de fer, avec au moins une fenêtre sur les voies et si possible sur la gare. J'en avais tout d'abord trouvé un, mais de la fenêtre je ne voyais les installations que sous un angle ridiculement fermé. C'est à ce moment que celui où M. Paulin vivait, quarante ans plus tôt, s'est trouvé libre. C'était mon rêve. J'y ai installé mes vieux meubles, tout cabossés par mes treize déménagements successifs, de vrais meubles cheminots : il n'y en a pas un seul qui soit entier.

M'y voici maintenant, le nez sur les rails, comme il était écrit. Au mur, juste au-dessus du buffet bas, qui est la pièce maîtresse de la salle à manger cheminote, au lieu du coucher du soleil rougeoyant au bord d'un étang forestier dans lequel se mire un cerf fièrement dressé, traditionnel chez les chefs de gare en retraite, j'ai un chef-d'œuvre autrement prestigieux : c'est la plaque de la 241 D de l'oncle Georges. Je suis allé avec lui l'arracher au cadavre de sa machine qui pourrissait, il y a quinze ans encore, dans les bardanes et les ronces, au cimetière des Mountain, sur les voies abandonnées du dépôt des Laumes-Alésia, sous les yeux de notre Vercingétorix en bronze.

Nous l'avons descellée en grand mystère à coups de burin, en fraude, car il est interdit d'y toucher; nous l'avons rapportée comme des voleurs. A sa mort, l'oncle Georges me l'a donnée en me disant :

— Je te pardonne d'avoir manœuvré au lancer sur voie principale.

— Quand même, oncle, lui ai-je dit alors, tu aurais pu éviter de m'épingler comme ça, en début de carrière, moi, ton neveu !

— Mon petit, m'a-t-il répondu sans rire, si on fait entrer la parenté en ligne de compte, il n'y a plus de chemin de fer possible, ça devient la chienlit... comme tout le reste.

Bref, d'où je suis, je vois les aiguilles de sortie-sud, le poste d'aiguillage, la plupart des signaux du secteur sud, et presque toutes les principales, tellement modifiées et remaniées au cours des années. Le grand hall (comme on dit maintenant, en anglais, je ne sais trop pourquoi) n'est plus là, il a été détruit en 1944, au départ des troupes allemandes. J'ai, comme M. Paulin, une paire de jumelles que mes confrères m'ont offerte pour mon départ en retraite avec une magnifique canne à lancer pour la pêche au brochet.

Je surveille la mise en tête du « Mistral ».

Nous prenons toutes les semaines le train pour Saint-Jean-de-Losne où repose mon premier-né. Nous y avons maintenant un petit cabanon, dans un grand jardin au bord de la Saône, et une barque. Je m'amarre près du pont de chemin de fer, l'eau est certes moins pure que jadis, polluée comme toutes choses, mais j'y fais encore des pêches acceptables, en regardant passer le train de la Bresse et les messageries, alors qu'au loin, à l'église de brique de Saint-Jean, sonnent les cloches qui tintèrent le glas de notre petit.

Amarré dans mon bachot, sur le meilleur coup de pêche que je connaisse, je regarde la Saône qui glisse lentement vers la Méditerranée. Un train passe. Et il m'arrive de penser avec amertume à mon premier déraillement et à cet inspecteur qui, quelque temps plus tard, m'a dit, alors que nous le commentions à l'école du Mouvement :

— Deux morts et vingt blessés... Ça vous fait comme un remords, bien que l'on n'y fût pour rien... Mais tout compte fait, réfléchissez : deux morts, vingt blessés, ça correspond aujourd'hui tout simplement à une petite journée, ou à trois ou quatre heures de circulation routière en France !

Je pense quelquefois au « p'tit chef », mort en déportation pour avoir versé du sable dans les boîtes à graisse des essieux des trains de la Wehrmacht et fait passer plus de cent prisonniers évadés et des aviateurs anglais dans les tenders des locomotives, sous le charbon, ou même dans l'eau du tender.

Je pense aussi à l'oncle François qui, quelques années avant de partir en retraite, a dû se reconvertir à l'électricité ! On devrait plutôt dire « se convertir » car il n'avait aucune notion ni aucune vocation pour la chose. Pour un dévorant * de quarante-huit

* Nom donné aux mécaniciens de route de la grande époque. A rapprocher de « devoirant », nom donné aux Compagnons du DEVOIR.

ans, entrer dans ce monde monstrueux du moteur électrique est absolument impossible, surtout lorsque l'on n'a qu'un certificat d'études. Il fallait bien pourtant, puisque la vapeur était morte, mais quelque chose en lui a dit : non. Il s'est mis à boire, mais à boire à mort, puisque, en effet, il est mort d'une cirrhose du foie après une longue crise de désespoir. Mort d'amour pour la bien-aimée défunte, en quelque sorte, et en compagnie de quatre de ses camarades qui se sont suicidés en chœur au Pernod dès leur descente de machine, dans le petit café où ils se réunissaient pour raconter leurs aventures. C'est la cure de désintoxication ordonnée par notre service médical qui les a achevés.

Je pense à cela en regardant le bouchon, ou en taillant mes espaliers.

Disons, pour employer le langage des civils, que « je savoure ma retraite ». Je n'aime pas cette expression qui tend à considérer cette « retraite » comme une fin, un âge stérile, une sorte d'attente patiente de la mort, ce troisième âge dont tout le monde parle avec des sanglots dans la voix. Pourquoi épouvante-t-on les gens en leur présentant cet âge d'or comme un « garage en mauvais état » ?

La retraite, au contraire, on peut m'en croire car j'en parle en connaissance de cause, c'est tout simplement une nouvelle vie, une vie merveilleuse. Qu'on y réfléchisse : tout au long de l'existence ce fut : « Oui, papa », « Oui, maman », « Oui, monsieur le maître », « Oui, mon adjudant », « Oui, chef », « Oui, monsieur l'inspecteur », « Oui, monsieur l'ingénieur en chef », « Oui, monsieur le principal »... Et voilà que tout à coup on ne dit plus « oui » qu'à soi-même !

Jamais, non, jamais je ne me serais douté que ce fût si bon, si grand, et si fécond : mon horizon s'est élargi de cent quatre-vingts degrés, ma joie de vivre s'est multipliée par dix. Avant ce jour-là, je ne savais pas ce que c'était que vivre. Maintenant je le sais. Et chaque matin, chacun de ces cinq mille matins de retraite, je suis parti à mon gré à la conquête du monde.

Quant à l'amour...

Ah ! cette exaltation totale et fidèle, qui naît chaque jour, à chaque heure, au contact de « l'autre » ! Cette exaltation passionnée qui survit aux fatigues, aux déceptions de la vie, aux rhumatismes de l'âge, et vous console si généreusement que c'en est une bénédiction !...

Le bonheur de Philémon et Baucis n'est pas une légende mythologique mais une vivifiante réalité. La lune de miel dure toute la vie... ou alors elle n'a jamais existé.

Bref, Hélène est près de moi, je me demande si elle n'est pas encore plus belle avec ses soixante-six ans. Elle tricote pour les jeunes, car, bien sûr, nous avons eu d'autres enfants. Quatre, qui nous ont fait oublier bien des choses et qui nous ont donné une douzaine de petits-enfants et, depuis peu, un arrière-petit-fils.

Aujourd'hui, mes jumelles à la main, je surveille donc, par ma fenêtre du Rempart de la Miséricorde, le passage sur voie directe d'un train de messageries qui n'en finit pas. Il est tiré par une des dernières 22 200 électriques, qui ressemble un peu à une boîte de conserve ou plutôt à un tube de comprimés. Le conducteur me fait signe au passage, ils ont l'habitude de me voir là, ils me connaissent.

Ce convoi est une véritable exposition itinérante de ce qui se fait de mieux et de plus sophistiqué en matière de véhicules ; ce sont des wagons-bennes, des wagons-trémies, des wagons à deux niveaux pour le transport des voitures automobiles, des wagons-containers pour le transport du ciment en vrac, des wagons frigorifiques, véritables usines à froid ambulantes... Ils passent devant nous, marqués aux sigles des sociétés plus ou moins filiales de la S.N.C.F. auxquelles ils appartiennent...

Hélène, comme moi, regarde passer, infiniment, cette interminable et luxueuse caravane chargée de multiples richesses. Elle dit :

— Il est diablement long, celui-là !

Car maintenant elle ne peut pas voir passer un train sans compter les essieux, contaminée petit à petit par le microbe. Pour lui répondre, je compte les unités-essieux, comme lorsque j'étais régulateur et je récite : « 60 véhicules, 800 mètres de long, 1 700 tonnes remorquées ! »

Hélène continue sans conviction, par habitude de pensée :

— ... C'est du beau matériel !... Que de changements ! Que de progrès ! Le chemin de fer est méconnaissable !

Un temps. Puis d'une voix neutre venue du coin le plus secret de son âme :

— ... Mais toujours pas un seul attelage automatique !

Et un fantôme flotte lentement devant nos yeux, celui de Marcel Dulot, tué dans le bombardement de Perrigny par les Alliés en 1944.

Le train est passé. On l'entend s'éloigner vers le grand triage moderne de Gevrey, où il n'y a plus un seul saboteur, car ce sont maintenant des freins automatiques qui ralentissent et arrêtent les wagons...

... Électroniquement, paraît-il. Je n'ai pas encore eu le temps d'aller voir ça. J'ai tant à voir dans cette nature, et dans ce monde des « civils », tout nouveau pour moi, que le chemin de fer m'a cachés pendant cinquante-cinq ans de ma vie.

Table des illustrations

Page 18 : © *La Vie du Rail*, n° 947, 17/5/1964.
Page 34 : © *La Vie du Rail*, n° 942, 12/4/1964.
Page 50 : © *La Vie du Rail*, n° 951, 14/6/1964.
Page 82 : © *La Vie du Rail*, n° 944, 26/4/1964.
Page 95 : © *La Vie du Rail*, n° 950, 7/6/1964.
Page 103 : © *La Vie du Rail*, n° 944, 26/4/1964.
Page 128 : © *La Vie du Rail*, n° 945, 3/5/1964.
Page 143 : © *La Vie du Rail*, n° 946, 10/5/1964.
Page 254 : © *La Vie du Rail*, n° 945, 3/5/1964.
Page 270 : © *La Vie du Rail*, n° 893, 21/4/1963.
Page 311 : © *La Vie du Rail* (archives).
Page 320 : © *La Vie du Rail*, n° 946, 10/5/1964.
Page 346 : © *La Vie du Rail*, n° 943, 19/4/1964.
Page 356 : © *La Vie du Rail*, n° 950, 7/6/1964.
Page 362 : © *La Vie du Rail* (archives).

DU MÊME AUTEUR

AUX ÉDITIONS ANNE CARRIÈRE

Récits des friches et des bois, 1997.
Du côté des Bordes, 1998.

AUX ÉDITIONS DENOËL

Je fus un saint, 1953 (épuisé).
Walter ce boche, mon ami, 1954.
La Pie saoule, 1956.
Les yeux en face des trous, 1959 (épuisé).
Les Chevaliers du chaudron, 1960 (prix Chatrian).
A rebrousse-poil, 1962 (épuisé).
La Princesse du rail, 1967 (feuilleton télévisé).
Le Pape des escargots, 1972 (prix Olivier de Serres).
Le Sang de l'Atlas, 1974 (Prix franco-belge).
La Billebaude, 1978.
Cuisine de Bourgogne, 1979.
Psaumes à Notre-Dame en faveur de notre fils, 1979.
L'Âge du chemin de fer, 1980 (épuisé).
Les Étoiles de Compostelle, 1982.
Les Voyages du professeur Lorgnon, tomes 1 et 2, 1983-1985.
L'Œuvre de chair, 1984.
Locographie (épuisé).
Le Maître des abeilles, 1987.
Le Livre de raison de Claude Bourguignon, 1989.

AUX ÉDITIONS HACHETTE

La Vie quotidienne dans les chemins de fer au XIXe *siècle,* 1975 (bourse Goncourt et prix de la Revue indépendante).

La Vie quotidienne des paysans bourguignons au temps de Lamartine, 1976 (prix Lamartine).

AUX ÉDITIONS NATHAN

Pierre, le Chef de gare, 1967 (épuisé).

Robert, le Boulanger, 1971 (épuisé)

AUX ÉDITIONS RIVAGES

Canaux de Bourgogne, 1984 (épuisé).